MON
ÉTERNITÉ

Anna Zaires

♠ Mozaika Publications ♠

Copyright © 2019 Anna Zaires
https://www.annazaires.com/book-series/francais/

Tous droits réservés.

Publié par Mozaika Publications, une mention légale de Mozaika LLC.
www.mozaikallc.com

Couverture: Najla Qamber Designs
najlaqamberdesigns.com

Sous la direction de Valérie Dubar
Traduction : Laure Valentin

e-ISBN : 978-1-63142-463-2
ISBN-13 : 978-1-63142-464-9

PARTIE 1

CHAPITRE 1
HENDERSON

— Qu'est-ce que tu fais ?

La voix anxieuse de Bonnie me tire de mes prévisions et je lève les yeux, rangeant le dossier que j'examinais dans une pile de documents sur mon bureau, tout en m'apprêtant à lui répondre par un mensonge plausible.

Sauf que la femme qui partage ma vie depuis vingt et un ans ne me regarde pas.

Elle a les yeux rivés sur l'ordinateur derrière moi, où la photo d'une belle mariée aux cheveux bruns, souriante au bras de son charmant époux, occupe la majeure partie de l'écran.

Merde. Je croyais avoir fermé cet onglet. Les muscles de mon cou se contractent et la bile me brûle la gorge quand je vois Bonnie commencer à trembler.

— Pourquoi as-tu cette photo ?

Sa voix monte dans les aigus tandis que ses yeux accusateurs se posent sur moi.

— Pourquoi as-tu la photo de ce monstre sur ton écran ?

— Bonnie… Ce n'est pas ce que tu crois.

Je me lève, mais elle recule déjà en secouant la tête. Ses longues boucles d'oreilles se balancent autour de son visage fin.

— Tu m'avais promis. Tu m'as dit que nous serions en sécurité.

— Et nous serons en sécurité, dis-je.

Mais il est trop tard.

Elle est déjà partie.

Dans le refuge de son lit, de ses cachets et de sa télé-réalité abrutissante.

Là où les enfants et moi ne parvenons jamais à l'atteindre.

Je me laisse retomber sur mon fauteuil et je fais rouler ma tête sur le côté. La tension insoutenable qui me crispe la nuque s'estompe un peu. Je sors à nouveau le dossier. Le nom à l'intérieur me saute aux yeux. Chaque lettre me provoque, attisant les braises amères de ma rage brûlante.

Peter Sokolov.

Je suis la dernière personne sur sa liste. La seule qu'il n'a pas encore tuée pour ce qui s'est passé dans ce village minable du Daghestan. Une seule erreur, un ordre irréfléchi, et voilà le résultat. Pendant des années, il m'a traqué, ma famille et moi, torturant nos amis et nos êtres chers afin de m'atteindre. Mes enfants le voient dans leurs cauchemars et il détruit nos vies à tous les égards.

Maintenant, grâce à l'influence de son ami Esguerra sur notre gouvernement, il a le droit d'évoluer en liberté. D'épouser ce joli médecin aux cheveux couleur noisette et de vivre aux États-Unis, comme si tout était pardonné et oublié.

Comme si j'étais censé croire sa promesse de ne pas me tuer.

Mon regard se pose sur les autres noms dans le dossier.

Julian Esguerra.

Lucas Kent.

Yan et Ilya Ivanov.

Anton Rezov.

Les alliés de Sokolov – des monstres, chacun d'entre eux.

Ils doivent payer pour ce qu'ils ont fait.

Comme Sokolov, ils doivent être mis hors d'état de nuire.

Ce n'est qu'à ce moment-là que nous serons vraiment en sécurité.

CHAPITRE 2
SARA

*Q*uand je me réveille, c'est pour me rappeler avec émerveillement que je suis mariée.

Mariée à Peter Garin, alias Sokolov.

L'homme qui a tué George Cobakis, mon premier mari, après être entré par effraction chez moi pour me torturer.

Mon harceleur.

Mon ravisseur.

L'amour de ma vie.

Mon esprit revient à la soirée de la veille et la chaleur se répand dans tout mon corps – un mélange de honte et d'excitation. Il m'a punie hier. Il m'a punie parce que j'ai failli lui faire faux bond à l'autel.

Il m'a prise avec brutalité, m'arrachant des aveux.

Il m'a fait avouer que je l'aime – que j'aime tout ce qui le constitue, y compris les zones d'ombre.

Que j'ai besoin de ses ténèbres… j'ai besoin qu'il me les inflige, afin de surmonter la honte et la culpabilité de savoir que je suis tombée amoureuse d'un monstre.

En ouvrant les yeux, je fixe le plafond à la peinture blanche neutre. Nous sommes toujours dans mon petit appartement, mais je suppose que nous déménagerons bientôt. Et ensuite ? Des enfants ? Des promenades au parc et des dîners avec mes parents ?

Suis-je réellement sur le point de bâtir une vie avec l'homme qui a menacé de tuer tous les invités de notre mariage si j'y renonçais ?

Il doit préparer le petit-déjeuner, parce que je sens de délicieux effluves en provenance de la cuisine. C'est appétissant, savoureux, et mon estomac gronde quand je me redresse. Les muscles de mes cuisses endolories me font grimacer.

Si nous devons souvent baiser dans des positions exotiques, je ferais bien de reprendre le yoga.

Secouant la tête pour chasser cette pensée ridicule, je file sous la douche et je me brosse les dents. Quand je ressors, enveloppée dans un peignoir, j'entends la voix de Peter qui m'appelle avec son accent subtil.

Il emploie mon surnom de « ptichka ».

— Je suis là, dis-je en entrant dans la cuisine.

Soudain, des bras incroyablement forts me soulèvent et je reçois un baiser si intense qu'il me coupe le souffle.

— Je vois ça, murmure enfin mon mari en me remettant sur mes pieds. Tu es là et tu n'iras nulle part.

Ses grandes mains se posent sur ma taille dans un geste possessif. Ses yeux gris scintillent comme des billes d'argent sur son visage obscurci par un début de barbe. Même s'il porte déjà un tee-shirt et un jean, il ne s'est pas encore rasé. Cette barbe est délicieusement rugueuse et rêche, et je me demande quel effet ça ferait de la sentir sur toute ma peau.

Sur une impulsion, je lève la main vers sa mâchoire carrée. Elle pique, comme je l'imaginais, et je souris lorsqu'il ferme les yeux et frotte son visage contre ma paume, tel un gros matou marquant son territoire.

— C'est dimanche, lui dis-je en laissant retomber ma main lorsqu'il rouvre les paupières. Alors, c'est vrai. Je n'irai nulle part. Qu'y a-t-il au petit-déjeuner ?

Il sourit et recule en me libérant.

— Des pancakes à la ricotta. Tu as faim ?

— Je pourrais manger un morceau.

Mon aveu fait briller de plaisir ses yeux aux nuances métalliques.

Je m'assieds tandis qu'il récupère deux assiettes et les dépose devant nous sur la table. Même s'il n'est revenu auprès de moi que mardi dernier, il est parfaitement à l'aise dans ma cuisine minuscule. Ses mouvements sont aussi fluides et assurés que s'il vivait ici depuis des mois.

En l'observant, j'ai à nouveau la sensation désagréable qu'un dangereux prédateur a envahi mon petit appartement. C'est en partie en raison de son gabarit – il fait au moins une tête de plus que moi, ses épaules sont incroyablement larges et son corps de soldat d'élite est compact et musclé. Mais c'est aussi quelque chose chez *lui*, quelque chose de plus que les tatouages qui ornent son bras gauche ou la légère cicatrice qui lui barre le sourcil.

C'est quelque chose d'intrinsèque, un caractère impitoyable qui se traduit même par son sourire.

— Comment te sens-tu, ptichka ? demande-t-il en me rejoignant à table.

Je baisse les yeux sur mon assiette, consciente de ce qui le préoccupe.

— Ça va.

Je n'ai pas envie de penser à la veille, à la visite de l'agent Ryson qui m'a rendue malade. J'étais déjà angoissée par le mariage, mais ce n'est que lorsque l'agent du FBI m'a asséné les crimes de Peter comme une gifle que j'ai rendu le contenu de mon estomac – et que j'ai bien failli poser un lapin à Peter.

— Aucun effet secondaire après la nuit dernière ? précise-t-il.

Je lève les yeux, le visage rouge, en comprenant qu'il fait référence à notre vie sexuelle.

— Non, dis-je d'une voix étranglée. Ça va.

— Tant mieux, murmure-t-il.

Son regard est sombre et brûlant, et je dissimule mes joues enflammées en me penchant pour prendre un pancake à la ricotta.

— Tiens, mon amour.

Dans un geste expert, il me sert deux pancakes et pousse vers moi une bouteille de sirop d'érable.

— Veux-tu autre chose ? Des fruits, peut-être ?

— Avec plaisir.

Sous mes yeux, il se dirige vers le réfrigérateur pour prendre des fruits rouges et les rincer.

Mon assassin domestiqué. Est-ce à cela que ressemblera notre vie commune désormais ?

— Que veux-tu faire aujourd'hui ? je demande quand il revient à table.

Il hausse les épaules et ses lèvres sculpturales dessinent un sourire.

— À toi de décider, ptichka. Je me disais que nous pourrions sortir et profiter de cette belle journée.

— Alors... une promenade au parc ? Vraiment ?

Il se renfrogne.

— Pourquoi pas ?

— Aucune raison. Ça me va.

Je me concentre sur mes pancakes pour ne pas glousser de manière hystérique. Il ne comprendrait pas.

Nous expédions le repas – j'ai faim et les pancakes à la ricotta (*sirniki*, comme il les appelle) sont à tomber –, puis nous sortons au parc. Peter conduit. Nous sommes presque arrivés quand je remarque un SUV noir derrière nous.

— C'est encore Danny ? je demande en jetant un œil par la lunette arrière.

Depuis le retour de Peter, les fédéraux nous ont laissés tranquilles, et il est bien trop serein à l'idée que nous soyons suivis pour que ce soit quelqu'un d'autre que le garde du corps/chauffeur qu'il a engagé.

À mon grand étonnement, Peter secoue la tête.

— Danny est en congé aujourd'hui. Ce sont deux autres gars de son équipe.

Ah. Je me retourne sur mon siège pour observer le SUV. Les vitres sont teintées et je n'y vois rien. En fronçant les sourcils, je reporte mon attention sur Peter.

— Tu crois que nous avons encore besoin de toute cette sécurité ?

Il hausse les épaules.

— J'espère que non. Mais mieux vaut prévenir que guérir.

— Et cette voiture ?

Je jette un regard circulaire dans l'habitacle de la berline Mercedes que Peter a achetée la semaine dernière.

— Est-elle ultra sécurisée ?

Je tambourine des doigts sur la vitre.

— Ça me semble très épais.

Toujours impassible, il répond :

— Oui. C'est du verre pare-balles.

— Oh. Waouh.

Il jette un œil vers moi, un léger sourire aux lèvres.

— Ne t'inquiète pas, ptichka. Je n'ai aucune raison de penser qu'on nous tirera dessus. Ce n'est qu'une précaution, c'est tout.

— D'accord.

Ce n'est qu'une précaution – comme les armes qu'il dissimulait dans sa veste à notre mariage. Ou le garde du corps/chauffeur qui passe me chercher quand Peter est occupé. Parce que les couples normaux ont toujours des gardes du corps et des voitures blindées.

— Parle-moi des maisons que tu as trouvées, dis-je en repoussant le sentiment désagréable causé par toutes ces mesures de sécurité.

Étant donné son ancienne profession et sa pléthore d'ennemis, la paranoïa de Peter est parfaitement justifiée et je ne compte pas protester contre les précautions qu'il estime nécessaires.

Comme il l'a dit, mieux vaut prévenir que guérir.

— Je vais te montrer la liste dans une seconde, répond-il.

Je me rends compte que nous venons d'arriver à destination.

Il manœuvre aisément pour se garer et contourne la voiture afin de m'ouvrir la portière. Je glisse ma main dans la sienne et il m'aide à sortir. Je ne suis pas étonnée le moins du monde quand il profite de cette occasion pour m'attirer à lui et m'embrasser.

Ses lèvres sont douces et souples sur les miennes. Son haleine est parfumée au sirop d'érable. Il n'y a aucune urgence dans ce baiser, rien de sombre – uniquement de la tendresse et du désir. Et pourtant, quand il lève la tête, mon pouls est tout aussi rapide que s'il m'avait kidnappée. La peau chaude de ma joue picote sous sa paume.

— Je t'aime, murmure-t-il en dardant sur moi son regard de braise.

Aussitôt, je rayonne et mon embarras est remplacé par une sensation légère et joyeuse.

— Je t'aime aussi.

Ces mots me viennent encore plus facilement aujourd'hui – parce qu'ils sont sincères. J'aime Peter.

Je l'aime même s'il me terrifie encore.

Il sourit et me conduit vers un banc.

— Viens.

Il me fait asseoir et sort son téléphone, effleurant l'écran à plusieurs reprises avant de me le tendre.

— Voici la liste que j'ai trouvée, dit-il en posant sur moi ses yeux argentés pleins de chaleur. Dis-moi quelles maisons te plaisent. Nous irons les visiter.

Au fur et à mesure que je parcours ces photos, ma gaîté s'intensifie.

Est-ce donc cela le vrai bonheur ?

— Allons discuter en marchant, dis-je après avoir passé les photos en revue.

Il acquiesce joyeusement. Tandis que nous marchons dans le parc en discutant des avantages et des inconvénients de chaque maison, il serre ma main dans la sienne.

— Tu ne trouves pas que quatre chambres, c'est trop petit ? demande-t-il avec un sourire interrogateur.

Je secoue la tête.

— Pourquoi dis-tu ça ?

— Eh bien…

Il s'arrête et se tourne vers moi.

— As-tu réfléchi au nombre d'enfants que tu aimerais avoir ?

Mon estomac se noue. Et voilà, le sujet que nous évitions depuis Chypre, quand Peter a avoué qu'il essayait de me faire tomber enceinte, quand j'ai eu un accident de voiture en essayant de fuir. Je m'attendais à ce que cette discussion revienne – nous n'utilisons plus de préservatifs depuis le retour de Peter et il a annoncé à mes parents qu'il aimerait que nous fondions une famille sans tarder. Pourtant, mon cœur bat la chamade et mes paumes deviennent moites dans les mains de Peter lorsque j'essaie d'imaginer un enfant avec lui.

Avec le tueur impitoyable qui m'aime au point de l'obsession.

Je prends une inspiration en puisant dans mon courage. Peter n'est plus un criminel, plus un fugitif, et je suis sa femme et non sa captive. Il a renoncé à sa vengeance pour cela – pour une vraie vie ensemble.

Des promenades au parc, des enfants, la totale.

— J'en imaginais trois, dis-je avec assurance, les yeux dans ses yeux. Mais je crois que je serais tout aussi heureuse d'en avoir un seul. Et toi ?

Un tendre sourire éclot sur son beau visage ténébreux.

— Au moins deux, si tout se passe bien avec le premier.

Il pose sa grande paume sur mon ventre.

— Crois-tu qu'il y a une chance… ?

Je recule en riant.

— Tu plaisantes ? C'est encore trop tôt pour le savoir. Tu es revenu il y a moins d'une semaine. Si je savais que j'étais enceinte, tu pourrais te poser des questions.

— C'est vrai, acquiesce-t-il en reprenant ma main pour la serrer dans une poigne possessive.

Nous recommençons à marcher et il me décoche un regard en coin.

— J'en déduis que tu es d'accord ?

— Pour avoir un bébé maintenant, tu veux dire ?

Il hoche la tête et j'inspire, levant les yeux vers un groupe de skateurs adolescents.

— Je crois. J'aimerais encore attendre un peu, mais je sais que c'est très important pour toi.

Il ne répond pas. Quand je le regarde, je vois que son expression s'est assombrie et que sa mâchoire est contractée. Il a les yeux rivés droit devant lui. Ma sensation de légèreté s'évapore lorsque je comprends que, sans le faire exprès, je lui ai rappelé la tragédie de son passé.

— Excuse-moi, dis-je en levant nos mains jointes pour appuyer son poing contre ma poitrine. Je ne voulais pas te remémorer ta famille.

Son regard rencontre le mien et la douleur à vif que j'y vois diminue un peu.

— Ce n'est rien, ptichka.

Sa voix est rauque quand il porte nos mains à ses lèvres et dépose un tendre baiser sur les jointures de mes doigts.

— Tu n'es pas obligée de marcher sur des œufs avec moi. Pasha et Tamila vivront éternellement dans mes souvenirs, mais *tu* es ma famille désormais.

Mon cœur se serre, formant une boule douloureuse. Il a raison. Je *suis* sa famille, et il est à moi. Comme le mariage est arrivé si vite, je n'ai pas eu l'occasion d'y penser longuement, d'articuler cette réalité dans mon esprit.

Nous sommes mariés.

Mariés pour de bon.

Je ne considère plus George comme mon mari parce que c'est Peter qui détient ce titre à présent – tout comme, à ses yeux, Tamila n'est plus son épouse.

— Tu as raison, poursuit-il tandis que j'en prends pleinement conscience. La famille est importante pour moi. J'ai envie que nous ayons un enfant et moi aussi, j'en veux un, bientôt. Malgré tout…

Il hésite avant d'avouer à mi-voix :

— Si tu as envie d'attendre, je ne te forcerai pas.

Je m'arrête pour le regarder, bouche bée.

— Vraiment ? Et pourquoi ?

Un sourire imprévisible apparaît sur son visage.

— Tu voudrais ?

— Non ! Je…

Je secoue la tête et retire ma main de la sienne.

— Je ne comprends pas, lui dis-je. Je croyais que c'était implicite. Tu sais, la vie de couple, tout ça. Tu m'as imposé le mariage, alors…

Aussitôt, son regard perd toute trace d'humour.

— Tu as failli mourir, mon amour. À Chypre, quand tu pensais que je te forcerais à tomber enceinte, tu as essayé de t'échapper et tu as failli mourir.

Je me mords la lèvre.

— C'était différent. *Nous* étions différents.

— Oui. Mais l'accouchement peut toujours s'avérer dangereux. Malgré toutes les avancées de la médecine de nos jours, une femme risque sa santé, si ce n'est sa vie. Et s'il t'arrivait quelque chose parce que j'ai insisté…

Il s'arrête et serre les dents en détournant le regard.

Je le dévisage, le cœur battant dans ma poitrine. Il y a peu de risques qu'il m'arrive quoi que ce soit à l'accouchement et mon instinct de médecin voudrait que je le lui dise, que je le rassure. Pourtant, à la dernière seconde, je me ravise.

— Alors, tu veux bien attendre ? je demande avec précaution.

Peter se retourne vers moi, le regard sombre.

— Tu préfères attendre, mon amour ?

Maintenant, c'est à mon tour de détourner les yeux. Est-ce vraiment ce que je veux ? Jusqu'à présent, j'avais cru que le retour de Peter et le mariage précipités signifiaient que l'arrivée d'un enfant ne se ferait pas attendre. Je m'étais résignée à cette pensée, et dans une certaine mesure, je l'avais même acceptée.

Au moins, mes parents pourront avoir les petits-enfants qu'ils désirent tant – un point positif auquel je n'avais pas réfléchi jusqu'à notre dîner de l'autre soir.

— Sara ? insiste Peter

Je lève les yeux pour rencontrer son regard.

Elle est là.

Mon occasion de repousser l'échéance.

De prendre la bonne décision, la décision la plus intelligente.

D'avoir un enfant quand je serai certaine que nous en sommes capables, que Peter peut mener ce genre de vie.

Tout ce que je dois faire, c'est dire oui, utiliser le choix qu'il m'offre. Mais ma bouche refuse de formuler ce mot. Au lieu de quoi, je plonge les yeux dans les siens, où la tension est palpable, et je m'entends dire :

— Non.

— Non ?

— Non, je ne veux pas attendre.

À peine ai-je fait taire la voix de la raison qui hurle dans mon esprit qu'un sourire joyeux et radieux étire ses lèvres.

C'est peut-être la mauvaise décision, mais en cet instant, ce n'est pas mon impression. Peter avait raison quand il disait que la vie est courte. Elle *est* courte et incertaine, remplie d'écueils. J'ai toujours vécu avec prudence, prévoyant mon avenir en partant du principe qu'il y en aurait un, mais si j'ai appris quelque chose ces deux dernières années, c'est qu'il n'y a jamais aucune garantie.

Il n'y a qu'aujourd'hui, que maintenant.

Il n'y a que nous, ensemble et amoureux.

Nous passons encore une heure dans le parc, puis nous allons faire des emplettes pour les repas des jours suivants. Peter achète de quoi nourrir un régiment. Quand je l'interroge à ce sujet, il m'annonce qu'il a l'intention d'inviter mes parents pour le dîner de vendredi – et de me préparer un déjeuner à emporter chaque jour de la semaine.

Dès que nous rentrons, il disparaît dans la cuisine et je rejoins mon ordinateur pour répondre aux messages de félicitations et découvrir de nombreuses cartes cadeaux – un choix populaire pour la majorité des invités à notre mariage, étant donné que personne n'a eu le temps de faire les boutiques afin de trouver un vrai cadeau. J'imprime tous les bons d'achat, je les classe en catégories, j'applique les codes aux boutiques en ligne spécifiques et je rédige des messages de remerciement. Tout cela me prend moins de quarante minutes – encore un avantage de ce mariage éclair et simple.

Avec George, nous avions consacré deux week-ends d'affilée à cette tâche.

Je m'apprête à éteindre l'ordinateur quand j'aperçois un autre email dans ma boîte de réception – de la part d'un expéditeur inconnu, avec pour objet le mot : *Félicitations*.

Je l'ouvre, m'attendant à découvrir une autre carte cadeau, mais j'y trouve un bref message.

Félicitations pour ce beau mariage. Si tu as besoin de nous joindre, n'hésite pas à utiliser cette adresse email.

Tous nos meilleurs vœux,

Yan

Je cligne des yeux en regardant le message. Je me demande bien comment l'ancien coéquipier de Peter a eu mon email et pourquoi il a décidé de m'écrire, mais j'ajoute son adresse à ma liste de contacts, juste au cas où.

Après avoir terminé de trier les cadeaux, je suis le délicieux fumet jusqu'à la cuisine, où Peter prépare le déjeuner.

C'est peut-être trop tôt pour le dire, mais je me sens optimiste.

Ce mariage va fonctionner.

Ensemble, nous nous en assurerons.

CHAPITRE 3
PETER

*P*endant le déjeuner, je sens à peine le goût des aliments tant mon attention est rivée sur Sara qui me parle de nos cadeaux de mariage et du curieux message de Yan. Ses yeux noisette sont presque verts et elle parle avec animation, décrivant de grands gestes avec sa fourchette. Sa peau semble pâle comme de la crème dans la lumière vive du soleil qui se déverse par la fenêtre de la cuisine. Vêtue d'une robe bleue décontractée, ses cheveux bruns tombant en boucles souples sur ses frêles épaules, cette femme est un rêve devenu réalité et mon cœur se serre quand je songe à notre séparation forcée de plusieurs mois.

Je ne la quitterai plus jamais.

Elle m'appartient, jusqu'à ce que la mort nous sépare.

— Pourquoi crois-tu qu'il a décidé de me donner son adresse email ? Tu penses qu'il veut simplement garder le contact ? demande-t-elle en piquant un morceau de concombre dans sa salade russe.

Je m'efforce de me concentrer sur la conversation, refoulant mon envie de l'étendre sur la table et de la dévorer – elle plutôt que le repas que j'ai préparé.

— Je n'en ai aucune idée, lui dis-je.

C'est vrai. Yan Ivanov a repris les rênes de notre société d'assassinats commandités après mon départ. Il est peu probable qu'il espère mon retour. Pendant des mois, il y a eu des tensions entre nous et si je ne m'étais pas retiré de mon plein gré, je crois bien qu'il aurait fait son possible pour prendre ma place.

Cela dit, il est persuadé que je ne suis pas fait pour la vie civile. Il me l'a dit lors de notre mariage. Peut-être s'attend-il à ce que je revienne et garde-t-il un œil sur la situation au cas où cela se produirait.

Avec Yan, on ne sait jamais.

— Eh bien, j'espère qu'ils viendront nous rendre visite, dit Sara. Je parle des gars. Je n'ai pas eu l'occasion d'échanger avec eux pendant le mariage, et maintenant je culpabilise.

Je hausse les sourcils.

— Vraiment ? C'est pour ça que tu culpabilises ?

Elle baisse les yeux sur son assiette de salade.

— Et aussi parce que j'ai failli te faire faux bond, naturellement.

Les bords du manche métallique de la fourchette m'entament la paume et je me rends compte que je le serre trop fort. Je n'en veux plus à ma ptichka, mais je me sens encore vaguement vexé. Je comprends que cela a été difficile pour elle d'admettre qu'elle m'aimait, de m'accepter pleinement après tout ce que j'ai fait. Je ne devais pas lui laisser le choix, et c'est ce que j'ai fait en menaçant ses amis pour la forcer à venir au mariage.

Non, la source de ma colère n'est pas Sara, mais l'homme qui a essayé de la manipuler pour lui faire renoncer à notre union.

L'agent Ryson.

Le fait qu'il ait osé débarquer comme ça me remplit d'une rage noire. Je laisse Henderson tranquille, ils nous laissent tranquilles, Sara et moi – c'était notre accord. Plus de surveillance par le FBI, plus de harcèlement. Une ardoise vierge pour nous permettre de couler des jours paisibles.

Il a aussi menacé Sara. Il l'a accusée d'avoir comploté avec moi pour le meurtre de son mari. Je ne sais pas vraiment ce qu'il lui a dit, mais ce devait être assez violent pour provoquer chez elle une telle réaction.

En d'autres circonstances, il serait déjà rongé par les vers, mais à présent, je suis censé mener une vie d'honnête citoyen. Je ne peux pas me mettre à tuer des agents du FBI – pas sans renoncer à la vie pour laquelle je me suis battu, la vie civile dont Sara a besoin. Alors, malgré la tentation, j'ai laissé la vie sauve à Ryson – pour l'instant, du moins. Plus tard, quand l'eau aura coulé sous les ponts, il subira peut-être un accident malheureux ou une agression violente comme le beau-père de la patiente de Sara… mais je réserve cette pensée pour un autre jour.

Aujourd'hui, j'ai Sara pour moi tout seul et j'ai bien l'intention d'en profiter.

— Ne t'inquiète pas, mon amour, dis-je tandis que ma jeune épouse continue de manger en silence, évitant soigneusement mon regard. C'est fini. C'est du passé, comme toutes les erreurs que nous avons commises. Concentrons-nous sur le présent et sur l'avenir… vivons sans jamais regarder en arrière.

Elle lève un regard hésitant.

— Crois-tu vraiment que c'est possible ?

— Oui, lui dis-je avec conviction.

Je me penche vers elle et porte sa main à mes lèvres pour un tendre baiser.

Après le déjeuner, nous allons visiter les propriétés que je lui ai montrées et Sara tombe sous le charme d'une maison – une demeure victorienne de cinq chambres, bâtie dans les années quatre-vingt, mais intégralement rénovée l'an passé. Il y a un immense jardin – pour le chien et les enfants, me dit-elle joyeusement – et une magnifique cheminée dans le salon. La proximité avec les voisins et le jardin entièrement ouvert me chagrinent, mais si nous plantons des arbres et dressons une clôture, nous aurons une intimité suffisante.

Quoi qu'il en soit, c'est toujours mieux que l'appartement de location actuel de Sara.

Avant de partir, je fais une offre en argent liquide supérieure aux prix du marché et l'agent immobilier nous appelle quelques minutes plus tard pour nous annoncer que l'offre a été acceptée.

— Et voilà, dis-je à Sara en raccrochant. Nous signons l'acte de vente la semaine prochaine.

Elle écarquille les yeux.

— C'est vrai ? Comme ça ?

— Pourquoi pas ?

Elle éclate de rire.

— Oh, je ne sais pas. J'imagine que la plupart des gens n'achètent pas des maisons aussi facilement que des paires de chaussures.

Je souris et je lui prends la main.

— Nous ne sommes pas la plupart des gens.

— Non, dit-elle avec ironie en levant les yeux vers moi. Tu as raison.

Nous rentrons à la maison et je prépare le dîner – des escalopes grillées avec de la purée de patate douce et des brocolis à la vapeur. Pendant le repas, Sara aborde la question du déménagement et je lui annonce que je m'occuperai de tout, comme je l'ai fait pour les préparatifs du mariage.

— Tout ce que tu devras faire, c'est entrer dans ta nouvelle maison, dis-je en lui servant un verre de Pinot Gris.

Soudain, je me remémore sa contrariété inexplicable lorsque j'avais vendu sa Toyota et j'ajoute :

— À moins que tu veuilles qu'on le décide ensemble ? Tu veux peut-être choisir de nouveaux meubles ou des décorations ?

Elle esquisse un sourire timide.

— Non, je crois que c'est bon. Je ne suis pas très pointilleuse sur les questions ménagères. Si tu veux tout gérer, ça ne me dérange pas.

— Alors, à notre nouveau chez nous.

Je lève mon verre et je le fais tinter contre le sien.

— Et à notre nouvelle vie.

— À notre nouvelle vie, répond-elle d'une voix douce avant de siroter son vin.

Je ne peux m'empêcher de me rappeler la fois où elle a essayé de droguer mon vin, au début de notre relation. Elle était tellement méfiante à l'époque, tellement convaincue de me détester.

Est-ce encore le cas ? D'une certaine manière ?

L'humeur assombrie, je pose mon verre et je me lève. Contournant la table, je hisse Sara sur ses pieds.

— Qu'est-ce que… commence-t-elle.

Mais déjà, je l'embrasse, goûtant le vin sur ses lèvres.

Ses lèvres souples et rebondies qui m'ont attiré toute la journée.

J'ai fait de mon mieux pour me comporter en bon mari, pour faire tout ce que font les couples en temps normal au lieu de l'enchaîner à mon lit et de la baiser toute la journée comme l'exige mon instinct. J'ai été calme et patient, je l'ai laissé se remettre de la nuit passée, mais je ne peux plus rester aussi civilisé.

J'ai besoin d'elle.

Ici.

Maintenant.

Elle jette les bras autour de mon cou et son corps svelte se cambre contre moi lorsque je la serre, avide de son goût et de son odeur, de la sensation de sa langue délicate sur la mienne. Cette femme est un vrai délice et ma queue durcit. Mon cœur s'emballe furieusement dans ma cage thoracique et je pousse les assiettes d'un mouvement du bras sans me soucier du désordre que je provoque.

De toute façon, nous devons racheter de la vaisselle.

Elle tressaille quand je l'étends sur la table et retrousse sa robe d'été, exposant ses cuisses pâles et un joli string bleu à la bordure en dentelle. Incapable de me contrôler, je déchire la soie et j'enfouis ma tête entre ses cuisses. Ma langue plonge avec gourmandise entre les replis de son entrejambe et mes lèvres se referment autour de son clitoris. Je l'aspire avec fougue, ses jambes sur les épaules.

— Peter… Oh, mon Dieu ! Peter…

Elle décolle les hanches et serre les poings dans mes cheveux. J'ai l'impression que ma queue va exploser dans mon jean quand je sens son goût sur ma langue, son parfum chaud et féminin et la sensation de sa chair soyeuse. J'aime tout chez elle, ses petits ongles nets qui m'éraflent le crâne, ses cuisses toniques pressées contre mes oreilles, les gémissements étouffés dans sa gorge et son sexe lisse qui frémit et se contracte sous ma langue.

C'est le paradis, le septième ciel. Je n'en reviens pas de m'être passé de cela – d'*elle* – pendant neuf longs mois insoutenables.

Tout en me délectant de son clitoris, je glisse un doigt en elle. L'intrusion lui fait bouger les hanches. Les parois moites de son sexe se crispent et elle commence à onduler, me suppliant sans un mot.

— Presque… encore un peu, je gronde entre ses jambes, la caressant de l'intérieur.

Lorsque je trouve la chair spongieuse qui détermine son point G, tout son corps se cambre et elle jouit dans un cri affolant. Ses mains se resserrent frénétiquement dans mes cheveux et son sexe palpite autour de mon doigt.

À présent, ma queue menace d'exploser dans mon jean et je retire mon doigt avant de la retourner sur le ventre. Puis je l'attire vers moi jusqu'à ce qu'elle soit penchée au-dessus de la table, sa robe autour de la taille. Les globes blancs et fermes de ses fesses s'offrent à moi, avec son sexe encore luisant de ma salive et de sa propre excitation. Incapable de me retenir plus longtemps, je baisse la fermeture de mon jean et je le quitte, emportant mon boxer avec lui, libérant ma queue endolorie.

— Prête ? dis-je d'une voix éraillée.

En même temps, je me penche sur elle et je guide mon sexe vers le sien. Sa respiration s'accélère sensiblement lorsque je la pénètre sans attendre sa réponse.

À l'intérieur, elle est glissante, d'une douceur veloutée. Sa chair tendre se resserre fermement, s'ajustant comme un gant autour de moi. C'est si parfait que mes bourses remontent contre mon corps et qu'un gémissement grave s'échappe de ma gorge tandis que j'enfonce les doigts dans ses hanches.

C'est une pure folie, de la démence absolue. Après notre discussion de la veille au soir, nous avons fait l'amour à deux reprises avant de trouver le sommeil et je ne devrais pas éprouver cela, cette envie si éperdue. Je suis à deux doigts de perdre le contrôle. Mais je suis insatiable. Avec Sara, je suis toujours affamé. Le besoin de la posséder me colle à la peau, mon désir sombre se propage le long de ma colonne vertébrale. Je le sens brûler dans mes veines, m'enflammant de l'intérieur.

Elle est mon addiction et je ne l'assouvirai jamais complètement.

Libérant ses hanches, je l'attrape par les coudes et je tire pour la forcer à cambrer son dos avant de la pilonner avec force. Ses muscles internes se contractent autour de moi et je redouble d'ardeur.

Elle crie un peu plus à chaque poussée punitive. J'exerce une pression sur ses coudes. Le haut de son corps ne touche plus la table. Je sens l'orgasme monter en moi, le plaisir déferler comme un tsunami. En gémissant, je rejette la tête en arrière sans cesser de la labourer avec vigueur. Ses cris s'intensifient, son sexe se contracte autour de moi et tout son corps se raidit. Des spasmes la parcourent et je suis emporté avec elle. J'éjacule en sentant sa chair moite se refermer autour de moi, me pomper et me comprimer jusqu'à ce qu'il ne reste plus rien.

Enfin, je m'effondre, la plaquant sur la table tout en reprenant ma respiration. J'inhale le parfum enivrant de sexe, de sueur et de sa peau.

Ma Sara. Ma femme.

Mon obsession.

Nous pourrions passer l'éternité ensemble et ce ne serait toujours pas suffisant.

CHAPITRE 4
HENDERSON

Allongé sur mon lit, je regarde le plafond. Pour la deuxième nuit d'affilée, je n'arrive pas à fermer l'œil. Des pensées
noires s'infiltrent dans mon esprit et mon cou ne cesse de
se bloquer.

Le plan que je mets en place est extrême, et même
monstrueux, mais je n'ai pas d'autre choix. Je ne peux pas
frapper directement Sokolov – son épouse et lui sont trop
bien surveillés. Si j'essaie et rate mon coup, la vengeance
sera infernale.

Et puis, Sokolov n'est pas le seul que je cherche à
éliminer.

Ses alliés sont tout aussi dangereux… pour moi, ma
famille et le monde au sens large.

C'est le seul et unique moyen.

Ils doivent payer, lui et les autres.

CHAPITRE 5

Je me réveille en entendant la sonnerie discrète. J'éteins mon réveil, je roule sur le dos et je m'étire, à la fois engourdie et satisfaite. Après avoir nettoyé la cuisine et pris une douche, Peter m'a fait l'amour une fois de plus avant que nous laissions le sommeil nous emporter, puis une fois supplémentaire pendant la nuit.

Il faudrait mettre en bouteille l'énergie sexuelle de cet homme et la vendre comme stimulant. Cela vaudrait une petite fortune.

Souriant à cette idée, je me lève d'un bond et file sous la douche. Je sens déjà le repas délicieux que prépare Peter et mon estomac est fin prêt à entamer la journée.

— Bonjour, ptichka, m'accueille-t-il lorsque j'entre dans la cuisine après m'être rapidement douchée et habillée pour le travail.

Sur la table, je découvre deux assiettes avec du pain grillé, de l'avocat et des œufs, et un sac en papier sur le plan de travail – sans doute pour que je l'emporte à la clinique.

— Salut.

Les battements de mon cœur s'accélèrent quand je le vois. Aujourd'hui, il est torse nu. Il porte son jean foncé bas sur les hanches, et les tatouages sur ses bras luisent dans la lumière du matin. Son corps est une œuvre d'art fuselée, avec des muscles parfaitement définis, des épaules larges et une taille étroite. Même les cicatrices sur son torse présentent une forme de beauté violente et dangereuse – tout comme lui.

— As-tu le temps de manger ? demande-t-il.

J'acquiesce en réprimant l'envie de passer la langue sur mes lèvres devant les abdominaux fermes sous mes yeux.

Peter n'est peut-être pas le seul à avoir une libido débridée, tout compte fait.

C'est une maladie contagieuse.

— J'ai quinze minutes, dis-je péniblement, me forçant à rejoindre la table au lieu de m'approcher de lui.

Si je l'embrasse maintenant, nous retournerons au lit, à la case départ.

— Tant mieux. Je t'emmène au travail ce matin, déclare-t-il en s'attablant à son tour.

Il prend son pain grillé et y mord à belles dents. J'en fais de même avec le mien, savourant le piquant du citron combiné à l'œuf à la poêle et au pain de seigle croustillant.

— Tu as une semaine chargée ? demande-t-il alors que je termine ma tartine.

Je hoche la tête en tamponnant une serviette sur mes lèvres.

— Oui, pour tout dire. Très chargée. Wendy et Bill – tu sais, mes patrons – viennent de partir en vacances et j'examine certaines de leurs patientes en plus des miennes. Oh, et je déclenche un accouchement demain après-midi, alors je rentrerai sûrement tard. Et puis, la deuxième moitié de la semaine, je suis de service à la clinique.

— Je vois.

L'expression de Peter est neutre, mais je sens son humeur s'assombrir subtilement. Il n'est pas content et je ne peux pas lui en vouloir.

Moi aussi, je préférerais passer du temps avec lui plutôt que d'aller travailler.

— Seras-tu de retour pour le dîner ce soir ? demande-t-il.

Je souris, ravie de pouvoir lui donner de bonnes nouvelles à ce sujet.

— Oui, normalement. S'il n'y a pas d'urgences.

— D'accord, dit-il en se levant. Je vais enfiler une chemise et je te conduirai au boulot.

— Merci… et merci pour ce délicieux petit-déjeuner.

Mais il a déjà disparu dans la chambre.

CHAPITRE 6
PETER

À pied, le cabinet de Sara est proche de son appartement, et en voiture le trajet ne dure que quelques minutes. Bien trop tôt à mon goût, je me gare au bord du trottoir et je remets à Sara son déjeuner. Je préférerais encore me couper un bras plutôt que de la laisser quitter ce véhicule.

J'appréhende de passer toute la journée sans la voir, sans la toucher ni lui parler avant le soir. C'est encore plus difficile que la semaine précédente, car maintenant que nous avons passé le dimanche ensemble, je sais à quoi ressemble le paradis.

C'est ce que nous vivions au Japon, sans l'animosité amère, sans la rancune qu'éprouvait Sara parce que je l'avais arrachée à sa carrière et à tous les gens qu'elle aimait.

Malgré tout, il me faut toute ma force pour rester assis et calme tandis qu'elle pose un baiser sur ma joue et murmure :

— Je t'aime, à tout à l'heure !

Aussitôt, elle sort de la voiture.

Je regarde sa silhouette élancée disparaître dans le bâtiment, puis j'envoie un message à l'équipe pour lui donner les instructions de la journée concernant la protection de Sara.

Si je ne peux pas être avec elle, au moins je saurai où elle est et ce qu'elle fait.

Je tiens à m'assurer qu'elle est en sécurité.

———————

Je passe la matinée à transférer les fonds nécessaires pour l'acte de vente du jeudi et à organiser le déménagement à venir. Je prévois une installation dans la nouvelle maison dès la semaine prochaine, ce qui signifie qu'il y a beaucoup de travail à faire. Même si les lieux viennent d'être rénovés et ne demanderont pas d'améliorations majeures, je dois mettre en place des mesures de sécurité efficaces.

Quartier paisible ou non, notre maison sera une forteresse, et personne – surtout pas l'agent Ryson – ne pourra plus jamais aborder Sara dans sa propre maison.

C'est le milieu de l'après-midi et je rince des légumes pour le dîner lorsque mon téléphone vibre sur le plan de travail. En appuyant sur l'écran avec un doigt encore humide, je découvre le texto de Sara.

Je suis désolée. La clinique vient d'appeler. Ils sont débordés et ils me supplient de venir. Ce ne sera que jusqu'à dix heures du soir. Vraiment désolée.

La courgette que je nettoyais se brise en deux morceaux et j'écarte le téléphone avec mon coude pour éviter de lui faire subir le même sort.

Putain, j'aurais dû m'en douter.

« S'il n'y a pas d'urgence » est sans doute un code pour : « Une urgence va forcément se produire ». C'était déjà comme ça avant le Japon et même si le travail actuel de Sara se concentre sur l'aspect obstétrique de son métier de gynécologue-obstétricienne, son état d'esprit n'a pas changé.

Le travail passe toujours en premier pour elle, même le bénévolat à la clinique.

Il me faut bien vingt minutes pour me calmer et retrouver des pensées rationnelles. La carrière de Sara est l'une des raisons pour lesquelles j'ai pris autant de risques avec Novak et Esguerra, acceptant de renoncer à ma vengeance contre Henderson. Son rôle de médecin – aider les patients – est très important pour elle. Elle a besoin de sa carrière tout autant qu'elle a besoin de sa famille et de ses amis. Je le savais quand je l'ai enlevée, mais à l'époque, ça n'avait pas d'importance à mes yeux.

Tout ce qui comptait pour moi, c'était de la garder.

Maintenant que je suis avec elle et qu'elle est heureuse, je ne peux plus revenir sur ce mode de pensées. Je ne peux pas oublier ce que c'était que d'être la source de son malheur, car chaque fois qu'elle me regardait, je voyais le chagrin dans ses yeux.

À présent, c'est différent. Elle a encore quelques réserves, mais elle a enfin avoué qu'elle m'aimait – suffisamment pour avoir un enfant avec moi.

Une fille ou un fils… comme Pasha.

Pendant un moment, j'éprouve des difficultés à respirer, mais l'angoisse passe, laissant une douleur sourde dans son sillage. Ces derniers mois, j'arrive à penser à Pasha plus souvent, sans la fureur qui empoisonne mes souvenirs. Et je sais que c'est grâce à elle.

Mon petit oiseau que j'ai tellement envie d'emprisonner à nouveau dans une cage.

Après une grande inspiration, je soupire enfin et je me concentre sur la cuisine, une tâche apaisante. Si Sara ne peut pas rentrer ce soir, alors c'est moi qui la rejoindrai.

CHAPITRE 7
SARA

J'imagine que l'un des hommes de Peter va m'accompagner à la clinique, mais c'est mon mari en personne qui m'attend au bord du trottoir.

Je souris et ma fatigue s'estompe. Ses yeux balaient mon corps avant de se poser avidement sur mon visage.

— Salut.

Je me blottis directement dans ses bras et j'inspire profondément tandis que ses bras musclés se referment autour de moi, m'attirant résolument contre son torse. Il sent le propre, un parfum bon et chaud, typiquement masculin – l'odeur familière de Peter que j'associe maintenant au réconfort.

Il me serre ainsi pendant un long moment, puis il s'écarte pour me regarder.

— Tu as passé une bonne journée, mon amour ? dit-il d'une voix agréable, effleurant les cheveux qui encadrent mon visage.

Rayonnante, je lui réponds :

— Une journée animée, mais c'est encore mieux.

Je suis dérisoirement heureuse qu'il soit venu me conduire lui-même à la clinique.

Il me rend mon sourire.

— Je t'ai manqué, n'est-ce pas ?

— Oui… j'avoue alors qu'il ouvre la portière pour me laisser entrer. Tu m'as beaucoup manqué.

Le sourire avec lequel il me répond me donne envie de me liquéfier sur le siège.

— Tu m'as manqué aussi, ptichka.

— Je suis désolée de devoir y aller, dis-je tandis que nous quittons le bord du trottoir.

Il flotte une odeur délicieusement épicée dans l'habitacle et mon estomac gronde au moment même où j'ajoute :

— J'attendais avec impatience ce bon dîner à la maison.

Peter me jette un coup d'œil.

— Je t'ai apporté le dîner. Il est sur la banquette arrière.

— C'est vrai ?

Je me retourne sur mon siège et je repère l'origine de ces délicieux effluves – un autre sac.

— Waouh, merci. Tu n'étais pas obligé, mais j'apprécie beaucoup.

Je me penche et je prends le sac en papier, que je pose sur mes genoux.

J'allais m'acheter des bretzels dans un distributeur de la clinique, mais c'est infiniment mieux.

— Pourquoi dois-tu faire ça ? demande Peter en s'arrêtant au feu rouge.

Son ton est détaché, mais je ne suis pas dupe.

Lui aussi, il se réjouissait de dîner avec moi.

— Je suis vraiment désolée, dis-je avec sincérité.

Quand Lydia, la réceptionniste de la clinique, m'a appelée à la pause déjeuner, j'ai failli refuser sa demande – mais si je n'y allais pas, plusieurs dizaines de femmes ne pourraient pas avoir leur dépistage du cancer et leurs soins prénataux essentiels, et la raison a fini par l'emporter.

— Ils sont à court de bénévoles aujourd'hui. Je ne pouvais pas les laisser le bec dans l'eau.

Il me lance un regard en coin.

— Tu ne pouvais vraiment pas ?

Je m'interromps en ouvrant le sac en papier.

— Non, dis-je sur un ton sans appel. Je ne pouvais pas.

Et voilà, ce que j'appréhendais depuis le début. Je me doutais que ce ne serait qu'une question de temps avant que mes horaires à rallonge commencent à lui poser problème. De toute évidence, j'avais raison de me faire du souci.

Tendue, je m'apprête à essuyer un ultimatum, mais Peter se contente d'appuyer sur la pédale pour accélérer en douceur.

— Mange, mon amour, dit-il sur le même ton impassible. Tu n'as pas beaucoup de temps.

Je suis son conseil et j'attaque le plat – un mélange de légumes à la semoule avec du poulet grillé. L'assaisonnement me fait penser au fameux kebab d'agneau que nous préparait Peter au Japon. J'avale le tout en quelques minutes.

— Merci, dis-je en m'essuyant la bouche avec la serviette en papier qu'il a eu la délicate attention d'apporter avec les couverts. C'était un délice.

— Il n'y a pas de quoi.

Il tourne dans la rue de la clinique et se gare juste devant le bâtiment.

— Viens, je t'accompagne à l'intérieur.

— Oh, tu n'es pas obligé…

Je n'en dis pas plus, car il contourne déjà la voiture.

Il m'ouvre la portière et il m'aide à sortir, m'escortant dans le bâtiment comme si je risquais de m'éloigner s'il ne posait pas sa main au bas de mon dos.

Je m'attends à ce qu'il s'arrête devant la porte, mais il entre avec moi.

Troublée, je lève les yeux vers lui.

— Qu'est-ce que tu fais ?

— Te voilà ! s'écrie Lydia en accourant, le soulagement manifeste sur son large visage. Dieu merci, je croyais que tu n'allais pas… Oh, bonjour.

Elle rougit en voyant Peter. Il est évident qu'il la fait complètement craquer.

— Peter allait juste…

J'ai commencé à parler, mais il sourit en s'avançant.

— Peter Garin. Nous nous sommes rencontrés au mariage, dit-il en tendant la main.

La réceptionniste ouvre de grands yeux et elle lui serre vigoureusement la main.

— Lydia, dit-elle, le souffle court. Encore une fois, toutes mes félicitations. C'était une belle cérémonie.

— Merci.

Il lui sourit et je sens qu'elle se pâme intérieurement.

— Vous savez, dit-il, Sara vient de me dire que vous manquez de bénévoles ce soir. Je ne suis pas médecin, c'est évident, mais je peux sans doute faire quelque chose pour vous aider ? Vous avez peut-être des dossiers à classer ou quelque chose à réparer ? Nous n'avons qu'une voiture pour l'instant et j'aime mieux ne pas faire l'aller-retour pour revenir chercher Sara.

— Oh, bien sûr.

L'excitation de Lydia semble monter en flèche.

— Merci, il y a tellement de travail. Vous dites que vous êtes bricoleur ? Par hasard, maîtrisez-vous un peu l'informatique ? Parce que j'ai un logiciel récalcitrant et…

Elle l'entraîne en jacassant. Incrédule, je regarde mon assassin de mari disparaître à l'angle du couloir sans même un regard en arrière.

CHAPITRE 8
PETER

J'aide Lydia avec son problème informatique, je répare un robinet qui fuit et j'accroche quelques décorations dans la salle d'attente sous les yeux fascinés d'une vingtaine de femmes – enceintes pour la plupart.

Seul médecin ici ce soir, Sara reçoit une file interminable de patientes et je ne la dérange pas. Il me suffit de savoir qu'elle n'est qu'à quelques salles de moi et que je peux la rejoindre en une minute s'il le faut.

Une fois que toutes les tâches basiques ont été effectuées, j'entreprends d'assembler une machine à ultra-sons qu'un hôpital de la région leur a donnée. Je n'ai encore jamais travaillé avec des équipements médicaux, mais j'ai toujours été doué pour bricoler les choses – les armes, les explosifs, les dispositifs de communication. J'ai tôt fait de découvrir quelle pièce va où et de la tester pour m'assurer que tout fonctionne.

— Oh, mon Dieu, vous me sauvez la vie, comme votre femme, s'exclame Lydia quand je lui montre le résultat. Ça fait des mois que nous attendions le passage du technicien. Nous allons enfin pouvoir nous en servir ! Sara est avec sa dernière patiente en ce moment. Croyez-vous que vous auriez le temps de réparer ce placard aussi ? Il penche et…

— Aucun problème.

Je la suis dans l'une des salles d'examen et j'ajoute quelques vis pour faire en sorte que le placard en question ne tombe sur la tête de personne.

— Vous êtes doué, s'extasie la réceptionniste une fois que j'ai terminé. Avez-vous déjà travaillé dans le bâtiment ? Vous semblez avoir l'habitude de la perceuse et de tous ces…

— J'ai travaillé sur des projets de construction quand j'étais adolescent, dis-je sans entrer dans les détails.

Cette femme n'est pas obligée de savoir que les projets en question étaient du travail forcé dans une version pour jeunes du goulag sibérien.

— Je m'en doutais, fait-elle avec un grand sourire. Je vais voir si Sara a terminé.

— Merci, dis-je en lui rendant son sourire. J'aimerais ramener ma femme à la maison.

La réceptionniste s'empresse de détaler et je m'étire les bras pour apaiser mes muscles raides. Ça ne fait que quelques jours, mais je suis fébrile. J'ai envie de bouger et de faire de l'activité physique. Après avoir préparé le dîner, je suis parti courir au parc et je me suis arrêté dans une salle de boxe pour me défouler, mais ça ne m'a pas suffi.

J'ai besoin de défis.

Pour la première fois, je me demande sérieusement ce que je vais faire du reste de ma vie. Grâce au double coup Esguerra-Novak, j'ai bien assez d'argent pour Sara et moi, ainsi qu'une douzaine d'enfants et de petits-enfants – surtout si nous ne prenons pas l'habitude d'acheter des avions privés, des armes spécifiques et autres babioles hors de prix. Je n'ai pas à travailler pour nous faire vivre et je n'avais pas d'autre projet que de retrouver Sara et l'unir à moi – en partie parce que j'ai toujours apprécié les moments de repos entre deux missions.

Maintenant, je commence à me rendre compte que c'était uniquement parce que ce repos n'était que temporaire, parce qu'une mission bourrée d'adrénaline m'attendait dans un avenir proche. À présent, il n'y a plus rien – rien qu'une série de jours paisibles et sereins à l'infini.

Des jours où tout ce que j'aurai à faire, c'est penser à Sara et attendre qu'elle rentre à la maison.

— Peter ?

Sara passe la tête dans la salle et un grand sourire illumine son visage lorsqu'elle pose les yeux sur moi.

— Je suis prête à rentrer si tu es prêt.

— Allons-y, dis-je, reléguant mon problème à un autre jour.

Je réfléchirai plus tard à ce que je ferai de mon temps.

Pour le moment, j'ai ma ptichka et je n'ai besoin de rien d'autre.

CHAPITRE 9
SARA

Les deux jours de travail suivants s'écoulent dans un brouillard. Mardi, je reste tard à l'hôpital pour un accouchement. Mercredi, je suis encore de service à la clinique où, une fois de plus, je suis le seul médecin à recevoir toutes les patientes.

C'est épuisant, mais ça ne me dérange pas, parce que Peter trouve un moyen d'être près de moi tous les soirs – le mardi en consultant ses emails au Snacktime Café à côté de l'hôpital, afin que je puisse passer le voir en attendant que ma patiente soit prête à accoucher, et le mercredi en faisant à nouveau du bénévolat à la clinique, non loin de moi.

— Pourquoi fais-tu ça ? je lui demande alors que nous arrivons en voiture devant la clinique. Comprends-moi bien, j'en suis très contente. Et Lydia est aux anges, évidemment. Mais est-ce vraiment ce que tu veux ?

Il tourne vers moi ses yeux brillants couleur argent.

— Ce que je veux, c'est toi dans mon lit, vingt-quatre heures sur vingt-quatre et sept jours sur sept. Ou à défaut, menottée à moi en permanence. Mais comme je sais à quel point tu tiens à ta carrière, j'opte pour ce qui s'en rapproche le plus.

Je le dévisage en me demandant comment réagir. Avec un autre homme, je serais convaincue que c'est une plaisanterie, mais avec Peter, loin de moi cette idée. D'autant plus que je comprends ce qu'il ressent.

Il me manque terriblement quand nous sommes séparés.

Nous nous arrêtons devant la clinique une minute plus tard et je me prépare à un flot de patientes tandis que Lydia entraîne Peter pour lui faire déplacer des meubles. De dix-neuf à vingt-deux heures, des femmes me consultent pour des désagréments mineurs avant qu'un nom de famille sur le planning me saute aux yeux.

Monica Jackson.

Mon cœur se serre douloureusement. La jeune femme de dix-huit ans est venue me voir la semaine dernière après la deuxième agression brutale de son beau-père, sorti de prison pour un détail technique au lieu de purger la peine de sept ans à laquelle il avait été condamné pour l'avoir violée quand elle avait dix-sept ans. Cette fois-là, je l'avais aidée, je lui avais donné de l'argent afin de libérer sa mère alcoolique de sa dépendance financière envers cette ordure, mais la semaine dernière, je n'ai rien pu faire. Monica était terrorisée à l'idée que son beau-père leur intente un procès pour obtenir la garde de son petit frère et gagne – ou que l'enfant soit envoyé dans un foyer d'accueil.

Sa situation désespérée m'avait tellement secouée que j'avais pleuré pendant une heure.

Je prends une inspiration et, affichant mon visage le plus serein, je me lève quand la fille entre dans la pièce.

— Monica. Comment vas-tu ?

— Bonjour, docteur Cobakis.

Son petit visage est si rayonnant que je la reconnais à peine. Même les hématomes presque guéris encore visibles sur sa peau n'atténuent en rien la joie qui irradie de sa personne.

— Je suis prête à me faire poser mon stérilet.

Je suis stupéfaite par son enthousiasme.

— Formidable. Je vois que tu vas mieux !

Elle hoche la tête en sautant sur la table d'examen.

— Oui, bien mieux. Devinez quoi ?

— Quoi ?

Elle sourit.

— Il ne peut plus rien me faire. Plus jamais. La semaine dernière, il est parti pour son boulot de nuit et il s'est fait agresser dans une ruelle. On lui a tranché la gorge, vous vous rendez compte ?

— On… quoi ?

Je me laisse tomber sur mon fauteuil en sentant mes jambes se dérober.

Son sourire disparaît et elle me regarde d'un air penaud.

— Je suis désolée. Ça paraissait méchant, n'est-ce pas ?

— Euh, non. C'est…

Je secoue la tête dans une tentative futile pour m'éclaircir l'esprit.

— Tu as dit qu'on lui avait *tranché la gorge* ?

— Oui, les agresseurs ou l'agresseur. La police ne sait pas combien ils étaient. On lui a volé son portefeuille, c'était pour son argent.

— Je vois.

J'ai une voix étranglée, mais c'est plus fort que moi. Le souvenir des deux toxicomanes que Peter a tués pour me protéger refait vivement surface. Je sens l'odeur de cuivre de la mort. Je revois leur chute, comme deux pantins désarticulés, et les flaques sombres formées par le sang de leurs corps, face contre terre…

Il y avait tant de sang. On leur avait forcément tranché la gorge.

— Docteur Cobakis ? Ça va ?

La fille a l'air soucieuse. Je dois avoir blêmi.

Au prix d'un effort, je me ressaisis et lui adresse un sourire rassurant.

— Oui, désolée. Une mauvaise association d'idées, c'est tout.

— Oh, excusez-moi. Je ne voulais pas vous faire paniquer. Bien sûr, je ne dis pas que je suis heureuse qu'il soit mort. Mais, disons que…

— Tu es contente qu'il soit sorti de ta vie. Je comprends.

Une fois de plus, je me lève et, le plus calmement du monde, je tends à Monica une blouse en papier dans un emballage plastique.

— S'il te plaît, va te changer. J'arrive.

Je lui laisse un peu d'intimité et je sors. Mes jambes flageolent et mes poumons peinent à respirer.

La semaine dernière, quand j'ai appris la seconde agression de Monica, je n'ai pas seulement pleuré.

Je me suis également confiée à Peter en lui disant exactement ce qui s'était passé.

S'il ne s'agit pas d'une coïncidence macabre, alors l'agent Ryson avait raison.

Je suis un monstre, tout autant que Peter. J'ai tué le beau-père de Monica en braquant sur lui l'arme la plus mortelle que je connaisse.

Mon nouveau mari.

CHAPITRE 10
SARA

J'ai toujours du mal à respirer quand j'entre dans la voiture avec Peter. Le poids des révélations de Monica m'oppresse comme un iceberg dans la poitrine.

— Qu'y a-t-il, ptichka ? demande-t-il alors que nous commençons à rouler. Tout va bien ?

J'ai envie de rire comme une hystérique. Je vais bien ? Je devrais ?

Existe-t-il un baromètre du bien-être à consulter lorsqu'on a commandité un meurtre par inadvertance ?

— Sara ? insiste Peter en jetant un œil vers moi.

Même si sa voix est légèrement intriguée, je décèle la lueur sinistre de la certitude dans son regard.

Il a dû remarquer Monica à la clinique.

Le dernier espoir qu'il se soit agi d'une coïncidence s'évapore, laissant derrière lui une hébétude terrifiante.

Peter a commis ce meurtre pour moi.

Le sang de sa victime souille *mes* mains.

C'est inutile de le lui demander, mais je ne peux m'en empêcher. Je dois entendre ces mots prononcés à haute voix :

— C'est toi qui as fait ça ?

Je m'attends à ce qu'il gagne du temps, à ce qu'il nie, mais il me répond sans hésitation, les yeux rivés sur la route droit devant :

— Oui.

Oui.

Voilà. Aucune incompréhension, aucune confusion.

Il a tué un homme pour moi.

Il lui a tranché la gorge, comme il l'avait fait avec ces toxicomanes.

— Aurais-tu préféré que je laisse la fille entre ses griffes ?

Sa voix est calme et mesurée lorsqu'il me regarde à nouveau.

— Je l'ai fait pour que tu ne t'inquiètes pas. Pour que ta patiente puisse avoir une vie normale et heureuse.

Je déglutis péniblement en détournant les yeux pour regarder par la vitre. Que puis-je dire ?

Comment as-tu osé faire une chose pareille ?

Merci ?

Je m'efforce de revenir vers son visage de profil.

— Je croyais…

Ma gorge se referme et je dois m'y reprendre à deux fois.

— Je croyais que tu allais respecter la loi. N'est-ce pas l'une des conditions du marché que tu as passé avec les autorités ?

Peter acquiesce sans quitter la route des yeux.

— C'est le cas, et je respecte la loi. Je considère que ce que j'ai fait est un coup de pouce à la loi – parce que la loi est censée protéger les filles comme Monica contre les hommes comme son beau-père.

Je détourne le regard, les yeux brûlants. Le poids glacial se propage dans ma poitrine.

Il ne considère même pas qu'il a mal agi. Pourquoi le ferait-il ? C'est ce qu'il est, ce qu'il fait.

Tuer est aussi normal pour lui que mettre un enfant au monde l'est pour moi.

— Sara.

Sa voix grave me parvient et je me rends compte que nous venons de nous garer. Je dois avoir passé le reste du trajet absorbée dans mes pensées.

Je me ressaisis et je me tourne vers lui.

Il me prend la main.

— Ptichka…

Sa voix est douce et sa grande main est chaude lorsqu'elle se referme autour de mes doigts glacés.

— Pourquoi m'as-tu parlé de ça si tu ne voulais pas de mon aide ? Croyais-tu vraiment que j'allais te regarder pleurer à cause de cet *ublyudok* sans rien faire ?

Je frémis malgré moi.

Voilà, c'est exactement le cœur du problème, la raison pour laquelle les révélations de Monica sont aussi dévastatrices.

Parce qu'au fond, je ne m'attendais *pas* à ce qu'il reste les bras ballants. Dans mon for intérieur, je savais ce qu'il ferait – avant même qu'il me promette que ma patiente « irait bien ».

Je le savais et j'ai fait semblant de ne rien voir.

Secrètement, je *voulais* que ça se produise.

J'ai montré le problème à Peter et il m'a fourni une solution.

Comme ça.

— Sara…

Il lève une main et la pose sur mon cou. Son regard est sombre, mais empli de chaleur, dans l'habitacle de la voiture.

— Ne fais pas ça, ptichka. Ne te le reproche pas. Il le méritait, tu le sais bien. Crois-tu honnêtement que Monica est la seule fille à qui il a fait du mal ? Ton système juridique avait une chance d'arranger la situation, de l'enfermer pour de bon – et ils l'ont laissé partir. Tu as rendu au monde un grand service en m'en parlant.

Je ferme les yeux. J'aimerais m'appuyer contre sa paume, laisser sa voix douce et apaisante chasser l'horreur et la culpabilité qui me glacent de l'intérieur.

Non seulement suis-je amoureuse d'un tueur, mais en quelque sorte, j'en suis devenu un.

— Ne te tourmente pas, mon amour. Il n'en vaut pas la peine.

Son souffle me réchauffe le visage et ses lèvres frôlent les miennes dans un tendre baiser enjôleur.

En réaction, un frisson me traverse et je sens monter une bouffée de chaleur sous le froid qui m'habite. Tout à coup, la douceur ne suffit plus.

Je n'ai pas envie d'être cajolée – j'ai envie qu'il me baise jusqu'à m'en faire perdre la raison.

Ouvrant les yeux, je glisse mes doigts dans ses cheveux et je lui agrippe la tête, puis j'incline mon visage afin d'approfondir le baiser. Ma langue pénètre dans sa bouche et mes ongles s'enfoncent dans son crâne tandis que je me plaque contre lui, penchée par-dessus l'accoudoir qui sépare nos deux sièges. Il retient son souffle, enfouit les mains dans mes cheveux pour m'agripper fermement, et un grondement sourd monte de son torse tandis qu'il répond avec sa propre agressivité. Il me mord la lèvre inférieure en me rendant mon baiser, plus fort et plus intense, me repoussant vers mon siège.

Oui, c'est ça. J'ai la tête qui tourne. La chaleur en moi monte en puissance, jusqu'au point de l'explosion. Il a le goût de la violence et de l'avidité masculine, comme si la punition et l'amour se mêlaient. Je ne réfléchis plus sous cet assaut des sens, et je n'en ai pas envie.

C'est cela que je veux.

C'est lui que je veux.

Je prends vaguement conscience que mon dossier se penche en arrière. L'instant d'après, Peter est sur moi. La voiture est secouée quand il m'arrache mes vêtements. Il plonge une main sous mon chemisier tandis que l'autre s'attaque à la fermeture de mon pantalon. Sa paume calleuse est brûlante et rêche lorsqu'elle passe sur mon ventre nu. Je garde les yeux ouverts, assez longtemps pour voir les vitres de la voiture s'embuer. Cela suffit presque à me rendre lucide, à me rappeler où nous sommes, mais quand sa main redescend, son baiser devient plus exigeant et la tempête d'envies furieuses s'abat à nouveau sur moi.

Je ne sais pas vraiment quand ni comment il parvient à baisser mon pantalon et ma culotte ni quand j'ouvre le bouton de son jean. Tout ce que je sais, c'est que soudain, il est en moi, si brusque et si épais que c'en est douloureux. Je pousse un cri et halète lorsqu'il commence à me baiser franchement, mais il n'arrête pas, il ne ralentit pas – et je n'en ai pas envie. Nous nous lâchons comme des animaux, sans retenue ni finesse. Quand je jouis en criant, agrippée à lui, il m'accompagne dans l'extase, dans cette folie qu'est notre connexion.

Dans les ténèbres de notre amour.

CHAPITRE 11
PETER

Je suis presque certain que quelques voisins ont vu ce qui s'est passé dans notre voiture sur le parking – et je sais que ça n'a pas échappé à mon équipe –, mais je m'en fiche complètement. Je raccompagne une Sara tremblante jusqu'à l'ascenseur. Elle est plus échevelée que jamais. Son chemisier est boutonné de travers et elle a les cheveux en bataille autour de son visage rouge. Je dois avoir la même allure et je ne peux me retenir de sourire lorsque nous croisons un couple bon chic bon genre avec une poussette dans le hall d'entrée. Ils nous lancent un regard scandalisé et Sara détourne le regard, les joues incroyablement écarlates.

C'est adorable. Ma pauvre ptichka est gênée par notre élan de passion quasi publique – même si elle en était à l'origine.

— Ne t'inquiète pas. Nous déménagerons dans la semaine, lui dis-je lorsque nous entrons dans l'ascenseur.

Elle appuie son front contre le miroir et ferme vivement les paupières, frappant son petit poing contre le verre.

— Je n'en reviens pas qu'on ait fait ça. Je… oh, Seigneur, je ne m'en remettrai jamais.

Elle a l'air tellement mortifiée que j'ai envie de la serrer dans mes bras. Alors, c'est exactement ce que je fais, ignorant ses tentatives pour me repousser. Au bout d'un moment, elle se détend et je caresse ses cheveux emmêlés jusqu'à ce que l'ascenseur arrive à notre étage.

Puis je me penche et je la soulève dans mes bras afin de l'emmener jusqu'à l'appartement.

Elle ne proteste pas, mais elle cache son visage contre mon cou lorsque nous croisons un autre voisin dans le couloir. Ce dernier – un gamin à peine sorti de l'adolescence – sourit et, en passant, lève le pouce comme pour m'encourager.

Si seulement ce garçon connaissait toute l'histoire.

En arrivant à la porte, je remets Sara sur ses pieds pour prendre les clés et elle se précipite dans l'appartement dès que j'ouvre. Je suis toujours en train de retirer mes chaussures quand j'entends la douche couler. Lorsque je rejoins Sara dans la salle de bain, elle sort déjà de la baignoire, les joues joliment colorées et l'air encore un peu troublé.

Je suis contente de la voir comme ça.

C'est bien mieux que dans la voiture, tout à l'heure, quand elle a appris la mort du beau-père de Monica.

— Tu crois que quelqu'un nous a vus ? demande-t-elle avec angoisse, enroulant une serviette autour d'elle.

Je réprime un autre sourire et je commence à me déshabiller.

— À ton avis, ptichka ?

— Eh bien, il est tard et le parking est obscur, et… oh, pitié !

Elle me frappe sur le bras quand je laisse tomber ma chemise dans le panier de linge sale et j'éclate de rire, incapable de me retenir.

Ça m'étonnerait fort que personne dans tout l'immeuble n'ait vu la voiture, sur le parking, secouée comme un bateau en plein ouragan.

Elle gémit en se cachant le visage entre ses mains, puis elle lève les yeux, soudain blême.

— Tu crois que nous allons nous faire arrêter ? Pour atteinte à la pudeur ou quelque chose comme ça ?

Cessant de rire, je réponds :

— Non, mon amour.

Je vois la peur et la culpabilité sur son visage et je sais que ce n'est pas à cause de nos galipettes sur le parking.

Elle s'est rappelé ce qui avait précédé et elle craint les conséquences.

— Sara…

Je prends ses deux mains dans les miennes. Une fois de plus, ses paumes sont froides, malgré la vapeur d'eau brûlante qui emplit la petite salle de bain.

— Ptichka, il ne va rien nous arriver. Rien ne me relie à la mort de cet homme – et personne ne mène l'enquête. Je le sais, car j'ai demandé à mes pirates informatiques de vérifier. Pour les gens, un ancien détenu s'est fait agresser dans un quartier malfamé, c'est tout. Aucun policier ne va perdre son temps à creuser la question – quand bien même, ils ne découvriraient rien. Je suis douée pour ce que je fais… ou faisais.

— Je le sais. Et c'est…

Sa gorge fine tressaute quand elle déglutit.

— C'est terrifiant.

— Pourquoi ? je demande à mi-voix tout en passant mes pouces sur ses paumes. Je te l'ai dit, cette partie de ma vie appartient au passé. Nous sommes tournés vers l'avenir, non ? Et maintenant, ta patiente aussi. Elle est libre de mener sa vie sans peur. N'est-ce pas ce que tu souhaitais pour elle ?

— Bien sûr.

Elle retire ses mains et croise les bras devant sa poitrine. Elle a l'air tellement perdue que je regrette presque d'avoir fait cela pour elle.

Il aurait peut-être mieux valu que je trouve un autre moyen de régler le problème de Monica – ou du moins que je me débarrasse du corps.

Une fois de plus, je voulais que la patiente de Sara sache que son agresseur ne représenterait plus aucune menace. Une disparition inexpliquée ne lui aurait pas procuré la même tranquillité d'esprit. La pauvre fille aurait constamment regardé sur son épaule, redoutant le retour de ce monstre.

C'était la bonne décision, j'en suis convaincu. Maintenant, je dois en convaincre Sara.

— Ptichka…

— Peter… commence-t-elle en même temps.

Je m'interromps pour la laisser parler. Elle prend une inspiration et expire lentement.

— Peter, si nous voulons… le faire pour de bon – si nous voulons bâtir une vie normale ensemble, alors je veux que tu me promettes quelque chose.

— Quoi, mon amour ? je demande, même si je le devine déjà.

— Je voudrais que tu me promettes que tu ne le referas plus jamais.

Ses yeux noisette demeurent rivés sur mon visage.

— Je dois savoir que si quelqu'un me contrarie, il ne terminera pas dans une ruelle, la gorge tranchée. Que si nos enfants ont un enseignant difficile à l'école ou se font brutaliser par un camarade de classe, si quelqu'un nous fait un doigt d'honneur en voiture, le meurtre ne sera *pas* envisagé comme une solution.

Je cligne lentement des paupières.

— Je vois.

— Peux-tu me le promettre ? insiste-t-elle en agrippant les bords de sa serviette. Je veux savoir que les gens sont en sécurité autour de moi, qu'en étant avec toi, je ne condamne personne à mort.

C'est à mon tour de prendre une profonde inspiration apaisante.

— Mon amour… je ne peux pas te promettre de ne pas te protéger. Si quelqu'un essaie de te faire du mal, à toi ou à nos enfants…

— Nous irons voir les autorités, comme tout le monde.

Elle lève obstinément le menton.

— C'est à cela que sert la police. Bien sûr, je ne parle pas d'un cas de légitime défense flagrante. Si nous marchons dans la rue et que quelqu'un nous braque avec une arme, évidemment, c'est différent – même si la meilleure option serait encore de le désarmer ou de blesser cette personne. Je parle du meurtre comme un moyen de régler des questions qui ne posent *pas* de menace mortelle. Tu vois la différence, n'est-ce pas ?

Non, pas vraiment. Je n'ai aucune intention de tuer les abrutis qui nous klaxonnent ou pour les broutilles que Sara imagine, mais je ne vais pas rester sans rien faire et laisser un *ublyudok* la faire pleurer comme si elle avait le cœur brisé.

Elle me regarde, l'air d'attendre quelque chose. Je sais qu'elle ne changera pas d'idée.

— D'accord, dis-je après un moment de réflexion. Si c'est ce que tu veux, je promets que je ne tuerai pas, même si la personne représente une menace, pour nous ou un proche.

— Et tu ne tortureras, tu ne frapperas ou tu ne blesseras personne ?

Je soupire.

— Très bien. Pas de violence physique, c'est promis.

J'ai encore d'autres moyens à employer si le besoin se présente – corruption, chantage, pression financière – alors, cette promesse ne me coûte pas trop. Et puis, à mes yeux, ce qui constitue une « menace » est sujet à interprétation.

Si une brute épaisse agresse notre enfant à l'école, lui ou ses parents ne s'en tireront *pas* indemnes.

Comme Sara n'a pas l'air satisfaite de mes promesses très spécifiques, je prends sa serviette et je la tire en même temps que je déboutonne mon jean.

— Attends… commence-t-elle.

Mais je la repousse déjà dans la douche, où je m'assure de chasser de ses pensées tous ces hypothétiques connards que je pourrais affronter un jour.

CHAPITRE 12
PETER

*L*e lendemain matin, Sara me paraît silencieuse et un peu distante. De toute évidence, elle réfléchit encore à ma solution au problème de sa patiente. Tout cela ne mènera nulle part et j'essaie de lui changer les idées en évoquant sa nouvelle passion, sa place de chanteuse dans un groupe.

— Quand a lieu ton prochain concert ? je demande pendant le petit-déjeuner. J'ai vu des vidéos de toi sur scène, mais j'aimerais beaucoup y assister en personne.

Elle lève les yeux de son omelette, clignant des paupières comme pour mieux se concentrer.

— Oh, je voulais te le dire. Notre guitariste, Phil, m'a envoyé un texto hier soir. Nous jouons demain, si tout le monde peut se libérer à temps. Crois-tu que nous pourrions reporter à samedi le dîner avec mes parents ?

Ma première impulsion est de refuser. Je comptais la garder pour moi après le dîner – un événement qui ne prendrait que deux ou trois heures maximum. Ce concert va occuper toute la soirée du vendredi et il faudra quand même passer du temps avec ses parents au cours du week-end – tout en emménageant dans notre nouvelle maison.

En même temps, j'ai très envie de voir mon rossignol sur scène, à chanter de tout son cœur. Si c'est important pour elle, ça l'est aussi pour moi.

— Bien sûr, dis-je avec calme tout en me levant pour faire la vaisselle. Nous pouvons dîner avec tes parents samedi. Ou mieux, invite-les pour le brunch.

J'ai toujours su qu'en menant cette vie, je devrais partager l'attention et le temps de Sara, mais je ne peux pas laisser mon obsession tout gâcher.

Je suis capable de le supporter.

Je vais devoir m'y habituer, c'est tout.

———————————

Je termine la vaisselle pendant que Sara s'habille et je la conduis au travail.

— N'oublie pas, la signature chez le notaire est à dix-huit heures, lui dis-je alors que nous nous garons devant son cabinet. Je passe te chercher à dix-sept heures trente, d'accord ?

Elle acquiesce et tend la main vers la poignée de la portière tout en se dérobant à mon regard.

— Sara.

Je lui prends le poignet alors qu'elle ouvre.

— Regarde-moi.

Elle obéit avec réticence. De l'autre main, je glisse derrière son oreille une mèche de cheveux égarée.

— Dis-le, ptichka. Je veux entendre ces mots.

Elle me dévisage et je sens son pouls s'accélérer dans le poignet fin que je tiens. Elle est aux prises avec elle-même, avec ses sentiments pour moi, et je ne le tolèrerai pas.

— Dis-le ! j'insiste en resserrant ma poigne.

Je vois le moment précis où elle capitule.

Fermant les yeux, elle prend une vive inspiration, puis elle rouvre les paupières.

— Je t'aime.

Sa voix est basse, mais assurée, et elle me regarde dans les yeux.

— Je t'aime, Peter… quoi qu'il arrive.

Quelque chose tout au fond de moi – un nœud de tension dont j'ignorais l'existence – se détend et je porte sa main à mes lèvres, embrassant la peau douce de ses phalanges.

— Je t'aime aussi. On se voit à dix-sept heures trente, d'accord ?

— D'accord, murmure-t-elle.

Je me résous enfin à la quitter.

À lui laisser sa liberté, au moins jusqu'à ce soir.

CHAPITRE 13
SARA

Fidèle à sa parole, Peter passe me chercher à dix-sept heures trente précises, et nous rejoignons le cabinet du notaire pour signer les documents.

— Tu as mis la maison à mon nom ?

Je regarde Peter avec étonnement quand je découvre l'espace blanc qui attend seulement ma signature sur chaque feuille.

Il hoche la tête avec un léger sourire.

— C'est pour le mieux, mon amour. Au cas où.

Un frisson remonte le long de ma colonne vertébrale. « Au cas où » pourrait signifier tout un tas de choses, mais quand votre mari était traqué par les agences des forces de l'ordre du monde entier et qu'il a toujours des liens avec le milieu criminel, ces mots revêtent un sens particulièrement sinistre.

J'ai envie d'approfondir la question, mais le notaire – une jolie femme élégante d'une trentaine d'années – nous regarde avec une curiosité manifeste, et je me contente de signer à chaque X en essayant de ne pas songer à ces éventualités terrifiantes.

Comme, par exemple, à la possibilité qu'une unité spéciale enfonce notre porte en pleine nuit parce qu'on aura découvert le rôle de Peter dans le meurtre du beau-père de Monica.

— C'est terminé, déclare la femme sur un ton enjoué quand je lui remets les derniers papiers. Félicitations pour votre nouvelle maison.

— Merci.

Je me lève et lui serre la main.

— Nous sommes très enthousiastes.

À son tour, Peter lui serre la main et je ne peux m'empêcher de remarquer le regard que la femme pose sur lui – comme un chat regarderait une écuelle de crème. Il ne semble pas prêter attention à son intérêt, mais j'éprouve tout de même un vilain élan de jalousie.

Peut-être devrais-je dire à Peter qu'*elle* me contrarie ?

Je chasse cette plaisanterie macabre dès qu'elle me vient à l'esprit, mais il est trop tard. Une fois de plus, je broie du noir et j'ai la nausée. Pendant toute la journée, j'essaie de me convaincre que ce qui est arrivé n'était qu'un cas isolé et que Peter tiendra sa promesse de ne plus faire de mal à quiconque. Pourtant chaque fois que je m'apprête à le croire, je me rappelle ce qu'il a menacé de faire lors de notre mariage si je lui faisais faux bond.

Le meurtre – ou la menace – fera toujours partie de son arsenal et personne autour de moi ne sera véritablement en sécurité. C'est comme si je me promenais avec une grenade dégoupillée.

Peter m'escorte vers la sortie et nous rentrons à mon appartement, où la table est déjà dressée, avec des chandelles et une bouteille de champagne glacée dans un seau. De délicieux effluves émanent du four.

— À notre nouvelle maison, dit-il en portant un toast après nous avoir servi un verre.

J'avale d'un trait la boisson à bulles en m'efforçant de chasser les images de cadavres désarticulés dans des ruelles sombres, les images de mares de sang.

Et de la grenade dégoupillée constamment à mes côtés.

CHAPITRE 14
PETER

Les déménageurs n'arrivent pas avant midi. Après avoir déposé Sara au travail le vendredi, je pars courir avec un sac à dos lesté pour imiter l'entraînement que j'effectuais avec mes hommes. J'ai besoin d'exercice éreintant afin de soulager la fébrilité que je ressens – et d'oublier à quel point ma vie exclusivement axée autour du travail me manque.

Je termine mon jogging dans un parc désert et calme, non loin de l'appartement, et je retire mon tee-shirt trempé de sueur, afin de me lancer dans une série de mouvements de musculation en utilisant le sac à dos de quarante kilos pour ajouter de la difficulté à mes pompes sur un bras et à mes tractions contre un arbre.

J'ai presque fini quand j'aperçois un adolescent qui court dans ma direction, son tee-shirt flottant sur son corps efflanqué. Pendant un moment pétrifiant, il me fait penser à mon ami Andrey, celui qui m'a fait tous mes tatouages au Camp Larko.

L'illusion se dissipe quand le garçon s'approche, mais je suis incapable de détourner le regard.

Le gamin court comme s'il avait les chiens de l'enfer aux trousses. Il a les yeux écarquillés et ses bras battent désespérément l'air de part et d'autre de son corps. Quelques secondes plus tard, je comprends pourquoi.

Quatre garçons plus grands et plus âgés – de jeunes hommes, à vrai dire – le poursuivent tout en hurlant des insultes.

Cela ne me regarde absolument pas, mais c'est plus fort que moi.

Dès que le sosie d'Andrey me dépasse en trombe, je détache mon sac de ma taille et je le jette au sol. Puis, au moment où ses poursuivants arrivent à ma hauteur, je me campe en travers de leur chemin, les bras tendus afin de leur barrer le passage.

Ils s'arrêtent net, juste à temps pour ne pas me rentrer dedans.

— Putain, mec ! s'exclame le plus costaud des quatre. Dégage !

Il essaie de m'écarter – grosse erreur de sa part. Mon instinct affûté entre en jeu et, un instant plus tard, le type est étalé sur le dos. Il gémit et ses trois camarades reculent, les mains levées en signe de défense.

— Foutez le camp !

Aussitôt, ils s'exécutent, prenant à peine le temps de récupérer leur ami à terre avant de l'entraîner.

Je me penche pour ramasser mon sac à dos quand j'aperçois un mouvement du coin de l'œil.

C'est le gamin que j'ai aidé. Son torse maigre palpite tandis qu'il me dévisage.

— Comment avez-vous fait ?

Il y a de l'admiration et de l'envie dans sa voix.

— Quoi donc ?

Je prends mon sac et je fourre mon tee-shirt à l'intérieur.

— Comment l'avez-vous étendu comme ça ?

Je hausse les épaules en hissant mon sac à dos, attachant les lanières autour de ma taille.

— Autodéfense élémentaire.

— Non, clairement pas.

Les yeux bleus du gosse sont grands ouverts – leur ressemblance avec ceux d'Andrey est troublante.

— Il y avait autre chose. Vous avez servi dans l'armée ? Et vous vous entraînez avec ça ? demande-t-il en désignant mon sac à dos.

— En quelque sorte. Oui.

Je me tourne pour partir, mais le garçon n'en a pas terminé avec moi.

— Pouvez-vous m'apprendre ? À combattre, je veux dire…

Je fais mine de ne pas l'avoir entendu et je commence à trottiner.

Sans se laisser décourager, il me rattrape et court à mes côtés.

— Vous pouvez m'apprendre ? S'il vous plaît ?

J'accélère le pas.

— Je ne forme pas les jeunes.

— Je vous paierai.

Il est essoufflé, mais il parvient à conserver son allure.

— Tenez.

Glissant la main dans sa poche, il en sort deux billets de vingt dollars.

— De toute façon, ils allaient les prendre, alors autant que je vous les donne.

Je m'apprête à refuser lorsqu'une idée me vient. Je m'arrête alors à côté d'un banc et je le toise d'un regard attentif.

— Tu as envie d'apprendre ? Vraiment ?

— Oui.

Il trépigne d'excitation.

— J'ai envie de savoir me défendre. Enfin, j'ai suivi des cours de karaté quand j'étais petit, mais ça n'a pas vraiment…

— Quel âge as-tu ? je l'interromps.

— Seize ans. Presque, le mois prochain.

— Et qui étaient ces types après toi ?

Le garçon rougit.

— Les amis de mon grand frère. Ils ont prêté serment dans une fraternité d'étudiants et c'est un rituel chez eux. Vous savez, voler de l'argent à un intello.

Je lève presque les yeux au ciel tant ce qu'il dit est ridicule. Suis-je sérieusement en train d'envisager cela ?

— S'il vous plaît, monsieur.

Le garçon sautille d'un pied sur l'autre.

— Mon père dit toujours que je dois m'affirmer, mais je ne sais pas comment. Et la manière dont vous les avez arrêtés… Je tuerais pour être capable de faire ça.

Ce gamin n'a pas idée de ce qu'il dit, mais pour une raison quelconque – peut-être parce que je pense toujours à Andrey à qui tout le monde s'en prenait dans notre camp de l'enfer avant que le gardien sadique l'ébouillante – je tends la main et demande :

— Donne-moi ton téléphone.

Le gamin s'empresse d'obéir. J'y inscris alors mon numéro avant de le lui rendre.

— Appelle-moi ce week-end et nous prévoirons un emploi du temps. Comment t'appelles-tu, au fait ?

— Aiden, monsieur. Aiden Walt.

Il hésite, puis il prend son courage à deux mains et demande :

— Et vous êtes… ?

— Peter Garin, dis-je avant de repartir à petites foulées, laissant l'adolescent debout à côté du banc.

CHAPITRE 15
SARA

*C*omme il en a pris l'habitude cette semaine, Peter passe me chercher après le travail. Mais au lieu de nous conduire à la maison ou à la clinique, il nous emmène au bar où mon groupe joue ce soir.

— Merci beaucoup, dis-je dans la voiture, entre deux bouchées de pâtes au poulet. Sérieusement, c'est un délice.

— De rien.

Son regard couleur argent est chaleureux lorsqu'il se tourne vers moi avant de reporter son attention sur la route.

— Je suis content que ça te plaise.

— Je n'en reviens pas que tu aies trouvé le temps de cuisiner aujourd'hui. Les déménageurs ne devaient-ils pas passer ?

Il sourit.

— Oh, je ne te l'ai pas dit ? Ils sont passés… et ce soir nous allons dormir dans notre nouvelle maison.

— Quoi ?

Je manque m'étouffer avec mes pâtes.

— Tu es sérieux ?

Il acquiesce.

— J'ai embauché quatre types. Ils emballent tout et le transfèrent en un temps record. J'ai déjà rangé le nécessaire, toutes les affaires de la cuisine et de la chambre. Il ne restera que des cartons à déballer ce week-end et quelques babioles à acheter, bien sûr, mais je me suis dit qu'on pourrait le faire ensemble.

— Tu es merveilleux.

Je le pense. Sa façon d'être, implacable et obsessionnelle, cette capacité presque surhumaine à surmonter les pires embûches pour atteindre son objectif, tout cela me terrifiait autrefois, mais maintenant que je ne me débats plus pour lui échapper, je me rends compte de l'avantage que cela représente.

Cette même force de volonté que Peter a employée pour me faire tomber amoureuse de lui s'attache désormais à aplanir toutes les aspérités mineures de notre vie paisible – une vie uniquement possible parce que Peter a accompli un véritable miracle en se faisant rayer de la liste des criminels les plus recherchés au monde.

Si je ne le connaissais pas mieux, je le prendrais pour un magicien capable de soumettre le destin et la réalité à sa volonté.

— J'ai décidé d'ouvrir un studio d'entraînement, dit-il sur un ton détaché tandis que je poursuis mon repas. Je commencerai à chercher un local la semaine prochaine.

Je m'interromps au milieu de ma bouchée pour le dévisager avec incrédulité.

— Vraiment ?

— Oui. J'ai rencontré un adolescent au parc aujourd'hui. Il m'a supplié de lui donner des cours de combat. Ça m'a donné l'idée et plus j'y réfléchis, plus ça me plaît. Je pense à des cours d'autodéfense pour les femmes et les adolescents, des camps d'entraînement pour les athlètes confirmés, le maniement des armes pour les gardes du corps et ainsi de suite. J'ai de l'expérience en tant que chef, puisque j'exerce mes gars depuis que j'ai mis sur pied mon équipe, alors ça pourrait être sympa.

— C'est une *excellente* idée, dis-je d'une voix qui trahit mon excitation. Ce sera tellement parfait pour toi.

Il me décoche un regard plein d'ironie.

— Mieux que les assassinats ?

J'éclate de rire. Décidément, il lit dans mes pensées.

— Oui, beaucoup mieux.

Je me suis inquiétée de ce qu'il ferait, me demandant si son ancien métier bourré d'adrénaline n'allait pas lui manquer, et ce projet me tranquillise un peu.

Avec le studio d'entraînement pour occuper ses journées et lui offrir un nouveau défi, mon assassin de mari pourrait bien s'adapter à notre vie calme de civils comme les autres.

Je ne me suis pas sentie aussi légère depuis la visite de Monica et je termine mes pâtes au moment où nous nous garons près du bar où je chanterai ce soir.

Cette sensation de légèreté s'envole dès que nous pénétrons à l'intérieur. Le bar est immense, bruyant et bondé. La plupart des clients sont déjà saouls et je sens monter la tension de Peter quand nous rejoignons les coulisses, où les autres membres du groupe se préparent déjà.

— Ah, les voilà ! Les nouveaux mariés ! Content que vous ayez pu venir.

Quand Phil me serre dans ses bras, le visage de mon mari devient aussi dur que la pierre et je vois qu'il ferme le poing.

Zut, j'avais oublié la possessivité extrême de Peter.

Je repousse mon musicien et je m'empresse de prendre Peter par le bras. Le muscle d'acier se contracte sous mes doigts et je comprends que je ne m'étais pas trompée.

Ma grenade était bel et bien sur le point d'exploser.

— Où sont Simon et Rory ? je demande en frottant le bras de Peter comme si j'avais simplement envie de sentir la force de ses biceps meurtriers – ce que je ferais si je n'étais pas inquiète pour Phil. Ils sont prêts ?

— Ils sont en train de se changer par là-bas, me dit ce dernier avec un mouvement de tête vers la droite. Tu devrais aller te changer aussi. Nous avons préparé ta tenue. Ne t'inquiète pas, je te la rends dès que nous aurons terminé.

Il sourit à Peter, qui semble toujours sur le point de lui enfoncer des clous dans la chair. Très lentement.

— D'accord. Je me dépêche.

Après avoir exercé une dernière pression sur le bras de Peter, je m'éloigne avec réticence pour aller me changer.

J'espère que notre guitariste sera indemne à mon retour.

CHAPITRE 16
PETER

— Alors, dit Phil.

Son amabilité s'évapore dès que Sara disparaît.

— On est jaloux, pas vrai ?

Je le dévisage sans ciller.

— Tu n'as pas idée, lui dis-je.

S'il serre à nouveau Sara dans ses bras, ce sera son tout dernier geste. Cet endroit me rend déjà bien assez nerveux – avec la foule d'ivrognes, c'est un repaire de crapules – et rien qu'à l'idée que ce connard plein de bière pose ses sales pattes sur Sara, mes doigts me démangent de briser sa nuque trop grasse.

Il me renvoie mon regard avant d'éclater de rire.

— Oh bon sang, tu devrais voir ta tête. Je croyais que le regard qui tue, ce n'était qu'une expression.

Je me force à cligner des paupières, atténuant mon « regard qui tue » tandis qu'il poursuit sans se douter un instant que ses remarques ont visé juste.

— Désolé, vieux. Je ne voulais pas empiéter sur ton territoire. Nous connaissons Sara depuis un bout de temps, c'est comme une sœur pour nous. Enfin, pas tout à fait, parce que nous ne sommes pas de la même famille et qu'elle est vraiment canon, mais tu vois ce que je veux dire. Honnêtement, on ne savait même pas qu'elle aimait les hommes. Je ne dis pas qu'on croyait qu'elle jouait dans l'autre équipe, mais on se disait qu'elle ne sortait avec personne, étant donné qu'elle est veuve, tout ça. Maintenant, je suppose qu'elle te voyait en secret et…

Il secoue la tête.

— Enfin, c'est fou qu'on n'en ait rien su.

— Eh bien, maintenant, vous le savez.

Je devrais sans doute être plus affable. Après tout, il essaie ouvertement de créer un lien avec moi, mais j'ai encore du mal à me retenir de le tuer pour cette étreinte qu'il a osée – et toutes les autres fois où il a très certainement dragué ma femme « vraiment canon ».

Ce n'était pas ma femme à l'époque, mais elle m'appartenait déjà.

Heureusement, Sara réapparaît avant que ma patience ne soit poussée à bout. Elle porte une robe blanche dos nu qui me fait penser à celle de Marilyn Monroe dans la fameuse scène de la grille de métro. Sur une autre femme, elle aurait simplement pu paraître coquette, mais sur Sara, avec son allure de danseuse, elle est aussi élégante que sexy.

— Je me suis dit que c'était approprié, lance Phil tandis que je la dévisage, l'eau à la bouche.

J'ai envie de mordiller la peau douce exposée par le décolleté plongeant de la robe.

— Tu sais, étant donné que c'est une jeune mariée…

Je détache mes yeux de ses clavicules délicates.

— Quoi ?

— La robe blanche, dit le guitariste en souriant. C'est moi qui l'ai choisie. Comme un prolongement de votre mariage.

— Ah.

Je me retourne afin de regarder Sara qui s'arrête pour parler au batteur, Simon.

Ce serait mal si je l'enlevais sur-le-champ ? Si je la prenais dans mes bras pour l'emmener hors du bar et la garder dans mon lit jusqu'à ce que nous soyons incapables de marcher ?

J'ai envie qu'elle chante pour moi, et rien que pour moi, dans cette robe.

Dans n'importe quelle robe, en réalité.

— Eh bien, tu es accro, dit Phil.

Je lui lance un regard agacé. Cet idiot secoue la tête et sourit comme s'il ne se rendait pas compte que je m'apprête à lui tordre le cou.

— Salut, Phil !

Une blonde fait son entrée dans la pièce et je reconnais Marsha de l'hôpital, l'amie de Sara.

En me voyant, elle se fige pendant une seconde, puis elle s'approche d'un pas hésitant.

— Salut, Marsha, dis-je avec un sourire chaleureux.

Inutile d'effaroucher encore plus cette femme. Elle nourrit déjà toutes sortes de soupçons à mon égard.

— Je ne savais pas que tu serais là.

— Oui, eh bien…

Elle regarde Phil et lui demande :

— Je peux te parler ?

— Bien sûr, répond-il avant de se tourner vers moi. Excuse-moi.

Je reporte mon attention sur Sara tandis que Marsha entraîne le guitariste à l'écart. À présent, ma ptichka discute avec le rouquin, Rory, et je n'aime pas le regard que ce paon au corps musclé pose sur elle.

Je fais un pas vers eux, mais Sara met un terme à leur conversation et jette un œil à la scène à travers le rideau.

— Ils sont prêts, lance-t-elle par-dessus son épaule.

Sans un mot, je quitte les coulisses pour rejoindre la foule au bar.

Le spectacle de ma ptichka va commencer et je ne veux pas en rater une seconde.

À mon grand étonnement, la foule tapageuse se tait dès que Sara monte sur scène. Et quand elle ouvre la bouche, je comprends pourquoi. Elle est aussi phénoménale qu'une pop-star célèbre. Sa voix est suave et pure, avec des paroles qu'elle a composées elle-même. Je l'ai entendue répéter au Japon, mais je l'écoute avec enchantement, comme tout le monde dans le bar.

Le contraire serait impossible.

La chanson est à la fois évocatrice et enjouée, un mélange inhabituel de country, de R&B et de rythmes actuels – tout cela combiné à la touche unique de Sara.

Elle est plus que douée.

Elle est merveilleuse.

Nos regards se croisent et mon cœur grandit dans ma poitrine. Bientôt, j'ai l'impression de ne plus être capable de le contenir. Mon désir pour cette femme est surréaliste. Chaque cellule de mon corps a envie d'elle. Cet instinct primitif se réveille à nouveau en moi, le besoin de la jeter sur mon épaule pour la ramener dans ma tanière.

J'ai envie de l'arracher aux yeux des autres, pour pouvoir la dévorer tout seul.

Une chanson, trois, cinq, quinze – avant que je m'en rende compte, deux heures se sont écoulées. Le public ne cesse de la rappeler, exigeant une dernière chanson, et chaque fois, elle revient. Enfin, le concert est terminé.

Je l'intercepte lorsqu'elle quitte la scène. Je l'attrape et la soulève dans mes bras, la serrant contre mon torse.

— Privilège des jeunes mariés, dis-je férocement à ses fervents admirateurs.

Et tandis qu'elle enfouit son visage contre moi, rieuse et rougissante, je fais ce que je meurs d'envie de faire depuis le début de la soirée.

Je l'emmène pour profiter d'elle à mon aise.

CHAPITRE 17
PETER

Je me retiens assez longtemps pour nous conduire jusqu'à notre nouvelle maison. Chaque fois que Sara bouge sur son siège et que j'aperçois sa cuisse nue sous cette robe blanche légère, je suis tenté de me garer au bord de la route.

La seule chose qui m'en empêche, c'est que je ne veux pas d'un coup vite fait dans la voiture. Je la veux dans mon lit, où je pourrai savourer son corps délicieux durant toute la nuit, où je pourrai lui montrer qu'elle m'appartiendra toujours même si les autres hommes bavent devant elle.

Ce qui m'aide, c'est qu'elle ne cesse de parler, encore portée par l'adrénaline de son concert. Elle me dit qu'il a fallu accorder la guitare de Phil au dernier moment et que Simon a failli ne pas venir parce qu'il avait un article à rendre. Me concentrer sur ses paroles m'évite de glisser la main sous sa robe et de remonter le long de sa cuisse lisse et tonique avant de m'aventurer sous le string en dentelle qu'elle a enfilé ce matin, caressant la soie douce de son…

— Tu te rends compte que Marsha sort avec Phil maintenant ? fait Sara.

Je me rends compte que je ne l'écoutais plus, perdu dans mon fantasme torride.

— Vraiment ? dis-je, m'efforçant de revenir à la conversation. Depuis quand ?

— Rory m'a dit que tout a commencé le soir de notre mariage. C'est amusant, tu ne trouves pas ? Apparemment, Marsha était trop saoule pour conduire après la cérémonie, alors Phil s'est proposé pour la raccompagner. Et le reste, comme on dit, ça fait partie de l'histoire…

— C'est super.

Je m'efforce de garder les yeux sur la route au lieu de dévorer Sara du regard.

— Tant mieux pour eux.

Je suis sincère. Avec un peu de chance, l'infirmière fantasque occupera le guitariste et il cessera de tourner autour de Sara à tout bout de champ. Quant à lui, il lui changera peut-être suffisamment les idées pour qu'elle ne cherche plus à s'immiscer dans notre vie privée.

Sara s'est un peu trop confiée à elle pendant mon absence et même si Marsha n'est pas certaine que ce soit moi qui aie harcelé Sara et qui aie tué son premier mari, elle s'en doute fortement.

— Oui, j'espère que ça marchera, répond-elle. Ils méritent d'être avec quelqu'un de bien, tous les deux.

Je hoche la tête de manière évasive et risque un autre coup d'œil en direction de Sara. Elle me regarde avec un sourire, puis elle cause ma perte en posant une main sur ma cuisse.

Ma queue, déjà rigide après toutes ces images classées X qui ont défilé dans mon esprit, se réveille brusquement. Ses doigts fins embrasent ma peau malgré l'épaisseur de mon jean. On dirait qu'un câble électrique est posé sur ma cuisse, propageant des étincelles directement entre mes jambes. Mon cœur s'emballe violemment et ma mâchoire se contracte tandis que la route droit devant se brouille pendant une seconde dangereuse.

— Sara.

Son prénom est sorti dans un grognement et mes mains se contractent convulsivement autour du volant.

— Ptichka, si tu n'enlèves pas ta main tout de suite…

Sa respiration s'accélère nettement et elle retire aussitôt la main en comprenant ce qu'elle me fait. Mais c'est inutile. Je sens encore la chaleur de ses doigts, imprimés dans ma peau, mon esprit… mon cœur. Un jour peut-être, cela ne me fera plus un tel effet, son affection spontanée ne me tuera pas systématiquement, mais pour le moment, nous sommes encore trop neufs, trop à vif. Il n'y a pas si longtemps, elle me craignait et elle me détestait. J'étais un monstre à ses yeux. C'est peut-être encore le cas… mais maintenant, elle m'aime.

Elle sait qu'elle a besoin de moi, y compris de mes zones d'ombre.

Quand nous nous garons devant notre nouvelle maison, je marque une pause pour m'assurer qu'aucun danger ne déclenche mon radar bien affûté. Je ne sens rien – c'est plutôt normal. Maintenant, les lieux sont aussi sécurisés que possible. Tout est surveillé par une technologie de pointe et mon équipe est postée de manière stratégique dans tout le quartier.

Je ne veux pas courir le risque que les ennemis de mon passé fassent irruption dans notre présent serein.

— Waouh, s'exclame Sara tandis que je l'aide à sortir de la voiture.

Ébahie, elle tourne la tête de chaque côté, les yeux grands ouverts.

— D'où viennent tous ces arbres ? Et cette clôture ? Quand as-tu trouvé le temps de faire tout ça ?

Je jette un œil à ce dont elle parle. En effet, j'ai fait installer une grande barrière et planter des arbres tout autour de la propriété afin de protéger notre vie privée et de couper la ligne de mire d'un tireur potentiel.

— Hier, lui dis-je en posant une main au bas de son dos pour la conduire vers l'entrée.

Elle pourra s'émerveiller de notre nouvelle maison demain. Ce soir, elle est toute à moi.

Nous avons à peine franchi la porte lorsque ma retenue cède comme une brindille sous une averse de grêle.

Refermant la porte avec le pied, j'allume le couloir et je la plaque contre le mur. Mes mains se posent sous sa robe et je la soulève pour trouver son string en dentelle détrempé. En dessous, son sexe est doux et moite.

Oh, putain. Son concert a dû l'exciter à tous les niveaux.

— Peter.

Elle écarquille les yeux en s'agrippant à mes biceps.

— Attends, d'abord… ah !

Ses mots se terminent dans un gémissement lorsque je la pénètre à deux doigts. J'aime la sensation souple et soyeuse de son entrejambe contracté.

— Dis-moi que tu en as envie, je demande en exerçant un mouvement de va-et-vient, laissant mon pouce calleux effleurer son clitoris à chaque coup. Dis-moi que tu as envie de *moi*.

Son regard est incroyablement vitreux, ses pupilles un peu plus dilatées chaque seconde.

— Oui. Tu le sais.

Elle est à bout de souffle. Ses muscles internes se compriment et elle ondule des hanches dans un rythme qui me laisse comprendre qu'elle y est presque.

— S'il te plaît, Peter…

J'écarte les doigts et porte ma main à son visage.

— Suce-les.

Puis je les insère entre ses lèvres rebondies.

— Je veux qu'ils soient bien trempés, tu comprends ?

Une fois de plus, elle ouvre grand les yeux, mais elle obéit. Sa langue agile tournoie autour de mes doigts quand je les glisse dans sa bouche. C'est une sensation merveilleuse. J'imagine cette langue sur ma queue. Impatient d'aller plus loin, j'enfonce encore mes doigts. Sa gorge convulse dans un réflexe incontrôlable, les enduisant de salive.

Putain. Si je ne la pénètre pas, je vais exploser.

Déboutonnant mon jean avec ma main libre, je sors mes doigts de sa bouche et je les glisse entre ses jambes. Sa moiteur se mêle à sa salive et je reprends mes mouvements enivrants. J'ai envie de retrouver cette lueur d'abandon dans ses yeux.

Il ne me faut pas longtemps. Trente secondes après, elle respire vite et sa belle peau claire s'empourpre. Elle a toujours les yeux rivés sur moi, mais ils deviennent vitreux. Elle ne me regarde plus. Ses ongles s'enfoncent dans mes biceps et les muscles de ses cuisses commencent à frémir comme une corde trop tendue.

J'attends d'être certain qu'elle va jouir, puis je retire à nouveau mes doigts pour empoigner ses cuisses fuselées et la soulever, l'empalant sur mon sexe avide. Le « o » que forme sa bouche se change en un gémissement retentissant et elle referme les jambes autour de mes hanches. Quand je la pénètre d'une brusque poussée, je sens ses muscles internes frémir et se contracter. Je m'ancre au plus profond de son corps. Je dois mobiliser tous mes efforts pour ne pas céder à une puissante envie de jouir.

Elle ne s'en tirera pas aussi facilement.

Pas ce soir.

Je parviens à me retenir jusqu'à ce que ses spasmes s'estompent et que son corps s'affaisse contre le mien. Elle ferme les paupières. Son visage exprime un ravissement absolu. Alors, je baisse la tête et j'embrasse ses lèvres entrouvertes. Les doigts avec lesquels je l'avais pénétrée quittent sa cuisse pour rejoindre la fente si attirante entre ses fesses.

Elle est détendue, absorbée dans mon baiser, et elle ne résiste pas lorsque j'enfonce un doigt humide dans son ouverture étroite. Ma première phalange est déjà en elle quand elle ouvre vivement les yeux. Son corps se raidit, ses muscles internes se contractent sur mon sexe et sur mon doigt, tandis que ses jambes se referment autour de mes hanches.

— Laisse-moi entrer, ptichka, je murmure contre ses lèvres. Tu sais que tu en as envie.

Elle n'a pas vraiment le choix. Je soutiens son poids avec mon corps, ainsi que ma main libre. Ses jambes sont repliées autour de mon bassin et ma queue est profondément en elle. Elle ne peut ni s'échapper ni contrôler la profondeur de ma pénétration dans chacun de ses orifices.

Elle est entièrement à ma merci et c'est exactement ce que je veux.

Je ne l'ai pas prise par-derrière depuis la nuit de notre mariage, mais je n'ai pas cessé d'y penser – ses globes ronds et parfaits pressés contre mes bourses et la douleur teintée de plaisir sur son visage. Je lui ai fait mal, j'en suis conscient, mais aussi pervers que ce soit, cela m'a semblé particulièrement délicieux.

J'ai beau adorer cette femme, j'ai parfois envie de la punir, de voir la peur mêlée à l'excitation dans ses beaux yeux.

En levant la tête, je constate que c'est exactement ce qu'ils reflètent en ce moment même.

— Je…

Une fois de plus, son souffle s'accélère.

— Je ne sais pas si…

J'avale ses prochains mots par un autre baiser et mon doigt reprend sa manœuvre dans son ouverture étroite tandis que je la soulève de ma main libre, l'avançant sur mon sexe. Elle gémit tout contre mes lèvres et je sens les mouvements de ma queue à travers la fine paroi entre ses deux orifices.

Je respire plus fort, mes bourses se contractent et la retenue que je possédais encore s'évanouit. Approfondissant le baiser, je m'enfonce encore plus et j'insère un deuxième doigt entre ses fesses. Elle se raidit. Ses ongles m'entament les bras. Les muscles entre ses jambes se compriment pour résister, mais c'est inutile. Je suis déjà en elle, si profondément qu'elle ne peut plus m'écarter.

Pour elle, il n'y a aucune échappatoire.

Ni maintenant. Ni jamais.

Tout en moi me hurle de la baiser, de redoubler d'ardeur, sans relâche, jusqu'à ce que j'explose et que la tension insoutenable retombe, mais j'ai envie d'autre chose. Prenant une grande inspiration, je lève la tête et croise son regard. Elle me dévisage d'un air hébété, les joues rouges et les paupières alourdies par l'excitation.

— Dis-moi ce dont tu as besoin, j'ordonne d'une voix rauque.

Son souffle produit un sifflement entre ses dents lorsque j'enfonce profondément mes doigts entre ses fesses afin de l'étirer, la préparer.

— Je veux te l'entendre dire.

— Je ne…

Elle gémit et ferme vivement les paupières. J'écarte mes doigts, l'étirant de plus belle.

— Je ne sais pas.

— Si, tu sais. Regarde-moi.

Elle ouvre les yeux avec obéissance et sa langue délicate pointe pour humecter sa lèvre inférieure.

— Dis-moi, Sara. Dis-moi ce dont tu as vraiment besoin.

— Je…

Sa respiration s'accélère et j'imprime un mouvement plus intense, m'assurant d'appuyer sur son clitoris à chaque mouvement.

— C'est… ça. Peter, j'ai besoin de ça. J'ai besoin de te sentir en moi. J'ai besoin que tu…

Elle tressaille lorsque je donne un coup de hanches plus vigoureux.

— … que tu me prennes et…

— Et quoi ? j'insiste.

Un picotement se fait sentir à la base de ma colonne quand ses muscles internes se contractent.

— Que tu me baises.

À présent, elle halète. Son regard devient flou et trouble.

— Que tu… me fasses mal.

— Oui.

Ma voix est éraillée lorsque j'ajoute :

— C'est ça. Tu m'appartiens. Je peux te baiser, te faire du mal, faire tout ce que je veux de toi. N'est-ce pas, mon amour ?

Elle hoche la tête et ses yeux retrouvent les miens.

— Oui. Toujours.

Toujours. Ce mot me transperce la poitrine, apportant son mélange de chaleur tendre et de satisfaction violente. J'aime qu'elle le comprenne, qu'elle l'admette.

Nous sommes faits l'un pour l'autre. Je l'ai su dès le début – et maintenant, elle le sait aussi.

Je penche la tête et reprends possession de ses lèvres pour un baiser qui reste doux et sensuel. Je retire mes doigts et place les deux mains sous ses cuisses. J'écarte ses jambes tout en la hissant contre le mur, puis ma queue quitte son sexe pour se diriger vers son orifice arrière.

Elle sursaute en retenant son souffle, mais je l'attire déjà sur ma queue rigide, utilisant la force de la gravité et sa lubrification naturelle afin de faciliter la pénétration. Si je ne l'avais pas étirée avec mes doigts, cela aurait été impossible, mais l'anneau de muscles cède à la pression inflexible et je me glisse dans l'étroit conduit. Je sens que son corps me comprime pour résister à l'invasion.

— Peter…

Elle tremble lorsque je lève la tête, rencontrant à nouveau ses yeux.

— Peter, s'il te plaît…

— Oui ! je lui promets d'une voix rocailleuse. Ça va te plaire, ptichka. Je vais te donner ce dont tu as besoin… tout ce dont tu as besoin.

Soutenant son regard, je commence à bouger, l'entraînant avec moi là où la douleur se fond avec le plaisir, là où l'amour et la haine fusionnent.

Dans cet état merveilleux où elle m'appartient, à moi et moi seul.

CHAPITRE 18
HENDERSON

J'examine les nouvelles photos sur mon écran tout en massant les muscles noués de mon cou, sans prêter attention à ma migraine carabinée.

Contacter le FBI s'est avéré utile et il ne m'a pas fallu beaucoup insister. L'agent Ryson n'était que trop heureux de reprendre pour moi son enquête sur Sokolov.

Je ne me fais aucune illusion, il ne découvrira pas grand-chose, mais ce n'est même pas le sujet. J'ai besoin qu'une enquête soit en cours, même s'il s'agit d'une petite vengeance personnelle menée par un agent mécontent.

Ouvrant le dossier sur mon bureau, j'observe les plans qui s'y trouvent. Le projet commence à prendre forme, lentement, mais sûrement. Maintenant, je dois juste trouver les personnes adéquates pour le mettre en œuvre.

Le bruit d'une arme automatique parvient à mes oreilles, accentuant la douleur lancinante entre mes tempes. Écartant le dossier, je me lève et j'entre dans le salon.

— Jimmy.

Mon fils de quinze ans ne réagit pas.

Je répète son prénom plus fort.

— Quoi ? lance-t-il sans détacher son regard de l'écran.

— Baisse le volume de ce putain de jeu, dis-je aussi calmement que possible.

Il me fait un doigt d'honneur.

Mon mal de crâne se change en migraine fulgurante et mon cou subit une crispation douloureuse tandis qu'une nouvelle crise de colère glaciale se propage dans mes veines.

Calme en apparence, je rejoins le canapé et j'attrape la manette dans les mains de mon fils.

— Eh ! fait-il en se levant d'un bond pour essayer de la récupérer.

Du revers de la main, je lui décoche une telle gifle qu'il titube.

— Je t'avais dit d'éteindre ce foutu jeu, dis-je alors qu'il lève les yeux vers moi en se frottant la mâchoire.

Abandonnant la manette sur le sol, je retourne dans mon bureau.

CHAPITRE 19
SARA

Je me réveille le samedi matin avec l'idée que Peter et moi sommes mariés depuis une semaine – et que nous venons de passer notre toute première nuit dans notre nouvelle maison.

Je n'ai pas eu l'occasion de bien la visiter hier soir et je prends le temps de contempler la chambre. Elle est spacieuse et lumineuse avec les murs peints dans un bleu gris clair apaisant et le plafond suspendu, à environ trois mètres cinquante au-dessus de notre lit *king-size* au cadre en bois de chêne.

C'est beau et moderne. J'éprouve une soudaine envie d'acheter des plantes pour en disposer dans tous les coins, comme une bonne fée du logis.

Je m'étire en souriant, avant de grimacer lorsqu'une douleur interne me traverse. Après ce rapport brutal dans le couloir, Peter m'a emmenée à l'étage et m'a prise à nouveau sous la douche, puis encore une fois dans ce grand lit.

Un de ces jours, il faudra que nous discutions de ce qu'il considère comme une vie sexuelle normale et saine. Les hommes ne sont pas censés baiser leurs femmes chaque soir comme s'ils sortaient de prison.

J'imagine une telle discussion et je secoue la tête. Même moi, je ne suis pas dupe. Endolorie ou pas, son désir débordant ne me dérange pas le moins du monde. La sexualité intense de Peter fait partie de lui, aussi ouvertement fougueuse que son amour pour moi. Il ne connaît aucune limite, n'accepte aucune retenue. Et je le désire comme ça : sauvage et tendre à la fois, dangereux et d'une douceur perverse.

Je ne veux plus faire semblant de ne pas être folle de lui, aussi mal que ça puisse être.

Le fumet d'un délicieux petit-déjeuner me parvient déjà sous la porte close et je prends une douche rapide dans notre nouvelle salle de bain luxueuse avant d'enfiler un tee-shirt et un pantalon de yoga. Mon estomac gronde quand je dévale l'escalier.

Debout devant la cuisinière en acier inoxydable aux dimensions professionnelles, mon mari prépare des pancakes. Je m'arrête en le voyant, l'eau à la bouche. Il ne porte qu'un jean élimé et j'admire ses larges épaules, ses muscles secs et fermes. Les tatouages qui ornent son bras gauche ondulent à chaque mouvement de son biceps puissant. Ses cheveux noirs épais sont délicieusement ébouriffés, comme pour inviter mes doigts à les toucher, et sa peau hâlée brille dans la douce lueur matinale.

Il se retourne avec un sourire sensuel.

— Le voilà, mon petit rossignol. Comment te sens-tu ?

Je passe la langue sur mes lèvres, incapable de détacher mes yeux de son large torse.

— J'ai faim.

— Oui, c'est ce que je pensais, dit-il en souriant. Malheureusement, ptichka, tu as dormi si tard que c'est déjà l'heure du brunch. Tes parents arrivent dans vingt minutes, alors tu vas devoir attendre.

Je lève les yeux vers l'horloge pour constater qu'il a raison.

— C'est de ta faute, lui dis-je en croisant les bras sur ma poitrine. C'est toi qui m'as laissé dormir aussi tard.

— Je sais. Pauvre chérie. Viens ici.

Il me rejoint, une lueur sombre dans le regard, et je recule.

— Non, non. Nous n'avons pas le temps.

Il tend les bras.

— Nous avons toujours le temps.

— Les pancakes…

Ses lèvres chaudes se posent sur les miennes et sa langue envahit les recoins de ma bouche. Mes doigts se glissent dans ses cheveux soyeux tandis que ma tête s'abandonne sous ses paumes. Son haleine a une odeur de miel – il a dû goûter à ses pancakes – et je ne peux m'empêcher de cligner des paupières, hébétée lorsqu'il lève enfin la tête, me regardant avec sérieux.

— Bordel, je ne peux pas attendre que nous soyons à nouveau seuls, grommelle-t-il avant de se pencher pour prendre à nouveau possession de ma bouche, dans un baiser plus ardent et plus vigoureux qui ne laisse aucun doute quant à son intention ultime.

Il veut me faire l'amour, une fois de plus.

Dès que mes parents seront partis, je retournerai dans son lit.

La sonnette retentit au moment où il reprend sa respiration.

— Putain.

Le souffle court, il me lâche.

— Ils sont encore en avance.

Je lisse mes cheveux d'une main hésitante, intensément consciente de mes lèvres encore gonflées par le baiser.

— File t'habiller, lui dis-je. Je vais les accueillir.

— Attends.

Il se dirige vers la cuisinière et fait glisser les pancakes de la poêle dans un plat.

— Pour éviter qu'ils brûlent, m'explique-t-il avant de sortir de la cuisine.

Je jette un œil dans un miroir en rejoignant la porte. On dirait vraiment que je viens de faire des folies de mon corps, mais je n'y peux rien.

Je me coiffe une dernière fois avec les doigts et j'ouvre la porte à mes parents.

———————

Ils insistent pour visiter d'abord la maison. Nous passons de pièce en pièce tandis que Peter dresse le couvert. Tout en montrant les lieux à mes parents, je m'émerveille une fois de plus de tout ce que mon mari a accompli la veille. Même s'il reste quelques cartons entreposés discrètement dans les coins, même si l'ameublement est encore sommaire, tout est organisé et propre… presque à l'excès.

— Je n'en reviens pas que vous soyez déjà aussi bien installés, dit maman, exprimant mes pensées tout haut. Je croyais que vous aviez signé jeudi ?

— C'est le cas, mais Peter ne laisse jamais traîner les choses.

— Tu m'en diras tant, fait papa dans sa barbe en ouvrant un placard pour découvrir des serviettes déjà pliées à l'intérieur. C'est une vraie machine, ton mari.

Je tends la main vers l'avant-bras buriné de papa pour le serrer doucement.

— Oui, et c'est très bien comme ça.

Mes parents ne sont pas encore enthousiastes à l'idée de notre relation, mais j'espère qu'après avoir passé plus de temps avec Peter, ils changeront d'avis. Notre premier dîner ensemble s'est relativement bien passé la semaine dernière, en grande part grâce à l'honnêteté surprenante dont Peter a fait preuve au sujet de son passé et de ses sentiments pour moi. Il leur a directement annoncé qu'il voulait fonder une famille, ce qui a joué en sa faveur, car mes parents avaient abandonné tout espoir d'avoir un jour des petits-enfants.

Comme mon père vient d'avoir quatre-vingt-huit ans et que ma mère n'a que neuf ans de moins que lui, l'horloge biologique des grands-parents se fait entendre de plus en plus fort.

Mon père a beau avoir de l'arthrite et se déplacer avec un déambulateur, il insiste pour braver les marches afin de voir toute la maison. Nous terminons par la chambre, où j'ai la surprise de découvrir le lit bien rangé. Peter a dû s'en charger quand il est allé s'habiller.

Après avoir admiré la chambre, papa s'éclipse aux toilettes tandis que maman jette un œil à notre dressing.

— Alors, qu'en dis-tu ? je demande lorsqu'elle ressort.

Elle me dévisage d'un air grave.

— C'est une maison magnifique, ma chérie.

— Mais… ? j'insiste devant son silence.

Elle soupire et va s'asseoir sur le lit.

— Ton père et moi, nous sommes toujours inquiets pour toi, c'est tout.

— Maman… dis-je sur un ton exaspéré.

Mais elle lève la main et tapote le lit à côté d'elle. Quand je vais m'asseoir auprès d'elle, elle me dit à voix basse :

— L'agent Ryson est passé voir ton père au parc hier matin. Je ne sais pas ce qu'il lui a dit, mais la pression sanguine de ton père a atteint des sommets. J'ai essayé de le faire parler, mais il refuse de me dire quoi que ce soit, si ce n'est qu'il s'inquiète pour toi.

Je la dévisage et un étau de glace m'enserre le cœur. Pourquoi l'agent du FBI est-il allé le voir ? Qu'a-t-il dit à mon père ? Si ça ressemble de près ou de loin à ce que Ryson m'a dit quand il m'a abordée le jour de mon mariage, c'est un miracle que papa n'ait pas fait une autre crise cardiaque sur-le-champ.

Le FBI serait-il au courant pour le beau-père de Monica ?

Mes poumons cessent de fonctionner lorsque cette pensée me traverse l'esprit. Je dois avoir blêmi, car maman fronce les sourcils et me serre la main.

— Est-ce que tu vas bien, ma chérie ?

— Oui, je…

Je m'efforce de respirer normalement.

— Tout va bien.

Ma voix est un peu trop aiguë et je lui souris pour paraître plus convaincante.

— Désolée, je me fais du souci pour papa. Comment va sa pression sanguine aujourd'hui ?

Elle soupire en me lâchant la main.

— Mieux. Ce n'est pas parfait, mais c'est mieux. J'aurais aimé qu'il m'explique ce que lui a dit l'agent Ryson.

— Je comprends.

J'ai presque une intonation normale quand j'ajoute :

— J'en parlerai à papa aujourd'hui.

— Je crois qu'il ne vaut mieux pas.

Elle jette un œil vers la porte de la salle de bain et elle baisse la voix.

— J'ignore ce que c'est, mais de toute évidence, c'était stressant et je ne veux pas qu'il y pense trop.

— D'accord, maman.

Je parviens même à sourire à papa lorsqu'il sort de la salle de bain.

— Et maintenant, allons goûter ces pancakes.

———————————

Tout en mangeant, je regarde Peter interagir avec mes parents. Même si je sais qu'il préférerait être seul avec moi, il se montre poli et respectueux… et même franchement gentil à sa façon. Après avoir monté et descendu les marches, mon père semble avoir une recrudescence d'arthrite et Peter l'aide avec son déambulateur – il le fait de manière aussi naturelle et discrète que mon père en oublie de s'offusquer.

D'abord, mes parents sont méfiants et réservés, mais au fur et à mesure du repas, ils semblent se réchauffer au contact de Peter – même mon père malgré ce que lui a dit l'agent Ryson. Peter conduit la conversation d'une main de maître et il bombarde mes parents de questions sur leur rencontre et sur mon enfance au lieu d'attendre qu'ils fourrent leur nez dans son passé trouble.

— Sara était un bébé parfait, tu n'imagines pas, lui explique maman, radieuse. Elle dormait toute la nuit, elle mangeait ce qu'on lui donnait et elle ne pleurait presque jamais. Et elle n'était jamais malade non plus, même si elle était fragile à sa naissance – elle pesait à peine plus de deux kilos sept. Nous avions très peur – à cause de notre âge, tu comprends –, mais elle nous a vite rassurés. On aurait dit qu'elle savait que nous n'étions pas de jeunes parents typiques, capables de supporter la tension, et qu'elle faisait en sorte que tout se déroule sans encombre. C'est bête, je le sais bien, car ce n'était qu'un bébé, mais c'est l'impression qu'elle donnait à tout le monde.

— Ça ne m'étonne pas, dit Peter en me regardant avec une telle chaleur que je détourne les yeux, les joues rouges.

Après avoir orienté la conversation sur les sujets préférés de mes parents, Peter leur témoigne toutes sortes de petites attentions. Il sert à maman sa tisane à la camomille sans qu'elle le lui demande, et les pancakes de papa sont accompagnés d'un bol de fruits frais et de crème fouettée en plus de la confiture de fraises maison. Je ne sais pas quand Peter a appris ce détail sur les goûts de mon père, mais de toute évidence, mes parents apprécient.

— Tu es un excellent cuisinier, lui dit maman.

Il lui répond avec un grand sourire chaleureux, les yeux plissés par un plaisir authentique.

En le voyant ainsi, je commence à me demander si Peter fait uniquement ça pour moi. Est-ce possible qu'au fond, tout cela lui plaise aussi ? Comme il n'a jamais eu de parents, aime-t-il sincèrement faire partie de notre famille ? En tout cas, s'il fait semblant, il se débrouille à merveille.

Personnellement, je suis convaincue qu'il commence à apprécier mes parents – et malgré tout, ils pourraient bien l'apprécier en retour.

Alors que nous terminons le repas, ils nous posent quelques questions sur le travail – des sujets chers au cœur de tout parent.

— Alors, as-tu décidé ce que tu voulais faire ? demande maman à Peter.

En hochant la tête, il leur parle du studio d'entraînement qu'il a l'intention d'ouvrir.

— J'aime cette idée, déclare papa. Ça me paraît intelligent, étant donné ton expérience.

Peter sourit à cette approbation.

— C'est ce que je me suis dit. Au moins, j'aurai quelque chose à faire pendant que Sara est au travail.

Il n'y a aucun regret dans sa voix, mais je ne peux réfréner un pincement au cœur quand il se lève et commence à débarrasser la table. Je sais bien que mes horaires le perturbent. Après tous ces mois de séparation, les soirs et les week-ends que nous passons ensemble ne sont pas suffisants – ni pour lui ni pour moi.

Cette nouvelle aventure professionnelle arrangera peut-être les choses. Il pourra se concentrer sur un objectif en particulier. Alors que nous nous installerons dans notre vie de couple marié, nos absences respectives seront vécues moins péniblement. Sinon, tôt ou tard, la pression sera trop forte – et c'est moi qui céderai.

Peter a tout sacrifié pour me rendre heureuse. Ce serait le moins que je puisse faire pour lui.

Après le départ de mes parents, j'envisage de parler à Peter de la visite que Ryson a rendue à mon père, mais je me ravise. Il était déjà furieux en apprenant que l'agent du FBI avait interféré avec notre mariage. S'il savait que Ryson continue à harceler ma famille, il serait tenté d'y remédier – et c'est la dernière chose que je souhaite.

Promesse ou non, Peter fera tout ce qui est en son pouvoir pour me protéger et je n'ai pas besoin de la mort d'un autre homme sur la conscience.

PARTIE II

CHAPITRE 20
SARA

Au cours des mois qui suivent, nous nous installons dans notre nouvelle maison et nous continuons la vie routinière que nous avons commencée dès la première semaine de notre mariage. Même si Danny et le reste de l'équipe de sécurité de Peter sont toujours présents, il me conduit au travail et me ramène lui-même, et il fait du bénévolat avec moi à la clinique. Entretemps, il travaille au développement de son entreprise et à la recherche de nouveaux clients – activité dans laquelle il excelle.

Je me faufile hors de mon bureau un après-midi, après deux rendez-vous annulés, et je demande à Danny de m'emmener au parc que Peter a choisi comme cadre d'entraînement. Là, je le vois, le sourire aux lèvres, en train de faire transpirer cinq adolescents. Il les fait courir, sauter par-dessus des bancs, escalader des arbres et tenter de lui donner des coups de poing au visage.

Aucun n'y parvient, bien sûr, mais visiblement, ils aiment essayer.

Je sais ce qu'ils ressentent, parce que je lui ai demandé de m'apprendre quelques coups dimanche dernier. Nous avons passé la matinée dans sa salle de sport, à répéter quelques mouvements basiques d'autodéfense. Autant combattre une montagne. La seule chose que j'ai réussi à faire, c'est lever les jambes et devenir un poids mort lorsqu'il m'a attrapée par-derrière – soi-disant pour déstabiliser l'agresseur. Inutile de préciser qu'après tous ces jeux de mains, nous avons fait l'amour dès l'instant où nous sommes rentrés. Je suis encore loin de savoir me défendre toute seule. De toute façon, je n'en ai pas besoin, avec Peter et les gardes du corps présents en permanence.

Il me repère une minute plus tard et un sourire radieux illumine son visage. Il me tourne le dos pour aboyer ses dernières instructions aux garçons, puis il me rejoint, laissant ses élèves gémissants et haletants s'essayer aux tractions sur un tronc d'arbre.

C'est une chaude journée d'août et il est torse nu, uniquement vêtu d'un treillis camouflage et bottes de combat. La bouche sèche, je le regarde s'approcher à grandes enjambées, son torse musclé luisant d'une fine pellicule de sueur.

— Que fais-tu ici, ptichka ? demande-t-il en s'arrêtant devant moi.

Je lui saute au cou et passe mes bras autour de lui. Il m'attrape et me fait tournoyer tandis que je l'embrasse sans aucune discrétion. Lorsqu'il me repose, nous avons le souffle court et, plus loin, ses élèves nous encouragent en sifflant.

— Au boulot ! lance-t-il par-dessus son épaule, les mains toujours autour de ma taille.

Ses jeunes recrues obéissent instantanément, reprenant leurs simulacres de tractions.

— Un véritable sergent instructeur, n'est-ce pas ?

Je le regarde en souriant et je tends la main pour tenter de remettre en ordre ses cheveux ébouriffés. Je sens que nous allons bientôt devoir lui prendre rendez-vous chez le coiffeur.

— Tu l'as dit, murmure-t-il en penchant la tête pour m'embrasser à nouveau.

Je ris en le repoussant avant que notre étreinte dérape pour de bon. Trop souvent, c'est arrivé en public. Peter n'a aucune pudeur avec ça.

C'est en partie parce que nous avons toujours l'impression de ne pas avoir suffisamment de moments à nous. Mon travail actuel a des horaires plus prévisibles, mais j'ai encore quelques femmes enceintes – et comme mes patrons ont prolongé leurs vacances, je reçois aussi leurs patientes ce mois-ci.

Ils m'ont demandé de les remplacer. Je ne pouvais pas refuser.

— Si, tu aurais pu, m'a dit Peter quand je lui ai expliqué que je serais encore de service le week-end suivant parce que la patiente de Wendy est sur le point d'accoucher. Tu aurais clairement pu refuser. Que se passera-t-il, dans le pire des cas ? Ils te mettront à la porte ?

— Euh… oui, dis-je avant de soupirer. Je sais, je sais. Nous avons de l'argent et techniquement, je n'ai pas besoin de travailler.

— C'est exact.

Il me dévisageait attentivement et j'ai détourné le regard. Je ne suis pas encore prête à lâcher prise. D'un point de vue logique, je sais qu'il a raison – nous sommes multimillionnaires grâce à ses aventures récentes –, mais j'ai travaillé trop dur afin de devenir médecin pour abandonner comme ça.

— Tu pourrais toujours être bénévole à la clinique, dit-il.

Une fois de plus, il marque un point. J'y ai souvent réfléchi. Ce serait agréable de pouvoir faire la grasse matinée avec lui tous les matins au lieu de me lever dès que le réveil sonne et de filer au travail. Aussi frustrante qu'ait été ma période de captivité au Japon, nous étions toujours ensemble – je ne l'ai pas appréciée sur le moment, étant donné ma colère envers Peter, mais maintenant je m'en souviens avec une nostalgie perverse.

— Ce n'est pas pareil, lui dis-je. À la clinique, je n'aide pas les bébés à venir au monde.

C'est la vérité, et il abandonne la discussion, mais je sais que nous y reviendrons.

C'est inévitable, étant donné notre obsession mutuelle.

Car c'est une obsession. Je ne peux le nier. Je croyais aimer George, en tout cas au début, mais mes sentiments pour lui n'étaient qu'une ombre bien diffuse de ce que j'éprouve pour ce tueur. George ne me manquait jamais autant quand nous étions séparés. Je n'attendais pas de le retrouver chaque soir avec une telle intensité. Nous menions des vies plus ou moins distinctes, et je croyais que c'était normal, que tous les mariages – et toutes les relations – se déroulaient ainsi.

Il n'y a aucune séparation d'aucune sorte avec Peter. Loin de là. On dirait qu'un fil invisible nous lie, même quand nous sommes éloignés physiquement. Il est constamment dans mes pensées et je me surprends souvent à ressentir un manque physique, comme si mon corps était accro à sa peau.

Bien sûr, c'est accentué par le fait que lorsque nous sommes ensemble, il me couvre d'attentions et me gâte tellement que j'ai l'impression d'être un animal de compagnie trop choyé. Il me masse le corps et les pieds, il me coiffe – chaque fois que nous en avons le temps. Sans parler de notre vie sexuelle.

Oh, mon Dieu, notre vie sexuelle.

Depuis notre nuit de noces, quand j'ai avoué à Peter – et à moi-même – que j'avais besoin d'un certain degré de force de sa part pour accepter notre relation atypique, il n'a eu aucun scrupule à libérer son monstre intérieur dans la chambre à coucher. Même s'il est souvent tendre et attentionné, la plupart du temps, il me prend avec une avidité débridée, me laissant endolorie et courbaturée le matin. Aucune partie de mon corps n'échappe à ses caresses et je me retrouve fréquemment attachée, à genoux, la bouche remplie de lui et les fesses encore douloureuses après ses assauts vigoureux.

C'est peut-être mon mari maintenant, mais il demeure mon tourmenteur.

L'élément clé, cela dit, c'est le mot « mon ». À mon grand soulagement, j'ai l'impression que Peter laisse libre cours à toutes ses pulsions au lit. À ce que je sache, il a tenu parole et n'a plus fait de mal à personne. Au fil des semaines, je suis de moins en moins inquiète quand nous sommes avec ma famille et mes amis. Mes parents s'habituent lentement à lui et les membres de mon groupe semblent l'apprécier – ce qui m'étonne, étant donné que Marsha est dans une relation sérieuse avec Phil désormais et qu'elle n'est clairement *pas* fan de Peter.

En tout cas, je suppose que c'est pour ça que je ne l'ai presque pas revue depuis le mariage.

— Marsha ne sort pas souvent avec nous ces derniers temps, dis-je à Phil alors que nous buvons un verre tous ensemble un vendredi soir, après le concert. Vous êtes toujours en couple, n'est-ce pas ?

Il rougit, manifestement gêné.

— Oui, mais elle est… euh, très occupée.

Je hoche la tête et je prends mon verre.

— Bon, d'accord.

C'est ridicule d'être blessée par l'abandon de mon amie. Après tout, je l'ai évitée pendant quelque temps quand j'ai appris qu'elle avait aidé le FBI à m'espionner. De toute façon, je ne peux pas lui en vouloir d'être prudente. N'importe quelle femme saine d'esprit chercherait à garder ses distances avec un homme qu'elle soupçonne d'être un assassin sans foi ni loi ayant torturé son amie après avoir tué son mari.

— Qu'est-ce qui l'occupe autant ? demande Peter en arrivant derrière moi pour commencer à me masser les épaules.

Son ton est léger et jovial, mais je sens la tension de ses doigts puissants tandis qu'il masse mes muscles noués.

— Elle travaille trop ?

— On peut dire ça, marmonne Phil avant de faire signe au barman. Une tournée de téquila, s'il vous plaît. La meilleure que vous avez.

La téquila me brûle la gorge lorsque nous vidons nos verres à shooters et l'ambiance se détend sensiblement. Rory et Simon se lancent dans une discussion animée sur les avantages et les inconvénients des blondes naturelles. Phil se joint à la conversation, mais Peter garde le silence. Il les observe d'un air vaguement amusé, et avant de faire un saut aux toilettes je l'entends commander une tournée de vodka.

— Rien pour moi ? je demande en découvrant quatre verres en revenant.

Mon mari me sourit.

— Je crains que non, ptichka. Je veux que tu sois consciente et alerte dans mon lit ce soir.

Il accompagne ces mots en me pressant le genou et les gars s'esclaffent tandis que je me retiens de rougir. Peter ne s'excuse absolument pas de son désir débordant et il profite de chaque occasion de me toucher et de marquer sa possession – en privé ou en public. Les membres de mon groupe sont convaincus que nous baisons en permanence comme des lapins et c'est vrai.

Mon mari a l'énergie d'un adolescent sous Viagra.

Les gars avalent leur vodka en riant, et immédiatement Peter en commande d'autres. Je le dévisage, perplexe. Je ne l'ai jamais vu boire autant, mais j'imagine qu'il a besoin de relâcher la pression après cette longue semaine.

Deux autres tournées de vodka plus tard, je me rends compte qu'il y a autre chose. D'abord, je suis pratiquement certaine d'avoir vu Peter renverser son dernier shooter par terre. Mes amis étaient trop ivres pour s'en rendre compte, mais je suis à peine pompette et je l'ai vu pencher le verre sur le côté avant de le porter à ses lèvres comme les autres.

On dirait que Peter essaie volontairement de les saouler.

Après une autre demi-heure et trois tournées supplémentaires, mes soupçons deviennent une certitude. Rory et Simon sont complètement beurrés. Rory chante une ballade irlandaise et Simon l'accompagne d'une voix de fausset, tandis que Phil se lance dans une dissertation philosophique sur les hasards de la vie et la règle de régression vers la moyenne. Peter fait semblant d'être tout aussi éméché et concentré sur les divagations de Phil, mais il est évident que mon mari manipule la conversation – dans quel but, je l'ignore.

— Alors, tu vois, un PDG de studio de cinéma peut croire qu'il a le feeling absolu avec les gros succès, alors qu'en fait c'est juste un coup de chance, explique Phil d'une voix traînante.

Peter acquiesce, comme si tout était parfaitement cohérent.

— On croit avoir réussi, mais c'est uniquement du bol, mec. Rien que du putain de bol. Ensuite, *bam* ! Le pendule bascule de l'autre côté. Parce que tout est aléatoire et régresse vers la foutue moyenne. Et nous, les humains, on ne comprend pas. On croit avoir le contrôle, parce qu'on constate une tendance, mais ce ne sont que des conneries. La vie est comme un pendule rouillé en plein tremblement de terre, il se balance d'un côté et de l'autre, et parfois il se coince vers le haut. Par moments, toute ta vie est en pleine ascension, jusqu'à ce qu'une secousse agite toute la rouille et ça redescend.

Il secoue tristement la tête. Je décrète qu'il a largement assez bu.

Je ne sais pas ce que mijote Peter, mais on ne plaisante pas avec le coma éthylique.

Je me penche et pose la main sur l'épaule de mon mari. À voix basse, je lui dis :

— Rentrons. J'ai sommeil.

Il serre ma main dans sa paume, ses yeux parfaitement sobres malgré le sourire de biais qu'il esquisse.

— Encore un peu, mon amour. Phil touche un point intéressant.

Je me renfrogne, dubitative.

— Vraiment ?

— Oh oui, dit Phil d'une voix pâteuse. Tu ne le vois pas parce que tu ne veux pas le voir. Tu ne l'imagines même pas. Aucun humain ne le peut, parce que nos esprits ne sont pas capables de capter ces changements aléatoires. Et quand les algorithmes le font pour nous, au fond ce n'est pas vraiment aléatoire. Comme la lecture aléatoire des musiques. Ce n'est pas vraiment le cas. Sinon, on aurait parfois la même chanson deux ou trois fois d'affilée. Ça ne nous semble pas vraiment aléatoire. On dirait qu'une chanson est choisie délibérément, comme s'il y avait un but précis, alors que pas du tout. Ce ne sont que des maths, de la programmation. Donc…

— Donc ils ont modifié l'algorithme et ont retiré le caractère véritablement imprévisible de la lecture pour que ça paraisse encore plus aléatoire, déclare Peter avec tout le sérieux d'un ivrogne, tout en jouant avec mes doigts. Je vois ce que tu veux dire. C'est fou.

Phil hoche la tête.

— Tu vois ? Je le dis tout le temps à Marsha, mais elle ne me croit pas. Elle ne comprend pas que parfois, une coïncidence n'est rien d'autre qu'une coïncidence, que les choses peuvent être aléatoires. Regarde, Sara et toi, par exemple. Il y avait un sale type qui s'appelait Peter dans son passé. Marsha pense que c'est toi, même si le FBI lui a dit – *ils le lui ont dit comme je te le dis* – que ce n'était pas le cas. C'est vrai, qu'est-ce qui est plus logique ? Que tu sois un tueur recherché qu'on laisse se balader dans la nature sans raison logique, ou qu'il y ait deux Peter dans la vie de Sara ? C'est comme une chanson qui revient deux fois de suite – difficile à croire, mais vraiment aléatoire. Le pire, c'est qu'il y a un type du FBI qui est toujours en contact avec elle. Je crois bien qu'il la drague, cet abruti.

Je me fige, ma main se crispe dans celle de Peter. Mon mari ricane en secouant la tête, dans une franche camaraderie typiquement masculine.

— Waouh, tu as raison, quel abruti. Comment s'appelle ce type ?

— Tyson, quelque chose comme ça.

Phil a un hoquet et bâille bruyamment avant de commenter :

— Ça rime avec bison.

Merde. Mon cœur bat la chamade et Peter jette un œil vers moi. Son regard est franc, indéchiffrable. A-t-il des soupçons depuis le début ? Est-ce pour cela qu'il a offert à Phil – et par défaut, à Rory et Simon – de l'alcool pendant toute la soirée ?

Sait-il aussi que l'agent fédéral a abordé mon père ?

J'ai essayé d'oublier, de ne pas craindre que le FBI apprenne la vérité sur le beau-père de Monica, mais je me réveille souvent avec des sueurs froides, après un cauchemar dans lequel des agents des forces d'intervention faisaient voler en éclat la porte de notre chambre. Officiellement, il existe un accord, mais de toute évidence Ryson s'est lancé dans une mission personnelle.

Qu'a-t-il dit à Marsha ? Et *elle*, que lui a-t-elle dit ? Mon esprit tourne à plein régime tandis que Peter commande une dernière tournée avant de prendre congé de mes amis, les laissant vider les derniers verres tout seuls tandis qu'il me conduit à l'extérieur du bar où la voiture de Danny nous attend.

Mon ancien assassin respecte bien assez la loi – ou est assez malin – pour ne pas prendre le volant après avoir bu.

J'attends que nous soyons rentrés pour évoquer ce que Phil nous a dit.

— Peter, à propos de…

— Pourquoi ne m'as-tu pas dit que Ryson était toujours dans le paysage ? m'interrompt-il en s'approchant de moi.

Son haleine sent à peine l'alcool lorsqu'il se penche, me prenant au piège de son corps puissant contre le dossier du canapé.

Soit il a bu moins que je le pensais, soit son métabolisme défie toute logique.

Ma gorge se dessèche et ma respiration s'accélère quand je vois la sévérité glaciale de son regard couleur métal. C'est le Peter qui me terrorisait autrefois, l'homme qui est entré par effraction chez moi et qui m'a interrogée sans pitié pour trouver George.

Le tueur qui ne connaît aucun remords.

— Je ne savais pas qu'il discutait avec Marsha, dis-je après avoir retrouvé un semblant de calme.

Je sais que Peter ne me fera jamais aucun mal en dehors de nos jeux érotiques, mais c'est difficile de ne pas être intimidée quand il se penche au-dessus de moi, de toute sa hauteur. La chaleur de son corps musclé m'enveloppe. Sa présence est à la fois une tentation et une menace.

Il ne me fera peut-être pas de mal, mais il peut s'en prendre aux autres.

La vie de l'agent Ryson est sur la sellette – et peut-être celle de Marsha.

— Non ? fait-il en plissant les yeux. Et tes parents ? Tu ne savais pas qu'il fouinait aussi de leur côté ?

— Non, je…

Je m'interromps au lieu d'aggraver la situation par un mensonge.

— D'accord, je savais qu'il avait parlé à mon père il y a quelques mois, mais je me suis dit que ce n'était arrivé qu'une fois. Es-tu en train de me dire qu'il est retourné les voir ?

Mon débit est trop rapide, mais c'est plus fort que moi.

Je suis à la fois terrifiée pour l'agent et pour ce qu'il risque de découvrir.

Peter me dévisage longuement avant de reculer, me laissant prendre une grande inspiration.

— Plus tôt dans la journée, dit-il d'un ton maussade.

Il me faut un moment pour prendre conscience qu'il répond à ma question.

— Mon équipe l'a vu aborder ta mère quand elle était dans un centre commercial avec Agnès Levinson. L'un des gars l'a suivi quand il est parti. Tu devines où est allé ce connard ?

Je déglutis.

— Où ?

— À l'hôpital. Où tu travaillais, et où ta copine travaille encore.

Bien sûr. C'est ce qui lui a donné l'idée de questionner Phil ce soir. Ou plus précisément, de l'interroger – utilisant l'alcool plutôt qu'une drogue de synthèse afin de lui soutirer des informations.

— Crois-tu qu'il est au courant ? Pour le beau-père de…

Je me tais brusquement en songeant que ce n'est peut-être pas prudent de parler aussi ouvertement.

Si le FBI est sur notre piste, la maison est peut-être sur écoute.

— Ne crains rien. Je vérifie tous les jours, dit Peter en comprenant mon inquiétude. Personne ne nous écoute.

Il vérifie tous les jours ? Ça frise la paranoïa. Je sais que notre maison est tout aussi sécurisée qu'une base militaire – j'étais là quand on a installé toutes ces technologies futuristes –, mais je ne me rendais pas compte que mon mari était parano à ce point.

— Non, poursuit-il alors que je rassemble mes pensées. Je crois qu'il ne sait rien. Mes pirates informatiques surveillent étroitement les dossiers liés à Sonny Pearson, et personne ne les a consultés depuis des semaines.

Sonny Pearson ? Est-ce le nom du beau-père de Monica ? Mon estomac se noue quand je regarde Peter. Des images de ruelles sombres et de mares de sang flottent devant mes yeux. J'avais occulté ce meurtre de mes pensées, comme toutes les atrocités commises par Peter, mais maintenant que je connais le nom de cet homme, l'horreur et la culpabilité reviennent en force.

— Arrête, ptichka.

Peter a une voix douce et je me rends compte que mon visage doit refléter mes pensées. Il se penche et prend mes deux mains dans ses grandes paumes.

— Ne pense pas à ça. C'est fini.

Il m'attire à lui et m'enveloppe dans une étreinte apaisante. Je passe mes bras autour de sa taille, inspirant son odeur familière, posant la joue sur son épaule musclée. C'est pervers de me laisser réconforter de la sorte, mais je n'y résiste pas.

J'aime un homme impitoyable et c'est la seule réaction que je connaisse.

Alors que je me laisse aller dans ses bras et qu'il me caresse les cheveux, je sens quelque chose de dur contre mon ventre et je sais que, dans quelques instants, il ne se satisfera plus de m'enlacer.

Je suis tentée de m'en accommoder, de trouver refuge dans le plaisir étourdissant qu'il m'offre toujours, mais je dois d'abord m'assurer d'une chose.

— Peter...

Je m'écarte en levant les yeux vers lui.

— Tu ne vas rien faire à Marsha ni à l'agent Ryson, si ?

Il baisse les yeux sur moi et ses mains se referment sur mes flancs.

— Qu'entends-tu par « rien » ?

— Peter, s'il te plaît.

Il pince les lèvres et recule en me libérant.

— Très bien, ton amie ne craint rien. Je ne la toucherai pas. Même si elle ne nous évitait pas comme la peste, tu sais maintenant qu'on ne peut pas lui faire confiance.

— Mes lèvres sont scellées en ce qui la concerne, je te le promets. Et tu ne t'approcheras pas non plus de Ryson. N'est-ce pas ? j'insiste en constatant que Peter ne confirme ni ne cherche à nier ma déclaration.

Un muscle tressaute sur sa mâchoire carrée.

— Lui, c'est une menace. Tu le sais, Sara. Pour lui, ce n'est pas qu'une mission comme une autre. Il veut nous faire tomber, c'est une obsession.

— Oui, mais nous ne faisons rien de mal, nous menons notre vie. Et si nous continuons comme ça, il ne pourra rien nous faire. En revanche, si tu mords à l'hameçon...

Peter jure dans sa barbe et se détourne. Il va se poster devant la fenêtre. Je le suis, consciente que si je n'obtiens pas sa promesse, les jours de l'agent sont comptés.

— Tu sais que c'est exactement ce qu'il espère, dis-je lorsque Peter se tourne vers moi, la mine sombre. Il attend que tu enfreignes les conditions de l'accord. Ça le tue de te savoir ici avec moi, de voir que nous sommes heureux. Ça… j'ajoute en prenant la main de Peter. C'est la meilleure vengeance que tu puisses avoir. Laisse-le nous suivre en reniflant nos traces. Il ne trouvera rien, parce qu'il n'y aura rien à trouver.

Tandis que je parle, Peter serre le poing dans ma main avant de se détendre un peu. Une lueur spéciale fait briller son regard.

— D'accord, dit-il d'une voix rauque en m'agrippant les poignets pour me rapprocher. Je comprends ce que tu veux dire.

Il plaque mes mains entre ses jambes, où je sens un renflement rigide.

Je m'humecte les lèvres et une douce chaleur se propage dans mon bas-ventre.

— Alors, j'ai ta parole ?

Je masse délicatement son sexe en érection à travers son jean avant de me mettre à genoux devant lui.

— Tu ne feras aucun mal à Ryson ?

Il ferme les yeux et se raccroche à mes épaules alors que je baisse sa fermeture éclair.

— Non, tu as ma parole. Il ne craint rien.

Sa voix est vibrante de désir, mais j'entends une note sombre sous-jacente lorsqu'il ajoute :

— Tant qu'il ne tente rien d'autre.

CHAPITRE 21
HENDERSON

Je tourne dans une ruelle et je frissonne en sentant le froid mordant d'une bourrasque. Il fait froid pour la saison à Budapest cette semaine, ce qui me rappelle ma brève période de service à Vladivostok au début des années quatre-vingt-dix.

Putain, comme cette époque plus simple me manque.

Elle m'attend près de la porte de derrière, comme convenu, sa frêle silhouette androgyne emmitouflée dans une veste épaisse, ses cheveux courts blond platine dressés en pointes autour de son visage d'elfe.

Si je ne savais pas qui elle est réellement, sous son look de couverture, ce serait facile de la prendre pour une serveuse dans un bar tendance.

— Mink ? dis-je en m'approchant.

Elle hoche la tête.

— Tenez.

Je lui remets une épaisse enveloppe.

— Un passeport américain et la moitié du paiement, conformément à notre accord.

Elle prend l'enveloppe et la glisse à l'intérieur de son manteau. Quand elle ressort sa main, elle tient un dossier.

— Voici les hommes que vous voulez, dit-elle en me le donnant.

Elle parle un anglais aussi américain que le mien, sans le moindre soupçon d'accent d'Europe de l'Est.

— Ce sont les meilleurs, ils feront absolument tout.

J'ouvre le dossier et je feuillette les documents qui s'y trouvent. Chacun des candidats a un casier judiciaire aussi long que ceux de mes cibles. Ce sont d'anciens militaires d'élite.

Mieux encore, j'en repère quatre dont l'apparence pourrait facilement être modifiée avec des perruques et un peu de maquillage.

— C'est bon ? demande-t-elle.

Je hoche la tête en refermant le dossier.

C'étaient les dernières pièces de puzzle qui me manquaient.

— Êtes-vous certain que vous ne voulez pas que je le supprime moi-même ? demande-t-elle tandis que je range le dossier dans mon propre manteau. Parce que je pourrais le faire, vous savez.

— Non, vous ne pouvez pas, dis-je. Il est trop bien surveillé. Et même si vous le pouviez, ce n'est pas la question. Votre rôle est de vous assurer qu'il ne s'en sorte pas vivant, compris ?

Elle esquisse un faux salut militaire.

— Chef, oui, chef. C'est comme si c'était fait.

Pivotant sur les talons de ses Doc Martens, elle ouvre la porte et disparaît dans le bar.

CHAPITRE 22
PETER

Je ne pensais pas que c'était possible d'aimer Sara encore plus, mais au fil des semaines, quand nous trouvons notre rythme de couple marié, mes sentiments deviennent plus profonds et intenses. À présent, je me rends compte que j'ignorais beaucoup de choses sur l'objet de mon obsession – notre relation a été tellement intense qu'elle n'a jamais été vraiment détendue avec moi. Maintenant, je découvre de nouvelles facettes de sa personne et j'adore chaque nouveau trait de caractère et chaque excentricité qu'elle dévoile.

Ma ptichka déteste la politique, mais elle est étrangement fascinée par les catastrophes naturelles. Elle s'intéresse religieusement à toutes les actualités à ce sujet avant d'envoyer des dons généreux. Elle affirme préférer les chiens aux chats, mais c'est aux vidéos de chats qu'elle est accro sur YouTube. Elle trouve que *The Big Bang Theory* est la série la plus drôle du monde et elle me force à la regarder le week-end. Par-dessus tout, elle chante quand elle est d'excellente humeur – parfois tout bas, parfois à pleine voix.

— Tu devrais l'ajouter dans ton prochain concert, lui dis-je lorsque je la surprends en train de fredonner dans la cuisine le samedi matin. J'aime cette mélodie. C'est très évocateur.

Elle me sourit.

— Vraiment ? C'est quelque chose que je viens de composer. Je dois encore trouver les paroles pour l'accompagner.

— Tu trouveras, dis-je en posant un baiser sur son front lisse. Comme toujours.

Sa musique évolue, tout comme notre relation. Elle est plus assurée dans ses choix et ça se voit lors des concerts du groupe – qui joue ses compositions et attire un public croissant. Il y a un mois, Simon a créé une chaîne YouTube pour leur groupe et elle compte déjà cinquante mille abonnés.

— Ce n'est qu'une question de temps avant qu'on perce, nous annonce Rory avec insouciance alors que leur prochain concert du vendredi soir en plein air affiche déjà complet. Ça va marcher, je le sens.

Phil et Simon sont tout aussi fébriles. Ils veulent sortir boire un coup pour fêter ça, mais Sara refuse. Elle leur dit qu'elle est fatiguée. Inquiet, je la ramène immédiatement à la maison pour pouvoir la mettre au lit au cas où elle serait malade.

— En fait, ça va, me dit-il, exaspérée, quand je la soulève dans mes bras pour la transporter de la voiture à la maison. Je suis fatiguée, mais je peux marcher. C'est vrai, disons simplement que la semaine a été longue.

Sourd à ses protestations, je l'emmène dans la maison et je ne la dépose qu'en atteignant notre salle de bain à l'étage. Là, je lui fais couler un bain chaud et je m'assure qu'elle soit confortablement installée avant de descendre à la cuisine pour lui préparer une tisane.

Quand je reviens avec la tasse, elle pique déjà du nez dans la baignoire. Elle est tellement adorable, à somnoler ainsi, que je la mets au lit juste après l'avoir séchée avec une serviette, sans prêter attention à l'envie prévisible que provoque en moi son corps nu entre mes bras.

Je dois prendre soin d'elle, pas lui faire l'amour.

Elle s'endort immédiatement sans prendre la moindre gorgée de tisane, même s'il n'est que vingt-deux heures. En temps normal, nous ne nous couchons pas avant vingt-trois heures minimum. Je lui touche le front pour m'assurer qu'elle n'a pas de fièvre, puis j'emporte mon ordinateur portable et je m'installe sur un relax près du lit avec l'idée de travailler un peu tout en veillant sur elle. L'administration d'une société comme mon studio d'entraînement demande une quantité de paperasse ahurissante, sans parler de la gestion de ma fortune.

Je ne m'en plains pas. Non que j'aime la paperasse – personne n'aime ça –, mais cela m'occupe. En formant des civils aux bases de l'autodéfense, je suis loin des missions bourrées d'adrénaline que j'ai connues autrefois, mais cette entreprise m'aide à passer le temps et me calme les nerfs quand je pense trop à Sara. Même si ses patrons sont rentrés, elle travaille toujours trop et il me faut toute ma volonté pour ne pas la forcer à lâcher du lest et à passer plus de temps avec moi.

Quoi qu'il en soit, quand elle ne travaille pas, nous faisons tout ensemble, des commissions jusqu'au bénévolat à la clinique pour femmes, en passant par les moments avec nos amis et sa famille. Chaque fois que l'un de ses rendez-vous est annulé, elle vient me voir au studio pour s'exercer aux mouvements que je lui ai appris. Souvent, je passe à son cabinet à la pause déjeuner, au cas où elle aurait le temps de manger un morceau avec moi. J'ai même programmé nos rendez-vous de suivi chez le même dentiste, au même moment, afin que nous fassions le trajet ensemble.

Pour la plupart des gens, cela peut sembler excessif, mais ça me suffit à peine.

Au bout d'une heure, je vais regarder Sara. Toujours pas de fièvre. Elle dort paisiblement, peut-être un peu trop. Elle était seulement fatiguée.

En bâillant, je range mon ordinateur et je prends une douche rapide avant de me mettre au lit à mon tour. Je l'attire à moi et prends une profonde inspiration, savourant son doux parfum, puis je m'autorise à sombrer. Je me laisse aller au sommeil, heureux de la sentir dans mes bras.

CHAPITRE 23
SARA

Étrangement, je suis toujours fatiguée quand je me réveille le lendemain matin. Les effluves du petit-déjeuner qui montent du rez-de-chaussée me donnent la nausée au lieu d'aiguiser mon appétit comme d'habitude. Les yeux gonflés, je rejoins la salle de bain en titubant. Alors que je me brosse les dents, je prends conscience que nous sommes samedi.

J'aurais dû avoir mes règles il y a quatre jours.

La bouffée d'adrénaline chasse aussitôt les dernières bribes de sommeil. Le cœur battant, je me précipite dans la chambre et je sors mon téléphone, comptant fébrilement les jours sur mon calendrier pour m'assurer de ne pas faire d'erreur.

Non.

J'ai du retard, et cette fois, ce n'est pas la faute du stress.

Je me suis constitué tout un stock de tests de grossesse depuis notre discussion au sujet des enfants. Je retourne en trombe dans la salle de bain. Le problème, c'est que je viens d'uriner et que je ne serai pas capable de recommencer tout de suite.

Pestant tout bas contre mon manque de jugeote, je remets le bâtonnet intact dans la boîte, je le range dans le tiroir et je pars m'habiller.

Je vais devoir attendre après le petit-déjeuner pour faire le test.

———————

— Tes parents arrivent bientôt, m'informe Peter quand je descends.

Je me rappelle brusquement qu'ils viennent prendre le brunch aujourd'hui.

— J'ai encore trop dormi ? dis-je en jetant un œil à l'horloge. Waouh, en effet.

Il est onze heures vingt-sept – trois minutes avant l'heure prévue avec mes parents.

— Tu dois vraiment être épuisée, dit Peter en saupoudrant du persil sur une quiche bien garnie. Comment te sens-tu ce matin, ptichka ?

J'hésite avant de lui faire un grand sourire.

— Bien. J'avais besoin de rattraper du sommeil en retard, c'est tout.

Étant donné à quel point mon mari désire un bébé, mieux vaut en avoir le cœur net avant de le lui annoncer. Si c'est une fausse alerte, je m'en voudrais de lui faire une fausse joie.

Il ne semble pas vraiment me croire, mais la sonnette de la porte d'entrée retentit avant qu'il puisse répondre. Je m'empresse d'aller accueillir mes parents. Quand nous revenons dans la salle à manger, Peter a déjà préparé la table.

— Oh, waouh, dit maman en goûtant la quiche. Peter, je dois dire que j'ai déjà mangé dans des restaurants cinq étoiles qui étaient moins exceptionnels.

Il lui adresse un sourire plein de chaleur. À son tour, mon père pousse un grognement de délice en mordant dans sa part. Mes parents sont toujours un peu méfiants envers Peter, mais il gagne peu à peu leurs cœurs en agissant comme le gendre idéal. Avec George, quand nous étions occupés, nous passions parfois un mois ou plus sans voir mes parents, mais Peter tient à ce que nous les voyions au moins une fois par semaine. Et puis, il tond leur pelouse et il joue les hommes à tout faire en bricolant et en les aidant à régler leurs petits soucis informatiques. Il laisse à mes parents l'impression de garder la main et de ne faire appel à lui qu'à l'occasion.

— Tu es très doué pour ça, lui ai-je dit deux semaines plus tôt. On vous apprend comment conquérir une belle-famille hostile dans ton école d'assassins ?

Peter s'est contenté de hocher la tête.

— La belle-famille, les explosifs, les armes de gros calibre… tout cela doit être manié avec soin. Tu sais, j'apprécie tes parents. Après tout, ce sont eux qui t'ont créée.

Je lui ai souri, éprouvant un bonheur presque incandescent. J'ignore ce que j'imaginais quand je me figurais notre vie de couple marié, mais jusqu'à présent, tout a surpassé mes attentes. Les ténèbres de notre passé commun flottent toujours en arrière-plan, mais maintenant l'avenir est si rayonnant que ça n'a plus vraiment d'importance.

Nous avons réussi l'impossible : une vie normale et heureuse, tous les deux.

Après le brunch, que j'ai englouti malgré le désagrément de cette nausée persistante, j'emmène maman à l'étage pour lui montrer le manteau élégant que je me suis acheté en ligne. Papa reste en bas, installé dans notre salon pour regarder les actualités sur notre téléviseur grand écran pendant que Peter débarrasse la table.

Maman approuve tout de suite le manteau – elle adore la mode – et je m'apprête à m'éclipser pour passer enfin le test quand la voix tendue de papa me parvient depuis le rez-de-chaussée.

— Lorna, Sara, descendez. Vous devez voir ça.

Au même moment, mon téléphone vibre, tout comme celui de maman.

Nous échangeons un coup d'œil anxieux et sortons ensemble nos téléphones.

Sur mon écran apparaît une notification de CNN.

Acte terroriste suspecté au siège local du FBI à Chicago, je lis. *Nombre de victimes encore inconnu.*

CHAPITRE 24
SARA

*M*on cœur cogne dans ma poitrine. Le temps que j'arrive au bas des marches, la quiche s'est changée en plomb dans mon estomac. Peter et mon père sont dans le salon, devant la télévision – qui révèle un immeuble en flammes.

Le même immeuble où Ryson m'a interrogée si souvent.

Maman plaque une main sur sa bouche, le visage blême, tandis que nous regardons les hélicoptères décrire des cercles au-dessus du bâtiment en feu. En contrebas, des pompiers et des ambulanciers travaillent d'arrache-pied pour porter secours aux survivants et installer les blessés sur des civières.

On dirait une scène tirée d'un film, et pourtant c'est bien réel, à moins d'une heure d'ici.

— Si les autorités n'ont pas fait de déclaration officielle, les premières indications font état d'une explosion violente et coordonnée à l'intérieur du bâtiment, annonce la journaliste d'un ton grave. Actuellement, tous les aéroports et les bureaux du gouvernement dans le monde entier sont en alerte maximale, et le trafic aérien dans la région de Chicago a été interrompu.

L'écran montre à présent les membres d'une équipe d'intervention qui se précipitent à l'aéroport O'Hare avec des chiens renifleurs de bombes, bousculant les voyageurs terrifiés.

— On conseille aux résidents de Chicago de se tenir à l'écart des routes pour laisser la voie libre aux véhicules d'urgence, poursuit la journaliste. Quiconque aurait des informations sur ce terrible événement peut appeler le numéro ci-dessous.

Un numéro vert apparaît en gras au bas de l'écran.

— Pour l'instant, on déplore trois morts et quinze blessés. Nous vous tiendrons informés dès que nous en saurons plus.

Elle marque une pause, la main à son oreille, puis elle dit :

— Dernière nouvelle, le bilan des victimes s'élève à sept morts. Il semblerait que l'explication ait trouvé son origine au deuxième étage de l'immeuble.

Au deuxième étage ?

C'est là que se trouve le bureau de Ryson.

Y était-il ?

Fait-il partie des victimes ?

Je ne suis pas consciente que je titube, mais soudain Peter est à mes côtés et passe un bras puissant autour de mon dos.

— Viens, assieds-toi, ptichka, murmure-t-il en me conduisant vers le canapé. On dirait que tu vas t'évanouir.

Je cligne des paupières, frappée par le calme olympien qu'il affiche en s'assoyant à côté de moi. À l'exception de sa mâchoire crispée, rien dans l'expression de Peter ne suggère qu'il se passe quelque chose d'inhabituel. En même temps, je suis certaine qu'il a vu pire.

Et peut-être *fait* pire.

Une pensée sinistre me vient à l'esprit, mais je la repousse. Je n'ai même pas envie de la formuler clairement.

Je refuse de m'orienter dans cette direction, pas même une seconde.

— Je n'en reviens pas, dit papa, des trémolos dans la voix.

Je me tourne quand il s'assoit à côté de moi, le visage aussi blême que celui de maman, les yeux rivés sur la télévision.

— L'immeuble du FBI, pourquoi ? Comment ont-ils réussi à franchir leur sécurité ?

Bonne question !

Mon idée noire revient en force, mais je la refoule avec détermination. Cette terrible tragédie n'a rien à voir avec Peter ou moi.

— Tu vas bien, papa ? je demande en tendant la main pour lui toucher le bras.

Ce ne doit pas être bon pour son cœur malade.

Il hoche la tête sans détourner le regard de l'écran.

— Heureusement que nous sommes samedi. Vous imaginez le nombre de victimes si c'était un jour de semaine ?

Je reporte mon attention sur la télévision, où les pompiers luttent contre les flammes tandis que les victimes sont emmenées sur des brancards – bien moins que l'on pourrait imaginer avec une explosion de cette ampleur. Bien sûr, certains corps ont dû voler en éclats et on ne les a pas encore retrouvés, mais papa doit avoir raison. Le bâtiment était bien moins fréquenté qu'en semaine.

— La bombe a peut-être éclaté plus tard que prévu. Ou plus tôt, dit maman pour tenter une explication en se laissant tomber sur un fauteuil rembourré à côté du canapé. Je suis certaine que les monstres qui ont fait une chose pareille cherchaient à tuer un maximum de gens.

— Je n'en suis pas si sûr, dit Peter.

Je me retourne pour voir son regard pensif.

— Les responsables savaient très bien ce qu'ils faisaient.

Je déglutis péniblement et mon estomac se noue autour de la quiche lestée de plomb. Je n'ai pas envie de penser aux responsables, car c'est dans cette direction que rôdent mes pensées sombres et sordides, celles que je refuse d'envisager.

— Excusez-moi, je bredouille en me levant.

La nausée qui m'a tourmentée toute la matinée empire chaque seconde.

— Je reviens tout de suite.

Naturellement, Peter me suit. Il me rattrape avant que j'atteigne la salle de bain du rez-de-chaussée.

— Tu vas bien, mon amour ?

Je hoche la tête en déglutissant. La salive s'accumule dans ma bouche et les pirouettes dans mon ventre adoptent un rythme de machine à laver.

— Je dois juste aller aux toilettes, dis-je difficilement.

Je le contourne et fonce vers la porte ouverte.

J'ai à peine le temps de la claquer derrière moi et de m'agenouiller devant la cuvette avant de vider le contenu de mon estomac.

Bien sûr, inutile d'espérer qu'en entendant mes haut-le-cœur, Peter s'éclipserait comme le ferait un mari normal. Je suis toujours en train de vomir dans la cuvette quand je sens ses mains puissantes rassembler mes cheveux pour les écarter de mon visage. Quand je relève la tête, il m'aide à me redresser et me tend un verre d'eau afin que je me rince la bouche.

Ridiculement contente de son soutien, je me penche sur le lavabo et prends une brosse à dents entre mes doigts tremblants. J'ai les jambes en gélatine et mon tee-shirt est plaqué contre mon dos en sueur.

Je me brosse deux fois les dents, puis je m'asperge le visage d'eau pendant que Peter tire la chasse et essuie le siège avec une serviette en papier, préoccupé, mais pas dégoûté le moins du monde.

— Viens, ma chérie, je t'emmène au lit, me dit-il une fois que j'ai terminé. C'est évident que tu n'es pas dans ton assiette.

— Maintenant, ça va mieux, je proteste lorsqu'il me soulève pour me serrer contre son torse. Sincèrement, je me sens mieux.

— Hmm.

Il m'emmène hors de la salle de bain et nous passons devant mes parents, dans le salon. Ils nous regardent avec de grands yeux ronds.

— Tu es bouleversée ou malade, me dit Peter. Quoi qu'il en soit, tu as besoin de repos.

— Que s'est-il passé ? demande maman en nous emboîtant le pas en direction de l'escalier. Sara est malade ?

Peter hoche la tête.

— Oui, elle est peut-être…

— … enceinte ! je m'exclame.

Aussitôt, je le regrette en voyant Peter et maman se figer sur place, la même stupeur sur le visage.

Ce n'est pas comme ça que je prévoyais d'annoncer la nouvelle.

Enfin, la nouvelle éventuelle. Je n'ai toujours pas fait ce fichu test.

Maman est la première à se ressaisir.

— Enceinte ? Oh, Sara !

— Je n'en suis pas encore certaine, dis-je avec empressement tandis que des larmes – de joie, vraisemblablement – apparaissent dans ses yeux. Disons que mes règles ont quelques jours de retard et…

— Tu es enceinte ?

La voix de Peter est vibrante. Quand je lève les yeux, je découvre une expression inhabituelle sur son visage.

Un mélange de perplexité et, je crois bien, un soupçon de panique.

A-t-il peur ?

N'était-ce pas ce qu'il désirait depuis le début ?

— C'est une possibilité, dis-je avec précaution. Si tu me poses, j'irai passer le test aux toilettes et je te le dirai.

Toujours abasourdi, mon mari me dépose lentement sur mes pieds.

— Bon, d'accord.

Je m'extrais de ses bras et recule, contente que mes jambes me soutiennent.

— Maintenant, laissez-moi quelques minutes.

— Chuck ! s'écrie maman en retournant d'un pas précipité dans le salon tandis que je gravis les marches, Peter sur les talons. Tu as entendu ? Notre Sara est peut-être enceinte !

Je fais la grimace. Je m'en veux d'avoir lâché la nouvelle sur un coup de tête, avec un timing aussi mauvais. J'entends encore la télévision annoncer les dernières informations sur l'attentat meurtrier et voilà que je détourne l'attention de tout le monde par quelque chose d'aussi terre-à-terre qu'un bébé potentiel.

Le bébé de Peter et moi.

Mon cœur rate un battement tandis que mon mari me suit dans la salle de bain de l'étage et sort le test de grossesse du tiroir.

— Et voilà, mon amour, dit-il en me le tendant.

Sa voix est toujours à vif, mais il semble remis du choc.

— Fais ce que tu as à faire.

Je m'approche des toilettes et je m'arrête en le regardant avec insistance.

— Un peu d'intimité, s'il te plaît ? dis-je sur un ton amusé en constatant qu'il ne sort pas.

Il me dévisage sans sourciller, puis il se retourne.

— Vas-y. Je ne regarde pas.

Je lève les yeux au ciel, mais je décide que c'est inutile d'opposer une objection. Les limites, ce n'est pas le fort de mon mari en temps normal, et en ce moment, il doit avoir peur que je m'évanouisse en urinant.

Je fais ma petite affaire sur le test, puis je le pose sur une feuille de papier toilette, au bord du lavabo, et je me lave les mains pendant que Peter l'observe comme s'il essayait de l'hypnotiser.

— On dirait un plus, dit-il d'une voix étranglée tandis que je m'essuie les mains sur la serviette. Attends… non, c'est sûr, c'est un plus. Sara, est-ce que ça veut dire que… ?

Mon cœur fait un saut de l'ange dans ma poitrine lorsque je pose les yeux sur le test – où l'on voit maintenant un signe plus, petit, mais sans ambiguïté.

— Je crois bien, dis-je en levant les yeux vers Peter. Je ferai un test sanguin à mon cabinet pour en avoir le cœur net, mais…

— Tu es enceinte.

C'est une évidence, pas une question, mais je hoche néanmoins la tête, instinctivement consciente qu'il a besoin que je le lui confirme.

— D'environ cinq semaines si mes calculs sont exacts.

Pendant un moment, mon mari ne montre aucune réaction. Son regard métallique demeure inexpressif, braqué sur moi. Mais alors que je commence à redouter qu'il ait changé d'avis au sujet du bébé, il s'avance et m'attire dans une étreinte fervente.

— Un bébé, grommelle-t-il dans mes cheveux.

Son corps puissant tremble presque. Ses bras sont assez forts pour expulser l'air de mes poumons.

— Nous allons avoir un enfant.

— C'est vrai ?

La voix de maman vibre d'excitation. Quand Peter me relâche, j'aperçois ma mère, du haut de ses soixante-dix-neuf ans, qui sautille dans l'encadrement de la porte comme un enfant surexcité.

Elle vient à peine d'arriver.

Je commence à répondre, mais avant que je puisse dire un mot, maman sort en trombe de la salle de bain en criant à pleins poumons :

— Chuck, c'est positif ! Le test est positif ! Ils vont avoir un bébé !

Son enthousiasme doit être contagieux, parce que je me surprends à sourire en regardant Peter, dont les yeux intenses ne me quittent pas.

— Ça va ? je demande en tendant la main pour caresser son menton piquant. Tu es content, n'est-ce pas ?

Il prend ma main dans la sienne et il l'appuie contre sa joue.

— Et toi ?

Sa voix est grave et rauque, son regard inexplicablement soucieux.

— Es-tu heureuse, mon amour ? C'est ce que tu veux ?

— Je… oui, dis-je en prenant une grande inspiration. Oui.

C'est la vérité. Je désire ce bébé. Mon envie est telle qu'elle est presque palpable. Je ne me l'étais pas avoué, mais chaque fois que j'ai eu mes règles comme d'habitude ces trois derniers mois, j'ai éprouvé une véritable déception.

Au cours de notre vie de couple en dents de scie, ce bébé est passé de mon pire cauchemar à mon souhait le plus ardent.

— Alors, pas de regrets ? confirme Peter. Pas de peur ni d'hésitation ?

— Non, dis-je en soutenant son regard sans ciller. Non.

Alors qu'un sourire incandescent illumine lentement son beau visage, je me hisse sur la pointe des pieds et je l'embrasse, submergée par une vague d'amour pour cet homme ténébreux et complexe.

Pour le père de mon enfant.

CHAPITRE 25
PETER

*Q*uand nous redescendons au rez-de-chaussée, les parents de Sara ont déjà trouvé la bouteille de Cristal que je gardais au frais pour une occasion spéciale.

— Laissez-moi faire, dis-je en remarquant que Chuck a du mal à l'ouvrir.

Je lui prends la bouteille des mains, je fais sauter le bouchon et je remplis trois verres – un pour chacun à l'exception de Sara. Pour elle, je sors une bouteille de Perrier et je verse l'eau pétillante dans une coupe à champagne.

Ma ptichka ne pourra pas boire d'alcool pendant la durée de sa grossesse ni lorsqu'elle allaitera.

Lorsqu'elle allaitera notre bébé.

Une fois de plus, ma cage thoracique se comprime et mon cœur s'emballe. J'ai toujours du mal à croire que c'est bien réel, que ce que j'ai si longtemps désiré arrive enfin.

Sara est heureuse de porter mon enfant.

Nous sommes une vraie famille.

Mon bonheur est si absolu que j'en suis terrifié. Je ne me souviens pas d'avoir jamais éprouvé cela : une joie intense et une véritable fragilité. Tout ce que je veux, c'est prendre Sara et l'enfermer dans une forteresse, ou mieux, l'envelopper dans une combinaison de sécurité rembourrée et l'emmener partout avec moi, de peur qu'elle ou le bébé soient blessés.

— À notre premier petit-enfant, dit Lorna en levant sa coupe de champagne.

Je m'efforce de sourire en entrechoquant mon verre avec le sien, puis avec ceux de Chuck et de Sara. Tous trois sourient. Ils rient, même, emportés par la joie de l'occasion. Je devrais être aux anges, moi aussi, mais pour une raison quelconque, je ne parviens pas à me défaire de l'inquiétude qui plane sur moi comme un nuage malveillant.

Quelque chose me chagrine, mais je n'arrive pas à mettre le doigt dessus.

Un téléphone bipe, indiquant une notification, et Chuck pose son champagne avant de glisser la main dans sa poche pour jeter un œil à l'écran.

— Douze morts maintenant.

Quand il lève les yeux, son sourire a disparu.

— Quel dommage d'apprendre que nous avons un petit-fils par un jour aussi sombre.

— C'est peut-être une petite-fille, dit Lorna.

Mais sa voix est teintée d'anxiété.

C'est peut-être ça. C'est peut-être ce qui me trouble.

C'est un jour sombre, en effet – pour Ryson et ses collègues, en tout cas. Pour moi, il est possible que ce soit une occasion de réjouissances. Si Ryson a été réduit en lambeaux, il ne nous causera plus d'ennuis. Ce qui m'inquiète, c'est que Sara et ses parents sont bouleversés.

Le stress est mauvais pour la grossesse.

— Viens, ptichka. Assieds-toi.

Je la conduis avec précaution vers une chaise à la table de la cuisine, puis j'entre dans le salon, où la journaliste, à plein volume, émet des spéculations quant à l'organisation terroriste qui pourrait être responsable de l'attentat. Je regarde les images du bâtiment en flammes pendant une seconde, puis j'éteins la télévision.

Je préfère que Sara n'écoute pas cela dans son état.

Quand je reviens, je découvre les parents de Sara dans le hall d'entrée. Ils s'apprêtent à partir.

— Vous venez toujours demain ? demande Lorna à Sara tout en récupérant son sac à main. Je me disais qu'on pourrait prendre le thé toutes les deux pendant que Peter aidera ton père à installer cette nouvelle stéréo.

— Oui, bien sûr, répond Sara en souriant. Tu sais que je viendrai, maman.

— Parfait, dit-elle en embrassant sa fille sur la joue. Et maintenant, repose-toi ma chérie, d'accord ?

— C'est ce que je vais faire, répond-elle sur un ton obéissant.

Je hoche la tête, un sourire aux lèvres, lorsque Lorna me regarde de manière appuyée. Elle ne croit pas sa fille une seule seconde, mais elle me connaît suffisamment pour savoir que je m'assurerai qu'elle se repose.

— À demain, me dit Chuck d'un ton bourru.

À ma grande surprise, il me tape sur l'épaule avant de s'éloigner.

— Soyez prudents sur la route, dis-je.

Une autre surprise me vient de la mère de Sara, qui me serre chaleureusement dans ses bras avant de suivre son mari à l'extérieur.

J'attends que la porte se referme derrière eux avant de me tourner vers Sara.

— Est-ce qu'ils viennent de…

— De t'accepter officiellement comme un membre de notre famille ? répond-elle, radieuse. Eh bien, oui, je crois. Félicitations, papa.

Mon cœur se réduit à une tête d'épingle avant de s'étendre pour occuper toute ma cage thoracique.

— Je t'aime, dis-je avec émotion en l'attirant à moi. Tu n'imagines pas à quel point.

Alors qu'elle referme ses bras graciles autour de mon cou, je l'embrasse, savourant le goût de ses lèvres – et l'amour qu'elle me rend désormais en toute liberté.

CHAPITRE 26
SARA

Après le départ de mes parents, Peter et moi montons en voiture pour nous rendre dans mon bureau, où je prélève un échantillon de mon sang. Quelques minutes plus tard, nous avons la confirmation officielle.

Je suis enceinte de cinq semaines.

Et je suis affamée, étant donné que j'ai vomi ce que j'ai mangé ce matin.

— Je crois que je ne peux pas attendre d'être rentrée, dis-je à Peter afin qu'il s'arrête devant une petite pizzéria sur la route.

Je ne suis encore jamais venue ici, mais même si nous sommes les seuls clients à cette heure-ci, j'ai le plaisir de découvrir que leur pizza est délicieuse, aussi bonne que ce que j'ai pu goûter dans des restaurants plus huppés. Le seul hic, c'est que la télévision est allumée, montrant les images de l'attentat, et que le gérant – un homme d'âge moyen bedonnant avec un fort accent italien – ne cesse de nous en parler tandis que nous mangeons au comptoir.

— C'est terrible, vraiment terrible, dit-il d'un ton sinistre, tout en pétrissant sa pâte sous nos yeux. Où va le monde ? D'abord le 11 septembre, puis le marathon de Boston, et maintenant ça. Au moins, cette fois, c'est le FBI qu'ils ont pris pour cible, pas des citoyens innocents. Je ne dis pas que ces agents sont coupables, mais vous comprenez… Si vous en voulez à l'Amérique, c'est plus logique de viser la CIA ou un service en lien avec le gouvernement.

Je hoche la tête sans conviction tout en me gavant de pizza. L'homme n'a pas besoin de plus d'encouragements pour continuer.

— Ils disent que l'explosif n'était pas commun, une technologie très avancée, explique-t-il tout en faisant rouler la pâte d'un geste expert. Je me demande ce que c'est, et comment les terroristes ont mis la main dessus. C'est le genre de chose que devrait posséder la Russie ou la Chine, ou même notre propre armée. Je parie que toutes les théories du complot vont se réveiller pour affirmer que c'est un travail de l'intérieur ou je ne sais quoi.

Je mords dans une autre part, laissant l'homme divaguer tout en jetant un œil vers Peter. Je m'attends à ce qu'il mange paisiblement, lui aussi, mais à mon grand étonnement, il fronce les sourcils, sa part intacte devant lui et les yeux intensément rivés sur la télévision.

— Qu'y a-t-il ? je demande à voix basse lorsque le gérant nous tourne le dos pour aller chercher de la farine. Quelque chose ne va pas ?

Il détache son regard de l'écran et me sourit tristement.

— Pas vraiment. De vieux instincts qui me titillent, c'est tout.

J'ai envie de l'interroger, mais l'homme revient pour pétrir sa pâte devant nous et réfléchir tout haut aux responsables de l'explosion.

— Merci beaucoup. C'était délicieux, lui dis-je, incapable de manger un morceau de plus.

Peter s'empresse de régler l'addition et me conduit à l'extérieur. Malgré son déni, je sais que mon mari est inquiet – je le vois dans sa poigne crispée sur le volant tandis que nous rentrons à la maison. La graine noire du soupçon, que j'avais refoulée, revient me nouer l'estomac.

Est-ce possible ?

Cela pourrait-il être une terrible coïncidence ?

Je combats ce doute le plus longtemps possible, mais bientôt je n'y tiens plus.

Dès que nous sommes à l'intérieur de la maison, je me tourne vers mon mari.

— Peter… je dois te demander quelque chose.

Même à mes propres oreilles, ma voix me paraît étrange.

Immédiatement, il m'accorde toute son attention.

— Qu'y a-t-il, ptichka ? demande-t-il en me massant les épaules. Tu vas bien ?

Je hoche la tête et j'avale ma salive en levant les yeux vers lui. Mon cœur danse les claquettes dans ma poitrine et la nausée revient me chatouiller.

Cette pizza était peut-être une erreur.

Et ma question est peut-être une erreur plus grande encore.

— Qu'y a-t-il, mon amour ?

Avec douceur, il me guide vers une causeuse dans l'entrée.

— Viens, assois-toi. Tu es pâle.

— Non, je vais bien.

Pourtant, je m'assieds. C'est plus facile d'obéir que de résister. Il prend place à côté de moi et enferme mes deux mains dans les siennes, me massant les paumes avec les pouces comme si j'avais besoin d'être rassurée.

Peut-être est-ce le cas.

Tout dépend de la réponse qu'il va donner à ma prochaine question.

— Peter...

Rassemblant mon courage, je poursuis :

— J'ai besoin de savoir. As-tu...

Je prends une vive inspiration.

— As-tu un quelconque rapport avec ce qui s'est passé aujourd'hui ? Avec cette... explosion ?

Il se change en statue, sans cligner des yeux ni réagir pendant quelques secondes. Enfin, il déclare sur un ton monocorde :

— Non.

Il me lâche les mains et il se lève. Sans ajouter un mot, il retourne près de la porte et retire ses chaussures.

Je ne le quitte pas des yeux. Je me sens mal, et à la fois je suis soulagée.

Je le crois.

Il ne m'a jamais embobinée, il n'a jamais nié sa culpabilité pour aucun crime.

Mon mari est peut-être un tueur, mais ce n'est pas un menteur.

— Je suis désolée, dis-je lorsqu'il passe devant moi sans même me regarder. Peter, je suis vraiment désolée, mais il fallait que je le demande. Le deuxième étage est celui du bureau de Ryson et…

Je m'interromps, car il a disparu dans la cuisine.

J'inspire en revenant sur mes pas pour me déchausser à mon tour. Je m'en veux de lui avoir posé cette question – et même que cette idée me soit venue à l'esprit. Non seulement cet attentat est un véritable acte de haine, mais c'est aussi quelque chose qui aurait mis notre vie commune en danger – et Peter s'est tellement battu pour l'obtenir.

Il a même renoncé à sa vengeance pour cela.

Je m'apprête à ramper à ses pieds lorsque j'entre dans la cuisine, mais Peter n'est pas là. Je fais le tour de la maison à sa recherche. Ce n'est qu'en jetant un œil dans le dressing de la chambre d'amis que je le découvre enfin.

Il est accroupi devant un ordinateur portable. Ses doigts volent sur le clavier à une vitesse record.

Je fronce les sourcils et je m'agenouille à côté de lui pour regarder l'écran. Il rédige un email. C'est en russe et je ne reconnais pas l'interface du programme qu'il emploie.

— Qu'est-ce que tu fais ? je demande avec précaution. Peter… pourquoi es-tu ici ?

— Attends, dit-il sans lever les yeux. Laisse-moi terminer.

En silence, je le regarde taper sur son clavier. Il prend encore quelques minutes, puis il referme son ordinateur et tapote sur le mur du dressing.

La cloison coulisse, révélant un autre espace réduit.

Un espace rempli à ras bord d'armes de type militaire, y compris plusieurs lance-roquettes et grenades… ainsi que d'autres ordinateurs de rechange.

Sans voix, je regarde Peter ranger son portable sur une étagère avant de taper sur un autre mur. Aussitôt, la cloison originale se referme, bouchant l'ouverture.

Je claque la langue.

— Est-ce…

— Une cache d'armes ? Oui.

Il se lève et tend la main pour m'aider à en faire de même.

— Mais ne t'inquiète pas, mon amour.

Ses yeux étincellent d'un amusement froid lorsque je lui prends la main afin de me redresser.

— Je n'ai pas l'intention de m'en servir pour commettre des actes terroristes.

Je le lâche avec une grimace.

— Je sais. Je suis désolée. Je n'aurais pas dû…

— Non, tu as bien fait.

Il écarte les cheveux de mon visage, dans un geste aussi tendre que jamais même si son regard demeure celui d'un inconnu.

— Je veux que tu viennes toujours me voir si tu as des doutes. Et puis, le pizzaïolo et toi, vous m'avez fait prendre conscience d'une chose.

Je cligne des yeux.

— Quoi donc ?

— Que je dois enquêter sur ce qui s'est passé ! Il y a quelque chose là-dessous qui ne me plaît pas du tout.

— Qu'est-ce que tu veux dire ?

— Je ne sais pas encore.

Il laisse retomber sa main et recule.

— Mais je viens de contacter nos pirates informatiques et j'aurai bientôt plus d'informations.

Il se tourne et sort du dressing. Je me précipite dans ses pas, le rattrapant juste avant qu'il quitte la chambre d'amis.

— Alors, tu n'es pas fâché ? je demande, essoufflée, en me campant devant lui pour lui barrer le passage. Parce que je t'ai posé cette question ?

Ses lèvres frémissent.

— Fâché ? Non, ptichka. Pourquoi le serais-je ?

— Eh bien, parce que tu es innocent et que je t'ai plus ou moins accusé. Je suis vraiment désolée, je n'aurais même pas dû y penser…

— Pourquoi dis-tu que tu n'aurais pas dû ? demande-t-il en penchant la tête. J'ai déjà fait pire.

Une boule me pèse sur le ventre.

— Je sais, mais…

— C'était une supposition cohérente. Un explosif sophistiqué, une cible difficile et un mobile. En fait, je suis même étonné que tu me croies.

Je suis presque sûre qu'il se moque de moi, sur ce coup-là, mais je le mérite.

— Que puis-je faire pour me racheter ? je demande au lieu de lui présenter de nouvelles excuses. Comment puis-je arranger ça ?

Il hausse les sourcils et ses yeux luisent d'un intérêt soudain.

— À quoi penses-tu ?

Mon pouls s'accélère et tout mon corps rougit lorsqu'il l'enveloppe d'un regard lubrique. Je ne pensais pas au sexe, mais si c'est ce qu'il désire, je me ferai un plaisir de m'y soumettre.

— À ça, je murmure en soutenant son regard, avant de commencer à me déshabiller.

CHAPITRE 27
PETER

*U*ne fois que nous avons fait l'amour, Sara s'endort dans la chambre d'amis et je la laisse à sa sieste. J'ai fait de mon mieux pour être tendre, mais je dois tout de même l'avoir épuisée.

À moins qu'elle ait tout simplement besoin de repos. Pendant les huit prochains mois, je devrai m'assurer d'y aller doucement avec elle.

Une fois de plus, cette joie teintée d'anxiété m'emplit la poitrine, occultant les résidus de tristesse. Je n'ai aucune raison d'être fâché par la question de Sara. Au contraire, je devrais me réjouir qu'elle me fasse suffisamment confiance pour m'interroger franchement au lieu de laisser ses soupçons s'envenimer.

Et puis, je ne peux pas lui reprocher d'avoir nourri des doutes. Je n'aurais jamais fait quelque chose d'aussi flagrant et public que mettre une bombe dans l'immeuble du FBI, mais je prévois discrètement d'éliminer Ryson – qui a continué à fouiner après que j'ai fait à Sara ma promesse conditionnelle.

S'il nous avait laissés tranquilles, il serait en sécurité, mais il ne l'a pas fait – et en cela, il méritait amplement ce qui lui pendait au nez.

Ce qui lui pend toujours au nez s'il survit.

Mon mauvais pressentiment s'intensifie à nouveau, mais cette fois, l'inquiétude est plus concrète. Je ne crois pas aux coïncidences, et pourtant ça en a tout l'air. Je ne l'ai pas dit à Sara, mais je me suis déjà procuré une liste des morts et des blessés, et Ryson fait partie de ces derniers. Il a été emmené à l'hôpital dans un état critique.

Si j'étais naïf, je dirais que quelqu'un m'a rendu un service.

Une demi-heure plus tard, je reviens voir Sara. Elle dort et je retourne dans le dressing pour récupérer quelques armes. Je les disperse de manière stratégique dans toute la maison et j'en emporte quelques-unes au garage, où je les cache dans un compartiment spécial de notre voiture blindée.

Au cas où.

Une fois ma paranoïa apaisée, j'ouvre à nouveau mon ordinateur portable et je commence à répondre aux emails de mes élèves du studio en attendant que ma ptichka se réveille.

———————

— Oh, mon Dieu, dit Sara le lendemain matin, les yeux sur la télévision. Peter, Ryson était là-bas. Ils viennent d'identifier les victimes de l'explosion et il fait partie des blessés graves. Tu t'en rends compte ?

Je hoche vaguement la tête.

— Je l'ai appris tout à l'heure. C'est triste pour lui.

D'après mes sources, il a des brûlures aux troisième et quatrième degrés sur la majeure partie du corps. J'ai presque de la peine pour ce connard. Je l'aurais supprimé de manière bien plus humaine – une crise cardiaque causée par médicaments, vraisemblablement, pour que cela ressemble à une mort de causes naturelles.

— Quelle affreuse tragédie, dit Sara, les yeux toujours sur l'écran. J'espère qu'il s'en remettra.

— Hmm.

J'évite de la perturber encore davantage en désapprouvant.

— Tu veux manger ou tu as toujours la nausée, mon amour ?

Ce matin, elle n'a picoré qu'une biscotte alors que je lui avais préparé son omelette préférée avec des pancakes.

Elle se tourne vers moi.

— C'est bon pour le moment, merci. La nausée a presque disparu, mais je crois que je grignoterai chez mes parents pendant que tu bricoleras avec papa.

— Bon, d'accord. Tu es prête à partir ?

Elle se lève et me rejoint.

— Oui. Allons-y.

———————

J'emprunte une route différente jusque chez mes beaux-parents et je m'assure que mes hommes aient passé le quartier en revue avant notre arrivée. Les hackers enquêtent toujours sur l'explosion, mais mon radar est sur le qui-vive.

Sara et moi, nous devrions peut-être quitter la ville, partir en lune de miel au lieu d'attendre les vacances comme prévu. Ce pourrait aussi être un voyage pour fêter l'arrivée prochaine du bébé – j'ignore si ça existe.

Les parents de Sara nous accueillent chaleureusement et sa mère joue les parfaites maîtresses de maison en nous offrant du thé, des biscuits, des fruits et tout un buffet. Je refuse poliment – j'ai mangé un petit-déjeuner copieux –, mais Sara accepte la proposition de sa mère tandis que j'aide Chuck à installer sa nouvelle stéréo.

— Tu dois brancher ce fil, dit-il en désignant le câble audio.

Je hoche la tête en le remerciant comme si je ne le savais pas déjà.

Le père de Sara a envie que ce soit un projet d'équipe et je lui accorde ce plaisir.

J'ai presque fini de tester le son *surround* quand mon téléphone vibre dans ma poche. Je le sors et jette un œil sur l'écran. Mon sang ne fait qu'un tour.

Un groupe d'intervention arrive, annonce le texto de mon équipe. *Dans trois minutes.*

CHAPITRE 28
SARA

Je l'entends avant que Peter fasse irruption dans la cuisine, où maman et moi discutons de la décoration de la chambre d'enfant.

Le grondement caractéristique des pales d'hélicoptère.

— On s'en va.

Il m'entraîne avant que je puisse réagir.

— Excusez-nous, dit-il à ma mère ébahie en me soulevant contre son torse.

Puis il la contourne en direction de la porte.

Je m'agrippe frénétiquement à sa chemise.

— Peter, que…

— Pas le temps.

Il ouvre brusquement la porte et recule sans me lâcher – pour rester pétrifié alors qu'un énorme fourgon noir s'arrête dans un crissement de pneus. Des agents équipés jusqu'aux dents surgissent, boucliers en avant et fusils d'assaut braqués sur nous.

J'ai l'impression que mon cerveau s'est changé en boue.

Je suis incapable de réfléchir.

Je ne saurais même pas par où commencer.

Lentement et très ostensiblement, Peter me dépose sur mes pieds et s'avance devant moi, me protégeant avec son corps.

— Ne tirez pas.

Son intonation est étrangement calme. Il lève les mains au-dessus de sa tête.

— Pas besoin d'être violents. Je vous accompagne.

Ma langue se dénoue enfin :

— Attendez ! dis-je en m'avançant sur mes jambes flageolantes. Nous avions un accord. Vous ne pouvez pas…

— Reculez, madame ! aboie l'agent de tête.

Je m'immobilise lorsque plusieurs armes se tournent vers moi.

— J'ai dit que ce n'était pas nécessaire.

La voix de Peter est sèche et il s'avance pour me cacher derrière lui.

— Je n'oppose aucune résistance, annonce-t-il. Personne ne sera blessé, c'est compris ?

— Que se passe-t-il ici ? demande papa derrière moi.

Je me rends compte dans un élan de panique que mes parents viennent de sortir de la maison.

— Retournez à l'intérieur.

Ma voix chevrote et je jette un œil derrière moi.

— Papa, s'il te plaît, emmène maman à l'intérieur.

À présent, l'hélicoptère est presque au-dessus de nos têtes. Son rugissement étouffe mes paroles.

— À genoux ! hurle quelqu'un.

Je regarde derrière moi pour voir mon mari obéir avec des mouvements tout aussi lents et mesurés.

Je prends conscience avec une terreur proche de la nausée qu'il ne veut pas les rendre nerveux. Ils savent ce dont il est capable et, même s'il n'est pas armé, ils sont terrifiés à l'idée de l'affronter.

— Peter Garin, vous êtes accusé de l'assassinat d'employés fédéraux, de la destruction d'une propriété de l'État, de l'usage d'explosifs et de meurtre prémédité, lance l'agent qui a déjà pris la parole, par-dessus le vacarme de l'hélicoptère.

Il s'approche de Peter avec des menottes tandis que ses collègues gardent leurs fusils d'assaut pointés sur le visage de mon mari.

— Vous avez le droit de…

Son casque explose avant qu'il puisse ajouter un mot, et aussitôt, l'enfer se déchaîne.

CHAPITRE 29
PETER

Je bouge avant même d'entendre la détonation du fusil du tireur embusqué.

C'est instinctif, purement automatique.

Je n'ai qu'un seul objectif.

Survivre assez longtemps pour protéger Sara et le bébé.

Comme toujours en de telles situations, mes pensées sont claires et nettes.

Tireur à cinq heures, identité inconnue.

Un agent mort. Les autres sur le point d'ouvrir le feu.

Neuf adversaires en face de moi. Sara et ses parents derrière.

Je m'empare du M4 de l'agent dont le cerveau a giclé sur moi et je m'élance sur le côté tout en criblant ses collègues de balles, visant les interstices de leurs armures dont je connais les faiblesses.

Je dois détourner leur attention de Sara, représenter la seule menace afin qu'ils se concentrent uniquement sur moi.

Du coin de l'œil, je vois les parents de Sara l'entraîner à l'intérieur de la maison. Elle hurle quelque chose, mais je n'entends rien par-dessus le bruit de l'hélicoptère et le crépitement d'une arme à feu automatique.

Le sol à côté de moi explose sous une pluie de balles, mais je continue de bouger en appuyant sur la détente. Leurs armures les protègent, mais elles les ralentissent, m'offrant de précieuses secondes. Même si je ne les tue pas, mes balles les font tomber comme des mouches.

Cinq ennemis sont à terre.

Toutes les armes que j'ai préparées se trouvent dans notre voiture. J'ai un Glock attaché à ma jambe, et quand mon arme d'emprunt émet un cliquètement indiquant que le chargeur est vide, je la jette et plonge derrière deux agents étendus, attrapant une arme dans la foulée.

Une vive douleur me déchire le bras gauche, mais je l'ignore.

Je peux encore tenir mon arme, preuve que la blessure n'est pas si grave.

Le fourgon de l'équipe d'intervention n'est plus qu'à quelques mètres et je m'élance, à la fois pour me mettre à couvert, mais également parce que c'est aussi loin de la maison que possible. Quand je percute le sol, je tire encore quelques rafales. L'angle de tir joue en ma faveur, car je touche deux agents sous leurs casques.

Une balle me perfore le mollet droit, mais l'adrénaline me porte.

D'autres projectiles labourent le sol tout autour de moi, même si je me trouve à présent derrière le véhicule.

L'hélicoptère.

Je me retourne sur le dos et je tire une salve dans sa direction. Une pale de rotor explose et l'engin oscille brusquement. J'ouvre à nouveau le feu, et cette fois il s'éloigne, disparaissant derrière les arbres quelques rues plus loin.

Sans interruption, je roule sous le fourgon et je ressors de l'autre côté, devant les trois derniers agents.

Sauf qu'il n'y en a plus que deux.

L'autre court en direction de la maison.

CHAPITRE 30
SARA

*T*out se déroule en un clin d'œil. Je suis derrière Peter alors que l'agent s'apprête à lui passer les menottes, et l'instant d'après une détonation assourdissante retentit et le casque de l'homme vole en éclats, faisant gicler son sang et sa cervelle tandis que Peter passe à l'action et arrache l'arme des mains de l'homme.

— Sara, rentre ! fait maman.

Elle m'agrippe le bras, me tirant en arrière alors que les armes détonent, se joignant au concert des hélices.

— Non, rentrez tous les deux ! je m'écrie en me dégageant de sa poigne.

Je ne peux pas laisser Peter tout seul.

— Retournez à l'intérieur maintenant !

— Ton bébé ! crie alors papa par-dessus le vacarme, en me prenant le poignet alors que je m'apprête à foncer. Tu es enceinte, ne l'oublie pas !

Ce rappel me fait l'effet d'un seau d'eau glacée en pleine face.

J'avais oublié cette petite vie en moi, l'enfant que Peter désire aussi désespérément.

— Rentre, Sara. Tout de suite !

Maman me tire l'autre poignet. Cette fois, j'obéis et je rentre dans la maison en titubant tandis que la rue se change en zone de guerre.

— Nous devons… nous éloigner… des fenêtres, dit papa d'une voix sifflante, plié en deux dans l'entrée. Les balles, elles…

— Tout va bien, papa. Respire.

Je lui prends le coude alors qu'il commence à s'effondrer, mais il est trop lourd pour moi et je parviens seulement à atténuer sa chute.

— Où sont tes pilules ?

Ma voix monte dans les aigus, en proie à la panique. Son visage vire au bleu.

— Maman, où est son traitement ?

— Dans la… la cuisine.

À sa voix, elle semble sous le choc.

— Le placard du haut, à droite.

— D'accord, je reviens tout de suite.

La fenêtre du salon explose lorsque je passe devant à toutes jambes, mais je prête à peine attention aux fragments de verre qui se fichent dans ma peau.

Je dois aller chercher les médicaments de papa.

Je suis incapable de penser à Peter en cet instant, je ne peux pas me concentrer sur la terreur toxique qui me comprime la poitrine.

Il va y arriver.

Il le faut.

J'ouvre le placard, m'empare des pilules de nitroglycérine et d'un flacon d'aspirine avant de revenir en trombe. Je constate que le bruit de l'hélicoptère diminue et que les coups de feu ont cessé.

Maman est agenouillée devant le corps inconscient de mon père. Elle me regarde, un masque de terreur sur le visage.

— Il ne respire pas. Sara, il ne respire pas.

Je suis déjà à genoux. Je pousse sur le torse de papa tout en comptant à mi-voix, puis je me penche pour souffler dans sa bouche.

Sa poitrine se soulève quand l'air remplit ses poumons, puis retombe et ne bouge plus.

Luttant contre ma panique croissante, je reprends le massage cardiaque.

Un, deux, trois, quatre…

La porte s'ouvre à la volée et deux hommes déboulent dans l'entrée, en plein combat au corps à corps.

Ce sont un agent des forces d'intervention et Peter ensanglanté.

CHAPITRE 31
PETER

J'ouvre le feu avant les agents, tirant deux rafales qui les atteignent sous leurs casques. Mû par l'adrénaline, je me lève d'un bond, à peine conscient de la douleur lancinante dans mon bras et mon mollet.

Je dois arrêter l'agent qui s'enfuit.

Il ne doit pas rejoindre Sara et sa famille à l'intérieur.

Redoublant de vitesse, je le rattrape devant la porte et je le plaque alors qu'il se retourne, prêt à faire feu. L'arme crépite sous le porche. Ensemble, nous nous écrasons sur la porte qui s'ouvre brusquement sous le choc.

Je n'ai qu'une fraction de seconde pour découvrir la scène à l'intérieur, mais ça me suffit pour changer de cap, sur la droite, évitant de trébucher sur Sara agenouillée et ses parents.

Au lieu de ça, nous nous étalons sur le canapé et nous roulons ensemble sur le sol, chacun cherchant à atteindre le Glock glissé dans sa ceinture. J'atterris sur lui et je tire l'arme, mais il enfonce son coude dans mon bras blessé et l'arme me tombe de la main.

Sans prêter attention à l'élancement, je retire son couteau et je l'enfonce dans une fente de son armure. Il tressaille comme un poisson hors de l'eau et je le poignarde une fois de plus, puis deux.

Son corps s'affaisse sous le mien.

— Peter !

La voix de Sara traverse le rugissement de mon cœur et je lève les yeux pour découvrir son visage blanc brouillé de larmes. Elle appuie sur le torse de son père. Je reconnais le rythme régulier caractéristique d'un massage cardiaque. Sa mère est à genoux à côté d'elle.

Je me hisse au-dessus de mon adversaire mort et je me lève. La pièce tournoie autour de moi dans un cercle inquiétant. Quand je baisse les yeux, je me rends compte que ma jambe droite est couverte de sang – et que du sang ruisselle le long de mon bras gauche.

Bien sûr. Les blessures par balles.

Réprimant le vertige grandissant, je m'avance vers Sara et ses parents.

— Que s'est-il passé ? Il est touché ?

Je ne vois pas de sang sur Chuck, mais…

Sara secoue la tête.

— Arrêt cardiaque.

Penchée, elle lui pince le nez et souffle dans sa bouche avant de reprendre son geste régulier.

Merde. J'aperçois les flacons de pilules intacts sur le sol et mon propre cœur se serre.

C'est le pire cauchemar de Sara, et c'est moi qui l'ai causé.

— Vous devez partir tous les deux.

La voix de Lorna est éraillée comme celle d'un fantôme. Quand je jette un œil vers elle, je constate qu'elle en a aussi l'apparence, blanche comme un linge.

— Avant qu'ils envoient le…

Une balle fait voler en éclats le mur au-dessus de nos têtes et, instinctivement, je me place devant Sara et sa mère, les protégeant avec mon corps.

Une vive douleur explose dans mon flanc gauche. La violence du coup me fait tituber et je les bouscule toutes les deux derrière le canapé. Une lumière blanche éclate devant mes yeux, la douleur se propageant à travers mes terminaisons nerveuses en même temps qu'une balle siffle à mon oreille.

Non. Putain, non !

Avec ce qu'il me reste de force, je me jette sur le côté, détournant de Sara et de sa mère l'attention du tireur. Une autre balle vient se ficher dans le sol à côté de mon genou, envoyant des échardes de bois alentour. Malgré ma vision brouillée, je distingue une silhouette en armure qui s'avance dans l'encadrement de la porte, une arme au poing.

C'est l'un des agents des forces d'intervention sur lesquels j'ai tiré.

Sonné et blessé, mais vivant.

Il ne porte pas de casque et j'aperçois sa peau tachetée et ses yeux furibonds.

— Meurs, fils de pute ! fait-il d'une voix sifflante.

Il vise ma tête et appuie sur la détente.

CHAPITRE 32
SARA

Je tombe violemment sur le côté et ma tête heurte le canapé tandis qu'un autre coup de feu retentit. Un jet chaud et métallique éclabousse mon visage et mon cou.

— Peter !

Terrifiée pour lui, je me redresse à genoux, essuyant le sang devant mes yeux. C'est alors que je découvre la scène.

Maman est étalée par terre, le visage maculé de sang.

Ou du moins, une partie de son visage.

Sa joue et un bout de son crâne ont disparu, laissant un trou béant à la place de sa pommette.

Mon esprit se ferme, un mur de torpeur se met en place. Au même moment, un troisième coup de feu résonne.

Je regarde mon mari, sur le dos et ensanglanté, puis l'agent sur le seuil, le visage tordu de haine, qui vise la tête de Peter.

Mon regard se pose alors sur l'arme de Peter, tombée alors qu'il se battait avec l'autre homme.

Elle est à moins d'un mètre de moi.

Je tends la main et je m'en empare. Elle est glaciale et lourde dans ma paume, accentuant le froid qui m'enserre déjà le cœur.

Mes parents sont morts.

Peter va être assassiné.

Je vise et j'appuie sur la détente une fraction de seconde avant l'agent.

Ma balle rate sa cible, mais le coup de feu le déstabilise et il manque son tir.

Il se tourne alors vers moi. À nouveau, je fais feu.

Je l'atteins sur son gilet et il recule d'un pas.

Sans la moindre hésitation, je marche vers lui. Une fois de plus, je brandis mon arme.

— Non… fait-il d'une voix étranglée.

Je l'entends haleter lorsque j'appuie sur la détente.

Son visage explose en éclats de sang et d'os. On dirait un jeu vidéo hyperréaliste, avec les odeurs, le goût et les sons environnants. Fascinée, je laisse tomber l'arme par terre et je tends la main pour savoir si la texture sous ma main sera tout aussi réelle…

— Sara.

La voix tendue de Peter me parvient, comme si j'étais sous l'eau.

— Regarde-moi, dit-il.

Je cligne des yeux vers son corps étendu à plat ventre. Mon engourdissement se dissipe quand je découvre le sang qui s'amasse sous ses côtes.

Il est blessé.

Gravement.

Un élan de terreur lève les restes de brouillard dans mon esprit et je me laisse tomber à genoux, tirant fébrilement sur sa chemise. Je dois arrêter l'hémorragie, voir si la balle…

— Ptichka, arrête.

Il m'agrippe le poignet avec une force surprenante et me dit, les yeux dans mes yeux :

— Nous n'avons pas le temps. Tu dois me donner cette arme. Mets-la dans ma main. Tu n'as jamais fait ça, c'est compris ? Maintenant, tu dois t'en aller. Partir aussi loin de moi que…

— Non.

Je me dégage de sa poigne.

— Je ne t'abandonne pas.

Il a besoin de soins médicaux, mais il n'y a aucune chance que les agents l'emmènent à l'hôpital après ce massacre. Il a tué trop de policiers, ils vont l'abattre sur place.

Innocent ou coupable, ils ne se poseront pas la question.

— Ptichka, tu dois…

— Lève-toi.

Bondissant sur mes pieds, j'attrape son bras indemne et je le tire de toutes mes forces.

— Nous devons partir tout de suite.

Je ne peux pas le perdre.

Une grimace déforme le visage de Peter lorsqu'il essaie de se redresser, sans succès.

— Mon amour, dit-il. Tu dois…

— Tout de suite ! je m'exclame en tirant vivement sur son bras.

Mon intonation semble faire son effet.

Les mâchoires contractées, il s'assoit péniblement et je m'accroupis afin de passer mon bras autour de son buste. Il est incroyablement lourd. Son large corps est trop ferme, ses muscles trop solides. Mon dos et mes jambes hurlent pour protester, mais je parviens à me lever, soutenant la majeure partie de son poids.

— La voiture, dit-il entre ses dents, d'une voix rauque. Il faut monter en voiture.

La voiture.

Dehors, garée au bord du trottoir.

Nous pouvons y arriver.

Nous devons y arriver.

Je fais un pas vers la porte. Soudain, je sens le poids de Peter s'alléger. Jetant un œil vers lui, je constate qu'il est debout, même si son visage est grisâtre sous les taches de sang et de crasse.

— La voiture. Viens, dis-je avec empressement lorsque nous sortons. On y est presque. Encore quelques pas.

Au loin, j'entends le hurlement des sirènes et le vacarme d'un autre hélicoptère.

Ils viennent nous cueillir.

Ils viennent me prendre Peter, comme ils ont pris mes parents.

— Les clés. Elles sont dans ma poche, fait Peter d'une voix rauque.

Je remercie le ciel pour cette infime grâce, car je me rappelle que toutes les Mercedes modernes ont simplement besoin de capter la proximité des clés pour s'ouvrir et démarrer automatiquement.

J'ouvre la portière du côté passager et j'y pousse Peter sans ménagement avant de faire le tour pour monter derrière le volant. Mon cœur bat la chamade dans un rythme assourdissant et mes mains tremblent quand j'enclenche la vitesse avant d'appuyer sur l'accélérateur.

— Où va-t-on ? je demande fébrilement en empruntant le virage vers la route principale dans un crissement de pneus.

Le bruit de l'hélicoptère et des sirènes devient de plus en plus fort. Ce n'est qu'une question de temps avant qu'ils découvrent que nous avons disparu et qu'ils se lancent dans une course poursuite.

Pas de réponse.

Je risque un œil vers Peter. Il est à moitié affaissé sur son siège, le visage livide et les yeux fermés, une boule de serviettes en papier imbibées de sang pressée contre son flanc.

Oh, non. Oh, pitié, non.

— Peter.

Je secoue son genou.

Toujours rien.

— Peter, s'il te plaît. Tu dois me dire où aller.

Il gémit et je le secoue plus fort. Ses paupières s'ouvrent sur ses yeux vitreux.

— Une cabane à Horicon Marsh. Prends l'I-294 vers la 94, puis la 41 et tourne sur la 33, à droite sur Palmatory et continue cinq kilomètres. Un chemin de terre sur la gauche.

Oh, Dieu soit loué.

Je fais un brusque virage à droite en direction de l'autoroute et j'écrase la pédale tandis qu'il sombre à nouveau. Il perd trop de sang, mais je ne peux rien faire tant que nous ne serons pas en sécurité.

S'ils nous rattrapent, c'est un homme mort.

Mon esprit tourne comme une toupie sous stéroïdes quand je m'engage sur l'autoroute. Incapable de me concentrer sur mes parents ni sur l'énormité de ce qui vient de se passer, je me concentre sur les pourquoi.

Pourquoi sont-ils venus le chercher ?

Pourquoi quelqu'un a-t-il abattu cet agent alors que Peter s'apprêtait à se rendre ?

J'ai cru mon mari quand il m'a dit qu'il n'avait rien à voir avec l'attentat contre le FBI, mais est-il possible qu'il m'ait menti ? Seraient-ils venus l'arrêter ainsi si aucune preuve ne l'associait à l'attentat ?

La logique me dit que non, et pourtant je ne peux me résoudre à y croire. Peter a perpétré des horreurs, mais ce n'est pas un terroriste.

Toute morale mise à part, quand il tue, il le fait avec précision et discrétion.

Alors, pourquoi ? Pourquoi le croiraient-ils coupable ? Et qui a tiré sur cet agent ? Est-ce possible qu'un membre de l'équipe de Peter ait été aussi stupide ? Si c'était le cas, pourquoi ne nous a-t-il pas aidés ensuite ?

Si quelqu'un était prêt à tuer un agent des forces d'intervention, pourquoi laisser Peter combattre les autres tout seul ?

Cela n'a aucun sens, mais ces réflexions m'empêchent de céder à l'hyperventilation derrière mon volant. Je ne dois pas penser à nos infimes chances de survie ni au fait que Peter se vide de son sang.

Ou que la petite vie qui grandit en moi a désormais deux fugitifs pour parents.

— Ralentis, murmure la voix rocailleuse de Peter lorsque je double une Toyota à cent trente sur la voie rapide. N'attire pas l'attention en accélérant. Où est ton téléphone ?

Mon pouls s'emballe de bonheur tandis que je lève le pied.

Parler, c'est bien.

C'est très bien.

— Pas de téléphone, je réponds.

Mon soulagement est de courte durée. Un coup d'œil vers lui m'apprend qu'il est conscient, mais livide.

— J'ai oublié mon sac chez…

— Tant mieux, répond-il. Ils ne pourront pas suivre notre trace.

Merde. Je n'y avais même pas pensé.

— Et le tien ?

Il fait la grimace et change de position sur son siège, détachant de nouvelles feuilles d'un rouleau d'essuie-tout rangé dans sa portière.

— Intraçable.

— D'accord.

Mon esprit tourne à plein régime.

— D'autres instructions ? On doit se débarrasser de la voiture ? Peut-on appeler quelqu'un au secours ? Tes gardes du corps ? Ils peuvent…

— Non.

Une fois de plus, il ferme les yeux, tamponnant les serviettes propres contre son flanc.

— C'est trop complexe pour eux. Ils ne peuvent pas lutter contre le FBI.

Bien sûr. C'est cohérent. La nouvelle équipe de Peter n'est pas constituée de criminels. Ils sont payés pour nous protéger contre les personnes dangereuses issues du passé de Peter, pas pour nous aider à échapper aux autorités.

Ce qui signifie qu'ils ne peuvent pas être à l'origine de la fusillade.

— Peter…

Je le regarde à la dérobée, mais il a encore perdu connaissance. Sa tête roule sur le côté.

Un étau de glace m'enserre le cœur.

— Peter, réveille-toi. Tu dois me dire ce que je dois faire.

Pas de réponse, rien que le cognement fébrile de mon pouls dans mes oreilles.

Je tends la main pour lui secouer le genou, mais il ne réagit pas et je constate qu'il ne serre plus les serviettes en papier. Sa main est molle le long de son corps.

Ma cage thoracique semble s'être ratatinée, aussi réduite que celle d'un enfant, broyant tous les organes à l'intérieur.

Ce n'est pas possible.

Ça ne peut pas se terminer comme ça.

— Peter.

Ma voix se brise.

— Peter, s'il te plaît… j'ai besoin de toi. Tu ne peux pas me faire ça.

Il ne peut pas mourir et m'abandonner. Pas après s'être battu bec et ongles pour nous.

Pas après avoir gagné mon amour.

— Réveille-toi, Peter, dis-je en lui secouant le genou plus vivement. Je t'en prie, réveille-toi.

Mais il ne réagit pas.

Il a sombré dans l'inconscient.

CHAPITRE 33
SARA

J'ai l'impression que l'habitacle de la voiture se referme sur moi. Je lui agrippe le poignet et je cherche son pouls.

Je le trouve.

Faible et erratique, mais bien présent.

Un sanglot de soulagement monte dans ma gorge et la route se brouille devant moi.

Il est encore vivant.

Évanoui, mais vivant.

Avec un effort herculéen, je me ressaisis. Je ne peux pas me laisser aller, pas tant qu'il existera un infime espoir.

Chaque chose en son temps. Je dois guérir la blessure de Peter. Ça ne peut pas attendre. Ensuite, la voiture. Je suppose qu'ils la recherchent et que ce n'est qu'une question de temps avant qu'on nous repère sur la route. Cela signifie que je dois nous trouver un autre véhicule.

La question, c'est *comment*.

Si Peter était conscient, il pourrait nous en voler une, mais je n'ai aucune compétence en la matière. Je dois trouver une autre solution, quelque chose qui ne nous ralentira pas trop.

Un panneau de sortie apparaît devant nous et je me rends compte que nous sommes presque au niveau de l'hôpital Advocate Lutheran.

Mon cœur a un raté avant de s'emballer. Je devrais peut-être l'y conduire. Tout de suite, avant que les autorités sachent que nous sommes là.

Avant que d'autres agents des forces d'intervention débarquent et l'abattent en riposte à tous ceux qu'il a tués, tout en feignant la légitime défense.

Ils seront bien obligés de le soigner aux urgences si je le leur amène. Ils l'examineront. Et quand la police arrivera, elle ne pourra pas le tuer en présence de nombreux témoins. Ils seront contraints de le laisser revenir à lui avant de l'emmener.

Avant de l'enfermer à Guantanamo ou dans un autre cachot sinistre pendant le restant de ses jours.

Même si on prouve qu'il est innocent pour l'attentat, on ne le libérera jamais – tôt ou tard, la police se vengera.

Si j'emmène Peter à l'hôpital, je ne le reverrai jamais. Mais si je ne le fais pas, il se videra de son sang et mourra.

Peut-être est-ce déjà trop tard. Je risque de le perdre tout comme j'ai perdu mes parents.

Ravalant la peur qui menace de me suffoquer, je m'engage sur la bretelle de sortie et je quitte l'autoroute en direction de l'hôpital. En arrivant, je trouve une place de parking sous un arbre, entre un SUV et une fourgonnette.

— On devrait être bien cachés ici, dis-je d'une voix chevrotante en me tournant vers Peter. Maintenant, je vais inspecter tes blessures, d'accord ?

Il ne répond pas, comme je pouvais m'y attendre.

Je me penche au-dessus de ses genoux et j'incline son siège. Puis je soulève sa chemise et j'examine la plaie par balle dans son abdomen.

Je repère un trou de sortie. Étant donné son emplacement, il y a de grandes chances que la balle n'ait pas touché d'organes vitaux. Si je désinfecte la plaie et interromps le saignement, il pourra s'en tirer sans consultation.

Retenant ma respiration, j'inspecte rapidement le reste de son corps. Je découvre un pistolet sanglé autour de sa cheville gauche, mais comme elle n'est pas blessée, je n'y touche pas. Enfin, je constate qu'une balle a éraflé son bras gauche et qu'une autre a traversé son mollet droit.

Les deux plaies saignent encore, mais ne semblent pas mettre sa vie en danger.

J'expire, soulagée et tremblante, et je serre sa main inerte.

Je sais ce qu'il me reste à faire.

J'espère simplement que la chance sera de notre côté.

Je me penche sur lui et caresse ses cheveux tachés de sang coagulé.

— Tiens bon, mon chéri, s'il te plaît. Je reviens tout de suite, c'est promis. Accroche-toi. Fais-le pour moi.

Je peux le faire.

Je dois le faire.

Je m'écarte, me redresse et oriente le rétroviseur dans ma direction. Comme je m'y attendais, je suis tout aussi mal en point que Peter. Mon visage est blafard, strié de larmes. J'ai du sang et des éclats de chair sur la peau et les vêtements.

Heureusement que le personnel des urgences a déjà connu pire.

— Je reviens dans un moment, dis-je à mi-voix en lui serrant la main une dernière fois.

Je bondis hors de la voiture et détale sur le parking jusqu'à l'entrée des urgences.

Personne ne prête attention à moi lorsque j'entre. Je garde la tête basse pour échapper aux caméras dans les coins. À ce que je sache, ma photo n'est pas encore diffusée aux actualités, mais je préfère ne pas prendre de risque.

À l'intérieur, c'est le chaos habituel à ce genre de service. L'infirmière au bureau des admissions est submergée par les nouveaux arrivants qui exigent de voir quelqu'un *tout de suite*, et une demi-douzaine d'infirmiers et de médecins se pressent autour de deux patients sur des brancards à roulettes. L'un d'eux hurle, la jambe en sang, et l'autre semble ébranlé par une grave crise cardiaque.

Au fond, je repère une porte de service. Les infirmiers y emmènent le patient qui hurle et je les suis en faisant mine de l'accompagner. Une infirmière essaie de me refuser l'accès, mais quelqu'un l'appelle et elle disparaît dans le couloir, oubliant aussitôt ma présence.

Je suis le brancard sans me faire remarquer. Quand nous passons devant un placard à fournitures, j'y entre et referme la porte derrière moi.

Au fond, il y a des blouses pliées, des draps, des bandages, des échantillons de médicaments et du nécessaire à pharmacie. Je m'empresse de me déshabiller pour enfiler une tenue d'infirmière, essuyant le sang sur mon visage à l'aide d'une taie d'oreiller, puis je fourre tout ce qui pourra m'être utile dans un drap que je replie afin de me constituer un sac de fortune. Enfin, je recouvre mon butin avec du linge froissé et je ressors en faisant croire que j'emporte des draps sales à la buanderie.

Personne ne me parle lorsque je retourne dans le hall de réception des urgences et me dirige vers la sortie. Je m'assure de cacher mon visage, derrière les draps, aux caméras qui clignotent dans les coins.

Je retourne à la voiture et retrouve Peter toujours inconscient.

— Tout va bien, je suis là, dis-je en déposant le nécessaire à ses pieds. On va y arriver.

Il ne m'entend pas, mais cela n'a aucune importance.

C'est moi-même que j'essaie de convaincre.

Il est trop lourd pour que je parvienne à le déshabiller, alors je retrousse sa manche et je déchire la jambe de son jean afin d'accéder aux blessures. Parmi les affaires que j'ai chapardées, je trouve du savon et une solution saline, que je mélange avec de l'eau pour nettoyer le sang et la terre autour de ses plaies. Contrairement à la croyance populaire, c'est une mauvaise idée d'utiliser de forts antiseptiques sur les blessures. L'eau oxygénée et d'autres alcools du même ordre risquent d'endommager les tissus et de ralentir le processus de guérison.

Après avoir suffisamment nettoyé les plaies et retiré tous les fragments de balles, je les recouds et lui pose des bandages, en commençant par la blessure sous ses côtes. Tout en travaillant, je remercie ma bonne étoile d'avoir pu effectuer mon internat dans un service d'urgences et soigner de nombreuses victimes d'armes à feu.

Pourtant, mes mains tremblent lorsque je termine. Je me rends compte que l'adrénaline qui m'avait soutenue commence à s'épuiser.

Ce n'est pas bon signe.

Il me reste encore beaucoup de choses à faire avant de pouvoir m'effondrer.

— Je dois m'éloigner pendant quelques minutes, d'accord ? Tiens bon, mon chéri, je chuchote en caressant le visage de Peter.

Je me penche et pose un tendre baiser sur sa mâchoire contractée. Puis je m'écarte en me persuadant que j'ai juste besoin d'un coup de pouce du destin.

D'un peu de chance et de beaucoup de cran.

Mes jambes ne sont pas stables lorsque je rebrousse chemin jusqu'à l'hôpital. C'est la partie la plus aléatoire de mon plan, car elle repose sur de nombreux facteurs. À l'heure actuelle, nos visages doivent être diffusés aux informations et la chasse à l'homme doit battre son plein. Il suffirait d'un inconnu trop indiscret pour qu'une nuée de policiers et d'agents du FBI fonde sur nous.

C'est peut-être une erreur.

Je devrais peut-être retourner dans la voiture et conduire en priant pour un miracle, pour que toutes les patrouilles n'aient pas encore reçu la description de notre véhicule.

Je m'apprête à tourner les talons et revenir sur mes pas quand une Toyota bleue ancien modèle fait irruption sur le parking dans un crissement de pneus et s'arrête devant l'entrée.

— Au secours ! hurle une femme d'un certain âge en ouvrant la portière.

Je me précipite pour l'aider à faire sortir son mari à moitié inconscient.

De toute évidence, il vient de faire une attaque.

Deux infirmières des urgences accourent et je m'écarte pour ne pas les déranger. Ensemble, elles emmènent le patient et la pauvre épouse dans tous ses états. La voiture reste sans surveillance, la portière ouverte. La clé est toujours sur le contact.

Bingo.

En temps normal, dans de telles circonstances, le personnel des urgences envoie quelqu'un déplacer le véhicule, mais s'ils ne le trouvent pas en sortant, ils penseront simplement qu'on l'a déjà garé ailleurs.

Il ne leur viendra pas à l'esprit de signaler un vol de voiture tant que la femme du patient n'aura pas constaté sa disparition.

Je m'en veux en m'assoyant derrière le volant pour diriger la Toyota vers notre voiture. J'imagine à quel point cette pauvre femme sera stressée quand elle devra gérer un vol de voiture en plus de l'attaque de son mari. Mais je n'ai pas le choix : la vie de Peter est en jeu.

Je gare la Toyota à côté de notre Mercedes, je sors d'un bond et je me rue vers notre véhicule. Ouvrant la portière, je regarde mon mari en me demandant comment je vais bien pouvoir déplacer cet homme inconscient de quatre-vingt-dix kilos d'une voiture à une autre.

Bon, qui ne tente rien n'a rien.

Agrippant ses chevilles, je tire de toutes mes forces.

Il bouge de quelques centimètres. À peine.

Merde.

Je m'arc-boute et plante mes talons sur l'asphalte.

Encore quelques centimètres.

Je devrais peut-être laisser tomber cette idée stupide et retourner au volant de notre voiture. L'épouse de l'homme victime d'un arrêt cardiaque sera heureuse de retrouver sa Toyota sur le parking et…

Mon mari pousse un gémissement grave.

Aussitôt, mon pouls s'enflamme.

— Peter.

Je grimpe dans la voiture et me penche sur lui.

— Peter, mon chéri, s'il te plaît, réveille-toi.

Il marmonne des paroles incohérentes en tournant la tête sur le côté.

— Je t'en prie, j'ai besoin de toi.

Je le secoue tout doucement.

— S'il te plaît, réveille-toi.

Il ouvre les paupières, le regard dans le vague.

— C'est bien, mon chéri.

Mon soulagement est tel que le rythme de ma respiration s'accélère.

— Tu peux y arriver. Regarde-moi.

Il cligne des paupières et fixe lentement son regard sur moi.

— Sara ? Que…

— Nous sommes sur le parking d'un hôpital, lui dis-je rapidement. Je nous ai trouvé une voiture, mais je ne peux pas te déplacer sans ton aide. Peux-tu te lever pour moi ?

Sa mâchoire se crispe, mais il hoche la tête.

— Bon, allons-y. Viens.

Je redresse le siège en position assise et je l'aide à sortir de la voiture. Ses jambes ne sont pas stables. Il s'appuie lourdement sur mes épaules, mais nous parvenons à longer la voiture.

Son visage est presque vert lorsque je l'aide à monter, mais il se raccroche à la conscience avec une volonté de fer.

— Les armes, fait-il d'une voix rauque en se laissant tomber sur le siège du côté passager. Sous la banquette arrière. Va les chercher.

Nous avons des armes ?

Je ne suis pas aussi surprise que je le devrais.

Abandonnant Peter dans la Toyota, je reviens vers la Mercedes et j'essaie de soulever la banquette arrière. Il me faut faire preuve d'ingéniosité, mais j'y parviens enfin – et je reste bouche bée devant l'arsenal qu'elle renferme.

En plus des armes de poing et des fusils d'assaut, il y a des grenades et même ce qui ressemble à un lance-roquettes.

Je n'arriverai jamais à tout emporter dans l'allée sans que quelqu'un me remarque dans le parking et donne l'alerte.

C'est alors qu'une idée me vient.

Je récupère le baluchon contenant toutes les fournitures de premiers secours et je vais les déposer sur la banquette arrière de la Toyota, puis je prends les draps et je reviens au pas de course. Les armes sont lourdes et je dois effectuer trois allers-retours, mais je rapporte tout dans notre nouveau véhicule, bien enveloppé dans les draps.

— C'est bon, dis-je à Peter en m'assoyant derrière le volant, à bout de souffle.

Mais je ne reçois aucune réponse. Une fois de plus, il a perdu connaissance.

Je me penche et bascule son siège en position couchée. Il pourra se reposer et personne ne l'apercevra par la vitre.

Puis, avec une grande inspiration, je quitte le parking et pars à la recherche de la cabane.

CHAPITRE 34
SARA

*P*eter m'a recommandé de ne pas rouler vite, alors je conduis prudemment, respectant le code de la route et les limites de vitesse. Comme le téléphone de Peter est verrouillé et que je ne peux pas le réveiller, je me fie aux panneaux de circulation et à mes propres connaissances plutôt vagues pour rejoindre le chemin de terre dont il m'a parlé.

Je ne pense pas à mes parents ni à l'homme que j'ai tué sans pitié. Je ne peux pas, j'ai trop besoin de garder mon sang-froid. Alors, je me concentre sur le trajet sans m'arrêter. Lorsque nous pénétrons enfin dans les bois, ma vessie est sur le point d'exploser. Je me gare sur le bas-côté du chemin et je contourne un arbre, où je m'accroupis comme en camping. La vieille dame conservait dans la voiture un petit flacon de désinfectant et je me nettoie les mains avant de reprendre la route, m'efforçant de ne pas réfléchir à ce qui se passera une fois que nous atteindrons notre destination.

En dépit de tous mes efforts, de redoutables questions tournoient dans ma tête.

Que ferons-nous si les blessures de Peter s'infectent ?

Y aura-t-il de quoi manger et boire dans la cabane ?

Et pire encore, dans combien de temps va-t-on nous retrouver ?

Parce qu'on nous retrouvera. Je ne suis pas dupe. Jusqu'à présent, nous avons eu de la chance, mais nous ne sommes pas de taille contre le FBI. En tout cas, *je* ne le suis pas. Peter a réussi à éviter la détention pendant des années avec l'aide de ses réseaux dans les milieux de la pègre.

Je n'avais encore jamais regretté de ne pas avoir de criminels dans mon cercle social auparavant, mais maintenant, c'est le cas. Aucun de mes amis, aucune de mes connaissances ne peut nous aider – pas sans devenir hors la loi. En fait, à l'exception de mon mari, les seules personnes que je connaisse à avoir les compétences et les contacts nécessaires sont ses anciens collègues russes, et ils sont bien loin d'ici…

Un instant.

J'ai l'adresse email de Yan.

Depuis qu'il m'a félicitée pour notre mariage.

Une fois de plus, mon pouls s'emballe. L'excitation crépite dans mes veines avant qu'un détail important ne parvienne à ma conscience.

Je n'ai aucun moyen d'envoyer des messages, sauf à utiliser le téléphone de Peter. Pour cela, il faudrait que mon mari retrouve ses esprits et puisse saisir son mot de passe.

Je jette un œil vers lui. Mon cœur se serre quand je constate le teint cireux de son visage. Il devrait être dans un hôpital, avec un cathéter qui l'alimente en antibiotiques et en fluides essentiels, au lieu de bringuebaler sur ce chemin plein d'ornières.

S'il meurt, ce sera ma faute.

Ce sera parce que j'ai choisi de le cacher aux autorités au lieu de l'emmener à l'hôpital.

Un panneau « propriété privée » apparaît droit devant avec une clôture de part et d'autre du chemin et un portail de bois en travers. Nous devrions être arrivés à destination, à moins que je me sois trompée de route.

J'arrête la voiture et je sors pour ouvrir le portail. Le problème, c'est qu'il est bloqué par une chaîne avec un cadenas. Je tire sur le cadenas rouillé, refusant de croire qu'après tout ce que nous avons traversé, ce soit une embûche aussi stupide qui nous empêche d'aller jusqu'au bout.

Tout en m'efforçant de contenir ma frustration, je reviens à la voiture et j'essaie de réveiller Peter en le secouant. Il garde peut-être une clé quelque part.

J'ai beau le supplier et l'implorer, il ne réagit pas. Quand je pose la main sur son front, je le trouve brûlant et moite.

Une boule douloureuse se forme dans mon ventre.

La fièvre. En général, c'est mauvais signe.

Les mains tremblantes, je tâte son corps en espérant, sans trop y croire, découvrir une clé cachée dans l'une de ses poches. Mais il n'y a rien à l'exception de son téléphone et du pistolet attaché à sa cheville.

Éreintée, je m'effondre par terre à côté de la portière.

C'est sans espoir.

Je ne sais plus quoi faire.

Qu'est-ce que j'avais dans la tête, à vouloir jouer les fugitives ? C'est Peter qui dispose des connaissances et des talents nécessaires, pas moi. Je n'arrive même pas à franchir un fichu portail. À ma place, il saurait crocheter la serrure, il la ferait sauter ou encore…

Bien sûr, c'est évident.

Je dois dépasser mon cadre de pensées étriqué.

Je me lève d'un bond, j'attache la ceinture de Peter et je contourne la voiture au pas de charge.

Assise derrière le volant, je recule la voiture jusqu'à une cinquantaine de mètres du portail, puis j'écrase la pédale d'accélération.

La Toyota part en avant dans un soubresaut.

Nous percutons le portail à près de cent à l'heure, arrachant de ses gonds le bois vermoulu.

Le pare-brise se craquelle, heurté par un élément du portail, mais aucun des airbags ne se déclenche et je freine avec un sourire triomphant tandis que nous poursuivons sur la route à une vitesse plus modérée.

Sara, 1. Foutu portail, 0.

Ma joie ne dure pas. Quand je jette un œil vers Peter, j'aperçois une nouvelle tache de sang qui se propage sur sa chemise, au niveau de ses côtes.

Ses points de suture ont dû se déchirer lorsque nous avons enfoncé le portail ou sur le chemin cahoteux.

Je dois absolument trouver cette cabane pour pouvoir le soigner au plus vite.

Le trajet semble durer une éternité, même si d'un point de vue plus réaliste, je suppose que nous n'avons pas fait plus d'un kilomètre et demi.

Enfin, je l'aperçois.

Une cabane en bois entourée par les arbres.

Avec un frisson de soulagement, je m'arrête devant l'entrée et je me précipite vers la cabane.

Surprise, surprise.

La porte d'entrée est fermée à clé.

Cette fois, en revanche, je suis préparée. M'emparant d'une grosse pierre, je m'approche d'une fenêtre et je la frappe de toutes mes forces. Elle éclate, projetant des bouts de verre. J'utilise la pierre pour retirer ce qu'il reste de vitre dans l'encadrement. Puis je l'enjambe sans prêter attention au sang qui coule le long de mes bras.

Je m'occuperai plus tard de mes propres blessures. Pour l'instant, ma priorité, c'est Peter.

Rejoignant la porte d'entrée, je tire le verrou et je sors tout en me creusant les méninges pour trouver un moyen de le déplacer à l'intérieur. Ce serait merveilleux s'il se réveillait de nouveau et faisait preuve d'une force de volonté incroyable pour marcher, mais étant donné son absence de réaction tout à l'heure, il n'y a pas beaucoup de suspense. Je pourrais peut-être l'enrouler dans le drap et le traîner jusqu'à la cabane, ou alors…

Mon regard se pose sur une vieille brouette. Elle est appuyée contre la façade, à côté d'une hache rouillée.

Elle devait servir à entreposer le bois coupé.

Je m'en approche et soulève les poignées, puis je teste la brouette en effectuant quelques mouvements. Les roues grincent, mais tout semble fonctionner.

Je la pousse jusqu'à la voiture et j'oriente les poignées vers la portière ouverte, reposant la brouette au sol. Puis j'attrape les chevilles de Peter et je campe mes talons au sol avant de tirer de toutes mes forces.

Il bouge de quelques centimètres.

Les dents serrées, je recommence.

Encore.

Et encore.

Une fois que la moitié de son corps est dans la brouette, je rejoins le côté conducteur et je le pousse un peu plus. Mon cœur se serre lorsqu'il pousse un gémissement de douleur. Je lui promets à voix basse :

— Encore un petit effort, mon chéri.

Dans une dernière poussée, je le fais basculer entièrement sur la brouette.

Première étape réussie.

Maintenant, je dois le conduire à l'intérieur et le mettre au lit.

CHAPITRE 35
PETER

Tout mon monde n'est que feu et douleur, auxquels se mêlent une voix douce et des mains apaisantes. La souffrance est insoutenable, mais chaque fois que cette voix est proche et que ces mains tendres et fraîches caressent mon front fiévreux, j'oublie tout.

Je me concentre uniquement sur elle.

C'est elle. Sara, ma ptichka. Je le sais depuis les abysses de mon délire. Quoi qu'il arrive, elle est là, me touche, me parle, me fait boire de petites gorgées d'eau. Souvent, elle me pose des questions. Sa voix mélodieuse est suppliante, pleine de désespoir, mais je suis incapable de lui répondre. Je parviens à peine à tourner la tête vers cette voix, acceptant le réconfort fugace de sa main sur ma peau.

Au bout d'un moment, elle capitule et son intonation devient résignée. Je préfère ça, même si j'aime mieux quand elle susurre d'une voix aussi douce et chaleureuse que les baisers qu'elle dépose sur mes lèvres gercées et brûlantes.

Elles me réconfortent, ces lèvres – du moins, jusqu'à ce que je replonge dans les ténèbres où les démons me rejoignent, enroulant leurs tentacules autour de mon torse, me poignardant de leurs tisonniers chauffés à blanc. Mes côtes, mon bras, mon mollet – ils me torturent sans pitié, consumant ma peau jusqu'à l'os.

Pasha est là aussi. Il lui manque la moitié du crâne et son cerveau apparaît, grotesque, sous les mèches brillantes de sa chevelure brune.

— Papa ! crie-t-il en sautant sur mon corps, enfonçant les tisonniers encore plus profondément, me perforant le cœur.

— S'il te plaît, Peter, reste avec moi, fait Sara sur un ton suppliant.

Je me raccroche à sa voix, repoussant les démons dans le noir, me débattant contre leur emprise.

D'autres baisers me frôlent. Ses lèvres sont fraîches, curieusement salées. Comme des larmes. Toutes ces larmes qu'elle verse à cause de moi. Mais pourquoi pleure-t-elle ? Ce n'est pas ce que je veux. J'ai envie de me laisser aller aux soins qu'elle me prodigue, de m'imprégner de son amour et non de ses larmes. Elle s'est battue contre moi, mais à présent, elle m'appartient. C'est à moi de prendre soin d'elle et de la protéger. Pourtant je ne peux rien faire, calciné dans les flammes. Le feu me ronge, me dévore, enveloppant de douleur mes pensées désarticulées.

— S'il te plaît, mon chéri. Donne-moi le mot de passe. Je dois déverrouiller ton téléphone.

Ces mots devraient avoir un sens, mais ils me semblent incohérents. Les sons rebondissent dans mon cerveau comme des rayons de soleil qui se réverbèrent sur la surface d'un lac.

— Papa, tu veux voir mon camion ?

Pasha est revenu me sauter dessus, ses petits pieds comme des boulets de démolition qu'il écrase contre mon flanc.

— Alors, papa ? Tu veux bien ?

J'ouvre la bouche afin de répondre, mais les tentacules du démon se referment autour de mon cou, m'étranglant comme un lasso de feu.

— S'il te plaît, mon chéri…

Les mains tendres m'apaisent le visage et la gorge, rafraîchissant la brûlure qui se propage en moi.

— S'il te plaît, je veux que tu me donnes le mot de passe, je dois trouver de l'aide.

— Papa. Papa. Joue avec moi.

— Le mot de passe, Peter, je t'en prie. C'est notre seule chance.

— Ne t'en va pas, papa.

— S'il te plaît, mon chéri. J'ai besoin de toi. *Notre bébé* a besoin de toi.

— S'il te plaît, papa. Je serai sage. C'est promis, papa. Je serai sage.

Le martyre est insoutenable. J'ai l'impression de me scinder en deux, que les tentacules brûlants se changent en fouets alors que je sombre encore plus dans les ténèbres.

— Reste avec moi, Peter. S'il te plaît, mon chéri…

Le goût salé est de retour sur mes lèvres, sa voix m'attire vers la lumière, m'arrachant aux démons.

— Je t'aime. Je n'y arriverai pas sans toi. Je t'en prie… Je ne peux pas te perdre aussi.

Quelque chose danse au bout de ma langue, une chose importante dont je me souviens. Quelque chose dont ma ptichka a besoin.

Quatre chiffres flottent dans ma conscience et je m'en saisis avec un gros effort.

C'est une date d'anniversaire.

L'anniversaire de mon ami Andrey.

Nous le fêtions toujours dans ce terrible camp.

— Un, cinq, zéro, six… je murmure, ou du moins j'essaie.

Ma langue refuse d'obtempérer. J'essaie encore, mobilisant mes dernières forces.

— Nol' shest' ahdeen pyat'. Ptichka, passvord den' rozhden'ye Andreya.

CHAPITRE 36
SARA

Avec un frisson, je me lève tandis que Peter sombre dans un langage russe fiévreux, bredouillant des mots incohérents entrecoupés du prénom de son fils, comme il le fait depuis des heures. En dépit de tous mes efforts, son état se détériore rapidement et je sais que si je n'injecte pas d'antibiotiques dans son organisme, il ne survivra pas.

La pénicilline que j'ai volée à l'hôpital a ses limites.

Les murs en bois oscillent autour de moi tandis que je m'éloigne vers l'évier pour en revenir avec une serviette imbibée d'eau froide – la seule chose qui semble l'apaiser un peu. Assise au bord du lit, je la passe sur son visage, son cou et son torse, essuyant sa sueur poisseuse. Mon bras tremble d'épuisement, mes yeux sont brûlants de larmes, mais je ne m'arrête pas.

Je ne peux pas… pas tant qu'il reste un infime espoir.

Mon corps tout entier est douloureux. J'ai des courbatures dans le dos pour avoir transféré Peter de la brouette jusqu'au lit. Il est minuit passé et la seule chose que j'ai mangée de la journée, c'est la boîte de conserve que j'ai dégotée dans un placard il y a une heure, du bouillon de poulet aux vermicelles. J'ai essayé de le nourrir, mais je n'ai réussi à lui faire boire que deux gorgées. Alors, j'ai avalé le reste. Pas pour moi, pour le bébé.

L'enfant de Peter a besoin de nutriments.

La soupe ne m'a pas apporté beaucoup de calories, mais un peu d'énergie – assez pour me permettre de tenter à nouveau de soutirer le mot de passe à Peter.

J'ai échoué, comme les vingt fois précédentes, mais cette fois au moins, Peter a semblé me comprendre. Il a marmonné « ptichka » et a parlé d'un mot de passe avec un fort accent russe. À moins qu'il l'ait carrément prononcé en russe. Après tout, c'est peut-être le même mot dans sa langue.

Une fois de plus, ma vision se brouille de larmes. C'était une erreur de venir ici. Je n'aurais pas dû prendre un tel risque. Même dans un environnement hospitalier stérile, les blessures par balles ont une tendance aux complications, et étant donné tout le sang que Peter a perdu et l'endroit où je l'ai soigné, une infection était pratiquement inévitable.

Si je l'avais emmené à l'hôpital, il aurait perdu sa liberté, mais il aurait survécu.

— Je suis désolée, je murmure en pressant mes lèvres sur son front brûlant.

Tout son corps combat l'infection, et cet effort le tue.

— Je suis tellement désolée. Pour tout.

C'est la vérité. Je suis désolée de ne pas lui avoir avoué mon amour plus tôt, d'avoir résisté au sien pendant si longtemps. Ça me semblait important sur le moment, ne pas céder à mes sentiments pour le meurtrier de George. Ça me semblait moral et juste. Mais à présent, je considère ma résistance comme ce qu'elle est.

De la lâcheté.

J'avais peur de tomber amoureuse de Peter. J'étais terrorisée à l'idée de capituler et de l'aimer, pétrifiée par la perspective de le perdre si je lui ouvrais mon cœur.

Comme j'ai perdu George au profit de la bouteille.

Comme je savais qu'inévitablement, je perdrais mes parents.

D'autres larmes dévalent mes joues, me brûlant la gorge. C'est un souci que je n'aurai plus à me faire.

Ils sont morts.

Le pire est arrivé.

Je n'arrive pas à me faire à l'idée. Mon cerveau refuse de penser à l'horreur à laquelle il a assisté, quand le crâne de maman a explosé sous mes yeux – et ensuite, quand j'ai appuyé moi-même sur la détente. Je n'ai senti aucune hésitation, aucun regret en abattant l'agent qui avait tué maman – rien qu'une torpeur insoutenable. On dirait que quelqu'un a pris possession de mon corps, une personne impitoyable, froide… et puissante.

Seigneur, je me suis sentie tellement puissante.

Est-ce là ce que Peter ressent ? Quand il tue, fait-il taire cette part de lui-même qui le rend humain lorsqu'il s'abandonne à cette bouffée de puissance ? Je me suis toujours demandé comment une personne douée d'une capacité d'amour et de tendresse si profonde pouvait ôter une vie sans remords, mais maintenant, je comprends.

Nous sommes tous des monstres sous la surface. Certains d'entre nous n'ont jamais l'occasion de le découvrir, c'est tout.

Ses lèvres gercées bougent et je prends un bol d'eau. J'y plonge une serviette propre et je fais couler le liquide sur sa bouche, goutte à goutte pour ne pas l'étouffer. La fièvre qui fait rage dans son corps le déshydrate, le tuant sous mes yeux, et je ne peux rien y faire.

Même si je voulais le conduire à l'hôpital, il ne survivrait pas à un retour sur ce chemin de terre cahoteux – et sans son mot de passe, je suis incapable de téléphoner ni d'envoyer un message d'appel au secours. Je ne peux pas non plus aller chercher de l'aide.

Je ne peux pas abandonner Peter pendant des heures alors qu'il est malade.

Il bafouille encore. Sa tête roule d'un côté et de l'autre, agitée, tandis qu'il répète une phrase en russe. Ça ressemble à ce qu'il disait tout à l'heure, quand je pensais qu'il me comprenait.

— Nol' shest' ahdeen pyat'. Den' rozhden'ye Andreya, ptichka.

Sa voix rauque est à peine audible.

— Nol' shest' ahdeen pyat'.

Je me penche et je pose mon front sur le sien.

— Qu'est-ce que ça veut dire, mon chéri ? je murmure en fermant les yeux pour réprimer un nouvel afflux de larmes. Qu'essaies-tu de me dire ?

Il y a quelque chose de vaguement familier dans cette phrase, en tout cas chaque mot pris à part. Je les connais ? Je m'efforce de me remémorer ce que les coéquipiers de Peter m'ont appris au Japon. *Spasibo* – c'est « merci » en russe. *Vkusno* – ça veut dire « délicieux ». Ilya m'a aussi appris à prononcer le nom de certains aliments et à compter jusqu'à dix…

Je me redresse, électrisée. C'est ça ! Voilà pourquoi ces mots me disaient quelque chose.

Ce sont des chiffres en russe.

— Peter, mon chéri, est-ce le mot de passe ?

Ma voix chevrote quand je me penche à nouveau sur lui, lissant ses cheveux trempés de sueur.

— Est-ce que tu me dis comment débloquer ton téléphone en russe ?

Il ne semble pas m'entendre. Son agitation s'apaise et il sombre encore plus dans l'inconscient. Je prends une grande inspiration pour me calmer, puis j'essaie de me rappeler les termes spécifiques qu'il a prononcés et les chiffres jusqu'à dix en russe. Ils ont un rythme presque musical, si je me souviens bien. *Ahdeen, dva, tree,* quelque chose, quelque chose…

Bon, très bien. Alors, *ahdeen* est un, et je suis presque certaine que c'est ce que Peter a dit.

C'était le troisième mot après ce qui ressemblait à « null » et « jest ».

Je me creuse la tête en essayant de me remémorer comment Anton scandait le reste des chiffres. *Ahdeen, dva, tree…* était-ce *chet*-quelque chose ? *pet*-quelque chose ?…

Non, cinq était *pyat'* – c'est le dernier mot qu'a dit Peter.

Je m'efforce de contenir mon excitation, mais mon cœur cogne de manière incontrôlable. Il me manque encore deux chiffres, mais je peux essayer de deviner l'un d'eux.

Certains mots en russe sont similaires à l'anglais, ce qui signifie que celui qui se prononce « null » pourrait être « zéro ».

Très bien. Zéro, inconnu, un, cinq – trois sur quatre. Je peux toujours essayer tous les autres chiffres en deuxième position… si le téléphone de Peter ne me bloque pas après de nombreuses tentatives infructueuses, bien sûr.

En bondissant, je m'empare du téléphone. Au moment où je saisis le zéro, les dix autres chiffres me reviennent.

Ahdeen, dva, tree, chetyre, pyat', shest', sem', vosem', devyat', desyat'.

J'entends presque la voix d'Anton qui me les récite.

En retenant mon souffle, j'enchaîne avec le six, le un et le cinq.

CHAPITRE 37
HENDERSON

Je balaie brusquement l'étagère, renversant les chevaux en porcelaine – la collection ridicule que Bonnie a insisté pour emporter aux quatre coins du monde. Ils se brisent dans un fracas satisfaisant, mais ça ne suffit pas à apaiser la rage qui bouillonne en moi.

Toujours pas localisé.

Les mots sur mon écran d'ordinateur me hantent, me laissant le cœur à vif.

La chasse à l'homme continue, mais le fugitif n'est toujours pas localisé, déclare l'email de mon contact au sein de la CIA.

Bordel, comment est-ce possible ?

Comment ont-ils pu s'en tirer ?

D'après les agents de la force d'intervention qui ont survécu à la fusillade, Sokolov a été touché au moins deux fois – et sur une vidéo, on voit sa femme voler du matériel dans un hôpital. Il devait être gravement blessé pour qu'ils prennent le risque de s'y arrêter. Et pourtant, on ne retrouve leur trace nulle part – ni celle de la voiture qu'elle a volée dans ce même hôpital, même si la police estime pouvoir la retrouver rapidement.

Bande d'enfoirés incompétents. Ça ne devait pas se passer comme ça. Sokolov aurait dû se faire descendre pendant l'assaut.

La tireuse embusquée, cette salope de Mink, a été grassement payée pour cela.

Si Sokolov parvient à quitter le pays, ce n'est qu'une question de temps avant qu'il comprenne ce qui s'est passé et s'en prenne à moi et à ma famille – je ne dois pas le permettre.

Il doit être tué pendant la capture, mais pour ça, il faut d'abord le retrouver.

Tout en faisant rouler mon cou sur le côté pour soulager la douleur lancinante, je compose une réponse pour mon contact.

Il est grand temps qu'ils lancent le filet, qu'ils fassent appel à Interpol et tout le bataclan.

CHAPITRE 38
SARA

Je fais les cent pas dans la cabane, sur mes jambes faibles, jetant un coup d'œil par la fenêtre cassée toutes les cinq secondes. À l'extérieur, il fait nuit noire. Le silence n'est interrompu que par les bruits habituels de la forêt.

Pourtant, je ne cesse de monter la garde, attentive au moindre bruit d'hélicoptère.

À présent, ça fait presque seize heures que j'ai volé la voiture à l'hôpital. Depuis le temps, son propriétaire a dû constater sa disparition et prévenir la police. S'ils ont découvert notre Mercedes sur le parking – et ce serait très étonnant qu'ils ne l'aient toujours pas repérée –, toutes les forces de l'ordre de la région doivent être à la recherche de la Toyota bleue et de ses passagers fugitifs.

Ce n'est qu'une question de temps avant qu'ils retrouvent la cabane.

Si Yan n'arrive pas très bientôt, tout cela n'aura servi à rien.

Une fois de plus, je regarde le téléphone et je lis son email pour la quinzième fois. Je devrais économiser la batterie, mais c'est plus fort que moi. Les deux petits mots sur l'écran sont la seule chose qui m'aide à tenir le coup.

On arrive.

C'est tout ce que Yan a répondu quand je lui ai envoyé un email détaillant la situation ainsi que notre emplacement. De toute évidence, il comprend ce qui se passe parce qu'il a répondu dans la minute.

On arrive. C'est tout. Aucun détail, pas d'heure d'arrivée, même vague. J'ignore si c'est une question de minutes, d'heures ou de jours.

On parle peut-être même en semaines.

Il m'a fallu faire un choix insoutenable quand j'ai débloqué le téléphone : appeler les urgences afin que Peter reçoive enfin toute l'attention médicale dont il a désespérément besoin, ou joindre Yan et continuer cette cavale complètement insensée. Finalement, j'ai écouté mon instinct – et quand j'ai consulté le moteur de recherche sur le téléphone après avoir obtenu la réponse de Yan, je me suis félicitée de mon choix.

Maintenant, il y a nos visages sur tous les sites d'information, le mien et celui de Peter. Tous les médias en ligne, d'une petite ou grande ampleur, dissèquent nos vies dans des articles constamment mis à jour avec de nouveaux détails sur notre mariage et des spéculations au sujet de notre relation. Pour certains, je suis une victime ayant subi un lavage de cerveau, pour d'autres, une complice depuis le début. Au sujet de Peter, en revanche, il n'y a aucune ambiguïté.

Dans chaque version, c'est le méchant.

« Elle m'a dit qu'il avait tué son premier mari, affirme Marsha, citée par le *Chicago Tribune*. Qu'il l'avait torturée et harcelée avant de l'enlever. Elle a disparu pendant des mois, et quand elle est revenue, elle était dans un sale état. Il a vraiment dû lui faire quelque chose, lui laver le cerveau ou je ne sais quoi. Parce que dès qu'il est réapparu, elle l'a épousé. Quelques jours plus tard, à peine. Elle niait que c'était lui – il s'était arrangé pour changer de nom –, mais je n'étais pas dupe. J'ai toujours soupçonné la vérité." »

Les musiciens de mon groupe aussi ont été interviewés.

« Il a débarqué de nulle part, a raconté Phil au *New York Times*. Pendant des mois, nous la connaissions comme une veuve timide et réservée, et soudain voilà qu'elle épouse ce mystérieux Russe. Elle disait qu'ils se fréquentaient en secret, mais j'ai toujours pensé qu'il y avait autre chose. Il était très possessif envers elle. À un point où c'était dangereux. Si quelqu'un osait la regarder trop longtemps, on voyait bien qu'il aurait pu le tuer. Il y avait comme une aura de menace autour de cet homme. »

Je passe en revue tous ces articles à la recherche de preuves spécifiques associant Peter à l'attentat, mais il n'y a rien – pas plus qu'au sujet de ses antécédents et de ses motivations.

Certains médias prétendent que c'est un espion russe et que l'explosion était la réaction non officielle de Poutine aux sanctions. D'autres avancent que Peter est un assassin de la mafia russe et que la bombe était liée à une enquête en cours. On mentionne George aussi, en tant que journaliste courageux dont l'article sur la mafia lui a valu d'être assassiné.

Il n'y a rien sur le petit village de Daryevo ni sur la famille de Peter, pas un seul mot sur cette erreur tragique qui a causé leur mort.

Quelques articles évoquent le décès de mes parents et les réactions de leurs voisins à la fusillade, mais je ne peux me résoudre à les lire. Chaque fois que j'essaie, ma gorge se noue et mon cœur se met à battre à un rythme irrégulier. L'horreur et le chagrin sont trop puissants, trop frais – tout comme ma culpabilité suffocante.

J'ai laissé tomber mes parents, je n'ai pas réussi à les protéger contre les ténèbres que j'ai infiltrées dans leurs vies et je ne suis pas encore prête à affronter cela, pas plus que je ne peux imaginer un monde sans eux.

Cessant mes allées et venues, je m'assieds au bord du lit de Peter et je lui touche le front. Il est toujours brûlant. Son corps combat l'infection qui donne à la plaie sous ses côtes un aspect rouge et enflammé.

Je change ses bandages, puis je réduis en poudre sa prochaine dose de pénicilline et je la mélange avec un peu d'eau pour la lui administrer par cuillérées. Il demeure sans réaction, mais je parviens à faire descendre une grande partie du médicament dans sa gorge. Ce n'est pas suffisant – il a besoin d'un traitement plus puissant –, mais c'est le mieux que je puisse faire pour le moment.

— Tiens bon, mon chéri, je murmure en passant une serviette humide sur son visage pour le rafraîchir. Les secours arrivent. Accroche-toi, tout ira bien.

Il le faut.

Je ne supporte pas d'envisager autre chose.

———————

Je pique du nez à côté de Peter lorsque la porte d'entrée s'ouvre dans un grincement retentissant.

La bouffée d'adrénaline est si forte que je me suis levée avant même de comprendre d'où provenait le bruit.

— Que…

— C'est nous, dit Ilya en franchissant le seuil avec Yan. Nous devons partir. Tout de suite.

Je me rends compte que je halète, une main sur mon cœur qui bat la chamade.

— Vous êtes là. Vous êtes venus.

Yan se penche déjà sur Peter.

— Aide-moi, ordonne-t-il à son frère jumeau.

Ilya se précipite. Ensemble, ils soulèvent Peter du lit et l'emportent prestement hors de la cabane.

Tardivement, mon cerveau se met en marche et je m'empresse de récupérer le matériel de premiers soins avant de leur emboîter le pas.

À l'extérieur se trouve un SUV de couleur foncée. Les phares sont éteints, mais le moteur tourne.

— Monte derrière avec lui, me dit Yan en installant Peter sur la banquette avec l'aide de son frère, avant de rejoindre le volant.

J'obéis, un peu hébétée.

— Il y a des armes dans la Toyota, dis-je, essoufflée, tandis que Yan prend place à l'avant. Faut-il les prendre ou…

— Pas le temps, répond Ilya au moment même où Yan écrase la pédale d'accélération.

La voiture démarre dans un soubresaut.

— Si on ne sort pas de l'espace aérien américain avant huit heures du matin, ils vont abattre notre avion.

Je prends une inspiration, mais je garde le silence. Je m'efforce de protéger Peter contre les cahots de la route. Il est étendu sur la banquette arrière, la tête sur mes genoux, et à chaque nid de poule que la voiture aborde à pleine vitesse, je redoute qu'il décolle du siège, déchirant ses points de suture.

D'abord, je me demande comment Yan parvient à y voir suffisamment pour conduire sans phares, mais après quelques minutes, ma vue s'accoutume et je commence à distinguer les silhouettes des arbres et des buissons sous la lueur pâle du croissant de lune que l'on aperçoit par intermittence à travers les nuages.

— Où est l'avion ? je demande lorsque nous tournons enfin sur une route asphaltée et que la torture des secousses s'achève. Encore loin ?

— Non, répond Ilya en jetant un œil vers moi tandis que Yan allume les phares – sans doute pour mieux se mêler aux rares voitures qui circulent à cette heure-ci. Encore un peu de temps.

— Bon, tant mieux.

Peter est fiévreux. Il marmonne à nouveau et ça ne m'étonnerait pas que quelques-uns de ses points aient sauté.

— Pensez-vous que nous pourrons… ?

— Chut !

L'ordre de Yan est tranchant comme une lame.

— Je ne veux pas rater l'embranchement, précise-t-il.

Je sombre à nouveau dans le mutisme pour le laisser se concentrer sur notre destination. Bientôt, nous nous engageons sur un autre chemin de terre et Yan éteint les phares. Nous entamons un autre passage bringuebalant.

J'essaie de stabiliser Peter au maximum tout en caressant ses cheveux humides de sueur. Apparemment, ce geste l'apaise en plus de m'aider à me calmer. J'ai beau être soulagée de ne plus être seule, je sais que nous ne sommes pas encore sortis de l'auberge. La tension est palpable dans la voiture, l'adrénaline épaissit l'atmosphère.

— *Zdes'*, dit soudain Ilya.

Yan braque à droite, si brutalement que je manque m'envoler. Je parviens à retenir les épaules de Peter, mais il pousse un gémissement de douleur alors que sa jambe blessée heurte le siège devant lui.

— Il va bien ? demande Ilya d'un ton bourru en jetant un œil dans son dos.

Les premières lueurs du jour commencent à éclairer le ciel et son crâne luit dans la pénombre de l'aube, sa peau pâle et lisse uniquement assombrie par les motifs intriqués de ses tatouages.

— Tout dépend de ta définition du mot, je réponds à voix basse.

Comme je ne veux pas déranger Yan, je me contente d'ajouter :

— Il a besoin d'un hôpital. Terriblement besoin.

— Et toi ?

La voix grave d'Ilya s'est radoucie.

— J'ai appris ce qui était arrivé à tes…

— Ça va.

Mon intonation est plus sèche que je l'aurais voulu, mais je ne peux pas me permettre d'y réfléchir. Je ne veux pas me pencher sur ce puits noir rempli de chagrin et de désespoir. Mes émotions sont à fleur de peau, mais tant que je n'y touche pas, tant que je ne m'y ouvre pas, j'évite de sombrer.

Ilya me dévisage longuement, puis il se retourne vers le pare-brise. J'espère qu'il n'est pas vexé, mais quand bien même, je n'ai pas l'énergie pour m'en soucier. Maintenant que je ne suis plus responsable de notre protection, je sens que je commence à craquer, progressivement, et je dois faire un effort surhumain pour sauver les meubles.

Je dois rester forte.

Si je ne le fais pas pour moi, au moins pour Peter et notre bébé.

Les soubresauts se prolongent encore pendant dix minutes, puis nous tournons sur une autre route goudronnée et j'aperçois enfin un avion de bonnes dimensions, à une dizaine de mètres.

— C'est l'aéroport ?

Je regarde autour de moi, découvrant l'étroite piste d'asphalte. Entourée par la forêt, elle me semble plutôt courte.

— C'est une piste de décollage illégale, dit Yan en descendant de voiture. Ilya, aide-moi à le faire sortir.

J'attends à l'écart tandis qu'ils emmènent Peter hors du véhicule et à bord de l'avion. M'emparant du matériel médical, je me précipite derrière eux. Je suppose qu'à l'intérieur, je vais retrouver Anton, ami et coéquipier de Peter.

À mon grand étonnement, au lieu du visage barbu d'Anton, je découvre les traits sévères de Lucas Kent – le trafiquant d'armes chez qui j'ai séjourné à Chypre. Il est debout dans la cabine luxueuse, les bras croisés sur son large torse.

— Bonjour, dis-je avec méfiance.

Il hoche la tête, la mâchoire contractée. Il doit encore m'en vouloir d'avoir persuadé sa femme, Yulia, de m'aider à m'échapper.

À moins que cette opération l'inquiète.

— Nous avons moins de deux heures avant que mon contact termine son service, dit-il aux jumeaux, confirmant que ma seconde supposition est fondée. Posez-le ici.

Il désigne une banquette en cuir de couleur crème.

— Allons-y.

Les jumeaux obéissent aux ordres de Kent, puis il disparaît dans le cockpit. Une minute plus tard, le moteur démarre dans un rugissement et je m'assieds à côté de Peter sur la banquette tandis que l'avion commence à rouler. Yan et Ilya prennent place à l'avant. Je regarde par le hublot en retenant mon souffle pendant que l'avion prend de la vitesse.

Avec une piste aussi courte, il faut un sacré pilote pour ne pas heurter les arbres en bout de piste au moment où nous décollons.

Apparemment, Kent *est* un sacré pilote, car nous nous élevons sans encombre au-dessus de la cime des arbres. Les moteurs puissants vrombissent alors que nous gagnons rapidement de l'altitude. Une vague de soulagement me saisit lorsque je prends conscience que nous sommes enfin dans les airs.

Nous n'avons pas encore franchi la frontière, mais au moins, nous sommes dans le ciel.

Dès que l'avion se stabilise, j'inspecte les blessures de Peter. Le bandage autour de son mollet est à nouveau imbibé de sang, mais les points de suture ont tenu sous ses côtes et sur son bras, même si sa plaie à l'abdomen est très enflammée. Je lui administre une autre dose de pénicilline écrasée avec de l'eau et je renouvelle ses bandages.

C'est peut-être mon imagination, mais sa peau me paraît moins brûlante une fois que j'ai terminé, son visage plus détendu. On ne dirait pas qu'il est assommé par la fièvre, mais plutôt qu'il dort.

Je passe une serviette humide sur son visage et dans son cou pour le rafraîchir un peu plus, puis je dépose un baiser sur sa joue, rugueuse à cause de son début de barbe, avant de rejoindre les jumeaux.

— Comment va-t-il ? demande Ilya en se levant. Il va tenir jusqu'à l'hôpital ?

Je ravale la boule qui me comprime la gorge.

— Je crois. Oui… je crois bien.

Je ne m'étais pas autorisée à envisager l'éventualité contraire, pas vraiment, mais cette sinistre possibilité en arrière-plan n'a cessé de me ronger le cœur, de creuser un trou dans mon ventre.

— C'est un dur, dit Yan.

Ses yeux verts étincellent. Adossé dans son siège, il ressemble à un requin de la finance dans son costume sur mesure parfaitement taillé et sa chemise immaculée.

— Il faudra plus que quelques balles pour le tuer.

Quand je ris timidement, je constate que mes joues sont mouillées.

Est-ce que je pleure ?

Je me détourne, gênée, en essuyant ces larmes indésirables. Au même moment, une grosse main se pose sur mon épaule, la serrant doucement.

— Ça va aller, dit Ilya sur un ton bourru quand je me tourne vers lui. Tu t'es bien débrouillée, *kroshka*. Il va s'en sortir, grâce à toi.

— Et à vous, j'ajoute d'une voix rauque.

Je ne comprends pas le surnom qu'il vient de me donner, mais ce n'était pas une insulte, plutôt une marque de tendresse.

— Si vous n'étiez pas venus…

— Oui, vous auriez été baisés, déclare Yan sur un ton détaché. Ils mettent le paquet pour vous retrouver.

Je hoche la tête en réprimant un frisson.

— Je m'en doutais quand j'ai vu les informations. Je ne sais même pas comment vous remercier pour…

— Alors, ne dis rien, fait Yan en se levant. Nous n'avons pas besoin de tes remerciements.

Je souris, un peu embarrassée.

— C'est gentil de ta part, mais sincèrement, je vous suis très reconnaissante. Je sais quel risque vous prenez…

Yan part d'un rire sarcastique.

— Ah bon ? Tu es une experte de la vie de fugitive maintenant ?

— Non, mais j'en apprends un peu plus tous les jours, je réponds d'un ton neutre. Alors, merci. Je suis heureuse que vous soyez venus et je suis sûre que Peter vous remerciera quand il se réveillera.

J'ignore pourquoi, mais j'ai la désagréable impression que Yan joue avec moi comme un chat avec une souris.

Écartant cette image troublante, je me tourne vers Ilya.

— Où est Anton ? je demande. Il va bien ?

— Il est à Hong Kong en mission, répond Ilya. Il ne serait pas arrivé à temps. Nous avons eu de la chance que Kent soit au Mexique avec nous et qu'il ait un avion. Sinon…

Il hausse ses épaules imposantes.

— D'accord.

Je me mords la joue et j'ajoute :

— Je dois le remercier, lui aussi.

— Je ne le ferais pas si j'étais toi, rétorque Yan sèchement. Il ne te porte pas dans son cœur.

— Oh.

Alors, le trafiquant d'armes m'en veut toujours pour mon évasion – ou du moins, le rôle qu'y a joué sa femme.

— Je crois que je devrais d'abord lui présenter mes excuses.

— Pourquoi ?

Penché au bord de son siège, Yan semble vaguement amusé.

— Parce que tu as vu une occasion et que tu l'as saisie ? demande-t-il. À ta place, il aurait fait la même chose.

— Oui, mais quand même.

Je me tourne vers le cockpit, mais Ilya s'avance, me barrant le passage.

— Tu n'es pas obligée, dit-il avec gentillesse. C'est entre Peter et lui.

— D'accord…

Je ne m'étais pas rendu compte qu'il existait un protocole spécifique pour ce genre de choses.

— Ils régleront ça entre eux.

Je m'apprête à retourner vers la banquette de Peter, mais une question importante me revient :

— Où allons-nous exactement ? je demande en me tournant vers les jumeaux.

— À la clinique en Suisse, répond Yan. Pour le remettre sur pied, ajoute-t-il en désignant Peter. Ensuite, qui sait.

Avec un sourire sombre, il ajoute :

— Tu es chez toi dans le monde entier maintenant, Sara Sokolov. Bienvenue dans notre vie.

PARTIE III

CHAPITRE 39
PETER

*Q*uand je me réveille, la sensation de bien-être que j'éprouve tranche avec la légère douleur sous mes côtes. Des mains attentionnées me caressent les cheveux et une voix douce fredonne une mélodie apaisante qui me donne une impression de chaleur et de relaxation.

Ouvrant les yeux, je croise le regard ébahi de Sara. Elle est assise au bord de mon lit, un peigne à la main. Je suppose qu'elle me coiffait.

— Tu es réveillé.

Son visage s'illumine et elle se lève d'un bond avant de se pencher vers moi, abandonnant le peigne sur la table de chevet.

— Comment te sens-tu ?

— Bien.

Ma voix est éraillée, comme si je ne l'avais pas utilisée depuis longtemps. J'ai la bouche sèche, tout comme ma gorge. Humectant mes lèvres craquelées, je demande péniblement :

— Que s'est-il passé ? Où sommes-nous ?

Rayonnante, Sara prend un verre d'eau posé à côté du lit.

— À la clinique en Suisse. Les jumeaux Ivanov nous ont tirés d'affaire.

Ça fait beaucoup d'informations et j'aspire un peu d'eau dans une paille tout en fouillant mes souvenirs. Je me rappelle que la balle m'a déchiré le flanc et que Sara m'a escorté dans la voiture, mais tout devient flou et je ne garde qu'un brouillon d'impressions pêle-mêle. Nous avons dû changer de voiture à un moment donné, car j'ai le vague souvenir d'être monté dans une Toyota bleue. Ensuite, c'est le trou noir. Et avant la fusillade…

— Le bébé.

Je lui agrippe le poignet et mon pouls s'emballe.

— Ptichka, est-ce que le bébé et toi…

— Nous allons bien.

Elle pose le verre d'eau et m'adresse un sourire radieux.

— Ils m'ont examinée et nous allons très bien.

J'expire, soulagé, avant de me rappeler autre chose.

— Tes parents.

Mon cœur se brise lorsque je vois son sourire disparaître.

— Mon amour, je suis tellement déso…

— Non, dit-elle en s'écartant. Je n'ai pas envie d'en parler.

Ça me fait de la peine de la voir tourner la tête, sans doute le temps de retrouver sa contenance. Maintenant, je m'en souviens, y compris de l'agent qu'elle a abattu sans sourciller.

Mon petit rossignol, qui a consacré sa vie à guérir, vient de tuer un homme.

Pour me protéger… et pour venger sa mère.

Elle a appuyé sur la détente non pas une, mais trois fois.

J'imagine à peine ce qui se passe dans sa tête en ce moment, avec la mort de ses parents et la perte irrévocable de son ancienne vie. Sans mentionner le traumatisme de la fusillade et de la débâcle qui a suivi.

Comment a-t-elle réussi à nous faire échapper ? Je suis certain que Yan n'attendait pas devant chez ses parents avec un avion.

— Sara…

Je me redresse en position assise, réprimant une grimace lorsque mon abdomen proteste douloureusement.

— Mon amour, viens ici.

Aussitôt, elle s'approche.

— Qu'est-ce que tu fais ? Allonge-toi. C'est encore trop tôt pour bouger.

— Ça va.

Mais elle me repousse sur le dos et je me laisse faire. J'aime qu'elle s'occupe de moi, voir son beau visage concentré et soucieux.

C'est toujours mieux que le chagrin refoulé.

— Explique-moi ce qui s'est passé quand j'ai perdu connaissance, dis-je une fois qu'elle a inspecté mes bandages pour s'assurer que je n'aie causé aucun dégât.

Depuis combien de temps sommes-nous ici ? Comment avons-nous réussi à nous échapper ?

Elle prend une grande inspiration.

— C'est une longue histoire. Mais en gros, je suis allée à la cabane dont tu m'as parlé, puis j'ai envoyé un email à Yan avec ton téléphone. Il a averti Kent et ils sont venus nous chercher en avion – les jumeaux et Kent qui pilotait.

Une fois de plus, elle inspire.

— C'était il y a deux jours.

Deux jours ? Je devais être à l'article de la mort pour être resté inconscient aussi longtemps.

J'évite de réfléchir à ce qu'implique la participation de Kent pour me concentrer sur la compréhension des faits.

— D'accord, et maintenant l'histoire longue, dis-je.

J'écoute, abasourdi, tous les détails que me donne ma femme : son expédition incognito à l'hôpital et son astuce pour nous procurer une voiture.

— Alors voilà, conclut-elle. Une fois que j'ai compris ce que tu disais en russe et après avoir déverrouillé ton téléphone, j'ai écrit à Yan, et les jumeaux sont arrivés quelques heures plus tard. Yan m'a dit qu'ils étaient au Mexique quand tout est arrivé. Comme ils étaient en mission avec Kent, il leur a suffi de récupérer l'avion et d'aller nous chercher… en soudoyant le contact de Kent au contrôle de la circulation aérienne avec un million et demi de dollars. Yan a dit que tu le rembourserais.

Je dois à Yan bien plus que de l'argent pour ce qu'il vient de faire, et il le sait. Kent aussi.

Bande de manipulateurs. Il va falloir que je leur rende la pareille un de ces jours.

Apercevant mon téléphone sur la table de chevet, je le prends et je parcours mes emails pour voir si les hackers ont trouvé quelque chose au sujet de l'attentat. Je dois comprendre comment tout ce bordel est arrivé.

Malheureusement, il n'y a toujours rien et je repose le téléphone avant de demander :

— Où sont les jumeaux et Kent ? Toujours ici ?

— Les jumeaux sont allés à Genève pour une réunion d'affaires hier et Kent est rentré chez lui, me dit Sara. En revanche, Anton arrive de Hong Kong demain, alors je suis sûre que tu le verras avec les jumeaux.

C'est bien. J'aurai besoin de leur aide pour démêler ce fatras une fois que j'en aurai découvert la cause. Mais d'abord, il y a quelque chose d'important que je dois savoir.

— Ptichka…

Je pose une main sur son genou frêle.

— Pourquoi as-tu fait ça, mon amour ? Tu aurais pu attendre que les autorités arrivent et me laisser endosser la responsabilité pour cet agent. Personne n'aurait jamais rien su et tu aurais pu continuer ta vie, garder ton boulot et…

— Et quoi ?

Elle bondit et me regarde droit dans les yeux.

— Te regarder te faire arrêter pendant que tu te vides de ton sang ? Te laisser à la merci de ces gens qui non seulement sont convaincus que tu es un terroriste, mais qui t'accusent aussi de la mort de leurs collègues ? Comment peux-tu croire que je ferais une chose pareille ?

Elle serre les poings, indignée, tout son corps rigide.

— Tu es mon mari, l'homme que j'aime…

— Et aussi l'homme qui t'a torturée et enlevée, je lui rappelle non sans ironie tandis qu'une douce chaleur se propage dans ma poitrine.

Je ne doutais pas de l'amour de Sara, pas vraiment, mais au fond je crois que je pensais toujours qu'elle saisirait l'occasion pour se libérer – que si le choix se présentait entre moi et sa vie normale, elle opterait pour cette dernière.

Ses sourcils se rejoignent.

— Vraiment ? Tu veux parler de ça ?

— Non, mon amour.

Réprimant un sourire ravi, je tapote le lit. Je ne devrais pas trouver son indignation aussi adorable, mais c'est plus fort que moi.

— Viens ici.

Elle ne bouge pas et me regarde les bras croisés.

— Bon, alors c'est moi qui vais me lever et te rejoindre.

Je fais le geste de me redresser, et avec un grognement frustré, elle se laisse tomber sur le lit à côté de moi.

— Reste allongé, s'exclame-t-elle en me repoussant sur le matelas. Tu vas faire sauter tes points. *Encore.*

Malgré son intonation sèche, ses mains sont douces quand elle se penche pour inspecter mes bandages et alors que j'inspire son parfum sucré et chaud, mon corps se manifeste, réagissant comme toujours à sa proximité.

— Ptichka.

Ma voix est rauque lorsque j'agrippe son poignet fin.

— Mon amour, regarde-moi.

Ses yeux noisette croisent les miens et je vois ses pupilles se dilater quand je pose la main derrière son crâne pour attirer son visage à moi.

— Attends, tu n'es pas encore…

J'avale ses protestations dans un baiser. Ses lèvres douces et souples s'écartent et elle tressaille lorsque j'envahis sa bouche, savourant son goût addictif et les sensations qu'elle me procure. Ce n'est ni le lieu ni le moment, mais je ne peux pas m'en empêcher. Une envie intense déferle dans mes veines, propageant une chaleur brûlante sur ma peau.

Elle m'aime.

Elle m'a choisi.

Elle a abandonné sa vie pour me sauver.

J'ai l'impression d'avoir à nouveau de la fièvre, et pourtant je ne ressens aucune douleur. Je brûle de l'envie de la posséder, de sentir ses mains douces sur ma peau. Elle m'appartient, sans réserve désormais. Alors que je guide sa main sous les draps, les dernières chaînes de notre passé obscur tombent, nous laissant unis dans le présent.

Ensemble, quoi qu'il arrive.

CHAPITRE 40
HENDERSON

Je souris en lisant l'email qui vient d'arriver dans ma messagerie.

L'évasion fâcheuse de Sokolov mise à part, mon plan a fonctionné comme prévu, surtout en ce qui concerne ses alliés. L'emploi d'un explosif conçu par Esguerra dans l'attentat terroriste a alerté tout le monde du danger que représente l'empire clandestin du trafiquant d'armes, et la protection spéciale dont jouissait Esguerra grâce au quiproquo de sa relation avec le gouvernement américain s'est envolée. Avec tous ses associés, il est une proie à abattre, et une équipe se dirige déjà vers la résidence de Lucas Kent à Chypre.

Mieux encore, Interpol a fait le nécessaire, comme je l'espérais. Les frères Ivanov ont été repérés à Genève, ce qui signifie que Sokolov n'est peut-être pas loin. D'ailleurs, mon contact a eu vent d'une rumeur au sujet d'une clinique secrète dans les Alpes suisses, spécialisée dans les patients hors la loi.

Si tout se passe bien, mes problèmes seront bientôt relégués à l'histoire ancienne.

Dans quelques heures, Kent, Sokolov et deux de ses amis russes assassins seront morts, et bientôt les autorités débusqueront le dernier malfrat, Anton Rezov. Ensuite, il faudra démanteler l'organisation criminelle d'Esguerra et mettre la main sur son chef en personne.

Une fois que ce sera fait, le règne de la terreur entretenu par ces monstres sera terminé et ma famille et moi, nous serons enfin en sécurité.

CHAPITRE 41
SARA

Avec le sourire, je m'éloigne à grandes enjambées dans le couloir, les lèvres gonflées et encore fébriles de la fellation que je viens de donner à Peter. Je pouvais m'y attendre, étant donné la libido surhumaine de mon mari, mais tout de même il m'a prise au dépourvu.

Dans mon esprit, les patients cloués au lit et les parties de jambes en l'air ne font pas bon ménage.

Mais Peter n'est pas un patient ordinaire. Dès l'instant où il a été admis à la clinique et relié à un cathéter, il a surpassé toutes les attentes – les miennes et celles du personnel. On dirait que toute sa volonté de fer s'est concentrée sur la guérison. Au bout de quelques heures après notre arrivée, sa fièvre a baissé et si les médecins ne lui avaient pas administré un sédatif pour lui imposer du repos et un temps de convalescence, il aurait immédiatement repris connaissance.

Une infirmière me croise dans le couloir et me sourit. Je lui rends son sourire.

J'aime les gens qui travaillent ici. Ils sont avenants, même si leurs patients comptent parmi les pires criminels de l'humanité. Qui suis-je pour juger ?

À présent, je suis moi-même une criminelle.

J'ai tué un homme de sang-froid.

Je n'ai pas encore pris le temps d'y réfléchir, tout comme je n'ai pas pu penser à mes parents – ni aux implications de notre statut de fugitifs, avec nos photos dans tous les médias. J'ai choisi de me concentrer sur le positif en me réjouissant que nous soyons ici tous les deux, vivants et libres.

J'ai toujours Peter et notre bébé.

C'est utile de vivre chaque instant à la fois, d'avancer un pas après l'autre. Quand je m'occupe, je ne remarque pas les bords dangereux qui s'effilochent ni la pression grandissante du chagrin. Je suis capable de sourire, aussi, même si une partie de ma personne demeure engourdie.

Lorsque j'ai appuyé sur la détente, j'ai tué quelque chose en moi.

En ôtant une vie, j'ai perdu une partie de mon être.

— Bonjour, docteur Sokolov, me dit le docteur Jart en entrant dans son bureau. Comment va votre mari ?

— Mieux, dis-je en souriant au vieil homme. Bien mieux.

Ses sourcils gris broussailleux remontent sur son front.

— C'est vrai ? Il est réveillé ?

— Tout à fait. Mais je crois que je l'ai… fatigué. Quand je suis partie, il dormait encore.

— Ça lui arrivera souvent, dit le docteur Jart. Son corps a besoin de sommeil pour guérir.

Il se lève et contourne son bureau.

— Mais je suis sûr que vous le savez.

— Oui.

Il retire un énorme volume de sa bibliothèque. Avec son air grincheux, il me fait un peu penser à mon patron, Bill, même si du point de vue de sa personnalité, le docteur Jart est bien plus amical.

J'ai brièvement rencontré le médecin l'an dernier, quand j'ai passé deux semaines ici après l'accident de voiture. Lorsqu'il est venu inspecter les blessures de Peter l'autre jour, il m'a reconnue et nous avons discuté. En apprenant que j'étais gynécologue obstétricienne, il m'a invitée à l'aider avec une patiente en salle d'accouchement – ce que j'ai fait avec plaisir, après m'être assurée que Peter était stable et qu'il se reposait.

Tout ce qui pouvait me permettre de me changer les idées m'intéressait.

— Comment va María ? je demande en faisant référence à la patiente – la maîtresse adolescente d'un baron de la drogue mexicain, qui a accouché de jumeaux hier. Elle est déjà rentrée chez elle ?

— Elle se remet tout doucement, mais elle est toujours ici.

Le docteur Jart soupire.

— Gomez veut qu'elle reste pendant au moins une semaine et comme c'est lui qui paie…

Il hausse les épaules et retourne à son bureau.

— Je vois.

Contrairement à un hôpital traditionnel, basé sur les paiements des assurances et respectant des règles strictes de durée de séjour, cette clinique est au service des puissants du monde de la pègre et ce sont les patients – ou les criminels fortunés auxquels les patients sont associés – qui décident à quel moment ils s'estiment suffisamment guéris.

— Bon, docteur Sokolov…

Le médecin s'assoit et me dévisage d'un œil noir perçant.

— Si je voulais vous voir, c'est parce que j'aimerais discuter avec vous.

— Bien sûr. À quel sujet ? je demande en prenant place en face de lui.

J'espère qu'ils ont une autre patiente à me confier pendant que Peter se repose.

Je dois rester occupée pour ne pas réfléchir.

— Accepteriez-vous de vous joindre à notre équipe ? demande le docteur Jart. J'ignore quels sont vos projets avec M. Sokolov, étant donné…

Il se racle la gorge avant de poursuivre :

— … étant donné les circonstances, mais nous aurions besoin d'une femme dans votre domaine d'expertise. Comme vous le savez, notre obstétricien, le docteur Ludwig, est excellent, mais c'est un homme et certaines de nos patientes, surtout originaires de cultures plus traditionnelles, sont un peu… gênées par cela.

— Oh.

Je regarde fixement le médecin.

— Merci. Je… je ne sais pas quoi dire.

Je ne m'attendais pas à une offre d'emploi – surtout basée en grande part sur mon sexe. Mais une fois de plus, pourquoi en serais-je étonnée ? Le politiquement correct n'existe pas dans ce nouveau monde sans foi ni loi auquel j'appartiens, où la violence fait partie du jeu et où les femmes sont considérées comme l'extension des hommes puissants qui les possèdent.

— Je sais que vous allez devoir en parler avec M. Sokolov, ajoute le docteur Jart devant mon silence. Si cela vous intéresse, naturellement.

— Très bien.

Je fais taire la féministe en moi et je me concentre sur l'opportunité qu'il m'offre – elle me semble intéressante. J'ai aussi évité de réfléchir à la fin de ma carrière, mais je sais que je ne pourrai pas repousser cette pensée éternellement. Ainsi, je pourrais toujours être médecin, si Peter accepte que nous vivions dans la région – après tout, il veut peut-être que nous retournions nous cacher quelque part en Asie.

— Prenez le temps d'y réfléchir, me dit le docteur Jart. Vous n'avez pas à nous donner de réponse immédiate – ni même sous peu. Nous comprenons que la situation…

Une fois de plus, il s'éclaircit la voix.

— … que la situation est délicate en ce moment, alors prenez tout le temps qu'il vous faudra.

— Merci.

Je me lève et lui serre la main.

— J'apprécie beaucoup.

Je me demande s'il propose souvent des postes à de présumés terroristes en cavale. Il ne semble pas très à l'aise avec « la situation », mais ça ne le dissuade pas non plus.

Les dossiers du personnel doivent être fascinants dans cette clinique.

Après notre entretien, je descends au café du rez-de-chaussée pour manger un morceau. Quand je retourne dans la chambre de Peter, il est réveillé et il me cherche.

— Où étais-tu ? demande-t-il en se redressant – avec un effort moins insoutenable cette fois.

Il guérit remarquablement vite – à moins que sa tolérance à la douleur soit exceptionnelle. Il ne fait aucune grimace, et pourtant le mouvement doit tirer sur ses points de suture à l'abdomen.

Je suis tentée de le forcer à s'allonger, mais je me retiens. Il a l'air en bien meilleure forme, son regard gris est rivé sur moi avec intensité et je sais qu'il aura bientôt recouvré toutes ses facultés.

— Je discutais avec l'un des médecins, lui dis-je en venant me percher au bord de son lit. Il m'a offert un poste.

Peter fronce les sourcils.

— Ici ? Dans cette clinique ?

— Oui. Apparemment, ils ont besoin d'une obstétricienne.

Je lui prends la main et je passe mon pouce sur les callosités de sa large paume.

— Qu'en penses-tu ? Bien sûr, il faudrait rester dans la région et je ne sais pas si c'est raisonnable.

Aucun emploi ne vaut la peine de mettre notre liberté en danger.

Peter garde le silence pendant un moment, méditant mes propos.

— Ce n'est pas une si mauvaise idée, dit-il enfin. Mais d'abord, nous allons devoir comprendre comment c'est arrivé.

— Tu veux dire pourquoi ils ont cru que tu étais responsable de l'attentat ?

Il hoche froidement la tête et je prends une inspiration pour maîtriser l'étau qui m'enserre le cœur. C'est aussi la question que je me pose, et si Peter est innocent – ce que je crois – il n'y a qu'une seule conclusion logique.

— Tu es victime d'un coup monté, dis-je. Peut-être même quelqu'un au sein du FBI.

— Oui.

Son expression reste impassible. Il a déjà dû y réfléchir.

— La question, c'est qui et pourquoi.

Une fois de plus, il s'empare de son téléphone et je le vois dérouler ses messages dans un rythme frénétique.

— Les fédéraux n'ont peut-être aucun véritable suspect. Ils ont décidé de faire de toi leur bouc émissaire, dis-je alors qu'il ouvre un message. Une organisation terroriste est peut-être derrière l'explosion, mais ils ont décidé de t'arrêter à la place. Quelqu'un d'autre que Ryson désapprouvait peut-être l'accord que tu as passé et lorsque l'occasion s'est présentée…

Je m'interromps, car le visage de Peter est devenu aussi dur que du granite.

— Qu'y a-t-il ?

Il continue à lire sans rien dire, de plus en plus tendu chaque seconde. Les muscles de mon cou sont raides et mon cœur s'emballe comme si j'allais piquer un sprint.

J'ignore le contenu de ce message, mais c'est grave. Je le vois bien à sa tête.

Il lève les yeux vers moi.

— Tu te rappelles quand je t'ai parlé du général à la retraite, le responsable de l'opération de Daryevo ?

Sa voix est d'une douceur trompeuse.

— Celui que j'ai promis de laisser tranquille en échange de l'amnistie et de l'immunité ?

— Oui, bien sûr, dis-je, la boule au ventre. Henderson, c'est ça ?

— C'est ça.

Ses narines frémissement.

— Ce putain de Wally Henderson III.

Je retiens mon souffle.

— C'est le responsable ?

— Il semble bien.

Un muscle tressaute dans la mâchoire de Peter.

— Avant qu'on s'en prenne à moi, j'ai demandé à nos pirates informatiques d'enquêter sur l'explosion parce que quelque chose dans cette histoire me semblait bizarre. Et ils viennent de m'envoyer les résultats.

— Ils ont dit que Henderson t'avait tendu un piège ? Mais comment ? Pourquoi ? Comment savait-il que cette tragédie allait se produire ?

La police est venue chercher Peter moins de vingt-quatre heures après l'attentat. Même avec le bras long comme celui de Henderson, il faudrait un certain temps afin de bricoler des preuves suffisamment fortes pour envoyer une équipe d'intervention dans un quartier paisible des faubourgs. Même en se mettant au travail dès qu'il a appris l'explosion, Henderson aurait mis des jours, voire des semaines, pour…

— Parce qu'il l'a causée lui-même, déclare Peter d'un air furibond. Ce salopard a organisé l'attentat.

J'en reste bouche bée.

— Quoi ?

— Un homme correspondant à ma description a été filmé en train de pénétrer dans le bâtiment, se faisant passer pour un membre de l'équipe d'entretien, la veille de l'explosion.

La voix de Peter est si cassante qu'elle pourrait fendre un rocher.

— Et on a retrouvé mes empreintes digitales sur l'une des poignées du deuxième étage, où la bombe a été placée. Quant à l'explosif, il était d'un genre unique, quasiment indétectable – ce qui a permis à mon sosie de le transporter dans une boîte à sandwich. Sais-tu qui a accès à ce genre d'explosif ?

Je le dévisage, perplexe.

— Je… non.

— L'armée américaine. Ils ont retrouvé le trafiquant d'armes qui les fabrique – Julian Esguerra.

Mon rythme cardiaque s'emballe à nouveau.

— C'est celui qui a négocié l'accord pour toi ? Le type à qui tu as rendu un service ?

— Lui-même, dit Peter, la bouche tordue de rage. Maintenant, tu comprends pourquoi ils ont cru que j'étais le coupable ? L'armée américaine achète tous les explosifs qu'Esguerra fabrique. Et s'ils arrêtaient, il a une liste d'attente longue comme le bras. Cela dit, il est possible que quelqu'un qui connaît personnellement le trafiquant d'armes s'en soit procuré cinq cents grammes ou un kilo. Bon sang, ce n'est même pas nécessaire d'en utiliser autant. C'est puissant – comme une bombe nucléaire, la radioactivité en moins.

Oh, mon Dieu. Maintenant, je me souviens que Peter en discutait avec Kent quand nous dînions ensemble à Chypre. Il parlait de l'Oncle Sam et des contraintes de fabrication pour un explosif indétectable. C'était donc l'explosif en question ?

— Alors, pourquoi…

Je m'efforce de rassembler mes pensées fébriles.

— Pourquoi crois-tu que Henderson est derrière tout ça ? C'est peut-être quelqu'un d'autre – je ne sais pas, Esguerra par exemple ? Tu as dit qu'à un moment donné, il voulait ta mort, et il a les contacts nécessaires pour le faire, non ? À moins que ce soit un autre de tes ennemis ?

— Parce que ça empeste la CIA, dit Peter d'un ton maussade. Le concierge qui me ressemble, mes empreintes sur les lieux, mes liens avec Ryson et le fait que la bombe ait été déposée à son étage – un grand classique. Ils font ce genre de choses depuis la Guerre froide. D'après les rumeurs, devine qui était espion pendant sa jeunesse ?

— C'est vrai, Henderson.

Je me rappelle que Peter m'en a parlé un jour.

— Mais Esguerra aussi a des liens avec la CIA, il me semble. Aurait-il pu…

— Non, dit Peter en serrant les dents. Hormis le fait qu'il aurait pu me tuer de mille manières différentes s'il le voulait vraiment, il n'avait aucune raison de ficher en l'air une relation d'affaires lucrative avec le gouvernement américain. Actuellement, les autorités le croient complice de l'attentat et ils s'apprêtent à se mettre aussi à sa recherche.

— Oh, c'est… c'est très grave.

À ce que je sache, Esguerra a toujours été intouchable jusqu'à présent.

— Oui, en effet, répond Peter d'un air sombre. C'est pour ça que je dois absolument parler à Yan tout de suite. Parce que… les autres membres de cette équipe d'entretien ? Leurs descriptions correspondent à Anton, Yan et Ilya, jusqu'aux tatouages sur le crâne de l'un d'eux.

CHAPITRE 42
PETER

Je relis le message des hackers pour la troisième fois, tout en consultant l'heure sur mon téléphone de manière obsessionnelle. Trois heures plus tôt, j'ai appelé Yan pour lui annoncer ce que j'avais appris, mais il n'a pas décroché. Je lui ai laissé un message en lui demandant de me rappeler, puis je lui ai envoyé un texto et un email pour faire bonne mesure avant de chercher à joindre son frère.

Aucun des jumeaux n'a repris contact avec moi – pas plus qu'Anton.

Une fois de plus, je jette un œil à l'heure. Il est 23 h 33 – deux minutes de plus que la dernière fois que j'ai vérifié. Sara dort à côté de moi, ses boucles noisette étalées sur mon oreiller. J'ai beau avoir envie de la rejoindre dans ce sommeil paisible, je ne peux me résoudre à fermer les yeux.

Mon instinct est en alerte maximale.

En prenant soin de ne pas réveiller Sara, je me redresse en position assise et je pose mes pieds au sol. Lentement, avec précaution, je me lève sans prêter attention au tiraillement sous mes côtes ni à la douleur à mon mollet. La salle tournoie autour de moi lorsque je fais le premier pas, mais mes jambes me soutiennent.

Tant mieux.

Je ne peux pas me permettre d'être cloué au lit s'il arrive quelque chose.

Sur ma demande, deux armes ont été livrées dans ma chambre et je rejoins le placard pour les inspecter. Ce n'est rien de très élaboré – rien qu'un M16 et deux Glock –, mais c'est mieux que rien.

Je vérifie l'état des armes et je les charge avant de sortir un pantalon du placard pour l'enfiler sous ma blouse d'hôpital, tout en prenant soin de ne pas déplacer les bandages sur ma jambe. Mon cœur bat toujours trop fort à cause de l'effort et je transpire comme un goret, mais je me débarrasse de la blouse et j'enfile un pull ample, puis des chaussettes et des chaussures.

— Peter ?

La voix ensommeillée de Sara me parvient alors que j'attache l'un des Glocks à ma cheville gauche.

— Qu'est-ce que tu fais ?

Accroupi, je lève les yeux.

— Je m'habille, ptichka. Ne t'inquiète pas.

— Quoi ?

Sara s'assoit. Les dernières bribes de sommeil ont tôt fait de s'évaporer quand elle me voit.

— Pourquoi t'habilles-tu ? Tu dois rester au lit et te reposer, non pas…

— Je crois que nous devons partir.

Je me lève lentement en respirant pour atténuer la douleur.

— Il y a quelque chose qui cloche.

Sara se change en statue.

— Tu crois que nous ne sommes pas en sécurité ici ?

— Je crois que nous ne sommes en sécurité nulle part, dis-je en jetant le M16 par-dessus mon épaule avant de fourrer l'autre Glock derrière ma ceinture. Mais ce qui m'inquiète, c'est que je suis sans nouvelles de Yan et des autres.

— Vraiment ?

Elle traverse la chambre pieds nus et s'arrête devant moi. Son visage est aussi blanc que le tee-shirt qu'elle porte en guise de pyjama.

— Ils sont peut-être occupés.

— Tout est possible.

D'après ce que je sais, les jumeaux sont en pleine mission et Anton est en avion, où la réception est mauvaise.

— Dans notre situation, mieux vaut prévenir que guérir.

— Mais où irons-nous ? Il y a trois jours, tu étais inconscient à cause de la fièvre. Tu dois rester à l'hôpital, te soigner…

— Je vais très bien.

Prenant son visage délicat entre mes paumes, j'ajoute d'une voix plus douce :

— Ne t'inquiète pas, mon amour. Tu as fait ta part, et maintenant c'est à mon tour de faire la mienne.

Tandis qu'elle me regarde de ses grands yeux apeurés, je pose un baiser sur ses lèvres attirantes avant de me tourner vers le placard pour en sortir ses vêtements.

CHAPITRE 43
SARA

*P*endant que je m'habille, Peter essaie à nouveau de joindre Anton et les jumeaux. Mes mains sont froides à cause du stress, mes doigts maladroits et je dois m'y prendre à deux fois pour tenter de lacer mes baskets.

— Alors ? je demande une fois que j'ai terminé.

Peter secoue la tête, la mine sombre.

— Rien. Je vais essayer Kent, voir s'il a entendu parler de quelque chose.

— Oh, c'est une bonne idée.

Je me mords la lèvre tandis qu'il compose un numéro et attend, le téléphone contre son oreille.

— C'est Peter, dit-il laconiquement. As-tu… Attends, quoi ?

Il écoute dans un silence tendu tandis que Kent l'informe de ce qui s'est passé. Quand il baisse son téléphone, je recule devant l'expression de son visage.

— Interpol a fait une descente dans les restaurants de Yulia. Tous, reprend-il d'un ton grave. Lucas a réussi à emmener Yulia de justesse avant que la police arrive chez eux à Chypre. Maintenant, ils se rendent au complexe d'Esguerra en Colombie – le seul endroit où ils auront peut-être une sécurité relative.

— Oh, mon Dieu.

Je sens la nausée m'envahir.

— Crois-tu que Yan et les autres… ?

— Ils ont peut-être été arrêtés, oui. Quoi qu'il en soit, nous n'avons pas une minute à perdre.

Il me prend par la main et m'entraîne hors de la chambre, d'une démarche aussi assurée que s'il n'avait pas été à l'article de la mort quelques jours auparavant.

Je dois trottiner pour rester à son allure tandis que nous pressons le pas dans le couloir, puis l'escalier.

— Pas l'ascenseur ? je demande en haletant alors que nous dévalons les marches.

Il secoue la tête, resserrant sa poigne autour de ma main.

— Trop facile d'y rester coincé.

J'ai envie de lui rappeler la gravité de ses blessures et de le supplier d'y aller doucement, mais ce n'est pas le moment. Si les autorités sont allées jusqu'à s'en prendre à Kent – bras droit d'Esguerra et donc intouchable – Peter a raison de penser que la clinique n'est peut-être pas sûre.

Plus aucune règle ne s'applique.

— Où allons-nous ? je demande, surtout pour m'éviter de penser à la nausée qui m'assaille.

Ce qu'on appelle la nausée matinale se manifeste de temps en temps, jour et nuit, et cette course folle dans l'escalier n'arrange rien.

— Dans une planque, dit Peter sans me regarder.

Je constate que son visage est plus pâle que d'habitude, ses tempes couvertes de gouttes de sueur à cause de l'effort.

Il n'est pas aussi guéri qu'il le prétend.

Je dois mobiliser toute ma volonté pour me retenir de le supplier de s'arrêter afin de respirer. Au lieu de ça, j'accélère le rythme pour lui éviter l'effort supplémentaire de me traîner derrière lui.

— Tu ne veux pas me dire où c'est ?

— Non.

Il lève les yeux vers le coin du plafond et j'y aperçois une petite lumière rouge.

Bien sûr. Des caméras.

J'aurais dû me douter que c'était inutile de le lui demander.

Nous effectuons le reste du trajet en silence et Peter s'arrête devant la porte du hall d'entrée. Lentement, il l'entrouvre et jette un œil par l'entrebâillement.

— La voie est libre, murmure-t-il après une minute.

J'expire péniblement et nous avançons.

— Monsieur Sokolov, s'exclame la réceptionniste blonde, étonnée lorsque nous passons devant son bureau. Vous partez déjà ?

— Oui. Je réglerai la facture plus tard.

Elle commence à répliquer, mais nous sortons déjà du bâtiment dans une cour qui tient lieu de parking. Il fait froid, mais le paysage est magnifique. Le clair de lune souligne les sommets enneigés des Alpes suisses qui nous entourent. Pourtant je le remarque à peine, car Peter m'entraîne déjà sur le parking.

À présent, mon ventre se révolte et je dois déglutir à plusieurs reprises pour éviter de vomir.

Soudain, il s'arrête et s'accroupit entre deux voitures, m'attirant au sol avec lui.

— Quelqu'un arrive, murmure-t-il en s'emparant de son M16.

Une seconde plus tard, un SUV noir s'arrête devant la clinique dans un crissement de pneus.

CHAPITRE 44
PETER

Je m'attends à voir des agents d'Interpol surgir de la voiture, mais c'est un homme vêtu de noir qui en sort.

— Anton !

Je me lève et j'agite la main pour me montrer. Il fait volte-face et le soulagement apparaît sur son visage barbu.

— Montez ! lance-t-il en désignant la voiture avec son pouce. Nous devons partir.

Sara est déjà debout à côté de moi. Je lui prends la main en m'élançant, boitillant vers le SUV d'Anton. Mon mollet me fait un mal de chien et je crains d'avoir fait sauter des points de suture à mon abdomen, mais cela n'a aucune importance.

Anton ne panique pas facilement, et pourtant il a l'air nerveux.

Il saute au volant lorsque nous atteignons la voiture et je me jette sur la banquette arrière, grinçant des dents pour faire passer un assaut de douleur. Sara monte derrière moi et nous quittons le parking avant même qu'elle ait refermé la portière.

— Yan et Ilya ? je demande tandis que le plus fort de la douleur s'estompe.

Anton me lance un regard noir dans le rétroviseur.

— Interpol a débarqué à leur réunion, à Genève. Depuis, je n'ai pas de nouvelles.

— Putain.

Je ferme les yeux. Ça me rend malade. Mon corps est encore à plat, faible et tout tremblant – clairement pas en forme pour affronter une horde d'agents armés s'ils se lancent à nos trousses.

Quand j'ouvre les yeux et regarde Sara, elle s'efforce de respirer méthodiquement. Son profil délicat a viré au blanc maladif.

— Ça va, ptichka ? je murmure.

Elle répond avec un hochement de tête.

— Nausées matinales, explique-t-elle d'une voix à peine audible.

Je lui serre la main et mon cœur se comprime dans un mélange de fureur et de culpabilité.

Ma Sara est enceinte. C'est la période de sa vie où le stress est le plus toxique. Elle devrait se reposer dans le confort de notre foyer, dorlotée par sa famille et par moi – au lieu de fuir les autorités après avoir assisté à la mort de ses parents.

Je n'aurais jamais dû accepter d'épargner la vie de Henderson. Cet *ublyudok* devait payer – et cette fois, il va payer.

Je vais l'anéantir, le réduire en pièces.

Mais pour cela, nous devons d'abord sortir vivants.

— J'ai essayé de te joindre, dis-je à Anton alors qu'il s'engage sur la route qui conduit jusqu'à l'aéroport privé réservé aux patients de la clinique. Tu as jeté ton téléphone ?

Il acquiesce.

— Je venais d'atterrir et j'étais en ligne avec Yan quand Interpol a fait irruption dans leur salle de réunion. Alors, je l'ai détruit, au cas où.

— Tant mieux.

Nos téléphones sont indétectables, car le signal passe par plusieurs satellites tout autour de la planète, mais mieux vaut ne pas prendre de risque.

— Est-ce possible qu'ils se soient échappés ?

— Tout est possible, dit-il – mais il ne semble pas convaincu.

— Anton… fait Sara d'une voix pleine de tension. Je suis vraiment désolée, peux-tu arrêter la voiture ?

— Range-toi, lui dis-je.

Dans une embardée, il se gare sur le bas-côté de la route et écrase la pédale de frein. La voiture est encore en mouvement quand Sara ouvre la portière et se penche avec un haut-le-cœur. Je passe un bras autour de sa taille fine et je rassemble ses cheveux dans mon autre main, les écartant de son visage tandis qu'elle vomit.

— Excusez-moi, murmure-t-elle une fois qu'elle a terminé.

Je lui tends une bouteille d'eau que je trouve dans un sac à mes pieds.

— Tu n'as pas à t'excuser, dis-je alors qu'Anton reprend la route. C'est parfaitement naturel.

Ma voix reste sereine, comme si je n'étais pas soucieux le moins du monde de voir ma femme vider ses tripes au bord de la route tandis que nous fuyons pour avoir la vie sauve. Comme si la rage ne brûlait pas comme un acide dans mes veines, teintant ma vision d'un rouge sanglant.

— Tu es malade, Sara ? demande Anton.

Je me rends compte qu'il n'est pas encore au courant pour le bébé. Comment le saurait-il ? Nous venons à peine de l'apprendre nous-mêmes.

— Nous allons avoir un enfant, dis-je.

En dépit de mes efforts, ma voix trahit ma tension.

S'il arrive quelque chose à Sara ou au bébé à cause de cette histoire, je ne me le pardonnerai jamais.

— Oh, fait Anton, manifestement à court de mots. C'est… Félicitations.

— Merci, je grommelle.

C'est à ce moment que je l'entends.

Le hurlement des sirènes au loin.

Merde.

— Appuie sur le champignon, dis-je à Anton.

Mais il accélère déjà, le visage crispé. Je me tourne vers Sara.

— Attache ta ceinture.

Elle s'exécute avec empressement, ses yeux noisette presque noirs sur son visage blafard. J'inspecte mes armes.

Les sirènes se rapprochent derrière nous – en provenance de la clinique, ce qui signifie que mon intuition était bonne.

Ils venaient nous chercher.

Le vacarme d'un hélicoptère se joint bientôt aux sirènes. Pied au plancher, Anton aborde un virage abrupt à une vitesse terrifiante.

— Bordel, ralentis ! j'aboie lorsque Sara m'agrippe instinctivement la main. Il faut éviter l'accident, tu comprends ?

Si j'étais seul avec Anton, je prendrais le risque, mais pas avec Sara.

Pas alors qu'elle a failli mourir dans un accident sur une route très similaire.

Anton relâche un peu l'accélérateur et je porte la main de Sara à mes lèvres.

— Tout va bien se passer, ptichka, je murmure en posant un baiser sur les jointures de ses doigts. Nous devons rejoindre l'avion.

— Ils nous attendent peut-être déjà là-bas, grommelle Anton. Comme s'ils savaient que tu étais à la clinique, ils sont peut-être au courant pour la piste de décollage.

— La clinique figure sur la carte, mais pas le tarmac, dis-je en serrant la main de Sara pour la rassurer quand je sens qu'elle se crispe dans la mienne. Il aurait fallu que le personnel leur en parle.

Ou du moins, je l'espère.

Parce qu'il est toujours possible que nous foncions tout droit dans une embuscade.

Anton ne réagit pas, mais une fois de plus, il colle son pied au plancher lorsque nous atteignons une ligne droite. Nous ne sommes plus qu'à quelques minutes de la piste maintenant, mais le rugissement de l'hélicoptère devient de plus en plus retentissant chaque seconde, étouffant jusqu'au cognement de mon cœur décuplé par l'adrénaline.

Enfin, j'aperçois ses phares derrière nous tandis que nous négocions un autre virage serré.

— Baisse-toi ! je lance à Sara en la plaquant sur la banquette.

Puis j'ouvre la vitre et je me penche à l'extérieur, ignorant la douleur vive dans mon flanc. Je braque mon M16 sur l'hélicoptère.

L'engin zigzague entre les arbres avant que je puisse ouvrir le feu.

J'attends pour ne pas gaspiller mes balles.

Une seconde plus tard, l'hélicoptère réapparaît et je tire une rafale.

Ils ripostent, puis s'éloignent à nouveau.

Merde. À présent, nous sommes presque arrivés à la piste.

J'attends que l'hélicoptère revienne en ligne de mire et j'ouvre le feu, appuyant sur la détente jusqu'à ce que le chargeur se vide dans un ultime déclic. L'hélicoptère garde ses distances dans un effort pour éviter mes balles.

Je me cache dans la voiture, je recharge rapidement et je me penche à nouveau dehors.

Mais cette fois, l'hélicoptère reste en retrait.

Ce n'est pas bon signe.

Nous ne pourrons pas décoller si ces connards nous tirent dessus.

La voiture change brusquement de cap. Quand je regarde devant nous, je constate que nous avons atteint le tarmac et que nous filons en droite ligne vers l'avion.

— Le lance-roquettes est à l'intérieur, s'écrie Yan en enfonçant la pédale de frein. Je vais courir.

Nous nous sommes arrêtés net à une dizaine de mètres de l'avion et je grince des dents lorsque mes côtes heurtent la bordure métallique de la vitre.

Si nous survivons, Sara sera furieuse que mes points de suture aient sauté.

Anton sort de la voiture et se précipite vers l'avion. De mon côté, je le couvre en tirant sur l'hélicoptère en approche. Les sirènes sont de plus en plus assourdissantes. Ils doivent être juste derrière nous.

— Monte dans l'avion, tout de suite ! je lance à Sara.

Du coin de l'œil, je vois qu'elle s'exécute malgré sa peur.

Mon M16 cliquette, mais je n'ai pas le temps de le recharger et je m'empare du Glock à ma ceinture tandis que l'hélico s'éloigne pour mieux revenir, arrosant la voiture de balles. Le verre explose autour de moi et les éclats m'entaillent le visage et le cou. Armé de mon Glock, j'ouvre la portière et je sors en titubant, puis je détale tout en ripostant.

J'aimerais qu'ils se concentrent sur moi, non pas sur l'avion ni Sara.

Des balles se fichent dans le sol tout autour de moi, projetant des bouts d'asphalte devant mes yeux. Je sens l'odeur de la poudre, la brûlure du plomb qui passe en sifflant à mes oreilles.

C'est fini.

Je n'y arriverai pas.

Mon pistolet se vide au moment où un fourgon noir surgit sur le tarmac et s'arrête dans un crissement de pneus à côté de notre voiture.

CHAPITRE 45
SARA

J'ai presque rejoint l'avion quand je vois le fourgon noir.

Interpol.

Ils nous ont rattrapés.

— Anton !

Je crie par-dessus la fusillade et le bruit de l'hélicoptère lorsqu'Anton réapparaît à la porte de l'avion avec un lance-roquettes sur l'épaule.

— Ils sont…

Boum !

L'éclat lumineux me brûle la rétine et la détonation est tellement assourdissante que mes tympans manquent exploser. Le ciel semble se changer en boule de feu et une pluie de morceaux métalliques retombe autour de moi.

Oh, bon sang.

Anton a abattu l'hélicoptère.

Mon regard ébahi se pose sur le fourgon et je reconnais deux silhouettes familières.

— Yan ! Ilya !

Je n'ai jamais été aussi heureuse de les voir – surtout lorsqu'ils se penchent pour soutenir Peter, ses bras sur leurs épaules, et se précipitent ensemble vers l'avion.

— Dépêchez-vous ! hurle Anton.

J'entends les sirènes se rapprocher.

— Il faut partir tout de suite.

Il disparaît dans la cabine et je m'engouffre derrière lui avec les jumeaux et Peter sur les talons.

Les véhicules de police apparaissent au moment où nos roues quittent la piste.

———————

— Alors, c'est vous qu'ils poursuivaient, pas nous ? je demande à Yan pour m'assurer d'avoir bien compris, tout en essuyant la terre et le sang sur le visage de Peter avant de retirer les éclats de verre incrustés dans sa peau.

Je me sens bizarrement calme, comme si je réalisais un frottis de routine au lieu de soigner les blessures de mon mari après une évasion sur les chapeaux de roue.

Soit je m'habitue à la vie de cavale, soit je suis encore sous le choc, et le contrecoup de l'adrénaline va bientôt m'assommer.

— Oui, et c'était moins une, dit Yan depuis le siège à côté de la banquette où Peter est étendu. L'hélicoptère avait pris de l'avance pour nous coincer, mais vous avez dû attirer leur attention.

Tout en parlant, il tend un miroir devant lui pour appliquer une pommade antibiotique sur son oreille, où une balle l'a éraflé, laissant une vilaine plaie.

— Content d'avoir servi de leurre malgré moi, dit Peter alors que je soulève sa chemise pour inspecter le bandage autour de son abdomen.

Il est pâle, mais il est conscient – et suffisamment en forme, manifestement, pour faire du sarcasme.

— C'était un travail d'équipe, dit Ilya.

Un sourire lui barre le visage et il se carre dans son siège – miraculeusement intact.

— On n'aurait pas fait mieux même si on l'avait voulu.

Je secoue la tête en m'efforçant de ne pas penser à ce que j'ai ressenti en courant vers l'avion pendant que Peter était coincé par les tirs de l'hélicoptère. C'est un miracle qu'il ait survécu – que nous ayons tous survécu et que nous nous soyons échappés.

Mes mains commencent à trembler quand je déroule le bandage de Peter et la réalité me frappe.

Peter aurait pu être touché à nouveau.

Il aurait pu être tué, son crâne détruit par une balle exactement comme…

Non, arrête.

— Où allons-nous maintenant ? je demande afin de me changer les idées, d'oublier les souvenirs qui menacent d'envahir mon esprit.

Je ne peux pas plonger dans ce puits obscur. Je ne peux pas penser à ce qui est arrivé à mes parents ni à ce qui aurait pu arriver à Peter.

Je ne suis pas encore prête à affronter cela.

— C'est une bonne question, dit Yan en posant la pommade pour prendre son téléphone. Je vais voir si notre contact en Turquie a fait le nécessaire.

Il effleure son écran à plusieurs reprises et fait la grimace.

— Merde.

— Quoi ? s'exclame Peter en essayant de se redresser.

Mais je le repousse.

— Reste tranquille, dis-je en le fusillant du regard. Je n'ai pas encore terminé.

— Notre gars au contrôle aérien est en prison, répond Yan lorsque Peter obéit, me laissant nettoyer sa peau autour de ses points déchirés. Ses revenus exceptionnels ont mis la puce à l'oreille de la police.

— Bon, oublions la Turquie.

Peter n'a pas l'air étonné.

— Et la Lettonie ?

— Laisse-moi regarder.

Yan saisit un numéro et prend la parole en russe.

Ce que lui dit son interlocuteur ne doit pas lui plaire, parce que Yan fronce un peu plus les sourcils à chaque instant.

— Qu'y a-t-il ? demande Ilya lorsque Yan raccroche. Que t'a dit ce connard ?

— Apparemment, tous les aéroports d'Europe guettent notre avion, répond-il. Y compris les pistes privées. Interpol a mis nos têtes à prix pour un montant exorbitant et nos visages à tous les quatre sont diffusés dans tous les médias, en tant que suspects de l'attentat du FBI. En ce moment, je ne ferais confiance à personne. Tout le monde pourrait nous livrer autant que nous aider.

— Putain.

Une fois de plus, Peter essaie de se redresser, mais cette fois je le laisse faire. Le calme qui m'avait envahie après le choc s'estompe et je subis une extrême lassitude, combinée à une angoisse oppressante.

Nous nous sommes peut-être échappés, mais nous sommes loin d'être tirés d'affaire.

— Si l'Europe est hors de question, notre meilleure chance reste le Venezuela, déclare Peter tandis que j'applique un nouveau bandage sous ses côtes, en pilote automatique. Avons-nous suffisamment de carburant pour aller aussi loin ?

— Je vérifie auprès d'Anton, dit Yan en quittant son siège.

Il disparaît dans le cockpit, puis revient une minute plus tard.

— Oui, mais tout juste, reprend-il. Si quelque chose se passe mal, nous sommes foutus.

— Je tenterais le coup, dit Ilya en grattant son crâne tatoué. Au moins, ce sera plus tranquille là-bas.

— Donne-moi ton téléphone, fait Peter à Yan. Je vais joindre Esteban. En attendant, demande à Anton de faire cap vers le Venezuela. D'une manière ou d'une autre, nous devons atterrir là-bas.

CHAPITRE 46
PETER

Esteban, ce sale grippe-sou, n'exige pas moins de trois millions d'euros pour effectuer les arrangements nécessaires, mais nous n'avons pas le choix.

Si nous n'atterrissons pas dans son petit aéroport, nous sommes fichus.

Enfin, une fois que la logistique est réglée, je me dirige vers le siège de Sara. Il est suffisamment large pour deux personnes et elle paraît fragile, pelotonnée avec les genoux contre sa poitrine, les yeux tournés vers le hublot de l'avion.

— Ptichka.

Je m'accroupis devant elle, sans prêter attention au tiraillement douloureux dans mon mollet, et pose les mains sur ses chevilles.

— Mon amour, tu vas bien ?

Elle se concentre sur moi en clignant des paupières.

— Qu'est-ce que tu fais ? Tu devrais t'allonger.

— Je vais bien, lui dis-je.

Mais elle est déjà debout et m'aide à me redresser, m'attirant en direction de la banquette.

En soupirant, je me laisse faire. À vrai dire, je ne me sens pas dans mon assiette.

— Allonge-toi avec moi, dis-je en m'installant sur la banquette. J'ai envie de te serrer dans mes bras.

Elle fronce les sourcils.

— Mais tes côtes…

— Ne t'inquiète pas pour ça.

Je l'attire jusqu'à ce qu'elle n'ait pas d'autre choix que de s'étendre à côté de moi. Me tournant sur mon côté indemne, je plaque son dos contre mon ventre, humant le parfum délicat de ses cheveux tandis qu'Ilya et Yan font pivoter leurs sièges pour nous laisser un peu d'intimité.

Au début, elle est crispée. Sans doute craint-elle de raviver mes blessures, mais au bout d'une minute, la raideur s'atténue dans ses muscles. C'est alors que je le perçois.

L'infime tremblement de son corps.

Elle frissonne.

Mon cœur se serre d'une compassion déchirante. Mon joli petit oiseau n'est pas blessé physiquement – je m'en suis immédiatement assuré dans l'avion –, mais ça ne veut pas dire qu'elle s'en soit tirée sans égratignures.

Ce qu'elle a subi suffirait à causer un syndrome post-traumatique à un soldat chevronné, alors une civile…

Une civile *enceinte*.

— Comment te sens-tu, mon amour ? je demande avec douceur, posant une main sur son ventre.

C'est peut-être mon imagination, mais il me paraît plus plat que d'habitude, comme si elle avait perdu du poids. Peut-être est-ce le cas.

Entre les nausées matinales imprévisibles et tout ce stress, elle ne doit pas se nourrir correctement.

— Je vais bien, murmure-t-elle, trahie par son souffle court et ses frissons involontaires. C'est simplement…

— Le contrecoup de l'adrénaline, je sais.

Je garde une voix basse et apaisante tout en retirant la main de son ventre pour lui caresser la hanche.

— Ça passera.

Elle prend une vive inspiration.

— Je sais. Ça va aller.

— Ça va aller, je lui promets. Nous allons rejoindre notre planque et tout ira bien.

C'est la première fois que je lui mens ouvertement, et d'après la crispation de son corps, ma ptichka le sait.

Parce que ça n'ira pas mieux.

Rien ne pourra arranger ce qui s'est passé ni ramener les parents de Sara.

Tout ce que je peux faire, c'est chercher la vengeance – et c'est ce que je ferai.

Henderson priera pour mourir vite, bien avant que j'en aie terminé avec lui.

CHAPITRE 47
HENDERSON

Ils se sont encore échappés.

La fureur se mêle à une peur grandissante dans ma poitrine quand je lis le dernier email de mon contact.

Ils se sont échappés, tous, au nez et à la barbe d'Interpol.

Une minute plus tôt, Sokolov et ses amis russes auraient été cernés. Interpol aurait pu tous les cueillir en même temps. Au lieu de ça, maintenant, ils sont dans les airs quelque part, en direction de Dieu sait où.

Sans mentionner l'évasion réussie de Kent vers le complexe d'Esguerra dans la jungle amazonienne, que même le gouvernement colombien considère comme impénétrable.

S'ils se réunissent tous, je suis foutu, parce que maintenant, ils ont dû comprendre ce qui s'était passé et comment.

Avec une grande inspiration pour reprendre le contrôle sur ma panique, je commence à rédiger un email pour mon contact de la CIA.

Il est encore possible d'intercepter l'avion de Sokolov.

Il faut prévenir tous les aéroports du monde entier et leur demander de surveiller étroitement tous les contrôleurs aériens susceptibles d'accepter les pots-de-vin.

CHAPITRE 48

J'ai dû m'assoupir dans les bras de Peter, parce que je me réveille en entendant des chuchotements en russe. J'ouvre les yeux pour découvrir mon mari sur un siège, un ordinateur sur les genoux et les jumeaux à côté de lui. Il désigne quelque chose à l'écran et parle dans sa langue maternelle.

— Que se passe-t-il ? je demande en m'assoyant.

Je me sens engourdie comme si j'avais dormi pendant des heures. Après tout, c'est peut-être le cas.

Le vol entre la Suisse et le Venezuela dure longtemps.

Les hommes jettent un œil dans ma direction.

— Nous essayons de comprendre où se trouvait le tireur embusqué, dit Yan.

En même temps, Peter me dit :

— Rien, mon amour. Ne t'inquiète pas pour ça.

— Un tireur embusqué ?

Je me lève d'un bond sous l'effet de l'adrénaline.

— Quel tireur ?

Soudain, je comprends.

— Oh, vous parlez de celui qui a tiré sur l'agent venu pour t'arrêter ? Ce qui a déclenché la panique générale et la fusillade ? Je me suis posé la question. Au début, je croyais que c'était quelqu'un qui voulait t'aider, mais ce n'était pas ça, n'est-ce pas ? Ils essayaient de causer le chaos.

Peter foudroie Yan du regard – pense-t-il qu'il faut me protéger de cette vérité ? – avant de se tourner vers moi.

— Henderson a dû engager un tireur pour s'assurer que je sois tué lors de l'arrestation. Je suppose que l'objectif était de me tendre un guet-apens, puis d'attendre que les autorités me retrouvent, moi et tous ceux qui m'ont aidé un jour. Il fallait que ça se passe dans un lieu très public afin que rien ne soit caché par les médias. Si j'avais été arrêté, j'aurais peut-être pu convaincre les autorités de mon innocence en retrouvant les vrais coupables, tout serait redevenu comme avant – et Henderson aurait eu de très gros ennuis.

— Mais si c'est lui qui nous a envoyé un tireur, pourquoi ne pas t'avoir tué au lieu de l'agent des forces de l'ordre ? je demande en réprimant un frisson lorsque j'imagine la tête de Peter volant en éclats. Si ce tireur était en position…

— Eh bien, d'abord l'angle n'était pas idéal pour m'atteindre, dit Peter. Ou du moins, c'est ce que nous avons déterminé en fonction de mes souvenirs. Pour tirer comme il l'a fait, il devait être à plat ventre sur le toit de la maison à deux étages dans la rue voisine. Tu sais, la blanche au toit gris ?

Je hoche la tête et il poursuit.

— J'étais plus proche de la maison, alors le toit devait me cacher en partie. Mais surtout, *si* j'avais été abattu par un tireur inconnu, cela aurait suscité toutes sortes de questions sur les véritables responsables de l'attentat et je suppose que c'est la dernière chose que Henderson aurait voulue. Avec la mort de l'agent, il était presque certain que les policiers allaient penser que c'était la faute d'un de mes complices. Je devais mourir dans la fusillade qui a suivi.

— Tu n'es pas passé loin.

Cette fois, je ne peux réprimer un frisson.

— Tu es passé à un cheveu de la mort…

Les lèvres de Peter esquissent un sourire.

— Oui, mais malheureusement pour Henderson, ce n'est pas arrivé.

Je le dévisage et je sens les cheveux se dresser sur ma tête. La promesse sinistre dans sa voix me fait peur. Je n'ai pas oublié cet aspect de sa personne, mais c'était facile de ne pas y penser quand nous menions notre vie tranquille dans les faubourgs. Le Peter que j'ai accepté d'épouser n'était pourtant pas différent de l'assassin vengeur qui avait débarqué chez moi pour assassiner George, mais j'ai réussi à me persuader du contraire – qu'il n'était plus capable des horreurs qu'il avait commises pour venger Tamila et son fils.

Je me trompais.

Il a toujours été le même.

Et maintenant, il a une raison supplémentaire de s'en prendre à Henderson.

— Comment comptes-tu faire ? je demande.

Je suis la première étonnée par mon intonation détachée.

— As-tu déjà un plan ?

Il est évident que Henderson le paiera de sa vie. Je le sais, aussi assurément que Peter m'aime. Mon meurtrier de mari se vengera de son ennemi au centuple. Je sais que c'est mal, mais je suis incapable d'éprouver une quelconque objection morale à cette pensée.

Le monstre qui vient de se réveiller en moi *veut* que Henderson souffre, qu'il connaisse la douleur et un deuil dévastateur.

Le sourire glacial de Peter ne vacille pas.

— Ne t'inquiète pas pour les détails, mon amour. Il te suffit de savoir qu'il ne s'en tirera pas comme ça.

— Je le sais, dis-je avec douceur tout en regardant mon mari droit dans les yeux. Tu ne le permettras pas.

En me levant, je rejoins les toilettes pour me rafraîchir, consciente que Peter me suit des yeux dans la cabine de l'avion.

CHAPITRE 49

Chacun gère le traumatisme de manière différente. Certains s'effondrent et ne parviennent jamais à se ressaisir. D'autres se découvrent une force qui leur permet de tenir bon. J'ai toujours su que Sara appartenait à cette dernière catégorie, mais je n'avais encore jamais mesuré ses nerfs d'acier plus qu'en cet instant, quand la porte des toilettes se referme sur sa silhouette élancée.

C'est une guerrière, mon rossignol – aussi forte que n'importe quel soldat entraîné.

— Tu crois toujours qu'elle n'est que douceur et lumière ? dit Yan en russe alors que je détourne les yeux de la porte pour rencontrer son regard amusé. De mon point de vue, ton parfait petit docteur semble avoir développé une sacrée soif de sang.

— La ferme, Yan, lâche Ilya avant que je puisse répondre. Ce n'est pas le moment.

En d'autres circonstances, j'aurais déjà les mains autour de la gorge de Yan, mais Ilya a raison.

Nous allons amorcer notre descente et l'heure n'est pas aux prises de bec.

— Je vais vérifier une dernière fois la situation au sol, dis-je à Ilya en ignorant copieusement Yan. Esteban a promis que tout irait bien, mais vous savez que je ne fais pas confiance à cette fouine.

— C'est vrai.

Ilya arrache le téléphone de Yan de la poche de son frère et me le tend.

— Bonne idée.

Je saisis le numéro d'un chef de police vénézuélien qui compte parmi mes hommes de main depuis trois ans et j'attends qu'il décroche. Si tout va bien, Santiago ne se doutera pas de la raison de mon appel. Dans le cas contraire…

— Hola ? répond-il.

— C'est Peter Sokolov.

Il y a un moment de silence tendu, puis il dit tout bas :

— Putain, mais pourquoi vous m'appelez ? Il est trop tard. Je ne peux rien faire. Ils sont partout dans le petit aéroport. Je vous l'ai dit, je ne peux rien faire alors que tout le département…

Je raccroche sans le laisser terminer et je lève les yeux pour croiser deux paires d'yeux verts identiques.

— Apparemment, il faut oublier la piste d'atterrissage d'Esteban, leur dis-je sur un ton monocorde. D'autres idées ?

CHAPITRE 50
SARA

*Q*uand je reviens, je découvre Peter et les jumeaux agglutinés à l'entrée du cockpit. Les trois hommes sont debout et gesticulent énergiquement tout en discutant avec Anton en russe.

Une boule se forme dans mon ventre.

— Qu'y a-t-il ? Il s'est passé quelque chose ?

— Notre contact vénézuélien nous a vendus, dit Ilya par-dessus son épaule. À moins qu'il se soit fait pincer, on ne sait pas trop. Quoi qu'il en soit, la police nous attend au sol, ce qui veut dire que nous devons tirer sur nos réserves de carburant pour trouver un autre…

— Il n'y a plus de réserves, Anton te l'a dit.

La voix d'Yan est sèche et sans appel.

— Je propose qu'on tente notre chance avec la police. Si nous manquons de carburant, c'est la mort assurée, mais avec les flics…

— Il reste encore sept pour cent, remarque Peter. Ça suffit pour rejoindre un autre aéroport à proximité.

— Où ils nous attendront aussi, dit Yan. Nous sommes déjà sur leur radar et si nous faisons une erreur de calcul, ne serait-ce qu'un peu…

— C'est toujours mieux que de foncer tête baissée dans un piège, rétorque Ilya. Je propose qu'on atterrisse ailleurs. Sur une piste privée, une autoroute, ou même…

Brusquement, il se tait et se précipite vers l'ordinateur que Peter utilisait tout à l'heure.

— Qu'y a-t-il ? je demande, le cœur battant.

— La Colombie.

Étrangement, sa voix vibre d'excitation.

— Nous ne sommes pas loin du complexe d'Esguerra en Amazonie, et il a une piste d'atterrissage…

— Tu plaisantes, n'est-ce pas ? fait Yan en croisant les bras. Nous n'aurons jamais assez de carburant pour tenir jusque là-bas, et encore faudrait-il qu'Esguerra accepte de nous aider. Il est jusqu'au cou dans les emmerdes en ce moment.

— Oui, mais ce sont les mêmes emmerdes, tu comprends ?

Les doigts épais d'Ilya survolent le clavier.

— C'est à cause de nous qu'il subit des attaques. Alors…

— Alors, il se fera un plaisir d'épargner ce souci à la police et de nous abattre immédiatement, dit Yan. Quoi qu'il en soit, je ne vois pas comment nous aurions assez de…

— Je retourne vérifier le niveau du réservoir avec Anton, annonce Peter avant de disparaître dans le cockpit.

Je le regarde partir. Ma nausée revient en force lorsque je prends conscience qu'il n'y a aucune option qui vaille.

Même si nous avons suffisamment de carburant pour rejoindre le complexe d'Esguerra, il n'y a aucune chance que le trafiquant d'armes nous accueille les bras ouverts.

— Nous avons *peut-être* assez pour aller jusque chez Esguerra, dit Peter en ressortant. Tout dépend de la vitesse et de la direction du vent. Pour le moment, nous avons un fort vent de queue. Si les conditions ne changent pas, nous pouvons réussir.

— Le vent ? C'est là-dessus qu'on parie ?

Personne ne répond à la question rhétorique de Yan et il rejoint la banquette pour s'y laisser tomber tout en grommelant des jurons russes dans sa barbe.

— Je viens de contacter Kent, dit Ilya en levant les yeux de l'ordinateur. Il est chez Esguerra en ce moment. Il pourra peut-être le convaincre de nous laisser nous réfugier avec eux un moment.

— Nous n'avons pas le temps, déclare Peter. Le temps qu'ils prennent leur décision, nous serons à court de carburant. Je vais appeler Esguerra directement. Il doit nous laisser atterrir. C'est notre seule chance.

CHAPITRE 51
PETER

Le trafiquant d'armes colombien décroche à la troisième sonnerie.

— Des ennuis au paradis ? répond-il d'une voix mielleuse.

— De ton côté aussi, j'imagine, dis-je calmement.

Je n'ai aucune envie qu'Esguerra flaire mon désespoir.

— Je crois que nous pouvons nous entraider, lui dis-je.

Il rit avec dérision.

— Oui, bien sûr.

— Sais-tu qui se trouve derrière toutes ces emmerdes ?

— J'ai ma petite idée. L'ancien général, c'est ça ? Ce connard que tu n'as pas tué parce que tu voulais jouer à la dînette dans les beaux quartiers ?

Putain. Évidemment, il est déjà au courant. Esguerra fait commerce de ses informations tout autant que de ses armes.

Je change de tactique.

— Écoute, je suis désolé que cette affaire t'ait éclaboussé, toi et tes affaires. Mais le seul moyen de régler ça, c'est de révéler Henderson et ce qu'il a fait. Et je sais exactement comment faire.

— Vraiment ? On ne parle pas du type que tu essaies de retrouver depuis trois ans sans succès ?

J'ignore la moquerie dans sa voix.

— Si. Ça veut dire que personne n'en sait autant que mon équipe et moi à son sujet. Il vous faudra des mois, sinon des années, pour rassembler toutes les données dont nous disposons déjà sur ses amis et ses proches, et pour passer en revue toutes les cachettes que nous avons trouvées et éliminées. Regarde les choses en face : tu as besoin de moi pour arranger cet imbroglio avant de perdre encore plus d'argent. Combien te coûtent les descentes dans tes usines ? Dix millions par jour ? Plus ?

J'ai tenté le coup au sujet des descentes, mais à en juger par son silence au téléphone, j'ai visé juste.

— Julian, écoute-moi, dis-je sous le regard attentif de Sara et des jumeaux. Je peux neutraliser Henderson, et le faire vite. Tout ce qu'il me faut, c'est un endroit où rester pendant un moment et quelques ressources, et je prouverai que tu n'as rien à voir avec l'explosion. Dans un mois jour pour jour, tu auras retrouvé les bonnes grâces de l'Oncle Sam, et nous te ficherons la paix pour de bon. Ou tu peux essayer de te débrouiller seul et d'affronter toutes les forces de l'ordre qui s'en prendront à toi…

— Va te faire foutre, toi et ton équipe.

La fureur est perceptible dans la voix d'Esguerra.

— Tout ce bordel, c'est à cause de toi. Et tu sais quoi ? Je parie que si je te livre à l'Oncle Sam, toi et les autres « terroristes » de ton équipe, ça aidera grandement à réparer cette relation.

— Vraiment ? Tu en es sûr ?

C'est à mon tour de paraître vaguement moqueur.

— Un explosif dangereux – *ton* explosif – a été utilisé sur le sol américain contre *le FBI*. Chaque agence est impliquée, tous les bureaucrates, du haut de l'échelle jusqu'en bas. Crois-tu vraiment que tout sera oublié et pardonné si tu livres tes collègues conspirateurs ? Parce que c'est ce qu'ils croiront, tu sais que tu dénonces tes partenaires. À moins de révéler la culpabilité de Henderson et laver ton nom, tu es tout aussi fichu que nous.

Un long silence s'ensuit à l'autre bout de la ligne. Puis Esguerra déclare sèchement :

— Très bien. Je peux te donner un endroit où te cacher. J'ai un contact au Soudan. Quand tu arriveras…

— Le Soudan, ça ne conviendra pas, dis-je en lui coupant la parole. J'ai une autre idée en tête.

— Ah oui ?

— Ton complexe. Nous arrivons dans une heure.

Et avant qu'il puisse répondre, je raccroche.

CHAPITRE 52
SARA

La boule au ventre, je regarde Peter qui range calmement le téléphone dans sa poche avant de retourner dans la cabine du pilote – sans doute pour informer Anton que nous nous rendons au complexe d'Esguerra quoi qu'en pense le trafiquant d'armes.

— Tu sais qu'il va nous abattre dès notre arrivée, dit Yan lorsque Peter réapparaît une minute plus tard. Si tant est que le carburant dure jusque-là.

— Ça ira, répond Ilya avec assurance. Et il ne nous tuera pas. Tu as entendu Peter. Esguerra a besoin de nous pour régler ce bazar au plus vite.

— Oui, c'est ça, grommelle Yan en se dirigeant vers les toilettes au fond de l'avion.

Les jambes faibles, je rejoins la banquette pour m'asseoir.

Est-ce ainsi que nous allons mourir ?

Non pas par balle, mais dans un accident d'avion ?

Le siège s'enfonce à côté de moi et une grande main chaude se pose sur mon genou.

— Tout va bien se passer, ptichka, murmure Peter en levant son autre main pour écarter mes cheveux.

Ses doigts effleurent mon menton, dans un geste si doux que j'en pleurerais presque.

— Qu'est-ce que tu en sais ? je murmure.

Aussitôt, je m'en veux de me comporter comme un enfant en manque d'affection.

Évidemment, il n'en sait rien. Il dit cela pour me rassurer, c'est tout.

— Parce que je connais Julian, dit-il à mi-voix.

Ça fait des jours qu'il ne s'est pas rasé et son début de barbe accentue la lividité maladive de sa peau. Pourtant, il exsude toujours la même force et la même confiance en lui. Je sais que ce n'est sûrement qu'une façade, mais je ne peux m'empêcher d'être rassurée lorsqu'il m'embrasse le front, passant un bras puissant sur mes épaules pour m'attirer à lui contre son côté indemne.

— Tu devrais te reposer, je murmure au bout d'une minute.

Mon mari a beau être costaud, il n'est pas invincible. Il y a encore quelques jours, il était aux portes de la mort. Mais quand j'essaie de m'écarter, il resserre son étreinte et je cède en soupirant, posant ma tête sur son épaule.

Ça ne vaut pas la peine de se disputer.

Après tout, c'est peut-être notre dernière heure ensemble.

CHAPITRE 53
PETER

*L*e vent de queue commence à faiblir juste avant que nous amorcions notre descente. C'est une annonce laconique d'Anton qui nous l'apprend.

Je m'excuse et je me détache lentement des bras de Sara pour aller lui parler, content qu'il ait eu la prévenance de s'exprimer en russe.

Ma ptichka se fait déjà bien assez de soucis comme ça.

Ilya et Yan sont aussi dans le cockpit. Yan est accroupi à côté d'Anton, un ordinateur devant lui.

— Combien nous reste-t-il avant de tomber en panne ? je demande sans préambule.

— Pas beaucoup, dit Anton. Si la vitesse du vent ne descend pas trop, nous serons peut-être capables d'effectuer un atterrissage brutal – ou pas. Tout dépend de la capacité de cet avion à poursuivre sur sa lancée.

— Y a-t-il des pistes d'atterrissage à proximité ? demande Ilya. Une route large ferait l'affaire.

— Je ne trouve rien sur la carte, dit Yan.

Sur Google Maps, je vois qu'il zoome sur la forêt dense qui couvre toute la région.

— Nous sommes au bord de la jungle, il n'y a que des arbres, des rivières et des chemins de terre étroits.

Je réprime un terrible juron.

C'est mauvais signe.

Très mauvais signe.

S'il n'y avait que nous, je ne m'inquiéterais pas autant – certains ont survécu à des accidents d'avion –, mais même un atterrissage brutal pourrait être néfaste à Sara et au bébé.

— Que se passe-t-il ? dit-elle derrière moi.

Quand je me retourne, elle s'est avancée et regarde le tableau de bord d'un œil circonspect.

— Il est arrivé quelque chose ?

Personne ne répond. Même Yan n'a aucune remarque sarcastique à me faire.

— Rien, ptichka. Nous nous apprêtons à atterrir, dis-je.

Je la prends par la main et je la raccompagne hors du cockpit.

CHAPITRE 54
SARA

J'ai le ventre aussi malmené que des feuilles mortes dans une tempête d'hiver lorsque Peter me reconduit vers mon siège et m'attache, resserrant la ceinture sur mes cuisses, à tel point que j'ai du mal à respirer. Puis il rejoint la banquette en boitillant et en retire les coussins pour venir les lâcher devant moi, avant d'ouvrir un casier au-dessus des sièges, d'où il sort un sac marin.

— Que fais-tu ? dis-je d'une voix chevrotante. Peter, qu'est-ce que tu fais ?

Sans répondre, il sort une longue corde et un couteau. Récupérant l'un des coussins, il l'attache derrière le siège devant moi, à l'endroit précis que ma tête heurterait si l'avion venait à s'écraser, si je devais être précipitée en avant.

Puis il prend l'autre coussin et le cale sur ma gauche, entre mon siège et le hublot. Il le coince de sorte qu'il ne soit pas nécessaire d'utiliser la corde pour le maintenir en place.

— On va s'écraser ?

C'est une question ridicule, car de toute évidence, c'est exactement ce qui se passe, mais c'est plus fort que moi. J'ai envie qu'il me mente, qu'il me dise qu'il prend juste de simples précautions inutiles.

— Non, nous allons atterrir, répond-il comme s'il lisait dans mes pensées.

En même temps, il sangle le troisième coussin sur ma droite, m'arrimant à lui.

Je me trompais.

Je n'ai pas envie qu'il me mente.

J'ai envie qu'il me dise la vérité afin que je puisse paniquer pour de bon.

L'avion commence à piquer du nez et mon estomac suit le même chemin lorsque je ressens la dépressurisation de la cabine.

— Peter, dis-je d'une voix étonnamment assurée. S'il te plaît, assois-toi.

— Dans un moment, répond-il en disparaissant à l'arrière.

Yan et Ilya sortent de la cabine du pilote et prennent place sur leurs propres sièges.

Quelques secondes plus tard, Peter revient avec d'autres coussins. Sourd à mes protestations, il les enroule autour de moi en posant un autre, plus petit, sur le sommet de ma tête. Quand il a terminé, je ressemble à un marshmallow humain.

Ce n'est qu'à ce moment qu'il s'autorise à s'asseoir à côté de moi.

— Prends des coussins pour toi.

Je le supplie, mais il se contente d'attacher sa ceinture.

— S'il te plaît, Peter. Ou donnes-en à tes coéquipiers. Pourquoi faut-il que je les garde tous ? S'il te plaît, écoute-moi...

— Ne l'écoute pas, Peter, dit Ilya d'un ton bourru de l'autre côté de l'allée. Ça va aller.

— Mais...

— Détends-toi, Sara, ajoute Yan avec sérénité. Mon frère a raison. Et puis, le rembourrage ne servira à rien.

Peter aboie quelque chose en russe – sans doute lui reproche-t-il de m'avoir effrayée sans raison. Je sens mes oreilles se boucher tandis que notre descente s'accélère.

— Sept minutes avant l'atterrissage, annonce Anton dans l'interphone.

Peter se penche sur la tablette entre nos sièges et glisse la main à travers les nombreux coussins pour prendre la mienne. Sa poigne est aussi forte que d'habitude, mais ses doigts sont froids lorsqu'ils se referment autour de ma paume.

— Six minutes, dit Ilya.

L'avion penche sur la gauche et j'aperçois la forêt luxuriante en contrebas.

Au loin, je distingue un vaste espace dégagé bordé de petits bâtiments et d'un grand édifice blanc, mais lorsque l'avion penche sur la droite, je ne vois plus que le ciel.

Un crachotement interrompt le ronronnement régulier des moteurs. On dirait qu'un géant se racle la gorge.

Je retiens ma respiration et mes yeux se tournent vers Peter.

Son visage est livide, sa mâchoire crispée en une ligne brutale, mais sa poigne sur ma main demeure inébranlable et rassurante.

Les moteurs reprennent leur murmure et je prends l'inspiration dont j'avais tant besoin. Des sueurs froides coulent sous mes aisselles et les coussins me donnent l'impression de suffoquer.

— Cinq minutes, dit alors Ilya d'une voix rauque. Encore un peu et il pourra déployer le train d'atterrissage sans foutre en l'air notre trajectoire de descente.

Les moteurs crachotent à nouveau avant de redémarrer.

L'avion penche sur la droite et je me force à jeter un œil par le hublot.

L'ensemble de bâtiments – le complexe d'Esguerra, vraisemblablement – est presque en dessous et je constate que le grand édifice blanc est un manoir majestueux. Je remarque aussi ce qui ressemble à des tours de guet, comme celles d'une prison, au bord de l'espace dégagé.

— Quatre minutes, dit Ilya.

Je repère notre destination : une piste goudronnée à bonne distance du manoir, entourée de toute part par une forêt dense.

Une fois de plus, les moteurs crachotent.

— Trois minutes, dit Ilya d'une voix blanche alors que le train d'atterrissage commence à se déplier dans un grincement.

Avec un dernier soubresaut, les moteurs se taisent et le grincement cesse.

Nous sommes en panne de carburant.

— Ptichka.

La voix de Peter est étrangement calme lorsque mon regard terrifié croise le sien.

— Je t'aime. Maintenant, prépare-toi.

CHAPITRE 55
SARA

J'ai toujours cru que les avions aux moteurs défaillants tombaient du ciel comme des oiseaux abattus en plein vol. Mais alors que je regarde Peter, paralysée de terreur, je ne ressens aucune chute libre.

J'ignore comment, mais nous descendons toujours progressivement.

— Sara, dit-il vivement. Penche-toi et serre tes genoux. Maintenant.

Mes membres pétrifiés obtempèrent. Du coin de l'œil, je vois qu'il adopte la même position.

Oh, mon Dieu.

C'est maintenant.

C'est bien réel.

Nous allons nous écraser.

Nous allons mourir.

Mon souffle rapide est aussi retentissant qu'une tornade à mes oreilles, ma main droite glissante de sueur quand je la pousse à travers les coussins pour toucher le bras de Peter.

J'ai besoin de le toucher.

J'ai besoin de savoir que nous restons connectés jusqu'à la fin.

Puis sa grande main se referme à nouveau autour de ma paume et, pendant une fraction de seconde, je n'ai besoin de rien d'autre. L'éclat de joie est aussi intense que la panique qui me consume, l'élan d'amour si puissant qu'il surmonte la peur de ma mort imminente.

— Je t'aime, dis-je à mi-voix en tournant la tête pour croiser son regard argenté. Je t'aimerai toujours, Peter… dans ce monde et l'au-delà.

Le premier impact me fait l'effet d'un rodéo sur un cheval sauvage. L'avion percute si violemment le sol qu'il rebondit deux fois, chaque secousse presque aussi forte que la suivante. Seule la ceinture sur mes cuisses m'empêche de décoller du siège. Mon épaule gauche percute violemment le coussin de la banquette lorsque l'avion oscille dangereusement sur un côté avant de retrouver son équilibre.

Je me rends compte que le train d'atterrissage ne s'est pas déplié en entier quand le crissement insupportable du métal sur le tarmac me transperce les oreilles par-dessus le cognement assourdissant de mon pouls. Miraculeusement, nous ralentissons.

Nous sommes sur la terre ferme et nous ralentissons.

Je comprends lentement, et ce n'est que lorsque nous sommes complètement arrêtés que j'en prends pleinement conscience.

Nous avons survécu.

Nous sommes tombés en panne de carburant, mais nous avons tout de même atterri.

À bout de souffle, je me redresse et j'ouvre les yeux – j'ai dû les fermer pendant l'atterrissage. Je vois Peter déjà bien droit. Une ride soucieuse barre son front. Ses joues que recouvre un début de barbe sont tendues quand il libère sa main de mes doigts aux jointures blanches.

Il détache sa ceinture, se lève et me débarrasse prestement des coussins avant de me tâter des pieds à la tête.

— Tout va bien ? demande-t-il fiévreusement.

J'acquiesce et il m'attire contre lui, me serrant si fort que je n'arrive plus à respirer. De toute façon, c'est inutile, parce que je n'ai besoin de rien d'autre. Sa chaleur imprègne mon corps glacé, son odeur rassurante m'enveloppe. L'oreille collée contre son torse puissant, j'entends battre son cœur à l'unisson avec le mien.

Nous avons réussi.

Nous sommes ensemble et nous sommes en vie.

CHAPITRE 56
PETER

Si je m'écoutais, je garderais Sara dans mes bras éternellement, baignant dans sa chaleur et son parfum, mais nous devons maintenant affronter notre hôte récalcitrant.

À contrecœur, je la relâche et je recule. Ilya et Yan sont déjà près de la porte et l'ouvrent avant de déplier la passerelle. Aussitôt, je vais les aider.

Bien sûr, à l'extérieur, nous sommes accueillis par tout un régiment de gardes armés. Ils ont encerclé notre avion. Derrière eux j'aperçois une vingtaine de SUV en renfort, et une dizaine d'autres arrivent encore.

— Reste ici jusqu'à ce que je vienne te chercher, dis-je à Sara par-dessus mon épaule.

Puis je sors dans la chaleur moite de la jungle, prêt à me faire fusiller sur place.

Ce n'est pas parce qu'Esguerra nous a permis d'atterrir qu'il souhaite nous laisser la vie sauve. Il cherchait peut-être uniquement à ne pas faire sauter notre avion.

On ne me tire aucune balle, mais je ne dois pas me détendre. Je descends les marches lentement. L'adrénaline m'aide à ne pas boiter.

— Je ne suis pas armé, dis-je lorsque les gardes les plus proches lèvent leurs M16.

Ils doivent être nouveaux. Leurs visages me sont inconnus. Ils n'étaient pas là quand je travaillais pour Esguerra.

— Dites à votre patron que je suis ici pour le voir.

— C'est vrai ? demande alors Esguerra en contournant un groupe de gardes. Quelle coïncidence. Parce que j'aurais juré que votre avion venait de s'écraser… comme si vous étiez à court de carburant.

— Oui, eh bien, ce sont des choses qui arrivent. Une fuite à la dernière minute, ce genre d'emmerdes.

Il secoue la tête en feignant la compassion.

— Tu devrais virer ton mécanicien en chef. Un réservoir qui fuit, c'est dangereux.

— N'est-ce pas ?

Mon sourire est aussi affûté que le couteau caché dans ma chaussure. Contrairement à ce que j'ai dit, je ne suis jamais tout à fait désarmé.

— Mais tout est bien qui finit bien. Nous sommes ici maintenant. Si nous remettions les pourquoi à plus tard pour nous concentrer sur ce qui nous occupe – retrouver Henderson et démêler cette situation le plus rapidement possible.

Les yeux d'Esguerra deviennent deux fentes bleues. Pendant un moment je suis certain qu'il va me tuer, mais le sens des affaires doit prendre le dessus, parce qu'il me répond froidement :

— Très bien. Tu as deux semaines pour arranger ce merdier. Diego va vous conduire dans votre logement, ton équipe et toi.

Il tourne les talons pour partir et je m'autorise à expulser l'air que je retenais dans mes poumons.

Nous sommes loin d'être hors de danger, mais nous venons de gagner un peu de temps.

PARTIE IV

CHAPITRE 57
HENDERSON

— Plus vite ! j'aboie à Jimmy qui traîne sa valise dans la voiture avec tout l'ennui qui caractérise l'adolescence.

Bonnie et Amber, ma fille de dix-huit ans, sont déjà dans le véhicule. Elles attendent avec angoisse.

Contrairement à mon crétin de fils, elles comprennent la gravité de la situation. Elles savent que si Sokolov et ses cohortes nous retrouvent, nous subirons tous un sort plus tragique que la mort.

La défaite est amère sur ma langue lorsque je monte en voiture et claque la portière. D'après mes sources, Sokolov a rejoint à son tour le complexe d'Esguerra, ce qui signifie que mes ennemis sont non seulement regroupés, mais qu'ils forment aussi une équipe.

Nous devons reprendre la fuite.

Nous devons nous cacher.

Du moins, jusqu'à ce que je trouve un autre moyen de les avoir.

CHAPITRE 58
SARA

Je me réveille en sursaut en entendant les pleurs d'un bébé, combinés à des voix de femmes qui essaient de le calmer.

Ouvrant les yeux, je me redresse en m'efforçant de mettre mon cerveau au travail pour comprendre où je suis. Quand je regarde la chambre simple aux murs blancs et à la moquette grise, tout me revient.

Nous sommes en Colombie, chez le trafiquant d'armes.

Plus précisément, nous sommes dans la maison où Diego – un jeune garde que Peter semblait connaître – nous a conduits hier. Je soupçonne notre hôte de nous l'avoir proposée par égard pour moi. Yan, Ilya et Anton ont rejoint les gardes dans leurs baraquements, mais Esguerra a dû estimer que ce serait étrange pour un couple marié de s'entasser dans un dortoir avec d'autres hommes.

Je m'en réjouis. J'aime l'intimité. En outre, la maison est agréable – propre et moderne, même si l'ameublement est sommaire. J'ai même trouvé des vêtements dans le placard et visiblement, ils sont à ma taille – un détail d'importance, étant donné que je n'ai que le jean et le pull que je portais en arrivant.

— Ce n'était pas la résidence de Kent ? Où séjourne-t-il ? a demandé Peter quand nous sommes arrivés.

Diego lui a expliqué que Lucas et Yulia Kent étaient dans la maison principale avec les Esguerra – pour des raisons de sécurité et de facilitation de leurs réunions d'affaires.

Les pleurs semblent provenir de l'extérieur et je me lève en enfilant une robe de chambre que j'ai trouvée dans le placard hier. Je m'approche de la fenêtre de la chambre et je jette un œil à travers les stores fermés.

Deux jeunes femmes brunes sont accroupies au-dessus d'un bébé, étendu sur la pelouse verte devant la maison. Elles changent la couche de l'enfant et le bébé hurle comme si c'était la pire torture au monde.

Qui est-ce ?

Et où est Peter ?

À en juger par le soleil éclatant, c'est déjà le matin – étant donné que je me suis assoupie quelques heures après notre arrivée la veille, j'ai dû dormir environ seize heures.

Mon corps devait avoir besoin de repos après tout le stress.

Par réflexe, je pose la main sur mon ventre. Il est toujours plat et aucun signe de vie n'est manifeste à l'intérieur, mais je sais qu'il est là. Je le sens.

Mon propre bébé.

Dans quelques mois, moi aussi je changerai des couches.

Si tant est que nous soyons toujours en vie, naturellement.

La gorge nouée, je m'écarte de la fenêtre. Pendant un moment, j'avais presque oublié la nature précaire de notre situation – et ce qui nous a conduits jusqu'ici.

Le vacarme de l'hélicoptère au milieu de la fusillade. Mes efforts pour faire repartir le cœur de papa. Le visage de maman, une partie du crâne arrachée…

J'étouffe un cri et tombe à genoux. Mon cœur bat la chamade tandis que tout mon corps se couvre d'une sueur froide. Pendant une seconde, j'ai eu l'impression de revenir en arrière. Le souvenir était si vivace que j'ai presque senti l'odeur métallique du sang qui giclait sur mon visage.

Oh, mon Dieu.

Je ne peux pas faire ça.

Je ne peux pas penser à ça.

Toute tremblante, je me relève et je rejoins la salle de bain adjacente d'une démarche vacillante. Là, je fais couler de l'eau brûlante et j'entre sous la douche, laissant la chaleur faire fondre la glace en moi.

Un jour, je serai capable de penser à mes parents, mais pas maintenant.

Ce ne sera pas avant très, très longtemps.

———————

La sonnette retentit lorsque j'arrive dans le salon, vêtue d'un short en jean et d'un tee-shirt que j'ai trouvés dans le placard. Ils me vont à merveille. Comme Peter a dit que c'était la maison de Kent autrefois, j'en déduis que ce sont les vêtements de Yulia.

J'espère qu'elle ne m'en voudra pas de les avoir empruntés.

La sonnerie se fait à nouveau entendre.

— Peter ? je lance en regardant autour de moi.

Mais il ne répond pas. Il doit être sorti.

Avec une inspiration, je vais ouvrir la porte d'entrée.

Ce sont les deux jeunes femmes que j'ai vues tout à l'heure, avec le bébé assoupi dans une poussette. Elles semblent avoir une petite vingtaine d'années et elles portent des robes d'été et des sandales. L'une est menue et d'une beauté saisissante, avec une épaisse chevelure brillante qui descend sur ses épaules et un gabarit mince et athlétique, tandis que l'autre a les joues rondes, un sourire éclatant et une silhouette pulpeuse. À ma grande surprise, j'ai l'impression de les connaître.

Les aurais-je déjà vues quelque part ?

— Bonjour, me dit la plus petite en me dévisageant d'un drôle d'air.

Ses yeux sont immenses et foncés sur son visage aux traits délicats.

— Tu dois être la femme de Peter. Je suis Nora Esguerra.

Ce prénom aussi me dit quelque chose – mis à part le nom de famille Esguerra qui m'est désormais familier.

— Et moi, je suis Rosa Martinez, dit l'autre fille avec un léger accent espagnol.

À l'instar de Nora, elle me regarde comme si j'étais un animal exotique. Je me rends compte que son nom ne m'est pas non plus inconnu.

C'est sûr, nous nous sommes déjà rencontrées. Mais où ?

— Bonjour, dis-je lentement alors qu'un souvenir commence à me titiller.

Ça remonte à des années, quand je travaillais à la clinique…

— Je m'appelle Sara Cobakis, enfin, Sokolov.

Ou Garin, ou quel que soit le nom que Peter nous fera endosser par la suite.

— Et tu es médecin, c'est ça ? demande Nora en penchant la tête. Je ne sais pas si tu t'en souviens, mais…

— Tu étais l'une de mes patientes ! je m'exclame dès que la mémoire me revient.

Mon regard se pose sur Rosa et je redouble de stupeur.

— Toutes les deux.

À présent, je m'en souviens bien. C'était il y a des années, peu après l'accident de George. J'ai été appelée aux urgences pour soigner deux jeunes femmes qui avaient été agressées dans une boîte de nuit. L'une d'elles, Rosa, avait été violée, tandis que l'autre, Nora, avait subi une fausse couche en essayant de défendre son amie.

Le mari de Nora était là aussi, un bel homme qui semblait sur le point d'assassiner tout le monde autour de sa jeune épouse.

Était-ce Julian Esguerra ?

Ai-je déjà rencontré l'homme dont j'ai tellement entendu parler ?

Nora esquisse un sourire.

— Tu as bonne mémoire. Je suis sûre que tu as dû soigner des milliers de patientes au fil des années.

— Je… oui, mais…

Je me rends compte que je les laisse dehors comme des vendeuses en porte-à-porte et je recule pour les inviter à entrer.

— Je vous en prie. Vous devez avoir chaud.

— Merci, dit Nora en entrant.

Rosa la suit avec la poussette.

— C'est ton bébé ? je demande à Rosa, qui sourit en secouant la tête.

— C'est la fille de Nora.

— Oh, oui, voici Lizzie.

Nora repousse la capote de la poussette et se penche pour prendre dans ses bras le bébé endormi. Elle la pose doucement contre son épaule et me regarde, tout sourire.

— Elle a cinq mois.

— Félicitations, dis-je avec douceur.

Je me rappelle à quel point elle était dévastée à l'hôpital, soucieuse pour son amie. Quant à Rosa… difficile de croire que la fille tuméfiée que j'ai soignée ce soir-là n'est autre que la femme aux yeux rieurs qui se tient devant moi. Sans la présence de Nora, il m'aurait sans doute fallu plus de temps pour la reconnaître. La moitié du visage de Rosa était enflée et tachée de sang coagulé la dernière fois que je l'ai vue.

— Merci.

Le sourire de Nora faiblit légèrement avant de revenir en force.

— Ce trésor est tout notre univers. C'est pour ça que j'ai dit à Julian que nous devons vous accueillir, même s'il est furieux à cause de Henderson.

Je la regarde en clignant des paupières.

— Quoi ?

Sans subtilité, Rosa décoche un petit coup de pied à Nora et lui dit quelque chose dans un espagnol au débit rapide.

— Je suis sûre qu'elle est au courant pour Henderson, répond Nora en fronçant les sourcils avant de se tourner vers moi. Tu connais le problème Henderson, n'est-ce pas ?

— Oui, évidemment. Mais je me demande quel est le rapport entre ta fille et notre accueil ici.

— Oh…

Nora semble soulagée.

— Peter ne te l'a pas dit ?

Comme je ne réagis pas, elle explique :

— Ton mari nous a rendu un grand service il y a quelques mois. Il a peut-être même sauvé Lizzie des griffes d'un homme terrible.

— Et toi aussi, ajoute Rosa.

Nora acquiesce.

— Oui, moi aussi. Et la vie de Julian, même s'il refuse de l'admettre.

— Oh, je vois.

Ce doit être la faveur qu'a mentionnée Peter – celle qui lui a valu l'amnistie. J'ai envie de poser un million de questions à ce sujet et bien d'autres, mais je dois d'abord les accueillir comme il se doit.

— Voulez-vous boire ou manger quelque chose ? je propose. Je crois que Peter a rempli le réfrigérateur hier…

— Non, merci, répond Nora en allant s'asseoir sur le canapé.

— Un verre d'eau pour moi, s'il te plaît, dit Rosa lorsque je la regarde.

Ravie d'avoir quelque chose à faire, j'entre dans la cuisine et je remplis deux verres d'eau filtrée du réfrigérateur – un pour moi et un pour Rosa. Comme le reste de la maison, la cuisine est propre et moderne, tout en restant modeste. J'imagine bien Lucas Kent se sentir chez lui ici. Il me semble que l'esthétique minimaliste de la maison devait lui plaire.

— Alors, comment vous êtes-vous rencontrés, Peter et toi ? demande Nora quand je reviens dans le salon et tends à Rosa son verre d'eau.

Maintenant, elle est assise sur le canapé à côté de Nora, et Lizzie est de nouveau dans sa poussette, paisiblement endormie.

Elle a dû s'épuiser en pleurant tout à l'heure.

— C'est une longue histoire, dis-je en réponse à la question de Nora, en m'asseyant sur un fauteuil en face d'elles. Qu'en est-il de ton mari et toi ? Et qu'est-ce qui vous amenait à Chicago cette fois-là ? Êtes-vous originaires de la région ?

Je ne suis pas certaine d'avoir envie d'entrer dans les détails de ma rencontre avec Peter. Même si ces jeunes femmes ont l'air gentilles, je n'oublie pas qu'elles sont du côté de notre hôte – un homme qui, sans être l'ennemi de Peter, n'est clairement pas son ami.

— Mes parents vivent à Oak Lawn, me dit Nora. Alors, oui, je suis originaire de la région de Chicago. Et toi, tu es de Homer Glen, c'est ça ?

— Oui. Waouh, quelle coïncidence.

Oak Lawn est à moins d'une heure de route de Homer Glen.

La femme d'Esguerra et moi étions pratiquement voisines.

Nora sourit.

— Je sais, n'est-ce pas ? C'est fou. Quant à ma rencontre avec Julian, c'était en boîte de nuit à Chicago. Il était dans le coin pour affaires et je sortais avec des amis pour fêter mon dix-huitième anniversaire. Quelques semaines plus tard, il m'a kidnappée et…

Je manque recracher l'eau que j'ai commencé à boire.

— Il a *quoi* ?

— Ce n'est pas aussi terrible que ça en a l'air, dit Nora en secouant la tête, un sourire aux lèvres. Oh, qu'est-ce que je raconte ? Si, c'était terrible. Mais nous sommes heureux maintenant, alors c'est tout ce qui compte. Et toi ? Comment as-tu rencontré Peter ?

— Oui, comment ? insiste Rosa.

Je sens autre chose qu'une simple curiosité dans ses yeux brillants.

Je lui renvoie son regard. Quelque chose me trotte dans la tête, un détail important… C'est alors que ça me revient.

Bien sûr.

Comment ai-je pu oublier ?

Je me tourne vers Nora et je dis sur un ton détaché :

— Tu sais déjà comment nous nous sommes rencontrés. En tout cas, tu devrais… parce que c'est toi qui as fourni à Peter sa liste.

CHAPITRE 59
PETER

$\mathcal{C}$'est fou les miracles qu'une bonne nuit de sommeil peut accomplir. J'ai toujours mal sous les côtes quand je bouge, mon mollet et mon bras m'élancent régulièrement, mais je me sens infiniment mieux lorsque je prends place de l'autre côté de la table en face de Kent et d'Esguerra.

Ilya, Yan et Anton me rejoignent et je souris à la femme replète d'un certain âge qui nous apporte un plateau garni de fruits coupés en morceaux et de biscuits.

C'est une amélioration par rapport aux anciennes réunions d'Esguerra, car d'après mes souvenirs, il ne nous offrait pas de collation.

— Merci, Ana, dis-je lorsqu'elle pose le plateau au centre de la table ovale.

La gouvernante m'adresse un grand sourire, contente que je me souvienne d'elle. Je n'avais pas beaucoup d'interactions avec elle quand je travaillais pour Esguerra, mais j'ai une bonne mémoire des noms.

— Bienvenue parmi nous, Señor Sokolov, dit-elle avec un accent espagnol perceptible. C'est bon de vous revoir.

— De même, dis-je avant qu'elle quitte la pièce.

Mon sourire disparaît et je reporte mon attention vers les deux hommes assis en face de moi. Aucun ne semble particulièrement réjoui d'être ici, et je les comprends.

D'après nos pirates informatiques, une descente a eu lieu dans les bureaux d'Esguerra à Hong Kong hier soir.

Sans prêter attention à l'atmosphère tendue, Ilya tend la main pour prendre un biscuit.

— C'est bon, dit-il après l'avoir goûté.

Anton l'imite, s'emparant d'un biscuit et d'une grappe de raisins. Esguerra les regarde froidement, puis il se tourne vers moi.

— Bon… Henderson.

— Oui.

Je pousse un épais dossier sur la table dans sa direction.

— C'est tout ce que nous avons au sujet de ce connard. Je t'enverrai aussi les dossiers par email, au cas où vous voudriez analyser les données.

— Je suppose que tu l'as déjà fait ? demande Kent.

J'acquiesce.

— Une dizaine de fois.

— Et ? insiste Kent.

Je hausse les épaules.

— Rien de très concluant pour le moment. Mais j'ai quelques idées.

Alors qu'Esguerra se penche en avant, je fais taire mes dernières réticences et je lui expose mon plan.

Si Henderson a cru que nous étions en guerre jusqu'à présent, il se trompait.

Maintenant, c'est la guerre – et avant que ce soit terminé, il capitulera et implorera le pardon.

CHAPITRE 60
SARA

$\mathcal{D}$evant mon ton accusateur, Nora tressaille, mais elle ne détourne pas le regard.

— Alors, tu es au courant pour la liste. Quand j'ai lu ton nom dans les papiers, je me suis demandé si c'était ce qui vous avait réunis.

— Tu veux dire que tu t'es demandé si c'est à cause de toi qu'il a fait irruption chez moi pour me soutirer par la torture des informations sur mon premier mari, décédé depuis ? je demande avec sarcasme.

Une fois de plus, Nora fait la grimace.

— C'est ce qui s'est passé ? J'espérais que Peter t'aurait épargnée, ou du moins…

Elle baisse les yeux et ajoute :

— Peu importe.

— Elle a voulu te contacter, tu sais, dit Rosa en se penchant. Quand nous avons compris qui tu étais, Nora a voulu prendre contact avec toi pour t'avertir à propos de Peter.

Je dévisage la femme d'Esguerra.

— C'est vrai ?

Cela n'aurait pas aidé George – Peter aurait fini par le retrouver quoi qu'il arrive –, mais si j'avais été prévenue, je ne me serais peut-être pas laissé prendre par surprise dans ma cuisine ce soir-là.

J'aurais peut-être accepté de me cacher, comme les fédéraux le voulaient. Peter aurait trouvé un autre moyen d'abattre George.

Mon tourmenteur et moi, nous ne nous serions peut-être jamais rencontrés.

Mon cœur se serre à cette idée, et à ma grande stupeur, je me rends compte que ce n'est pas ce que j'aurais voulu.

Même après tout ce qui s'est passé, tout ce que j'ai perdu, si j'avais une machine à remonter le temps et si je pouvais réécrire l'histoire par magie, je ne le ferais pas.

Je choisirais ce même ici et ce même maintenant avec Peter, plus que toute autre vie sans lui.

— Oui, mais je ne l'ai pas fait.

Nora lève les yeux, la mine sombre.

— Je suis désolée, Sara. J'ai vu le nom de ton mari sur la liste quand je l'ai envoyée à Peter. Ensuite, à l'hôpital, je savais bien que le nom sur ton badge me disait quelque chose, mais je n'ai fait le rapprochement que plus tard. Et quand je l'ai fait…

Elle s'interrompt pour prendre une vive inspiration.

— Bon, ça n'a plus aucune importance maintenant.

— Si, c'est important, dit Rosa.

Ses yeux marron étincellent.

— Elle ne l'a pas fait parce que son mari l'en a empêchée.

— Rosa… commence Nora.

Mais son amie lui pose une main sur le genou.

— Non, laisse-moi terminer, répond-elle en se tournant franchement vers moi. Si tu dois accuser quelqu'un, Sara, alors c'est moi. J'ai dit au Señor Esguerra ce que Nora avait l'intention de faire et il s'est assuré qu'elle ne mette pas son plan à exécution.

Je cligne des yeux.

— Vraiment ? Pourquoi ?

Je ne leur en veux pas de ne pas m'avoir prévenue – évidemment, elles ne me devaient aucun service –, mais je ne comprends pas pourquoi Rosa est intervenue.

— Parce que Peter Sokolov est un homme dangereux, déclare-t-elle résolument. Peut-être aussi dangereux que Señor Esguerra lui-même. Et après tout ce que Nora avait traversé, la dernière chose dont elle avait besoin, c'était qu'il s'en prenne à elle et au Señor Esguerra si elle était intervenue. Ton mari était obsédé par cette liste. Il aurait anéanti tous ceux qui lui barraient la route vers la vengeance.

— Oui, je le sais, dis-je amèrement. J'étais là.

C'est au tour de Rosa de détourner le regard.

— Alors, comment se fait-il que tu l'aies épousé en fin de compte ? demande Nora en me regardant d'un air grave.

Sans ses grands yeux noirs, avec sa silhouette menue et sa peau de bébé, on pourrait la prendre pour une adolescente. Mais son regard la trahit.

C'est le regard d'une femme – une femme qui a connu son lot de souffrances.

Elle m'a dit que son mari l'avait enlevée quand elle avait dix-huit ans. Comment a-t-elle vécu cette épreuve ? Moi, j'avais vingt-huit ans quand Peter est entré dans ma vie et j'ai eu beaucoup de mal à gérer la complexité émotionnelle de notre relation malsaine. Comment cette fille a-t-elle fait à son âge ?

Comment a-t-elle survécu à un homme qui, comme tout porte à le croire, est le diable incarné ?

— De la même manière que ton mari et toi, j'imagine, dis-je sous son regard insistant rempli de questions. Au début, je détestais Peter, et avec le temps, les choses ont… évolué. Après m'avoir soutiré l'endroit où il pourrait trouver George, Peter l'a tué et il a disparu, puis il est revenu me chercher.

Je pourrais lui raconter toute l'histoire sordide, mais ce n'est pas nécessaire. Elle comprend, je le vois dans ses yeux.

— Je suis désolée, Sara, pour mon rôle dans ton malheur, dit-elle à mi-voix. J'espère que tu me pardonneras un jour. Et pour ce que ça vaut, parfois il faut plonger dans les ténèbres pour trouver la plus éclatante des lumières. C'est ce qui s'est passé dans mon cas.

Je souris, sur le point de lui dire qu'il n'y a rien à pardonner, quand le bébé commence à s'agiter. Rosa bondit et rejoint la poussette, manifestement satisfaite d'avoir quelque chose à faire. Nora se lève à son tour.

— On va y aller, te laisser t'installer, dit-elle alors que Rosa prend le bébé dans ses bras et apaise ses pleurs en la berçant doucement. Si tu as besoin de quoi que ce soit, vraiment tout ce que tu veux, nous ne sommes pas loin, dans la maison principale.

— Merci. Tu as déjà été plus que généreuse, lui dis-je.

Je le pense. Je viens à peine de prendre conscience que c'est *elle* qui a convaincu son mari de nous héberger. Sa remarque était tellement désinvolte qu'elle a bien failli m'échapper.

Après tout, Esguerra ne nous aurait peut-être pas laissé atterrir sans cela !

Nous devons peut-être nos vies à cette jeune femme.

— C'était un plaisir de te revoir, Sara, dit Rosa.

Elle me fait un grand sourire et remet Lizzie à sa mère. Le bébé s'est calmé. Je lui rends son sourire, mais mon regard est attiré par la fillette.

— Tu aimerais la tenir ? demande gentiment Nora.

J'accepte avec joie. Un fourmillement presque électrique me traverse quand je prends sa fille dans mes bras.

Elle est douce, tiède comme un petit coussin moelleux. Je la pose contre mon épaule comme j'ai vu Nora le faire. Le bébé tourne la tête et lève vers moi ses immenses yeux bleus.

— Elle est magnifique, je murmure avec admiration.

C'est la vérité. Sa petite tête est couverte de cheveux noirs soyeux et sa peau délicate et lisse est d'une adorable teinte claire et dorée. Tous les bébés sont censés être beaux, mais elle… Je sais déjà qu'elle brisera des cœurs.

Comment sera mon enfant ?

Aura-t-il ou aura-t-elle les mêmes traits que Peter ?

— Elle t'aime bien, constate Nora. Tu as vu comme elle te regarde ? Elle est fascinée.

Je détache mes yeux de la petite créature dans mes bras pour me concentrer sur sa mère.

— Ta fille est merveilleuse, dis-je à Nora en toute sincérité.

Elle sourit.

— C'est aussi notre avis, à Julian et moi, mais nous ne sommes pas objectifs.

— Moi aussi, je le pense, dit Rosa avec un grand sourire. Mais je suis peut-être partiale.

— As-tu des enfants ? je demande.

Elle secoue la tête. Son sourire se dissipe.

— Non, malheureusement.

Elle s'approche de moi et tend les bras vers le bébé.

— Viens ici, Lizzie, ma belle. Tu veux être avec Tante Rosa, n'est-ce pas ?

Je ne suis pas encore prête à laisser partir la petite, mais je n'ai pas le choix. Lizzie rejoint les bras de Rosa avec un joyeux gargouillis. Aussitôt, mon épaule me semble froide et vide. Curieusement, mon cœur se serre.

Ce doit être l'effet du désir d'enfant – un véritable désir. J'ai déjà tenu des bébés auparavant, et ça m'a plu, mais je n'avais encore jamais rien ressenti de tel.

C'est peut-être parce que je suis enceinte. La nature me prépare à devenir mère, libérant les hormones nécessaires pour s'assurer que j'accueille mon enfant quand il naîtra.

Par réflexe, je pose ma main sur mon ventre en regardant Rosa qui allonge le bébé dans la poussette.

Quand je lève les yeux, Nora me dévisage. À son regard, je vois qu'elle a compris.

— Tu en es à combien ? demande-t-elle avec douceur.

Rosa étouffe un cri et fait volte-face pour me regarder.

— Tu es enceinte ?

Je me mords la lèvre. C'est encore trop tôt pour en parler à tout le monde, mais il est inutile de le nier. J'avoue :

— Oui, de six semaines.

— Waouh, félicitations, s'exclame Rosa en fixant mon ventre du regard.

— Oui, félicitations, ajoute Nora avec un sourire plein de chaleur. Je suis très heureuse pour Peter et toi.

— Merci, dis-je en lui rendant son sourire.

Mon ancienne vie est terminée, mais peut-être est-ce le début d'une nouvelle existence, avec de nouvelles amitiés.

Avec le temps, je retrouverai peut-être une part de ce que j'ai perdu.

CHAPITRE 61
PETER

Je suis proche de la maison quand la porte s'ouvre. Une femme menue aux cheveux noirs recule en tirant une poussette. Elle dit :

— ... et comme le docteur Goldberg n'est pas obstétricien, il n'a pas de machine à ultra-sons. Julian en a commandé une quand j'étais enceinte. Alors, il peut s'assurer que le bébé va bien.

Elle se retourne et s'arrête net.

— Oh, bonjour, Peter.

— Salut, Nora, dis-je.

Puis j'aperçois son amie, la jeune femme de chambre, debout derrière elle dans l'encadrement de la porte en compagnie de Sara.

— Bonjour, Rosa, dis-je avant de reporter mon attention sur la seule personne qui compte à mes yeux. Ptichka, tu vas bien ?

Sara hoche la tête.

— Très bien. Nora me parlait de son médecin à domicile, au cas où j'aie besoin de vérifier mon état de santé. Mais je ne pense pas que…

— C'est une excellente idée, dis-je avec conviction. Fais-le venir en consultation aujourd'hui.

J'ai rencontré Goldberg lors de mon précédent séjour. Bien sûr, j'aurais préféré que Sara soit examinée par un obstétricien, mais le chirurgien traumatologue d'Esguerra est excellent.

— D'accord, dit Sara. Ce serait bien que tu le consultes aussi.

— Si tu veux, dis-je en haussant les épaules.

Quand nous sommes arrivés hier, elle a changé tous mes bandages et a renouvelé mes points de suture. J'ai une confiance absolue dans son travail, mais si elle préfère qu'un autre médecin m'examine, pourquoi pas.

Tant que ma femme est sereine et satisfaite.

Nora se racle la gorge et je me rends compte que j'ai complètement oublié sa présence et celle de Rosa.

— Excusez-moi, dis-je en reculant pour leur laisser la place.

Lorsque la poussette passe à côté de moi, j'aperçois un petit visage aux yeux d'un bleu éclatant.

Lizzie Esguerra.

Mon cœur se serre et je ressens une vive douleur. Seigneur, comme Pasha me manque. Après tout ce temps, son absence me frappe toujours avec la force d'un boulet de démolition. Savoir qu'il n'est plus là, que le bébé aux adorables fossettes qui est devenu un petit garçon intelligent ne grandira jamais, n'aura jamais d'enfants à lui. Rien ne peut remplir ce trou béant, et pourtant dès que mon regard se pose sur Sara, je sens la majeure partie de ma douleur s'estomper. Une chaleur réconfortante succède aux griffes de la souffrance insoutenable.

Je ne tiendrai plus jamais Pasha dans mes bras, mais je câlinerai mon enfant avec Sara. Je l'imagine déjà. Si c'est une fille, elle sera douce et gracieuse comme une ballerine, et si c'est un garçon… eh bien, ce ne sera pas Pasha, mais je l'aimerai tout autant.

— Encore merci, lance Sara en saluant Nora et Rosa de la main.

Les deux femmes s'éloignent sur la route en direction du manoir d'Esguerra. Elles la saluent en souriant avant que j'entre dans la maison et referme la porte derrière moi.

CHAPITRE 62
HENDERSON

Je me frotte le cou tout en regardant le paysage verglacé par la fenêtre.

Le chalet est coupé du monde, loin des hordes de touristes qui envahissent l'Islande en espérant apercevoir des aurores boréales.

Mes ennemis ne nous trouveront pas ici, et pourtant je sais qu'ils s'y emploieront de toutes leurs forces. Pour l'heure, ma famille et moi sommes à l'abri, mais je ne me fais aucune illusion. Nous ne resterons pas très longtemps.

Bientôt, nous devrons fuir, nous cacher à nouveau.

À moins que je parvienne à faire tomber Sokolov et ses alliés, bien sûr.

Mon nouveau plan est risqué – c'est même de la folie –, mais je ne vois aucun autre moyen. Ils ne cesseront jamais de me traquer, et tôt ou tard, nous n'aurons nulle part où aller.

La bonne nouvelle, c'est que je connais déjà l'équipe idéale pour exécuter cette mission – celle à laquelle j'ai fait appel pour l'attentat du FBI. Ils sont sans scrupules et hautement qualifiés, du même calibre que mes adversaires.

Maintenant, ce qu'il me faut, c'est localiser le complexe colombien d'Esguerra.

Ensuite, je pourrai leur déclarer la guerre.

CHAPITRE 63
SARA

J'essaie de forcer Peter au repos, mais il insiste pour préparer le petit-déjeuner et j'ai trop faim pour protester. Manifestement, il se sent mieux aujourd'hui. Son teint a retrouvé sa coloration saine et ses mouvements ont perdu leur raideur.

Si je ne savais pas qu'il a reçu trois balles il y a moins d'une semaine, je ne le croirais pas.

Alors que nous dévorons nos omelettes dans la cuisine, je lui parle de la visite de Nora et de Rosa. Je lui explique que je les avais déjà rencontrées un jour, bien avant de faire sa connaissance.

— Nora a fait une fausse couche ? dit-il en fronçant les sourcils.

Je me rends compte qu'il l'ignorait.

— Oui. J'en déduis que tu ne travaillais déjà plus pour Esguerra à ce moment-là ?

Il acquiesce.

— Je suis parti juste après l'avoir secouru du groupe terroriste qui l'avait capturé au Tadjikistan. Tu te souviens quand je t'ai dit qu'il était furieux que j'aie mis sa femme en danger lors du sauvetage ? Eh bien, elle n'était pas enceinte à l'époque – en tout cas, pas que je sache. Je ne l'aurais pas écoutée quand elle m'a convaincu de l'utiliser comme appât.

C'est vrai. Parce que le point faible de Peter, ce sont les bébés. J'ai vu sa tête quand il a regardé Lizzie, la souffrance mêlée à une nostalgie pleine de tendresse. Ça m'a brisé le cœur, et je ne l'ai aimé que plus fort encore.

Il fera un père merveilleux, aussi attentionné que l'a été mon propre père.

— *Il ne respire pas. Sara, il ne respire pas.*

Je suis déjà à genoux et j'appuie sur le torse de papa tout en comptant à mi-voix. Je me penche pour souffler dans sa bouche.

Sa poitrine se remplit d'air et se soulève, puis retombe et demeure immobile.

Réprimant une panique grandissante, je recommence le massage cardiaque.

Un, deux, trois, quatre…

— Sara !

Je prends une vive inspiration et je dévisage Peter, hébétée. Son visage est un masque d'inquiétude. Il me tient fermement par les bras. Nous sommes debout alors qu'une seconde plus tôt, j'étais assise et je mangeais.

— Que s'est-il passé ? je demande d'une voix rauque lorsqu'il s'assoit en m'attirant sur ses genoux, ses bras puissants autour de mon corps tremblant.

Je suis contente qu'il me soutienne, parce que sans cela, je crois que je ne pourrais pas tenir debout. Mon rythme cardiaque est dans la zone supersonique et une sueur glacée ruisselle dans mon dos.

— Tu es devenue toute blanche et tu t'es mise à faire de l'hyperventilation, me dit-il d'une voix tendue. Quand je t'ai touchée, tu as hurlé.

— Je… quoi ?

Je me rends compte que j'ai mal à la gorge lorsque j'y porte une main hésitante.

— Tu dois voir un psy, me dit-il, son regard couleur argent braqué sur moi. Le plus tôt possible.

Par automatisme, je secoue la tête.

— Non, je vais…

— Tu ne vas pas bien.

Il resserre ses bras autour de moi.

— Tu as eu une hallucination. Tu n'étais pas là, tu étais ailleurs. Qu'est-ce que tu as vu ? Tes parents ? Tu les as vus mourir ?

Je tressaille. La pointe de douleur me traverse le cœur comme une balle.

— Non…

C'est un mensonge, mais je suis désespérée. Je ne peux pas en parler, je ne peux pas y penser. Je sens les souvenirs obscurs bouillonner sous la surface, menaçant de m'aspirer.

— Ce n'est pas ça. C'est…

J'atterris douloureusement sur le flanc. Ma tête heurte le côté du canapé lorsqu'un autre coup de feu retentit à mes oreilles. Un liquide chaud à l'odeur métallique gicle sur mon visage et dans mon cou.

— Peter !

Terrifiée pour lui, je me hisse à genoux en essuyant le sang devant mes yeux. C'est alors que je la vois.

Maman, étendue au sol, le visage maculé de sang.

Ou plutôt, une partie de son visage.

Un morceau de son crâne et de sa joue a disparu, laissant un trou sanglant à l'endroit où sa pommette aurait dû se trouver.

— Sara. Putain, Sara !

Le visage de Peter est à l'orage. Il plisse les yeux en me regardant et tout son corps se raidit. Je crois qu'il m'a secouée pour essayer de me tirer de ma transe, parce que ma peau me fait mal à l'endroit où ses doigts ont agrippé mes bras avec une force excessive.

— Je suis désolée, dis-je dans un murmure rauque.

Mon pouls est dans la stratosphère et j'ai la gorge à vif, comme si j'avais avalé des épines. Je ne comprends pas pourquoi ça se produit maintenant, pourquoi tout à coup mon esprit me joue d'ignobles tours.

— Non, ne sois pas désolée.

Il me lâche le bras et pose une main sur ma joue, sa grande paume sur ma peau glacée.

— Ce n'est pas ta faute, mon amour. Rien de tout cela n'est ta faute.

Alors qu'il ramène mon visage au creux de son épaule en me berçant tout doucement, je ferme les yeux et je fais de mon mieux pour le croire.

CHAPITRE 64
PETER

J'ai la boule au ventre quand je regarde Goldberg examiner Sara. Le petit homme dégarni est un chirurgien traumatologue de formation, mais il semble savoir ce qu'il fait – de toute façon, n'importe quel médecin vaut mieux que pas de médecin du tout.

Bien sûr, Sara aussi est du métier, mais elle ne peut pas réaliser son propre examen gynécologique.

— Eh bien, à ce que je vois, votre bébé et vous êtes en parfaite santé, annonce-t-il quand il a terminé.

Je m'autorise à expirer, soulagé.

Prochaine étape : confier Sara à un psychologue pour qu'elle affronte ces affreuses hallucinations.

Des pointes glaciales m'enserrent le cœur chaque fois que je pense à son visage blême et dénué d'émotions, comme si la vie avait quitté son corps. Quand l'hyperventilation et les hurlements ont commencé… Bon sang, je donnerais tout pour ne jamais la revoir dans un tel état. Je connais le syndrome post-traumatique – je l'ai constaté chez de nombreux soldats – et voir ma ptichka souffrir ainsi est au-delà de mes forces.

Je dois lui apporter du réconfort.

Je dois réparer les dégâts que j'ai moi-même causés.

— Écoutez, je sais que vous le savez mieux que moi, mais vous devez éviter le stress autant que possible, explique Goldberg à Sara.

Elle hoche la tête. Je retrouve en elle le médecin calme et posé. Si je ne l'avais pas vue s'effondrer à la table de la cuisine – à deux reprises, il y a moins d'une heure –, ce serait facile de croire qu'elle va bien.

Que les événements de la semaine passée n'ont été qu'un mauvais moment sur son radar émotionnel.

Mais ce n'est pas le cas. C'est impossible. Aussi forte que soit ma ptichka, elle a trop subi pour que cela n'ait aucun impact sur elle. Elle a résisté quand nous étions en mode survie, mais maintenant que nous avons retrouvé une sécurité relative, son esprit et son corps la rattrapent en essayant d'affronter le traumatisme extrême.

À ce que je sache, elle n'a même pas pleuré ses parents – ni parlé de l'homme qu'elle a tué.

Je ne suis pas psy, mais ce n'est pas sain. C'est peut-être pour cela que ses souvenirs la percutent de plein fouet, parce qu'elle a refoulé ses sentiments, refusant de songer à son chagrin.

J'ai connu ça dans l'armée aussi. Les jeunes soldats qui cherchaient à paraître forts s'évertuaient à maîtriser leurs émotions, jusqu'à ce qu'ils finissent par *perdre* entièrement le contrôle. Essayer de mettre sous cloche ce genre d'émotions, ça ne fonctionne jamais. Les hommes finissaient toujours par sombrer dans la dépression ou se tourner vers la drogue ou l'alcool. Mis à part mes cauchemars au sujet de Daryevo, je n'ai jamais eu ce genre de problèmes – mais je dois dire qu'en un sens, j'ai de la chance.

J'ai vécu en mode survie presque toute ma vie.

— Merci, docteur Goldberg, dit Sara en descendant de la table.

Quand elle disparaît derrière un rideau pour se rhabiller, je prends le médecin à part.

— Êtes-vous certain qu'elle va bien ? je demande à mi-voix. Parce qu'elle vient de perdre ses parents, et dans l'ensemble, ces derniers jours ont été… difficiles.

Le docteur soupire en retirant ses gants.

— Je ne sais pas quoi vous dire. Physiquement, elle est en bonne santé. Émotionnellement, disons que ce n'est pas ma spécialité. Vous devriez parler à Julian pour voir s'il peut faire venir sur le domaine quelqu'un à qui elle pourra parler. Je sais qu'il y a quelques années, Nora a traversé une période difficile et une psychologue est venue ici. Il pourrait peut-être prévoir la même chose pour votre épouse ?

Je pensais que Sara pourrait consulter un psy à distance, mais en personne, ce serait encore mieux.

— Merci, je lui en parlerai, dis-je à Goldberg alors que Sara revient.

Il hoche la tête en souriant.

— Bonne chance. Et n'oubliez pas, le moins de stress possible, d'accord ?

— Merci. Nous ferons de notre mieux, répond Sara en lui renvoyant son sourire.

C'est un sourire doux et chaleureux, et pendant une seconde, j'éprouve une vilaine pointe de jalousie. C'est absurde – ce médecin est gay à cent pour cent –, mais c'est plus fort que moi.

Je n'avais pas vu ce sourire depuis des jours.

Pas depuis qu'elle a tout perdu à cause de moi.

CHAPITRE 65

La mine sombre, Peter garde le silence sur le chemin du retour jusqu'au pavillon. Je sais qu'il se fait du souci pour moi, mais j'aimerais qu'il me parle, qu'il me change les idées. Au lieu de ça, il me tient la main sans dire un mot. Aussi réconfortant que soit ce contact, il ne suffit pas à empêcher mon esprit de vagabonder... de dériver dans des endroits où je refuse qu'il se rende.

— Alors, Esguerra va t'aider à trouver Henderson ? je demande d'un ton léger, par curiosité, mais aussi pour avoir quelque chose à dire. Vous allez le traquer, n'est-ce pas ?

Peter jette un œil vers moi.

— Oui... aux deux questions.

— Oh, tant mieux. As-tu déjà une idée de votre façon de procéder ?

— Nous avons des idées, répond-il vaguement avant de retomber dans le mutisme.

Formidable. Il n'a peut-être pas envie d'en parler de peur de me faire paniquer. Ce sera comme ça entre nous désormais ? Peter m'estime fragile au point de m'effondrer à la moindre provocation ?

Le pire, c'est que je crois qu'il n'a pas entièrement tort. Après ce qui est arrivé au petit-déjeuner, mon esprit est un vrai champ de mines, rempli de fils de détente et de dangers cachés. J'ignore ce qui va me faire basculer et causer le retour en force de ces souvenirs. Et Peter ne sait même pas que j'ai eu une forme de crise légère ce matin, avant la visite de Nora et Rosa.

S'il savait, il serait convaincu que je suis cinglée.

— Comment te sens-tu ? je demande en choisissant de me concentrer sur un sujet plus inoffensif. Comment vont tes côtes ?

Il me sourit.

— Bien mieux, merci. Encore quelques jours et je serai comme neuf.

— C'est vrai ? Tu guéris remarquablement vite.

Son sourire disparaît.

— J'ai le cuir épais.

Et moi, non, bien sûr. Je suis une putain de fleur fragile qui s'effondre au premier coup de vent. Il ne l'a pas dit, mais il l'a pensé si fort que je l'ai entendu.

Je *ressens* son inquiétude pour moi.

Abandonnant l'idée d'une conversation, je me concentre sur les environs. Nous passons devant les baraquements des gardes. Je vois des hommes coriaces armés de mitraillettes, qui vont et viennent autour du bâtiment de plain-pied. Nous sommes entourés de verdure exotique et l'air est chargé et moite. L'odeur ambiante est celle de la végétation tropicale, avec le soupçon d'ozone des nuages qui se rassemblent à l'horizon.

Le manoir d'Esguerra se trouve à bonne distance sur la droite, édifice blanc à deux niveaux évoquant une plantation de l'époque de la Guerre Civile. Il est entouré par un beau jardin paysager et de luxuriantes pelouses, ainsi que plusieurs bâtiments de moindre importance.

Les tours de guet que j'ai repérées depuis l'avion sont visibles au loin, avec des gardes armés. Je suis sûre qu'il y a des dizaines d'autres mesures de sécurité en place, plus discrètes.

Autrefois, voir tous ces hommes armés jusqu'aux dents et savoir que je me trouve sur le complexe d'un criminel impitoyable m'aurait laissé les nerfs à vif. C'est le moins qu'on puisse dire. Mais maintenant, je me sens en sécurité.

Maintenant, les ennemis sont ces gens à qui la majeure partie des citoyens confient leur protection : les forces de l'ordre.

Et Henderson, bien sûr, qui utilise les autorités en question comme outil de vengeance.

———————

De retour à la maison, Peter prépare notre déjeuner et nous mangeons – cette fois, sans que je sombre dans une quelconque crise. Il garde le silence pendant la majeure partie du repas, mais son regard demeure rivé sur moi avec une préoccupation non dissimulée. Bientôt, je n'y tiens plus et je grogne :

— Arrête. S'il te plaît, arrête de me regarder comme ça. Je ne vais pas paniquer, c'est promis.

— Tu ne peux pas le promettre, parce que tu ne contrôles pas tes souvenirs, ptichka, dit-il avec douceur. Plus tu essaies, plus ça va s'aggraver. C'est pourquoi je vais demander à Esguerra de faire venir un psy ici.

— Quoi ? Mais enfin, ça peut attendre que…

— Non, ça ne peut pas attendre, répond-il, le visage implacable. Pas avec ce qui s'est passé ce matin.

— Peter, s'il te plaît. Il ne s'est rien passé. Tu en fais toute une histoire. Pas besoin de me faire honte devant Esguerra en lui demandant une chose pareille. Et puis, ça voudra dire que tu lui dois un service de plus. Une fois que tu auras réglé la question de Henderson, nous pourrons reparler de cette thérapie si tu veux. En attendant…

— En attendant, tu parleras à la personne que nous ferons venir.

Pfff. J'écarte mon assiette vide et je me lève. Impossible de faire changer Peter d'avis quand il a une idée en tête. C'est ce que j'aime et déteste à la fois chez lui – en l'occurrence, je pencherais plutôt pour la dernière option.

Pourquoi ne comprend-il pas que je ne suis pas prête à affronter la débâcle émotionnelle de ce qui s'est passé ? Que je préfère encore risquer quelques retours intempestifs de mes souvenirs refoulés plutôt que de sombrer dans l'abîme toxique de la culpabilité et de l'horreur qui clapotent dans mon esprit ?

Si je pouvais effacer ces souvenirs, je le ferais. Mais à défaut, je choisis de ne pas y penser.

— Ptichka…

Il me prend le poignet alors que je m'apprête à quitter la cuisine. Sa main me brûle la peau, ses doigts comme des menottes.

— Écoute-moi, mon amour. Tu es meurtrie, blessée… autant que si tu avais reçu une balle. Laisserais-tu *mes* plaies suppurer ? Ou ferais-tu de ton mieux pour favoriser leur guérison ?

Je grince des dents.

— Ce n'est pas la même chose.

— Vraiment ?

Ses yeux gris sont empreints de tendresse quand il glisse une mèche de cheveux derrière mon oreille, de sa main libre.

— En quoi est-ce différent ?

C'est comme ça, ai-je envie de crier. Peu importe ce que je fais ou le nombre de thérapeutes que je consulte.

Rien ne ramènera mes parents.

Ce n'est pas une blessure par balle qui guérira avec un peu de soin.

Et pourtant, en regardant Peter, je comprends que je pourrais débattre avec lui pendant des semaines sans le faire changer d'avis. Je ne peux pas le convaincre que je vais bien.

Pas avec les mots, du moins.

Lentement et délibérément, je m'humecte les lèvres. Comme je pouvais m'y attendre, son regard se pose sur ma bouche et sa poigne se resserre lorsque j'esquisse à nouveau le même geste séducteur tout en enfonçant les dents dans ma lèvre inférieure.

Mon objectif était de le déconcentrer, de lui faire oublier ses inquiétudes, mais mon propre rythme cardiaque s'accélère quand je constate qu'il respire plus fort. Il me regarde dans les yeux. Ses pupilles sont déjà dilatées et la teinte argentée de ses iris vire à l'acier sombre. Je suis intensément consciente de la chaleur qui émane de ses doigts autour de mon poignet et de la proximité de son corps grand et fort qui me donne envie de me fondre contre lui, de frotter ma poitrine gorgée d'envie contre son torse large et ferme.

— Ptichka… fait-il d'une voix grave. Bon sang, tu joues avec le feu.

Mes tétons se tendent, formant deux pointes dures, et une chaleur liquide inonde ma culotte. Oh, je suis excitée comme jamais. Cette intonation, combinée à la violence contenue de ses doigts trop serrés autour de mon poignet, est encore plus explosive que des heures de préliminaires. À l'exception de la fellation à l'hôpital, ça fait des jours que nous n'avons pas couché ensemble et mon corps a désespérément envie d'être possédé.

Je m'avance sur la pointe des pieds et je pose mes lèvres sur les siennes, passant mon bras libre autour de son cou musclé. Pendant un moment, il reste raide, comme si mon initiative le surprenait, mais l'instinct prend rapidement le dessus et je me retrouve plaquée contre le réfrigérateur. Son corps ferme se presse sur le mien et sa bouche me dévore comme s'il n'y avait aucun lendemain.

Je sens la bosse de son sexe en érection lorsqu'il s'empare de mon autre poignet et tend mes bras au-dessus de ma tête, contre l'acier froid du réfrigérateur. D'autres ondes de chaleur déferlent dans mon ventre et je gémis dans sa bouche, hissant ma jambe derrière ses fesses pour frotter mon sexe endolori et avide contre son renflement. Je n'ai pas osé emprunter des sous-vêtements à Yulia en plus des habits, et le short en jean est rugueux et rêche contre mes replis intimes, me procurant une sensation à la fois désagréable et d'un délice pervers.

— Baise-moi, dis-je dans un souffle lorsqu'il lève la tête pour me contempler, les yeux brillants et la mâchoire contractée.

Retenant mes deux poignets à une main, il déboutonne son pantalon, libérant son sexe tandis que je l'implore :

— Baise-moi *tout de suite*.

— Oh, je vais le faire. Crois-moi.

Sa respiration est lourde, son regard farouche quand il me lâche enfin les poignets pour baisser mon short, le tirant brutalement sur mes cuisses. Tremblante de désir, je le quitte et il m'agrippe les fesses pour me soulever. Je me retiens à ses épaules. Il m'écarte les jambes, me ramenant contre sa queue épaisse, m'empalant d'un seul coup brusque.

L'air est expulsé de mes poumons tandis que j'enroule mes jambes autour de ses hanches. Mes ongles s'enfoncent dans les muscles saillants de ses épaules. Bon sang, il est énorme. Mon corps l'avait presque oublié. Mes tissus internes s'étirent douloureusement. Mon excitation se trouve légèrement modérée par la brûlure piquante de sa pénétration jusqu'à ce qu'il commence à bouger.

Sans me quitter des yeux, il se retire et revient avec force. Il n'attend pas, il ne prend pas le temps de m'allumer par des va-et-vient superficiels. Immédiatement, le rythme est vigoureux et soutenu, aussi impitoyable que l'homme qui me l'impose. C'est exactement ce dont j'ai besoin. La chaleur grandissante et la tension apaisent l'inconfort. Mon corps se liquéfie, se radoucit, l'accueillant encore plus profondément. Chaque coup de reins se répercute contre mon point G. Chaque fois que son bassin vient heurter le mien, il exerce une pression sur mon clitoris.

Mon orgasme est aussi violent que soudain. Il explose en moi sans crier gare et le plaisir me déchire, me fendant de part en part. Haletante, je crie son prénom en resserrant les jambes autour de lui, mais il n'arrête pas.

Il me laboure jusqu'à me faire jouir une deuxième fois.

Je suis toujours portée par le contrecoup de l'orgasme quand une veine se met à palpiter sur son front luisant de sueur. Je sens son sexe épais gonfler en moi. Avec un gémissement, il s'enfonce aussi loin que possible. Mes muscles internes compriment sa queue et, dans une secousse, il jouit à son tour.

CHAPITRE 66

PETER

Le souffle court, je me retire à contrecœur du sexe doux et serré de Sara avant de la reposer délicatement. Elle semble tout aussi ébranlée que moi. Une pointe de regret chasse aussitôt le délice de l'après.

J'ai été trop brutal avec elle.

Encore une fois, bien trop brutal !

Je sais qu'elle aime ça, mais elle est enceinte.

Traumatisée et enceinte.

Putain, mais qu'est-ce que j'avais dans la tête, à perdre ainsi le contrôle ? Je devrais la cajoler, la pousser à se reposer et à se détendre, pas la baiser sans retenue contre le frigo comme un animal.

Elle oscille sur ses pieds lorsque je la libère en reculant. Je lui agrippe le bras afin de la stabiliser alors qu'elle s'empare d'une serviette en papier pour essuyer le liquide entre ses jambes.

— Ptichka… Tout va bien ?

Elle sourit et jette les serviettes roulées en boule dans la poubelle.

— Je ne me suis jamais sentie aussi bien. Et toi ?

Je fronce les sourcils avant de songer à mes blessures. Maintenant que j'y prête attention, mes côtes me font un peu mal, mais rien de méchant.

— Je vais très bien.

Elle semble soucieuse quand elle attrape l'ourlet de mon tee-shirt – sans doute pour le soulever afin d'inspecter mon bandage. J'écarte doucement ses mains et je recule.

— Je t'assure, tout va bien.

Je n'en reviens pas qu'elle s'inquiète pour moi alors que je viens de la brutaliser. Je sais que je lui ai fait mal – j'ai senti l'extrême tension de son corps quand je l'ai pénétrée. Et si j'avais blessé le bébé ?

Si elle faisait une fausse couche comme Nora, ce jour-là ?

Je reste pétrifié quand cette idée terrifiante me frappe, mais elle se penche pour ramasser son short sur le sol. Ses petites fesses rebondies m'apparaissent. Bien que mon sexe soit encore enduit de sperme, je sens qu'il frémit, intéressé.

Bon sang, je suis vraiment un animal.

— Sara… dis-je d'une voix tendue lorsqu'elle se tourne vers moi. Tu es sûre que tout va bien ?

Elle cligne des yeux.

— Je te l'ai dit, je n'ai jamais été aussi bien. Viens, je vais te nettoyer.

Elle me prend par la main et m'entraîne vers la salle de bain.

Nous prenons notre douche ensemble – Sara, du moins, tandis que je m'efforce d'orienter le pommeau afin d'éviter de mouiller mes bandages. Puis elle se couche pour faire la sieste, prétextant la somnolence digestive et le contrecoup de l'orgasme. Je m'allonge avec elle, la gardant contre moi jusqu'à ce qu'elle s'endorme. Enfin, je me lève sans un bruit et je quitte la maison.

Je sais pourquoi elle est fatiguée, et ça n'a rien à voir avec le repas ni le sexe. Son corps s'effondre après l'adrénaline non-stop de la semaine précédente, et les exigences du développement du bébé n'aident pas.

La culpabilité me fait l'effet d'un rouleau de fil de fer barbelé dans le ventre.

C'est moi qui lui ai infligé ça.

Je suis responsable de tout son malheur.

Si je n'avais pas été obsédé par elle avec un tel égoïsme, si je l'avais laissé vivre, elle serait toujours chez elle avec ses parents, à mener une vie calme et paisible. Si j'étais reparti après notre première rencontre, elle se serait peut-être même remariée... avec quelqu'un qui aurait fait en sorte qu'elle passe sa grossesse dans le confort et la sécurité.

Au lieu de ça, elle est en cavale avec moi et elle souffre d'épuisement et d'hallucinations de type syndrome post-traumatique.

— Salut, Peter, lance Diego quand je le croise sur la route.

Je le salue poliment de la tête, mais je ne suis pas d'humeur à bavarder.

J'ai un objectif maintenant : parler à Esguerra.

J'ai besoin de faire venir un psychologue au plus vite.

Bientôt, je frappe à la porte du manoir.

— Il est là ? je demande à Ana quand elle ouvre la porte.

La gouvernante hoche la tête.

— Oui, je vous en prie, entrez. Aimeriez-vous manger ou boire quelque chose pendant que je vais le chercher ?

— Non, merci. Ça va.

Je lui emboîte le pas dans l'entrée et je m'adosse contre le mur, trop tendu pour m'asseoir.

Elle gravit le vaste escalier incurvé. Quelques minutes plus tard, Esguerra descend tout en boutonnant sa chemise. Ses cheveux sont ébouriffés et son front est plissé dans une expression agacée.

Soit je l'interromps en pleine sieste, soit il batifolait avec Nora.

Je pencherais plutôt pour cette dernière éventualité.

— Qu'y a-t-il ? aboie-t-il. Est-ce que Henderson…

— Non, ce n'est pas ça.

Il fronce les sourcils et je prends une inspiration.

— C'est personnel. J'ai besoin d'un service.

Il s'arrête devant moi. Un amusement sinistre succède à la contrariété dans son regard.

— Vraiment ? Le gîte et le couvert ne te suffisent pas ?

— Connaîtrais-tu un psychologue ? je demande, refusant de mordre à l'hameçon. De préférence un spécialiste en syndrome post-traumatique.

Stupéfait, il demande :

— Pour toi ?

Je me remémore les paroles de Sara et j'acquiesce :

— Pour moi.

Je ne veux pas que ma ptichka soit gênée. Cela dit, elle n'aurait aucune raison de l'être. Avoir besoin d'aide pour se remettre d'un traumatisme extrême ne traduit aucune faiblesse, c'est bien normal.

Esguerra me dévisage avec une expression indéchiffrable, puis il hoche la tête.

— Je connais peut-être quelqu'un. Dans combien de temps en as-tu besoin ?

— Aujourd'hui, si possible. Sinon, demain ou après-demain.

— D'accord. Je vais faire de mon mieux pour la faire venir demain.

— Merci, dis-je avant de tourner les talons.

Je sais que je lui en dois une, et il ne manquera pas de faire appel à moi en temps voulu, mais si cela peut aider Sara, alors cela en vaut la peine.

Je ferais tout pour qu'elle aille bien.

— Peter, lance Esguerra alors que je m'apprête à quitter la pièce.

Quand je me retourne pour le regarder, il demande d'un ton affable :

— Ta femme et toi, vous pourriez vous joindre à nous pour le dîner ce soir ? Nora aimerait beaucoup apprendre à mieux connaître ta Sara.

— Avec plaisir, dis-je en dissimulant ma surprise. Nous viendrons.

— À dix-neuf heures, ajoute-t-il avant de remonter à l'étage.

CHAPITRE 67
HENDERSON

J'ai passé la journée à pelleter et j'ai mal au dos. J'ai réquisitionné l'aide de Jimmy. Il est furieux, mais il fallait le faire.

Nous devions dégager l'allée afin de pouvoir nous enfuir en cas de besoin.

Dans mon projet pour me débarrasser de Sokolov et des autres – l'opération largage, comme je l'appelle –, il me manque encore un élément crucial : l'agencement de la base d'Esguerra et le détail de sa sécurité.

Une fois que je disposerai de ces informations, nous pourrons passer à l'attaque, mais en attendant, je dois tout faire pour protéger ma femme et mes enfants.

Je dois les sauver des monstres qui nous traquent.

CHAPITRE 68
SARA

Je sais que je n'ai aucune raison d'être nerveuse à la perspective de ce dîner après tout ce que nous avons enduré, mais c'est plus fort que moi. D'abord, les seuls vêtements que j'ai trouvés dans le placard sont des shorts et des tee-shirts, et même si Peter m'a assuré que nous ne devons pas être tirés à quatre épingles, je me sentirais beaucoup mieux si j'avais au moins une jolie robe à porter. Sans compter qu'après ma sieste de l'après-midi, mes nausées matinales ont décidé de se manifester.

Il faut croire que mon corps est tout aussi déphasé que moi.

J'ai déjà vomi, mais je suis encore vaseuse lorsque Peter me conduit jusqu'à la maison principale. L'insistance avec laquelle il m'a suggéré de voir un psy n'arrange pas mon humeur. En a-t-il vraiment parlé à notre hôte ? J'espère que non, mais connaissant mon mari, je crains qu'il l'ait déjà fait.

Il n'est pas du genre à remettre les choses au lendemain.

Toujours est-il que mon estomac fait des pirouettes lorsque Peter frappe à la porte. Quelques instants plus tard, elle s'ouvre et une femme hispanique d'un certain âge apparaît.

— Señor Sokolov, dit-elle, radieuse. Bienvenue. Ce doit être votre adorable épouse.

Je souris et lui tends la main.

— Bonjour. Je m'appelle Sara.

— Oh, bonjour, fait-elle en me serrant vigoureusement la main. Je suis Ana, la gouvernante de Señor Esguerra. Entrez, je vous en prie.

Nous la suivons à l'intérieur. Le manoir offre un mélange saisissant de décorations traditionnelles et modernes, avec des meubles volumineux de style baroque, un parquet en bois franc étincelant et de l'art abstrait aux murs. Je reconnais deux tableaux pour les avoir étudiés en cours d'art plastique à l'université. Si ce sont les originaux – et je le suppose fortement –, les murs du hall d'entrée à eux seuls valent des millions de dollars.

Ana nous conduit dans une salle à manger, où une table ovale est dressée avec de l'argenterie brillante et des assiettes aux bordures dorées. Ni Nora ni son mari ne sont là, mais je reconnais le couple assis d'un côté de la table.

Lucas et Yulia Kent.

Leurs têtes blondes sont penchées l'une vers l'autre. Leurs mains jointes sur la table, ils rient ensemble. Pourtant, lorsque nous entrons, ils lèvent les yeux et perdent aussitôt leurs sourires.

Une tension palpable imprègne l'atmosphère de la pièce tandis qu'Ana disparaît, nous laissant seuls tous les quatre.

Peter est le premier à briser le silence :

— Lucas.

Il hoche la tête pour saluer l'homme aux dents serrées. Puis il se tourne vers la femme de Kent, une beauté sculpturale.

— Yulia. Content de te voir.

— C'est un plaisir de te voir, répond-elle.

Prudemment, elle pose les yeux sur moi.

— Et toi aussi, Sara.

Ma nausée s'intensifie brusquement.

Oh, zut. En proie à la panique, je jette un œil autour de moi à la recherche des toilettes, mais je n'en trouve nulle part.

— Ptichka… fait Peter en m'agrippant le bras. Que se passe-t-il ?

Si j'essaie de parler, je vais vomir. Une main sur la bouche, je m'arrache à sa poigne et je sors en trombe de la salle en direction de l'entrée.

J'ai à peine le temps de débouler à l'extérieur. Dès l'instant où je me penche par-dessus la balustrade du porche, mon estomac se déleste de son contenu.

Naturellement, Peter me suit et assiste à la scène – tout comme Yulia, je constate du coin de l'œil. Mortifiée, je finis de me vider tandis qu'il me tient les cheveux. Quand je relève la tête, elle a disparu.

Une seconde plus tard, elle revient avec une serviette en papier humide.

— Tiens, murmure-t-elle en me la tendant.

Je l'accepte avec reconnaissance et je m'essuie la bouche.

Ana sort au même moment – Yulia a dû lui dire ce qui s'est passé. À mes petits soins, la gouvernante me conduit vers une salle de bain, où elle me donne une brosse à dents toute neuve et un tube de dentifrice.

Le temps que je me lave le visage et me brosse minutieusement les dents, mon estomac s'est enfin calmé.

— Ça va, mon amour ? demande Peter dès que je sors des toilettes.

Je hoche la tête sans croiser son regard.

— Désolée.

— Tu n'as pas à être désolée, répond-il en me prenant la main. Disons que c'était notre annonce officielle de la grossesse.

Déposant un baiser sur mon front, il entrelace nos doigts et m'accompagne dans la salle à manger.

––––––––––––

Les Esguerra sont déjà là, assis en face des Kent, quand nous revenons. Je reconnais immédiatement notre hôte : c'est bien le bel homme que j'ai rencontré à l'hôpital. Ses cheveux noirs sont plus longs qu'à l'époque, mais ses traits à la beauté sensuelle sont identiques. À la différence de la dernière fois, cela dit, il n'exprime ni chagrin ni colère. Il est serein, mesuré, comme un roi sur son trône.

Un roi cruel et tyrannique, étant donné ce que je sais à son sujet.

Pour la première fois, je me demande ce qui est arrivé aux hommes qui ont agressé Nora et son amie. Son mari les a-t-il tués ?

Suis-je bête ! Évidemment, il les a tués.

La seule question, c'est de savoir à quel point il les a fait souffrir juste avant.

— Te voilà, dit Nora en me regardant. Viens, assois-toi.

Elle tapote la chaise à côté d'elle et je la rejoins.

— Julian, je te présente Sara. Tu te souviens peut-être d'elle, à l'hôpital à Chicago.

— Bien sûr. C'est un plaisir de te revoir.

Il me dévisage de son regard bleu perçant et, pour la première fois, je remarque une légère altération dans son œil gauche, ainsi qu'une fine cicatrice de sa pommette jusqu'au sourcil.

A-t-il reçu un coup de couteau ? Et si oui, comment son œil a-t-il survécu ?

À moins que… est-ce un œil artificiel ?

— Merci. C'est un plaisir de vous rencontrer. Et merci pour votre hospitalité, dis-je en réfrénant ma curiosité.

J'aime mieux éviter de dévisager notre hôte impitoyable.

Il me fait signe de m'asseoir à côté de Nora, et Peter s'installe en face de moi, près de Yulia.

— Merci pour la serviette en papier, dis-je à la jeune femme blonde.

Elle me répond par un hochement de tête avant de détourner le regard. Comme son mari, elle doit avoir une dent contre moi après ce qui s'est passé à Chypre. Avec du recul, je m'en veux beaucoup de lui avoir menti quant à la nature de ma relation avec Peter. Je cherchais à m'échapper, mais je n'aurais pas dû l'impliquer dans mes tentatives désespérées pour éviter de tomber amoureuse de mon tourmenteur.

Je dois la prendre à part ce soir afin de lui présenter mes excuses.

— Comment te sens-tu ? demande Nora d'une voix douce en se penchant vers moi.

Je lui souris et ma honte se dissipe devant son visage sincèrement soucieux.

— Bien mieux, merci.

— Moi aussi, j'ai eu des nausées matinales avec Lizzie, confie-t-elle avec un sourire triste. Je vomissais tellement que Julian a pris l'habitude de transporter partout où nous allions un sac en papier comme on en trouve dans les avions.

— Je crois que ce serait utile, en effet.

Ma réponse la fait rire. Pendant ce temps, Peter nous regarde d'un drôle d'air.

Désapprouve-t-il mon amitié naissante avec la femme d'Esguerra ? Et dans ce cas, pourquoi ?

Tandis que je réfléchis, Ana entre avec des bols sur un chariot.

— J'ai fait préparer un bouillon spécial plus léger pour toi, me dit Nora lorsqu'Ana dépose une soupe claire devant moi, différente des versions crémeuses qui sont servies aux autres. Je me suis dit que ce serait plus digeste. Dis-moi si tu préfères la crème aux champignons. La nourriture riche me donnait toujours la nausée pendant le premier trimestre, alors j'ai pensé que c'était peut-être le cas pour toi aussi.

— C'est parfait, merci, dis-je, touchée par sa prévenance. Je n'ai pas encore remarqué de corrélation avec la nourriture, mais j'ai vraiment envie de manger léger, après… tu sais.

— Oui, je m'en doutais, dit-elle en souriant. N'hésite pas à me prévenir si des odeurs t'incommodent. Ana rapportera en cuisine ce qui te gêne. Les odeurs, c'était quelque chose quand j'attendais Lizzie.

— Merci. Tu es trop gentille.

Je trempe ma cuillère dans la soupe et je la porte à mes lèvres, y goûtant avec précaution. À mon soulagement, c'est aussi léger que Nora l'a promis, avec un goût subtil de champignon et un soupçon de miso.

— Ta fille fait la sieste ? je demande en avalant ma soupe.

— Elle dormait quand je l'ai laissée à l'étage avec Rosa il y a quelques minutes.

En soupirant, elle jette un œil vers l'entrée de la pièce.

— Elle me manque déjà, c'est grave ?

— Pas du tout, dis-je en souriant. C'est un bébé vraiment adorable.

Nora lève les yeux au ciel.

— Si seulement. C'est une petite terreur, voilà la vérité. Ne te laisse pas duper par son joli minois. C'est *bien* la fille de son père.

Esguerra choisit ce moment pour nous regarder.

— Quoi donc, ma chérie ?

— Rien, répond Nora avec un sourire béat. Je dis simplement à Sara que notre fille est un parfait petit ange.

Il hausse les sourcils, dubitatif, et Nora lui lance un coup d'œil exagérément innocent, battant frénétiquement ses longs cils. Les paupières mi-closes, sa bouche sensuelle pincée, il échange avec elle un regard si intime et enflammé que mon ventre se réchauffe.

J'ai l'impression de faire du voyeurisme. Je détourne les yeux, gênée, pour croiser ceux de mon mari. Son regard est à l'orage de l'autre côté de la table.

— Tu ne manges rien, remarque-t-il tout bas.

Je me rends compte que ce n'est pas mon amitié potentielle avec Nora qui l'inquiète.

C'est moi.

Il m'observe comme si je pouvais vomir – ou paniquer – d'une seconde à l'autre.

Mon humeur s'assombrit. Et moi qui espérais le rassurer en lui faisant l'amour tout à l'heure.

Plongeant ma cuillère dans le bol, je m'efforce de le vider peu à peu afin de le tranquilliser. Il me surveille pendant quelques secondes, puis il reprend son propre repas, manifestement satisfait de constater que je ne me laisse pas mourir de faim.

Tout le monde termine sa soupe, puis les hommes se lancent dans une discussion sur les mesures de sécurité du complexe. Je n'écoute que d'une oreille, parce que Nora n'arrête pas de me parler des bars et des restaurants de Chicago.

Apparemment, nous avons fréquenté les mêmes établissements au fil des ans.

Pour le deuxième plat, Ana apporte une salade verte et une paëlla appétissante aux fruits de mer. Nora me propose du riz blanc et du poulet, mais je refuse en la remerciant pour ses attentions.

Mon estomac tient bon et j'ai très envie de goûter la paëlla.

Au cours du repas, je remarque une tendance un peu embarrassante autour de la table. Bien que Nora et Yulia soient directement assises l'une en face de l'autre, elles ne se regardent jamais et ne se parlent pas. En fait, à part pour remercier Ana et la féliciter pour sa cuisine, Yulia n'a parlé qu'à son mari ou elle est restée silencieuse.

Les Esguerra lui en voudraient-ils pour une raison qui m'échappe ? À bien y penser, lors de notre visite à Chypre, Peter a fait allusion au fait qu'Esguerra « en pinçait pour elle ».

Il faudra que je demande à Peter ce qui s'est passé.

Je décèle une certaine tension entre Peter et Lucas aussi, mais c'est loin d'être aussi prononcé. Comme Kent nous a aidés à nous échapper, peut-être paraît-il moins coupable de mon évasion aux yeux de Peter. Les deux hommes s'estiment quittes.

Nous en sommes au milieu du dessert – un délicieux tiramisu maison – quand la conversation s'oriente sur le sujet qui nous a tous amenés ici.

Henderson.

— Il semblerait que ce soit jouable ce soir, annonce Esguerra à Peter. J'en aurai la certitude dans une heure – votre gars de Caroline du Nord se montre tatillon.

Mon mari fronce les sourcils.

— Offrons-lui plus d'argent.

— C'est ce que j'ai fait, répond Kent. Je lui ai aussi fait savoir que s'il ne coopérait pas, il serait ajouté à notre liste. Alors, je suppose qu'il va se décider.

— Que se passe-t-il ce soir ? je demande en regardant les hommes autour de la table. Avez-vous déjà localisé Henderson ?

Esguerra et Kent consultent Peter, qui secoue légèrement la tête – leur interdisant ainsi de me tenir au courant. Enfin, mon mari me répond :

— Tu n'as pas à t'en inquiéter, ptichka, dit-il tout doucement en se penchant par-dessus la table pour poser sa main sur la mienne. Nous ne l'avons pas encore trouvé, mais ça ne saurait tarder. Ce soir n'est qu'une étape de plus dans cette direction.

Je serre les dents en retirant ma main.

C'est reparti, sa crainte que je ne sois pas capable de gérer une information un tant soit peu sensible.

Avant que je puisse ajouter quoi que ce soit, j'entends les hurlements d'un bébé. On dirait qu'ils se rapprochent de la pièce. Un instant plus tard, Rosa entre, lessivée, portant dans ses bras Lizzie qui crie à pleins poumons.

— Désolée de vous interrompre, mais elle n'arrête pas de pleurer. Je l'ai nourrie et je l'ai changée. Je ne sais pas ce qu'elle veut.

À mon étonnement, ce n'est pas Nora qui se lève, mais Esguerra.

— Je m'en charge, dit-il calmement.

Il s'approche de Rosa et lui prend le bébé des mains, manipulant la petite fille avec une douceur exquise et une expertise surprenante.

Ses traits se radoucissent lorsqu'il regarde le petit visage chiffonné. Quelle n'est pas ma surprise quand le bébé s'apaise, bercé tout doucement par les bras et la voix grave de son père. Esguerra murmure des paroles sans queue ni tête. Il ne semble pas se soucier d'être le point de mire de tous les regards dans ce moment de tendresse, entièrement absorbé par la petite créature dans ses bras.

— Tu vois ce que je veux dire ? La petite fille à son papa, chuchote Nora à mon oreille.

Bouche bée, je dévisage son mari comme s'il lui avait poussé une queue.

Je ne m'attendais certainement pas à voir le puissant trafiquant d'armes aussi tactile avec son bébé.

— Il est le seul à pouvoir la calmer chaque fois qu'elle pique une crise, continue Nora à mi-voix.

Quand je la regarde, je vois qu'elle admire son mari et son enfant avec une adoration sans bornes.

Il est évident qu'elle est amoureuse de lui.

De cet homme qui l'a enlevée alors qu'elle sortait tout juste du lycée.

Je suppose que ça ne devrait pas m'étonner, étant donné ma propre relation avec Peter, mais c'est tout de même un peu troublant de les voir ainsi assortis. D'un côté, j'ai envie de lui conseiller de consulter un psy pour son syndrome de Stockholm, mais d'un autre, plus important encore, je me réjouis de leur histoire d'amour si extraordinaire.

S'ils sont capables de mener une vie de couple, alors Peter et moi, nous pouvons peut-être y arriver aussi.

Qui sait, dans quelques années, nous serons tous assis à la table du dîner, comme ce soir, mais ce sera mon bébé dans les bras de Peter.

Notre deuxième, évidemment. L'aîné sera en train de courir partout à ce moment-là.

Je suis tellement captivée par mes rêveries que je rate presque l'occasion de parler à Yulia. Elle vient de se lever et elle sort déjà de la salle à manger quand je me rends compte qu'elle s'éclipse aux toilettes.

— Excusez-moi, je reviens tout de suite, dis-je à Nora et à Peter.

Sans attendre de réponse, je me lève et me précipite après Yulia.

CHAPITRE 69
SARA

Je rattrape Yulia dans le couloir des toilettes.

— Attends, s'il te plaît, lui dis-je alors qu'elle s'apprête à entrer.

Puis je me rends compte de ce que je viens de dire et je précise :

— Enfin, vas-y si tu en as besoin. J'attendrai ici que tu aies fini.

Elle s'écarte de la porte.

— Non, je t'en prie, vas-y. Je peux aller ailleurs. Les toilettes ne manquent pas au rez-de-chaussée.

— Quoi ? Oh, non, ça va.

J'éclate de rire. Elle a cru que j'avais un besoin pressant.

— Je voulais juste discuter seule à seule avec toi, histoire de m'excuser pour ce qui s'est passé à Chypre.

Son beau visage se crispe.

— Pas besoin. C'est du passé.

— Non, pas du tout. J'ai causé une tension entre Peter et ton mari. Je suis sincèrement désolée pour tout ça – et aussi parce que je t'ai donné une fausse impression sur ma relation avec lui. J'avais besoin de ton aide pour m'échapper, mais j'aurais dû être plus sincère. Peter a tué mon premier mari et il m'a torturée, comme je te l'ai dit – mais c'était il y a longtemps, avant que les choses se compliquent entre nous. Enfin, j'étais sa captive chez vous – c'est pour ça que j'ai essayé de m'échapper –, mais je tombais déjà amoureuse de lui et…

Yulia pose une main fine sur mon bras.

— Tout va bien, Sara.

Ses yeux bleus sont empreints de douceur.

— Tu n'as pas à me raconter les détails. Je comprends.

— Vraiment ?

Elle hoche la tête.

— Je ne suis pas une idiote. Je sais que les choses changent et que les débuts les plus sordides peuvent conduire à de belles relations au fil du temps. Quant au fait que tu t'es servie de moi pour t'évader, je suis sûre que j'aurais fait la même chose à ta place. En fait…

Elle s'interrompt avant de reprendre :

— Bref, je suis contente que Peter et toi alliez bien maintenant. Enfin… tout va bien, n'est-ce pas ?

Son regard se pose sur mon ventre, puis elle me dévisage avec une question silencieuse.

— Oh. Oui, bien sûr.

Je grimace intérieurement en me rappelant lui avoir confié que Peter cherchait à me mettre enceinte de force. Une main sur mon ventre, je déclare avec conviction :

— Celui-ci était vraiment désiré.

Elle sourit.

— Tant mieux. Je suis ravie de l'apprendre. Bon, si tu veux bien m'excuser…

Elle jette un œil en direction des toilettes.

Tout sourire, je recule, consciente que je l'ai accaparée pendant un moment.

— Merci, lui dis-je tandis qu'elle entre. Pour ton aide cette fois-là et pour tout.

— C'était un plaisir.

Lorsqu'elle referme la porte, je retourne dans la salle à manger, infiniment plus soulagée.

———————

Quand je reviens, tout le monde est debout et s'agite autour de la table en buvant des digestifs. Bientôt, nous prenons congé.

— Merci. Tout était formidable, dis-je à Nora avec sincérité.

Elle sourit.

— Je n'ai aucun mérite. C'est grâce à Ana.

Au même moment, son mari l'appelle à l'étage.

— J'arrive ! répond-elle.

Elle s'avance et me serre dans ses bras.

— Passe me voir quand tu veux, d'accord ?

Je lui promets de le faire.

Elle monte l'escalier et je me tourne vers Yulia. Lucas et elle séjournent dans la maison principale. Dans le couloir à côté de son mari, elle nous regarde partir. Sur une impulsion, je la rejoins et je l'étreins.

— Encore merci, dis-je lorsque nous nous séparons.

Elle me sourit chaleureusement.

— Bonne chance, Sara. J'espère te revoir par ici.

— Oh, bien sûr, lui dis-je. Au revoir, Lucas.

Je le salue en souriant, mais il me regarde froidement.

Bon, je note. Un seul des Kent m'a pardonnée jusqu'à présent.

— Tu es prête ? demande Peter en passant son bras autour de ma taille.

Je hoche la tête et me penche contre lui tandis qu'il m'accompagne à l'extérieur.

De retour dans notre maison provisoire.

CHAPITRE 70
PETER

— *Q*ue se passe-t-il avec Yulia et les Esguerra ? demande Sara au petit-déjeuner, le lendemain matin. Pendant le dîner, on aurait dit qu'il y avait des tensions et je crois me rappeler quelque chose que tu as dit à Chypre.

— Oh, ça ?

Je lui sers une autre louche de flocons d'avoine aux baies rouges. J'ai commencé à me renseigner sur la nutrition pour les femmes enceintes et j'ai l'intention d'orienter le régime de Sara vers des aliments plus sains.

— Oui, il y a clairement des tensions, et pour une bonne raison.

Elle repose sa cuillère.

— Ah, oui ?

J'hésite à lui raconter toute l'histoire, mais elle n'a eu aucun épisode hallucinatoire ce matin ni hier soir, et cela ne concerne en rien les événements traumatisants qu'elle a traversés. Je décide donc de lui en parler, d'autant plus qu'elle m'a paru en bonne entente avec l'épouse de Kent.

— Tu te rappelles quand je t'ai dit qu'Esguerra avait eu une altercation avec un groupe terroriste et qu'il avait fallu le secourir ? je demande.

Comme Sara hoche la tête, je poursuis :

— Eh bien, s'ils l'ont capturé, ce n'est pas pour rien. Son avion a été abattu au-dessus de l'Ouzbékistan et c'est arrivé à cause de certaines informations que Yulia a fournies au gouvernement ukrainien.

— Quoi ?

Sara écarquille les yeux.

— Pourquoi a-t-elle fait ça ? Était-elle avec Lucas à ce moment-là ?

— D'après ce que je sais, ils avaient eu une histoire d'un soir à Moscou juste avant le crash. Quant à la raison, figure-toi que c'était son métier à l'époque. Elle travaillait comme espionne à Moscou pour le gouvernement ukrainien.

— Oh, waouh, c'est…

Sara reste sans voix. Je souris.

— Oui, je sais. Kent était dans l'avion aussi, d'ailleurs. Ainsi qu'une cinquantaine des hommes d'Esguerra. Presque tous sont morts. C'est pour ça qu'Esguerra a fini à l'hôpital à Tachkent, blessé et sans défense.

— Oh, merde, souffle Sara. Mais comment se fait-il qu'elle soit encore en vie, et mariée à Lucas ?

Je souris. Ma petite civile commence à raisonner comme moi.

— Honnêtement, je ne sais pas trop, lui dis-je. J'ai quitté l'équipe une fois que tout est retombé. Je crois qu'elle est encore en vie justement parce qu'ils sont mariés. J'ai aidé Kent à la récupérer à Moscou, car il voulait la punir personnellement, mais après, je n'en sais pas plus. Si ce n'est qu'ils ont fini ensemble. Apparemment, ils sont heureux en ménage.

Sara secoue la tête.

— Waouh. Je… je n'ai pas de mots.

Elle joue avec ses flocons d'avoine et j'expédie mon propre repas avant de me lever pour débarrasser la table.

Tout en remplissant le lave-vaisselle, je l'observe discrètement. Elle sirote son thé, perdue dans ses pensées, mais elle n'a plus ce regard vide terrifiant, elle ne fait pas d'hyperventilation ni de crise de panique sous une avalanche de souvenirs. Elle s'est réveillée en sursaut après un cauchemar hier soir, mais je lui ai fait l'amour et elle s'est rendormie.

Ce qui s'est passé hier était peut-être une anomalie. Après tout, ma ptichka a peut-être raison. Quoi qu'il en soit, la psychologue arrive par avion ce matin. Elle pourra la voir dès cet après-midi.

L'autre bonne nouvelle, c'est que l'opération d'hier soir s'est déroulée sans encombre. Avec les ressources d'Esguerra et mes dossiers détaillés sur Henderson, nous avons obtenu tout ce que nous espérions – ce qui signifie que nous sommes à un cheveu de résoudre la situation.

S'il reste un soupçon d'empathie chez Henderson, il cédera.

Sinon, nous le débusquerons quand même – et il mourra avec toutes ces morts sur la conscience.

CHAPITRE 71
HENDERSON

Je regarde mon écran d'ordinateur avec des frissons d'horreur. Je m'attendais à ce que Sokolov et les autres mettent tout en œuvre pour me retrouver, mais je n'imaginais pas une chose pareille. Les messages qui envahissent ma boîte de réception sont surréalistes.

Mon oncle. Mes cousins. La famille de Bonnie. Tous nos amis.

Disparus.

Enlevés dans leurs maisons, leurs écoles, sur le trajet du travail et même dans leurs églises.

Les doigts tremblants, j'ouvre le site de CNN et je lance une vidéo qui traite du sujet.

« On estime maintenant que la série d'enlèvements constatés la nuit dernière à Asheville, Charleston et la région de Washington D.C. est liée, annonce la présentatrice des actualités avec une excitation à peine contenue. Jusqu'à présent, aucune demande de rançon n'a été envoyée, mais d'après la police, les ravisseurs vont bientôt se manifester. Au total, ce sont dix-neuf citoyens qui ont disparu. Une caméra de sécurité a filmé l'un des enlèvements. »

La vidéo présente une séquence de mauvaise qualité. Deux silhouettes masquées s'emparent de l'Oncle Ian alors qu'il fait le plein à la station-service. Les mouvements des ravisseurs sont fluides et bien coordonnés – il est évident que ce sont des professionnels qui savent ce qu'ils font.

« Dans le prolongement de cette affaire, il semblerait qu'un certain nombre de citoyens aient subi des enlèvements et agressions dans un passé récent », poursuit la journaliste.

Sur l'écran, je découvre une femme rousse affolée – Sandra, l'épouse de mon ami Jimmy.

Heureusement qu'ils l'ont laissée intacte. C'est déjà bien assez grave que mon plus vieil ami – dont notre fils porte le prénom – soit entre leurs griffes.

— Pourquoi s'acharnent-ils comme ça ? sanglote Sandra, son mascara ruisselant sur son visage moucheté de taches de rousseur. La dernière fois, on l'a frappé et on lui a tiré dessus. Il a dû quitter les forces de l'ordre. Et maintenant ça ? Pourquoi ? Qu'attendent-ils de nous ?

Moi. C'est moi qu'ils attendent.

De la bile acide remonte dans ma gorge.

La police ne recevra jamais la moindre demande de rançon, car leurs exigences m'ont été directement communiquées.

Ou plutôt, elles ont été communiquées à la CIA où j'ai toujours des contacts – et ils le savent.

J'aurais dû le prévoir et prendre des mesures préventives, mais j'ai cru que toutes les personnes interrogées par Sokolov ne craignaient plus rien étant donné qu'elles ignorent tout.

Je me suis concentré sur l'opération largage et j'ai sous-estimé le potentiel de mes adversaires sociopathes.

Un spasme me raidit le cou. La douleur constante s'accentue lorsque je mets la vidéo en pause pour retourner sur ma messagerie et relire le dernier email.

Dix-neuf heures, dix-neuf vies, indique le message reçu par la CIA. *Le décompte commencera à midi heure de l'Est. Rendez-vous, Wally, ou ils mourront tous un par un.*

CHAPITRE 72
SARA

Après le petit-déjeuner, Peter s'en va pour travailler avec Esguerra et son équipe russe. Je décide de rendre visite à Nora dans la maison principale. Pour la première fois de la semaine, je ne me sens ni tendue ni anxieuse. Mon estomac est calme et mon cœur bat à un rythme normal.

Je fredonne tout en marchant, profitant de la sensation chaude et humide de l'air sur ma peau. Je me sens bien, presque comme avant la tempête, avant que mes parents…

Mon esprit se ferme. Un mur de coton se dresse autour de moi lorsqu'un troisième coup de feu se fait entendre.

Je regarde mon mari, son dos en sang, puis l'agent dans l'encadrement de la porte. Le visage tordu de haine, il vise la tête de Peter.

Mon regard se pose sur le pistolet que Peter a lâché en se battant avec l'autre policier.

Il n'est qu'à un mètre de moi.

Je tends la main et je m'en saisis. Froid et lourd dans ma paume, il accentue l'engourdissement glacé de mon cœur.

Mes parents sont morts.

Peter va se faire assassiner.

Je vise et appuie sur la détente une fraction de seconde avant que l'agent ouvre le feu.

Ma balle rate sa cible, mais le coup le fait sursauter et il vise au hasard.

Il se tourne alors vers moi, et à nouveau, je tire.

Touché en pleine veste, il recule sous l'impact.

Sans hésiter, je m'approche et une fois de plus, je lève mon arme.

— Non… fait-il d'une voix étranglée.

Il halète. J'appuie sur la détente.

Son visage vole en éclats de sang et d'os. On dirait un jeu vidéo hyperréaliste, avec l'odeur, le goût et…

— Bordel ! Sara, que s'est-il passé ? Qu'y a-t-il ?

Je reviens brusquement à la réalité et je reprends ma respiration. Je suis par terre, roulée en position fœtale. Lucas Kent est penché sur moi. Ses traits taillés à la serpe sont crispés d'inquiétude et ses yeux clairs me balaient de la tête aux pieds. Comme il ne trouve aucune blessure, il me prend par les épaules et m'aide à me redresser.

Mes genoux sont faibles et je tremble. Trempé de sueur, mon tee-shirt me colle à la peau. J'ai si froid que je frissonne en dépit de la chaleur du soleil sur ma peau.

— Est-ce que ça va ? demande Kent en me soutenant.

Quand je hoche la tête en pilote automatique, il me libère et demande :

— Que s'est-il passé ? Quelque chose t'a fait peur ou t'a fait mal ?

Je secoue la tête, encore trop essoufflée pour parler.

— Bon. Diego ! lance-t-il en faisant signe au garde qui passe par là – dans un brouillard, je reconnais celui qui nous a montré notre maison.

— Reste avec elle, ordonne Kent lorsque le jeune homme accourt. Je vais chercher Peter.

Avant que je puisse protester, il détale au pas de course.

CHAPITRE 73

PETER

— Où est Kent ? demande Esguerra lorsque j'entre dans le petit bâtiment moderne qui lui sert de bureau.

Il préfère mener ses affaires à l'extérieur de la maison familiale – même si Nora connaît tous les tenants et les aboutissants de son empire illégal.

— Comment veux-tu que je le sache ? je réponds en m'assoyant à côté de Yan, qui consulte son téléphone.

Ilya et Anton sont déjà là. Ilya mâchonne joyeusement un biscuit, sans doute pioché dans le plat qu'Ana a dû apporter.

— Il n'est pas hébergé dans ta maison ? je demande.

Esguerra fronce les sourcils.

— Il participait à la patrouille avec les gardes ce matin, répond-il en jetant un œil aux nombreux écrans qui recouvrent les murs avant de se tourner vers nous. Bon, il nous rattrapera plus tard. Je vais devoir passer un coup de fil, ajoute-t-il en me regardant. Des nouvelles de Henderson ?

— Non. Je ne pense pas qu'il nous contacte avant un moment. Nous ne sommes jamais qu'à…

Je jette un œil vers l'heure affichée par les écrans avant de compléter :

— … une heure du début du décompte. Je suppose que nous allons devoir mettre notre menace à exécution. Après quelques cadavres, il comprendra que nous ne plaisantons pas.

Esguerra acquiesce.

— Très bien. J'ai déjà fait savoir à mes hommes quels otages tuer en premier. Des nouvelles des hackers ?

— Oui, répond Yan en levant les yeux de son téléphone. Ils viennent d'identifier le tireur embusqué, celui qui a abattu l'agent venu pour arrêter Peter.

Je serre les poings sur la table.

— Qui est-ce ?

— Eh bien, c'est une femme, répond Yan en regardant son téléphone. Elle se fait appeler Mink et elle vient de République tchèque. Attendez, la photo est en train de charger.

— Et nos sosies ? s'enquiert Anton. Des pistes sur ces connards ?

Yan ne répond pas. Quand je le regarde, je vois une veine palpiter sur sa tempe. Il consulte l'écran de son téléphone.

— Qu'y a-t-il ? demande Ilya en fronçant les sourcils.

Sans un mot, son jumeau lui tend le téléphone.

Le visage large d'Ilya semble s'être changé en pierre.

— Elle ? fait-il en levant les yeux vers son frère. C'est *elle*, Mink ?

Putain ! J'arrache le téléphone des mains d'Ilya et j'examine la photo qui apparaît.

La femme – de profil – est jeune et plutôt charmante. Ses traits délicats sont mis en valeur par les cheveux blonds coiffés en pointes qui encadrent son visage à la peau claire. Dans son cou, je discerne vaguement un tatouage, et sa petite oreille est percée par une dizaine d'anneaux.

— Qui est-ce ? je demande en regardant les jumeaux. Comment la connaissez-vous ?

Le visage de Yan est tendu.

— Aucune importance, répond-il en me reprenant le téléphone. J'envoie des hommes la capturer. Elle sait peut-être où est Henderson.

— C'est important, rétorque Esguerra tandis que les pouces de Yan pianotent furieusement sur l'écran. Putain, qui est-ce ?

— Nous l'avons rencontrée à Budapest, répond Ilya tandis que Yan ignore la question. Elle est serveuse dans un bar.

Une serveuse à Budapest ? Pourquoi ça me dit quelque chose ?

— Tu as couché avec elle il y a quelque temps ? s'exclame Anton en regardant Yan. C'est à son sujet qu'Ilya n'arrêtait pas de bouder quand nous étions en Pologne ?

Les mâchoires imposantes d'Ilya se contractent.

— Je ne boudais pas. En tout cas, ajoute-t-il en désignant son frère du pouce, c'est bien lui qui se l'est tapée.

Yan abat son téléphone sur la table.

— Ferme-la, merde !

J'assiste à la scène, ébahi. Yan, toujours calme et mesuré, est en train de perdre son sang-froid comme jamais.

Son jumeau vire au rouge et il se lève brusquement, envoyant valser sa chaise par terre.

Je bondis à mon tour, conscient qu'une bagarre va éclater. Au même moment, Kent fait irruption dans le bureau.

— C'est Sara, dit-il en haletant comme s'il avait couru un marathon. Peter, tu dois venir avec moi tout de suite.

CHAPITRE 74
PETER

Sans prêter attention à la vive douleur sous mes côtes, je raccompagne Sara à la maison. Elle est capable de marcher – je le sais, parce qu'elle me l'a dit d'une voix chevrotante –, mais je m'en fiche. Elle est tellement pâle et fragile que je dois la soutenir, sentir son corps frêle contre le mien, pour avoir la certitude qu'elle n'est pas blessée.

Ainsi, je peux me convaincre qu'elle et le bébé vont bien.

Mon sang s'est figé dès que Kent est arrivé et je ne m'en suis pas encore complètement remis. Quand j'ai accouru, ma ptichka était encore plus livide que maintenant… la voir aussi vulnérable n'a rien arrangé.

— Et voilà, dis-je d'une voix apaisante lorsque nous approchons de la maison. Nous allons te mettre tout de suite sous la douche, d'accord ?

Ses vêtements sont couverts de terre et tachés par l'herbe, tout comme ses paumes, ses genoux et la moitié de son visage.

Elle ne proteste pas – ni à la douche ni à mon aide pour la déshabiller –, ce qui en dit long sur son état de faiblesse. Hier, elle n'arrêtait pas de vouloir me convaincre que tout allait bien.

Une fois qu'elle est nue, j'ouvre l'eau chaude et j'attends la bonne température. Puis je la fais entrer et je retire mes propres habits afin de la rejoindre sous le jet. Immédiatement, l'eau imprègne mes bandages, mais ça m'est bien égal. De toute façon, je suis sûr qu'il est grand temps que je les enlève.

— Qu'est-ce que tu as vu, mon amour ? je demande doucement tout en versant du savon dans ma main.

Malgré mon inquiétude, j'ai la queue dure, attirée par sa peau soyeuse et ses seins aux pointes roses. Sans ménagement, je réprime toute envie de cette nature et je me concentre sur la douche. Le sexe n'arrangerait pas le problème, même si je le souhaite.

Ma ptichka doit affronter les démons qui la taraudent.

Elle doit m'ouvrir sa porte – et s'ouvrir à elle-même.

Fermant vivement les yeux, elle secoue la tête.

— Je ne peux pas en parler. Je suis désolée.

Merde. J'ai envie d'écraser mon poing contre la paroi vitrée de la cabine, mais au lieu de ça, j'entreprends de la laver, m'efforçant de rester aussi délicat que possible.

Elle n'a pas besoin de violence.

Elle en a déjà trop subi.

L'inquiétude, mêlée à une bonne dose de culpabilité, me dévore toujours de l'intérieur tandis que je sers le déjeuner à Sara. Je n'aurais pas dû la laisser seule pendant trente minutes. J'aurais dû être là, faire quelque chose pour empêcher ça.

Bon sang, j'aurais dû la protéger contre ce traumatisme.

À mon grand soulagement, elle semble s'être ressaisie après la douche – au point qu'elle essaie à nouveau de faire semblant que tout va bien, comme si Kent ne l'avait pas retrouvée roulée en boule sur la pelouse comme un enfant blessé.

— On pourrait laisser la psychologue se reposer après son vol, non ? dit-elle lorsque je lui annonce que je l'emmènerai voir la spécialiste après le repas. Nous pourrons commencer les séances demain.

— Elle se reposera après t'avoir parlé.

Je refuse de reporter le rendez-vous – pas après ce que j'ai vu. Esguerra m'a envoyé un message pour me demander de passer à son bureau après le déjeuner, mais je ne la laisserai plus toute seule.

Henderson et toutes ces conneries peuvent bien attendre.

Sara soupire en jouant avec sa salade de chou kale du bout de sa fourchette, puis elle lève les yeux.

— Tu es conscient que je ne vais pas guérir comme par magie si je parle avec cette psy, n'est-ce pas ?

Ses yeux noisette sont perplexes.

— La thérapie n'aide pas toujours dans ce genre de situations.

Au moins, elle admet enfin qu'il y a bien une « situation ».

Je me lève et contourne la table pour rejoindre sa chaise.

— Je sais, mon amour, lui dis-je doucement, les yeux sur son visage à l'envers.

Je pose les mains sur ses épaules et je les masse, chassant la tension de ses muscles délicats.

— Ce ne sera pas magique, mais ce sera un début.

Me laissant tomber à genoux à côté de sa chaise, j'enroule les bras autour d'elle et je la serre. J'ai besoin de sentir son cœur battre contre le mien.

J'ai besoin de me convaincre que je suis en mesure de réparer les dégâts que j'ai causés.

CHAPITRE 75
SARA

*L*e docteur est une grande femme qui approche de la cinquantaine. Si Sandra Bullock avait joué la patronne aussi méchante qu'élégante dans *Le Diable s'habille en Prada*, elle aurait ressemblé à cette thérapeute, jusqu'aux lunettes de créateur perchées sur son nez.

— Bonjour, dit-elle en tendant sa main fine parfaitement manucurée. Je suis le docteur Wessex.

— Bonjour, je réponds en lui serrant la main. Je m'appelle Sara.

Nous sommes dans une maison similaire à celle que Peter et moi occupons, dans un petit bureau avec une fenêtre orientée vers la route. J'aperçois Peter qui fait les cent pas à l'extérieur. Docteur Wessex lui a expressément demandé de ne pas être présent lors de ma séance de thérapie.

— C'est un plaisir de vous rencontrer, Sara.

Elle s'assoit derrière une table lustrée et je m'installe sur le fauteuil inclinable de l'autre côté.

— Votre mari m'a un peu expliqué ce qui vous amène aujourd'hui, mais j'aimerais l'entendre avec vos propres mots.

Je me trémousse sur mon siège.

— J'aimerais mieux éviter d'en parler.

— Pourquoi ? demande-t-elle en penchant la tête. Parce que cela vous fait mal ?

Je prends une inspiration. Ma gorge se noue.

— Non. Enfin, oui, bien sûr. Mais je… je ne veux pas y penser.

— Parce que vos parents ont été tués ?

Je tressaille en détournant le regard.

— Ou à cause d'autre chose ? insiste le docteur. Peut-être quelque chose que vous avez du mal à accepter ?

Ma respiration s'accélère, je me tords les mains. Mes ongles s'enfoncent dans ma paume et cette infime douleur m'aide à me concentrer sur le présent.

Je ne peux pas aborder ce sujet.

Je n'aborderai pas ce sujet.

Devant mon silence obstiné et mon refus de la regarder, Docteur Wessex soupire et demande :

— Avez-vous déjà entendu parler de l'intégration neuro-émotionnelle par les mouvements oculaires, ou son sigle en anglais, EMDR ?

Je la dévisage bêtement en secouant la tête.

— C'est une psychothérapie relativement nouvelle et non traditionnelle avec laquelle j'ai rencontré de beaux succès l'an dernier. L'idée, c'est de revenir sur vos expériences négatives tout en vous concentrant sur des stimuli externes. En l'occurrence, je vous demanderai de suivre les mouvements de ma main avec vos yeux tout en me racontant un souvenir particulièrement douloureux.

Je cligne des paupières.

— Quoi ?

Elle sourit.

— Je vais faire ceci…

Elle bouge sa main en rythme, d'un côté et de l'autre, comme pour vérifier ma vue.

— … et vous suivrez le mouvement avec vos yeux. Exerçons-nous.

Elle reprend le mouvement latéral et je suis ses doigts du regard, comme un chat fasciné par un laser. Je ne vois pas en quoi cela peut m'aider, mais je suis partante.

— Bon, très bien, dit-elle une fois que j'ai saisi le rythme. Maintenant, concentrons-nous sur un souvenir bouleversant… disons, votre toute dernière réminiscence. Qu'avez-vous vu ce matin ? Quel événement avez-vous revécu ? Si vous ne souhaitez pas vous concentrer là-dessus, choisissez autre chose – nous pouvons aussi recommencer du début.

Je suis toujours les mouvements de sa main. Étrangement, je me sens détachée de la pression volcanique qui gronde dans ma poitrine. J'éprouve toujours un poids énorme, mais on dirait que cela arrive à quelqu'un d'autre.

Mes yeux alternent entre un côté et l'autre, suivant son doigt tandis que je prends la parole. Lentement, avec plusieurs pauses, je reviens sur les événements de la journée, depuis l'arrivée des forces d'intervention jusqu'au moment où j'ai appuyé sur la détente.

Je me tais enfin, incapable d'ajouter un mot de plus, trop ébranlée par mes tremblements violents. À mon grand soulagement, Docteur Wessex n'insiste pas. Au lieu de ça, elle me demande de me concentrer sur les réactions de mon corps et sur les pensées qui m'habitent en ce moment. Pendant tout ce temps, elle bouge la main de gauche à droite et dans l'autre sens, afin d'aider ma concentration.

Afin de m'éviter de penser à la douleur et au chagrin suffocant.

———————

Lorsque Peter vient me chercher, je suis tellement vidée émotionnellement et physiquement que je rentre directement à la maison, où je m'endors presque aussitôt.

Je me réveille une heure et demie plus tard en entendant des voix masculines étouffées. J'enfile une robe de chambre et je m'approche discrètement de la fenêtre pour jeter un œil à travers les stores fermés.

Ce sont Kent, Esguerra, Peter et Yan. Ils discutent dehors.

Je retiens mon souffle en essayant de comprendre ce qu'ils disent.

— Toujours rien, dit Kent d'un air dépité. Sommes-nous certains que le message lui est parvenu ?

— Oh, il l'a bien reçu, répond froidement Peter. Mais ce dégonflé a trop peur de réagir.

Esguerra regarde Yan.

— Et ta copine ? Quand doit-elle arriver ?

La mâchoire de Yan se contracte sensiblement, mais il parvient à garder le contrôle.

— Bientôt, dit-il sans la moindre émotion. Très bientôt.

— Tant mieux.

Un sourire sinistre recourbe les lèvres d'Esguerra.

— Une fois qu'elle sera là, le choix de Henderson n'aura peut-être plus aucune importance. Nous trouverons le moyen de retrouver ce fumier.

Les hommes se dispersent et je m'écarte de la fenêtre, troublée et pourtant pleine d'espoir.

Je ne sais toujours pas ce qu'ils mijotent, mais apparemment, ils progressent avec Henderson – et aussi terrible que ce soit, je suis impatiente que l'ancien général paie son dû.

CHAPITRE 76
HENDERSON

— Tu es un putain de psychopathe ! Tu m'entends ? Un psychopathe !

Bonnie hurle, le visage maculé de larmes et de morve.

— Cinq personnes que nous connaissons sont mortes et tu t'en fiches !

J'esquive le verre qu'elle me jette. Il s'écrase contre le mur derrière moi, éclatant sous l'impact. Chaque parole qu'elle lance dans ma direction est aussi assassine que ses projectiles. La fureur qu'elle engendre se combine à ma migraine pour brouiller ma vision de points rouges.

Je n'aurais pas dû oublier de renouveler ses médicaments. Elle devrait être assommée au fond de son lit au lieu de consulter mes emails et regarder les actualités à la télé.

Une assiette siffle à côté de mon oreille et je perds mon sang-froid.

— Non, je ne m'en fiche pas ! je m'écrie en contournant la table pour agripper ses épaules osseuses.

— Mon cousin Lyle fait partie des victimes. Et alors ? De toute façon, ils les tueront. Et toi aussi, Amber et Jimmy. Tu crois que je devrais me présenter à ces tueurs sur un plateau d'argent ? Putain, c'est ce que je devrais faire ?

Je la secoue si violemment que ses dents s'entrechoquent sous son crâne vide, mais elle refuse de reculer.

— Oui, tu devrais peut-être le faire ! hurle-t-elle, me postillonnant au visage. Tout le monde irait mieux si tu étais mort !

Fou de rage, je la repousse. Elle s'écrase contre le réfrigérateur juste au moment où notre fille entre dans la cuisine.

— Maman ? Papa ?

Ses grands yeux bleus alternent entre Bonnie et moi.

— Que se passe-t-il ?

Merde. Amber n'était pas censée assister à cela.

De mes deux enfants, c'est elle qui s'est toujours rangée de mon côté.

— Rien, ma chérie, dis-je calmement. Ta mère a besoin de ses médicaments, c'est tout.

Abandonnant Bonnie en sanglots sur le sol, j'emmène ma fille et la raccompagne dans sa chambre.

Je ne peux pas sauver toutes les personnes que j'aime, mais je protégerai ma famille.

Même si ces ingrats ne me facilitent pas la tâche.

J'ai enfin dégoté l'agencement du complexe colombien d'Esguerra. Je suis en train de l'examiner pour l'opération largage quand je prends soudain conscience que la maison est silencieuse.

Trop silencieuse.

Je n'entends pas les explosions des jeux vidéo dans le salon ni la vaisselle dans la cuisine alors qu'il est l'heure de dîner.

Ma pression sanguine monte dans les tours lorsque je passe de pièce en pièce.

Rien.

Il n'y a personne.

Notre chalet islandais est aussi froid et vide que les routes alentour couvertes de neige.

Je me précipite dans le garage. Évidemment, la Jeep a disparu. Bonnie a dû la prendre pour aller en ville avec les enfants.

Quelle sombre conne ! Je frappe le mur avec ma paume. Je lui ai dit un million de fois qu'on ne devait pas sortir de cette maison. Comment a-t-elle pu prendre un tel risque en sachant ce qui arrive à tous nos amis et nos proches ? Ne se rend-elle pas compte que mes ennemis vont l'écorcher vive ?

À moins que… Mon cœur se serre et l'air est expulsé de mes poumons.

Elle ne ferait pas ça.

Elle n'a pas fait ça.

Putain, elle n'oserait pas !

Malgré tout, mes jambes me ramènent à l'intérieur, jusqu'à sa chambre. J'y avais jeté un bref coup d'œil, assez longtemps pour constater qu'elle n'était plus là.

Quand j'y retourne pour mieux regarder, ce que je découvre me consume de rage.

Sur sa table de chevet, sous la télécommande de la télé, se trouve une petite feuille de papier avec son écriture.

Nous partons, annonce-t-elle. *Mieux vaut tenter notre chance dehors qu'être « en sécurité » ici avec toi.*

CHAPITRE 77
PETER

J'entre dans le local consacré aux interrogatoires, où une jeune femme est attachée sur une chaise. Son petit visage est couvert d'hématomes et sa lèvre inférieure est fendue, ce qui lui donne un air boudeur. Mais son regard est clair et provocateur.

Elle ne se laisse pas faire, cette jolie tireuse d'élite. Je me demande si c'est Yan qui l'a amochée en l'interrogeant ou si elle s'est blessée lors du combat ayant conduit à sa capture la veille.

J'entends des bruits de pas et je me retourne pour voir Yan et Ilya entrer dans la pièce.

— Nous venons d'obtenir les dossiers sur les hommes qu'elle nous a balancés, dit Ilya en tendant son téléphone. Nos sosies ont de beaux pedigrees. Tous les quatre sont d'anciens membres des Delta Force, dans la même unité. Avec quelques camarades, ils ont été jugés par la cour martiale il y a quinze ans pour viol en réunion sur une jeune fille de seize ans au Pakistan. Six hommes ont été arrêtés, mais les autres les ont aidés à s'échapper et ils sont partis en cavale. Depuis, ils effectuent des petites missions par-ci par-là, entre assassinats et bombes pour des organisations terroristes.

Tout en parlant, je parcours les photos sur l'écran. De toute évidence, ils n'ont pas lésiné sur les moyens pour se déguiser en membres de notre équipe. Les visages qui m'apparaissent ressemblent très peu aux nôtres. Au mieux, l'un d'eux a de vagues traits en commun avec moi – et encore, ses cheveux sont blond cendré.

Une idée me vient.

— Qui s'est chargé de les maquiller et de les déguiser ? je demande à la tireuse en m'approchant de sa chaise. Il doit être très doué.

Comme elle prétend ne pas savoir où se cache Henderson, et comme cette poule mouillée d'*ublyudok* n'a pas cédé, laissant ses amis et ses proches mourir à sa place, nous allons devoir trouver un autre moyen de l'atteindre… peut-être par l'équipe qu'il a engagée pour poser l'explosif.

Elle garde le silence pendant un moment, puis elle déclare sur un ton maussade :

— Moi. C'est moi qui l'ai fait.

Sceptique, je hausse les sourcils.

— Vraiment ?

Ses narines frémissent.

— Pourquoi mentirais-je ? Je vous ai déjà donné tous ces noms. Une information de plus ou de moins…

Elle parle anglais aussi bien que n'importe quel Américain. Je me demande quand et comment cette Tchèque a pu devenir parfaitement bilingue.

— Ce sera facile à vérifier, dit Yan en s'avançant. Elle peut démontrer ses talents sur moi ce soir.

— Et sur moi.

Les poings serrés, il fusille son frère du regard. Génial. Ils se font toujours la guerre pour savoir qui aura le droit de la baiser.

Réprimant mon agacement, je pose encore à la fille une dizaine de questions auxquelles elle répond, malgré ses réticences. Comme c'est une contractuelle privée qui n'a prêté allégeance à personne, elle a fait le choix avisé de coopérer avec nous en échange de sa vie et de sa liberté éventuelle.

J'ai l'intention de l'achever – les parents de Sara sont morts à cause d'elle –, mais pour l'instant, j'aime autant lui laisser croire qu'elle a une chance de s'en tirer.

De toute façon, elle n'est pas aussi utile que je l'espérais. Elle a dit qu'elle n'avait rencontré Henderson en personne qu'une seule fois et qu'elle n'avait aucune idée de l'endroit où il se terre. Elle ne sait pas non plus où se trouvent nos soi-disant sosies, même si elle a souvent travaillé avec eux dans le passé.

C'est une autre impasse, et pourtant je ne perds pas espoir.

Désormais, nous avons d'autres noms à pister. L'un d'eux va bien nous conduire jusqu'à notre cible.

En rentrant, je suis soulagé de constater que Sara fait toujours la sieste, comme ces deux derniers après-midi. Même si elle ne veut pas l'admettre, la grossesse et les nausées matinales l'épuisent.

Sans parler des séances de thérapie avec Docteur Wessex. J'ignore ce que lui fait subir la thérapeute, mais ces entrevues la vident de son énergie, à tel point qu'elle s'endort dès qu'elle rentre à la maison.

— C'est quel genre de traitement ? ai-je demandé à Sara la veille au soir.

Elle m'a parlé du mouvement des yeux. Apparemment, cela exerce son cerveau à aborder différemment les souvenirs traumatisants. Je ne suis pas certain d'avoir tout compris, mais depuis le début de sa thérapie, elle n'a eu qu'un seul incident post-traumatique – d'après ce que je sais, en tout cas.

Il n'est pas à exclure qu'elle me les cache. Comme elle n'a pas encore pleuré et qu'elle ne m'a pas parlé de ce qui s'est passé, je me doute que tout est refoulé aux tréfonds de son être, le chagrin et la douleur qui remplissent le vide laissé par le décès de ses parents.

Le plus étrange, c'est que j'en ressens une partie, moi aussi – pas simplement un écho de sa tristesse, mais mon deuil personnel. Au cours des quatre mois qui ont suivi notre mariage, j'ai appris à connaître Chuck et Lorna, à les apprécier et à les respecter. C'étaient des gens bien, des parents aimants, et bien qu'ils aient toutes les raisons de me détester, ils s'étaient ouverts peu à peu, me laissant jouer un rôle dans leurs vies.

Comme un membre de la famille – une famille qu'une fois de plus, je n'ai pas réussi à protéger.

Sans un bruit, je sors de la chambre, la poitrine comprimée. Je me demande si je me pardonnerai un jour ce qui s'est passé, de ne pas avoir su prévoir que l'ennemi que j'avais si minutieusement traqué n'accepterait peut-être pas de quitter sa cachette pour reprendre le cours de sa vie.

Je m'en veux de ne pas avoir deviné les formes perfides que sa vengeance pouvait revêtir.

Je suis d'humeur sombre lorsque j'entre dans le salon et ouvre mon ordinateur pour consulter l'email crypté que j'ai utilisé afin de joindre le contact de Henderson à la CIA. Nos dix-neuf prisonniers sont morts maintenant, alors je n'attends rien de précis – j'y jette un œil par habitude.

Voilà pourquoi le message d'un expéditeur inconnu me déstabilise complètement.

J'ouvre l'email, je le lis – puis je le relis, incapable d'en croire mes yeux.

Si vous voulez Wally, retrouvez-moi au Marison Café à Londres à 9 h mercredi. Venez seul.

Bonnie Henderson

CHAPITRE 78
SARA

— ... **C**lairement un piège, dit Ilya lorsque je sors de la chambre en bâillant après ma sieste. Il essaie de t'attirer dans un guet-apens, voilà tout.

— Évidemment, mais nous devons quand même suivre cette piste, répond Kent.

Je m'arrête discrètement dans le couloir et je jette un œil dans le salon.

Peter, Esguerra, Kent et les trois coéquipiers de mon mari russe sont regroupés autour d'un ordinateur portable posé sur la table basse. La petite pièce est tellement remplie de testostérone que j'en sens presque le goût sur ma langue. « Virilité fatale » sont les mots qui me viennent à l'esprit quand j'aperçois leurs grands corps incroyablement athlétiques et leurs visages carrés.

Une virilité fatale qui fait des ravages dans les petites culottes.

Bien sûr, Peter est plus magnétique que les autres, de loin. Ils continuent de parler sans se douter de ma présence. La blondeur de Kent me fait penser à un Viking adepte de pillages et je décèle quelque chose de résolument cruel chez Esguerra – dans une certaine mesure, chez Yan et Anton aussi. Ilya est le seul qui semble avoir une once de bonté en lui, et ce n'est vraiment pas mon genre – même si je comprends bien que de nombreuses femmes soient excitées par ces muscles excessivement volumineux et ce crâne couvert de tatouages.

— Sommes-nous seulement certains que Peter est censé y aller seul ? demande Esguerra, accroupi pour mieux voir l'écran d'ordinateur. L'email n'est adressé à personne en particulier.

Mon souffle reste coincé dans ma gorge et je cesse instantanément de comparer les physiques des hommes.

Quelqu'un essaie de pousser Peter à aller seul quelque part ?

— Nos hackers retracent le message en ce moment même, dit Yan en consultant son téléphone. Nous connaîtrons bientôt l'adresse IP à partir de laquelle il a été envoyé.

Peter agite vaguement la main.

— Ce ne sera pas une véritable adresse IP. Henderson sait couvrir ses traces.

— Mais si ce n'était pas Henderson ? fait Esguerra en se levant. Si c'était réellement sa femme ?

Ilya éclate de rire.

— Oui, bien sûr. Si nous croyons à ça, alors il peut nous faire prendre des vessies pour des…

— Non, Julian a raison, l'interrompt Peter. Tout ça ne ressemble pas du tout à Henderson. S'il voulait m'attirer dans un piège, il m'offrirait une piste plus crédible, en se faisant passer pour son contact à la CIA, par exemple, ou je ne sais quoi. Ce message signé avec le nom de sa femme, ça empeste le guet-apens à plein nez. Pas besoin d'avoir travaillé avec l'agence pour savoir que c'est une tactique qui a peu de chances de réussir.

— C'est peut-être pour cette raison qu'il l'utilise, avance Kent. *Parce que* c'est absurde et incroyable.

— À moins que ce ne soit pas lui qui a écrit cet email.

Esguerra croise les bras sur sa poitrine.

— Moi, je vous dis que ça pourrait bien être sa femme.

— Pourquoi sa femme contacterait-elle Peter ? demande Anton en se frottant la barbe. Nous venons de tuer dix-neuf de leurs amis et proches, laissant leurs cadavres dans la nature pour que les policiers les retrouvent. Vous croyez qu'elle est suicidaire ?

— Peut-être, dit Yan alors que je plaque une main sur ma bouche, réprimant un cri d'horreur.

Dix-neuf personnes ?

Ils ont tué *dix-neuf innocents* dans leur quête pour mettre la main sur Henderson ?

— Réfléchissez, poursuit Yan alors que le martèlement de mon cœur redouble. Ça fait des années que nous poursuivons son mari. Imaginez le stress que subit toute cette famille. N'est-ce pas ce que nous imaginions quand nous avons décidé de nous en prendre à ces gens ? Nous espérions qu'un membre de la famille Henderson – la femme, la fille, le fils – craque sous la pression et commette ce genre d'erreur, n'est-ce pas ?

— Là, c'est plus qu'une erreur, observe Kent. Nous ne l'avons pas trouvée parce qu'elle a appelé ses amis alors qu'elle était inquiète. C'est *elle* qui nous a contactés – à l'adresse email que seuls Henderson et son contact à la CIA possédaient.

— À moins qu'elle ait accès à la messagerie de son mari et qu'elle ait vu le message transmis par la CIA, dit Esguerra. Dans ce cas, elle le connaît aussi.

La main toujours devant ma bouche, je recule en prenant soin de ne pas faire le moindre bruit.

À présent, je comprends pourquoi Peter ne voulait pas me donner les détails de leur plan.

Ce n'est pas à cause de ma santé mentale – c'est parce qu'ils ont perpétré des meurtres de masse pour le mener à bien.

CHAPITRE 79
PETER

Nous sommes en train d'établir une stratégie pour déterminer la meilleure approche à adopter lorsque Sara entre dans le salon.

— Te voilà, dis-je en souriant. Comment était ta sieste ?

Son regard croise le mien pendant un instant avant de se détourner.

— Très bien. Bonjour, tout le monde.

D'un geste de la main, elle salue les hommes sans sourire.

— Retrouvons-nous ce soir, déclare Esguerra en se levant du canapé. À vingt heures, dans mon bureau.

Je jette un œil vers Sara, qui nous esquive pour se rendre dans la cuisine et se servir un verre d'eau. Je n'ai pas envie de la laisser seule – c'est pour ça que j'ai fait venir les autres.

Conscient de mon dilemme, Esguerra annonce :

— Sara, Nora se demandait si tu pouvais l'aider avec Lizzie ce soir. Rosa a pris sa soirée.

Sara lève les yeux, impassible.

— Bien sûr, avec plaisir.

Esguerra hoche la tête, satisfait, et tout le monde s'empresse de partir, me laissant seul avec elle. Je suis content, parce que je n'aime pas l'humeur étrange de Sara.

S'est-il passé quelque chose pendant sa sieste ?

— Ptichka…

J'entre dans la cuisine et je m'arrête devant elle.

— Tu as fait une autre crise cet après-midi ?

Elle cligne des yeux.

— Quoi ? Non, pas du tout.

— C'est vrai ? dis-je d'un air dubitatif.

Sa mâchoire délicate se crispe.

— Oui, tout va bien.

Reposant son verre d'eau sur le plan de travail, elle se détourne.

Mais je ne compte pas la laisser s'en tirer avec un mensonge aussi évident. L'empoignant par le bras, je la tourne vers moi.

— Allons, qu'y a-t-il ? je demande. Que s'est-il passé ?

Elle me regarde et je décèle une absence totale d'expression dans ses yeux noisette.

— Rien. Il ne s'est rien passé.

— Sara… ne te ferme pas.

Une lueur insoutenable fait briller son regard pendant un instant avant que ce voile neutre ne vienne dissimuler cette émotion.

— Je te l'ai dit, ce n'est rien.

— Ce n'est pas rien si tu refuses de me parler. Ptichka…

Je lui lâche le bras pour glisser une mèche de cheveux ondulés derrière son oreille.

— S'il te plaît, mon amour, dis-moi ce qui ne va pas.

Ses traits se raidissent.

— Rien. Laisse tomber.

Laisse-moi. Ma main retombe lorsque j'entends les mots qu'elle ne prononce pas, aussi clairement que si elle avait crié. L'email m'avait temporairement remonté le moral, mais mon humeur s'assombrit aussitôt. Je suis la cause de tout cela. Cette idée me pèse sur les épaules, me suffoquant de son poids écrasant.

C'est moi qui ai infligé cela à Sara.

Ses parents sont morts à cause de moi.

Elle a perdu son ancienne vie à cause de moi.

Parce que je ne l'ai pas laissée derrière moi.

Parce que je ne pourrai jamais la laisser.

— Tu me détestes ? je demande à mi-voix. Je ne t'en voudrais pas.

Elle me regarde fixement et ses pupilles s'obscurcissent tandis que sa respiration s'affole. Elle ne le nie pas. Pourquoi le ferait-elle ?

Sans mon obsession pour elle, ses parents seraient toujours en vie.

— Je le devrais, dit-elle d'une voix tendue. Une personne normale te détesterait.

La pression dans ma poitrine augmente. La douleur s'accentue. Bien sûr, elle aurait raison. Je suis responsable de tout cela.

— Je suis désolé.

Ces mots inhabituels se frayent un chemin dans ma gorge, la laissant à vif derrière eux.

— Je suis désolé pour tout. Je n'ai pas réussi à les protéger… à te protéger. J'aurais dû prévoir qu'il ferait ce genre de choses, mais…

Je me tais, conscient que je n'ai pas de véritable excuse.

Avec tous les gardes du corps et les mesures de sécurité que j'ai mises en place, j'étais prêt à ce que mes ennemis attaquent, mais pas comme ça.

Sara ouvre de grands yeux. Quand je me tais, elle commence à secouer la tête.

— De quoi parles-tu ? s'exclame-t-elle lorsque le silence revient. Ce n'est pas ce que je… Tu crois que je te reproche la mort de mes parents ?

Je fronce les sourcils, troublé.

— Ce n'est pas le cas ?

— Bien sûr que non ! À la rigueur, c'est moi qui…

C'est à son tour de ne pas terminer sa phrase, les yeux luisants d'un éclat douloureux. Avant que je puisse parler, elle poursuit :

— Je sais que c'est Henderson qui est responsable de ce qui s'est passé, pas toi. C'est *lui* qui a mis en place les explosifs, qui a tué tous ces innocents pour pouvoir t'accuser de leur mort. C'est *lui* qui a envoyé les forces d'intervention chez mes parents.

— C'est vrai. Mais c'était *mon* ennemi.

— Oui, et toi, tu es *mon* mari.

À présent, les larmes lui montent aux yeux.

— *Je* suis tombée amoureuse de toi. *Je* t'ai fait entrer dans leurs vies. *J'ai* insisté pour mener cette vie normale dans les beaux quartiers. Si j'avais accepté plus tôt mes sentiments pour toi, nous aurions pu vivre heureux au Japon. Et rien de tout cela ne serait arrivé. Mes parents seraient encore…

— Essaies-tu sérieusement de dire que tu es responsable ? je l'interromps, incrédule.

Je serre tout doucement ses mains dans les miennes.

— Sara, ptichka… as-tu l'impression d'avoir une part de responsabilité dans ce qui s'est passé ?

N'a-t-elle donc aucun souvenir de la manière dont elle s'est retrouvée au Japon ? De la manière dont je me suis immiscé de force dans sa vie pour la lui confisquer ?

Les larmes dans ses yeux étincellent. Elle essaie de détourner le regard, mais je ne la laisse pas faire. Nous irons au fond des choses. Maintenant. Aujourd'hui. Aussi difficile que ce soit.

Parce qu'enfin, ma ptichka s'ouvre. Elle parle de ce qui s'est passé.

— Sara…

Libérant ses mains, je caresse son menton délicat.

— Mon amour, tu n'es aucunement responsable. Je suis le seul coupable – pour tout. Dès l'instant où je t'ai vue, je t'ai désirée, et j'ai refusé tout obstacle, même celui de tes sentiments. J'étais un connard – et je le suis encore, parce que malgré tout, je ne peux me résoudre à me comporter convenablement.

Sa gorge gracieuse remue quand elle déglutit.

— Convenablement ?

— Je me retirerais. Je te laisserais partir.

Je pince les lèvres en baissant ma main.

— C'est ce que ferait un type bien. Un homme prêt à se repentir de ses péchés. Mais ce n'est pas moi. Je ne peux pas faire ça. Nos neuf mois de séparation ont failli me détruire – et je préfère brûler en enfer pendant l'éternité plutôt que de passer ma vie sans toi.

Elle tressaille, et une fois de plus j'aperçois le tourment dans son regard avant qu'il retrouve sa neutralité prudente.

— Tu n'es pas obligé de faire ça, dit-elle d'une voix chevrotante. Je ne te demande pas de me quitter. Je ne *veux* pas que tu me quittes. C'est la dernière chose que je souhaite. Et clairement, je ne te reproche pas ce qui est arrivé à mes parents.

— Alors, quand tu dis que tu devrais me détester, qu'est-ce que tu veux dire ? Qu'une personne normale me haïrait ?

À nouveau, sa respiration s'affole et elle recule d'un pas en secouant la tête, les yeux embués.

— Laisse tomber, dit-elle avec des trémolos dans la voix. Franchement, laisse tomber.

Je la regarde et un nouveau soupçon se forme.

— Depuis quand es-tu réveillée ? je demande sur une intuition.

Un frisson évident la secoue et je comprends la réponse. Elle nous a entendus.

J'essaie de me remémorer ce que nous avons dit précisément – et je grimace intérieurement.

Nous avons mentionné les dix-neuf cadavres.

Je m'approche et serre ses frêles épaules.

— Je suis désolé que tu nous aies entendus, dis-je doucement. Pour ce que ça vaut, je pensais que Henderson se livrerait en échange de ces gens, du moins quelques-uns.

Elle avale sa salive.

— Oui, c'est ça.

— Aurais-tu préféré que je ne fasse rien ? Voudrais-tu qu'il s'en tire après ce qu'il a fait ?

Sa poitrine se soulève.

— Je devrais.

Sa voix vibre de tension lorsqu'elle lève les yeux vers moi.

— Non pas qu'il s'en tire, mais qu'il soit arrêté. Qu'il paie pour ses crimes selon la procédure normale.

— C'est ce que tu souhaites ? je demande à mi-voix. Si tu avais une baguette magique, si tu pouvais le jeter en prison pour ses crimes, serais-tu satisfaite ? Serait-ce suffisant étant donné ce qu'il a fait ? À nous, à Tamila et Pasha... à tes parents ?

Sa respiration s'accélère à chacun de mes mots. Elle commence à trembler. Se dégageant de mon étreinte, elle essaie de s'éloigner, mais je lui attrape le poignet et je la retourne vers moi.

— Dis-moi, Sara.

Implacable, je l'attire à moi. J'ai envie qu'on se dise tout, qu'on en vienne au cœur du problème.

— C'est ce que tu aimerais ? Qu'il soit soumis à ta justice civile normale ? Ou voudrais-tu qu'il souffre ? Qu'il connaisse la douleur et le deuil ?

Les vannes cèdent, ses joues sont baignées de larmes.

— Arrête, dit-elle d'une voix étranglée tout en tirant sur son poignet. Je ne… Je ne suis pas…

— Tu n'es pas comme ça ? je réponds sans accepter de la libérer. Tu en es sûre, mon amour ? Aucune partie de ton être ne se réjouit un tout petit peu de savoir que le beau-père de ta patiente a eu ce qu'il méritait ? Ou quand *tu* as tiré sur l'agent qui avait tué ta mère ? Tu n'es pas contente de savoir que, même si Henderson est toujours dans la nature, il paie déjà pour ses crimes dans sa chair et son sang ?

Ses larmes redoublent. Elle tremble de plus belle lorsque j'ajoute à voix basse :

— Il le mérite, Sara. Tu le sais bien. Il est regrettable que d'autres personnes soient mortes à sa place, mais c'est ainsi que fonctionne le monde. Ce n'est pas juste. Ce n'est pas équitable. Je le sais, parce que s'il y avait une justice dans cette vie, mon fils serait encore parmi nous aujourd'hui. Au lieu de mourir avec une voiture en jouet dans la main, il aurait grandi pour pouvoir, un jour, conduire le vrai modèle. Il irait à l'école et il sortirait avec des filles. Et à l'avenir, il rencontrerait quelqu'un qu'il aime autant que je t'aime – quelqu'un qui lui ferait oublier les leçons brutales de la vie.

À présent, elle pleure. Elle frappe mon torse en sanglotant et je referme mes bras autour d'elle, la serrant tandis qu'elle se laisse aller, qu'elle s'abandonne au chagrin.

Tandis qu'elle affronte sa détresse et son deuil.

CHAPITRE 80
SARA

Je pleure pendant ce qui me semble durer des heures, tellement absorbée dans la douleur que je sens à peine Peter lorsqu'il me soulève et m'emmène sur le canapé du salon. Pelotonnée sur ses genoux, où il me berce tout doucement, je souffre pour mes parents et pour l'homme que j'ai tué, pour les victimes de Peter, pour Pasha et Tamila. Et par-dessus tout, je souffre pour la femme que j'étais autrefois, celle qui n'aurait jamais imaginé ôter une vie… ni aimer un homme capable de meurtre.

La souffrance déferle en vagues, la douleur, la culpabilité et la rage se succèdent. Seigneur, une telle rage ! Je ne savais pas que j'avais cela en moi. Si Henderson était ici maintenant, je le tuerais à mains nues. Je le regarderais mourir et je profiterais de chaque instant macabre. Contre toute attente, Peter et moi avons bâti ensemble notre vie de rêve – pour tout perdre brusquement, en quelques minutes dévastatrices.

Est-ce là ce qu'a vécu Peter à la mort de Pasha et Tamila ? A-t-il éprouvé cela, comme si tout son monde avait soudain cessé de tourner ?

Tout en pleurant, je revis chaque instant – tous les souvenirs contre lesquels je me suis si souvent battue. J'entends les coups de feu et le vacarme de l'hélicoptère. Je sens l'odeur du sang et la panique dans l'atmosphère. Je vois mourir mes parents, je sens le poids glacial du pistolet dans ma main lorsque j'appuie sur la détente… une fois, deux, puis trois.

Je me rappelle ce que j'ai ressenti en voyant le visage de l'agent exploser, en comprenant que j'ai pris une vie humaine – qu'au fond de moi, je suis capable des mêmes atrocités que Peter.

Je pleure pour tout cela, et aussi parce que mon enfant ne connaîtra jamais une vie vraiment paisible, qu'il ou elle grandira dans un monde teinté d'ombres et de ténèbres. Je pleure pour mon père, qui n'a jamais pu devenir grand-père, et pour ma mère, qui a vécu ses derniers instants penchée sur le cadavre de son mari.

Je pleure pour eux et je fulmine contre le destin. Pendant tout ce temps, Peter est là. Il me soutient.

Il me donne sa force afin que je puisse m'effondrer sans toutefois me briser.

CHAPITRE 81
PETER

J'attends que les sanglots de Sara s'apaisent avant de céder à la chaleur obscure qui bouillonne dans mes veines. Pendant une heure, je l'ai tenue sur mes genoux. J'ai senti trembler son corps souple. Elle a pressé ses fesses fermes sur mon entrejambe tandis que sa poitrine frottait contre mon torse.

Je ne devrais pas la désirer ainsi alors qu'elle vient de me dévoiler les abysses de sa souffrance, mais c'est plus fort que moi. Sa douleur insoutenable m'a écorché vif, dépouillant mes instincts primaires de l'infime vernis de la civilisation.

Je suis une bête déchaînée et elle est ma proie.

Sauvagement, je l'embrasse. Je goûte le sel de ses larmes séchées tandis que mes mains déchirent ses vêtements, révélant sa peau douce. D'abord, elle est passive, essorée par la tempête émotionnelle qu'elle vient de subir, mais très vite, ses bras fins s'enroulent autour de moi et elle me rend mes baisers. À leur tour, ses mains arrachent mes habits avec une férocité égale à la mienne.

Mon tee-shirt atterrit au sol, rejoignant la pile de ses vêtements. Entièrement nue, elle s'acharne sur la fermeture de mon jean en enfourchant mes cuisses.

— Laisse-moi faire, j'ordonne d'une voix rauque.

Je suis pressé, mais elle a déjà terminé, libérant mon sexe qui se dresse, gonflé et douloureux, impatient de rejoindre sa chaleur moite et enveloppante.

— Je t'aime, dit-elle dans un souffle.

Aussitôt, je la pénètre. Ses muscles internes se resserrent autour de moi, m'accueillant en dépit de la douleur que je dois lui causer.

Tout comme elle m'accepte malgré les souffrances que j'ai provoquées dans sa vie.

Je ne mérite pas son amour, son pardon, mais en glissant les doigts dans ses cheveux, en la maintenant prisonnière de mes baisers fougueux, je sais qu'elle me les accorde.

Qu'elle est mienne à jamais, pour le meilleur et pour le pire.

CHAPITRE 82
SARA

— **E**s-tu certaine que tout va bien se passer ? demande Peter pour la dixième fois alors que nous approchons de la belle demeure d'Esguerra après le dîner.

J'acquiesce en levant les yeux vers son visage soucieux.

— Ne t'inquiète pas. Ça va aller.

Pour la première fois depuis une semaine, je ne mens pas. J'ai l'impression d'avoir frotté du papier de verre sur mes yeux et j'ai une migraine lancinante à force d'avoir pleuré, sans parler des courbatures qui s'attardent après notre corps à corps torride dans le salon, mais ce n'est rien. Le plus fort de la douleur – la détresse et la culpabilité dont je n'ai pas réussi à me défaire ces derniers temps – s'atténue, même si elle risque bien de ne jamais disparaître complètement.

Bien sûr, il reste la question des dix-neuf otages morts, mais j'essaie de ne pas y penser. À quoi bon ?

Mon mari est peut-être un monstre, mais je ne peux pas vivre sans lui, pas plus qu'il ne peut vivre sans moi.

— Je ne suis pas obligé d'y aller, répète Peter. Nous pouvons faire demi-tour et rentrer à la maison.

— Tu veux dire rentrer à la maison qu'Esguerra nous prête gracieusement ? Le même Esguerra dont l'hospitalité dépend de l'aide que tu dois lui apporter au plus vite pour mettre la main sur Henderson ?

Peter hausse ses larges épaules, détaché.

— Il comprendra si je n'assiste pas à la réunion.

Je lui souris, la poitrine remplie d'une chaleur rayonnante. Mon chevalier noir – toujours prêt à se jeter dans la bataille pour moi.

— Peut-être, pourtant c'est inutile. Ça va aller. Et pour être honnête, j'ai très envie de passer du temps avec Nora et Lizzie.

— Très bien, mon amour. Si tu en es sûre, dit-il lorsque nous arrivons devant la porte. Appelle-moi si tu as besoin de quoi que ce soit, d'accord ? Je ne serai pas loin.

Il désigne un petit bâtiment voisin, sans doute le bureau auquel Esguerra faisait référence.

— D'accord. À tout à l'heure.

Les mains sur ses épaules, je me hisse sur la pointe des pieds et je pose mes lèvres sur les siennes. Ce devait être un petit baiser, mais il passe un bras autour de ma taille et une main dans mes cheveux pour me soutenir tandis qu'il approfondit notre échange, explorant ma bouche comme si nous n'avions pas fait l'amour depuis des mois, au lieu de quelques heures à peine. Mon cœur bat la chamade et une chaleur délicieuse m'envahit l'entrejambe quand je sens son sexe rigide contre mon ventre. Pendant un moment, je suis tentée d'accepter sa proposition tacite.

D'annuler nos engagements pour la soirée afin de rentrer à la maison et passer les deux prochaines heures au lit.

Lorsque Peter interrompt notre baiser pour reprendre sa respiration, je retrouve mes esprits et je prends brusquement conscience que nous sommes en train de nous peloter sur le porche d'Esguerra – et que le rideau derrière la fenêtre frémit comme si quelqu'un nous épiait.

— Attends…

Le souffle court, je me dégage de son étreinte et je recule.

— On ne peut pas… on ne devrait pas être ici.

Il me regarde. Son torse puissant bouge au rythme de sa respiration et je sais que si nous n'étions pas en public, il m'aurait déjà sauté dessus.

— Très bien, dit-il d'une voix gutturale, serrant les poings le long de son corps. Mais ne reste pas trop longtemps… N'oublie pas. Avant tout, tu es à moi.

Sur cette déclaration spontanée, il tourne les talons et s'éloigne à grandes enjambées.

———————

Si Nora a remarqué mes yeux gonflés et cerclés de rouge, elle a le tact de ne rien dire tandis que je l'accompagne dans la chambre de Lizzie. Au lieu de ça, elle me parle d'un perroquet écarlate qu'elle a repéré ce matin en faisant son jogging, ainsi que d'autres rencontres intéressantes avec la faune locale.

— On dirait que tu te plais ici, lui dis-je en souriant alors qu'elle se penche sur le berceau pour prendre sa fille dans ses bras.

Le bébé émet un petit grognement, mais dès qu'elle se retrouve dans les bras de sa mère, elle pose sa tête sur l'épaule mince de Nora.

— J'adore vivre ici, répond-elle, radieuse.

Elle s'installe sur un fauteuil à bascule tout en tapotant le dos de Lizzie.

— Ça m'a plu tout de suite.

Je me mords la lèvre en prenant place sur le petit sofa à côté du fauteuil. Une curiosité malsaine me ronge, mais j'ignore si je peux aborder des questions intimes avec cette jeune femme. Enfin, je me lance :

— Tu aimes *tout* dans cette vie ?

Je ne parle pas de la météo ni de la nature, et je vois bien que Nora comprend. Pourtant, ma question est suffisamment vague pour qu'elle puisse répondre comme elle l'entend – je ne veux pas la mettre mal à l'aise.

Elle me dévisage d'un œil noir et attentif.

— Non, dit-elle enfin. Pas tout – même si je l'aime.

Évidemment, elle l'aime. Je m'en suis rendu compte lors du dîner. Et il l'aime aussi… quoique certains diraient que ce genre d'homme est incapable d'éprouver des sentiments aussi intenses.

Avant de rencontrer Peter, c'est aussi ce que j'aurais cru, mais comme pour le reste de ma vie, mon opinion sur ce sujet a changé et évolué ces deux dernières années.

À présent, je sais que les tueurs impitoyables peuvent aimer et que le cœur n'exige pas de garantie morale.

— Es-tu au courant de leur toute dernière opération ? je demande d'une voix douce alors que Nora garde le silence. Celle avec les otages ?

Je n'aurais peut-être pas dû tenter le coup, mais je n'arrive toujours pas à oublier ces dix-neuf victimes.

Nora hoche la tête.

— Oui. J'en déduis que toi aussi ?

— Peter n'allait pas m'en parler, mais cet après-midi, je les ai entendus.

Je déglutis avant de poursuivre :

— Alors, oui. Maintenant, je le sais.

— Ah. Je me demandais…

Elle désigne mes yeux et me sourit tristement.

— Peu importe, ajoute-t-elle.

Je penche la tête, émerveillée par le calme imperturbable qu'elle affiche.

— Ça ne te dérange pas ? je demande sans pouvoir m'en empêcher. Tu ne trouves pas ce genre de choses… terrifiantes ?

Elle soupire et change le bébé d'épaule.

— Si. Bien sûr que si. Je ne suis pas comme Julian. Je ne suis pas née dans cette vie.

— Alors, comment tiens-tu le coup ? Comment fais-tu pour ignorer tout ça ?

— Pour être honnête, me dit-elle avec gentillesse, je n'en sais rien. Tout ce que je sais, c'est que je l'aime… j'ai besoin de lui comme la forêt tropicale a besoin de soleil. Mon monde est plus sombre depuis qu'il l'occupe, mais il est aussi plus lumineux, plus riche de tant de manières.

Je me mords la joue. Je la comprends si totalement que ça m'effraie.

— T'arrive-t-il de te demander si c'est toi... si quelque chose en toi est mauvais ou abîmé ? je demande alors que le bébé commence à s'agiter. Peut-être que des femmes normales n'auraient pas... tu sais ?

Une fois de plus, elle soupire et déplace Lizzie contre son autre épaule.

— C'est possible. Je sais que Julian et moi... Eh bien, notre relation ne conviendrait pas à tout le monde, c'est certain.

Elle s'apprête à en dire plus, mais Lizzie remue en gémissant. Nora se lève et la berce pour la calmer.

À mon tour, je me lève.

— Je peux la prendre ?

Nora sourit alors que le volume des pleurs augmente.

— Tout de suite ? Tu en es sûre ?

— Il me faut de l'entraînement, je réponds avec ironie. Ton mari a dit que tu avais besoin d'aide.

— Dans ce cas, la voilà. Ce petit paquet de bonheur est à tout à toi.

Elle me tend le bébé en feignant l'impatience.

À ma grande surprise, Lizzie cesse immédiatement de pleurer et lève vers moi ses grands yeux bleus.

— Quelle petite traîtresse, s'exclame Nora en riant. Tu ne mérites pas que je t'allaite ce soir.

À mon tour, j'éclate de rire en faisant rebondir le bébé dans mes bras. La petite glousse, essayant d'attraper mes cheveux dans ses poings minuscules, et je sens la pression s'atténuer dans ma poitrine. Les nuages noirs se dissipent un moment, me laissant entrapercevoir un rayon de lumière.

CHAPITRE 83
HENDERSON

*I*ntrouvables.

Ces mots tournoient dans mon cerveau en proie à la migraine. Les lettres ondulent comme des serpents sur mon écran.

Tous mes contacts me disent que ma femme et mes enfants sont introuvables. Comme s'ils s'étaient évanouis dans les airs.

Un spasme me contracte le cou et la douleur irradie dans mon bras gauche. J'ai envie de hurler comme un animal, d'avaler une plaquette de pilules, mais c'est impossible.

J'ai besoin de toutes mes facultés mentales.

Il y a de fortes chances que Sokolov les ait déjà attrapés. Sinon, comment expliquer leur disparition ? Il n'y a aucune preuve qu'ils ont quitté l'Islande, aucun billet d'avion correspondant à leur description.

Ils ont dû se faire capturer, enlever.

Bientôt, je recevrai une demande de capitulation, envoyée en même temps que des membres du corps de mes enfants. Sokolov ne les épargnera pas – pas après ce qu'il a fait au reste de nos amis et de nos familles.

Pas après ce qui est arrivé à son fils dans ce petit village minable.

Il ne reste qu'une seule chose à faire, le plan de la dernière chance.

Je décroche mon téléphone et compose le numéro sur mon bureau.

— Lançons l'opération largage, dis-je lorsque l'homme décroche à l'autre bout de la ligne. Que l'équipe se tienne prête. Nous frapperons samedi prochain, dans une semaine.

CHAPITRE 84

PETER

$\mathcal{J}$e passe en revue le plan A avec mon équipe, Kent et Esguerra. Puis nous planchons sur les plans B, C, D et E.

Contrairement à un assassinat classique, nous nous lançons à l'aveuglette. Le piège pourrait venir de n'importe où, prendre n'importe quelle forme que l'esprit de Henderson, exercé par la CIA, pourra inventer. Entre les tireurs embusqués, le MI5 ou encore Interpol, nous pourrions tomber dans un guet-apens de cent façons différentes, et nous devons être prêts à tout.

Nous devons aussi nous autoriser à croire à la possibilité improbable que ce ne soit *pas* un piège et que Bonnie Henderson ait vraiment cherché à nous contacter.

En dépit de mon extrême réticence à rester loin de Sara pendant longtemps, j'ai décidé de partir à Londres avec mon équipe après-demain – mardi.

J'imagine que ma ptichka ne réagira pas bien, mais je n'ai pas le choix. Kent et Esguerra m'accompagneront en renfort avec leurs propres hommes.

Nous devons trouver Henderson. Qu'on en finisse.

Il n'y a pas d'autre choix.

— Crois-tu que Nora appréciera que tu partes aussi ? je demande à Esguerra alors que nous terminons la réunion.

Il hausse les épaules, mais son visage se ferme.

— Elle ne sera pas ravie, mais elle sait que c'est important. Je ne peux pas déléguer quelque chose d'aussi crucial. Nous ne pouvons pas nous ramollir dans ce métier. Et puis, vous serez en première ligne, tous les quatre. Kent et moi n'interviendrons que si tout le reste échoue… contrairement aux vôtres, nos visages ne font pas la une de tous les journaux.

CHAPITRE 85
PETER

Lundi soir, je prépare tous les plats préférés de Sara et j'ouvre une bouteille de jus de raisin pétillant pour le dîner. Ça fait quelques jours qu'elle n'a pas eu d'hallucinations, mais je n'aime pas la laisser seule aussi longtemps.

Même si elle s'installe chez Esguerra, avec Nora et Yulia à portée de voix, je me ferai du souci pendant toute la durée de la mission.

— Pourquoi dois-tu partir ? demande-t-elle, son visage en forme de cœur crispé par le stress.

Son assiette, remplie à ras bord de son plat de pâtes préféré, reste intacte devant elle, tout comme sa flûte à champagne. Elle n'a rien avalé de la journée, depuis qu'elle a appris que je partais à Londres.

— Tu sais que c'est très certainement un piège, poursuit-elle alors que je m'interroge sur le meilleur moyen de lui faire absorber les calories nécessaires. Il te tend un piège et il se sert de l'adresse email de sa femme comme appât.

— Je sais. Nous avons prévu cette éventualité, lui dis-je patiemment tout en poussant vers elle la corbeille de pain frais. Nous avons encore une chance de trouver une piste. C'est difficile de tendre un piège sans laisser de traces. Il a forcément foiré quelque part.

— Et s'il avait tout bon ? demande-t-elle en repoussant la corbeille. S'il réussissait à te pincer ?

— Ptichka…

Je soupire avant de poursuivre :

— Tu sais qu'il ne cessera jamais de s'en prendre à nous. J'ai essayé de tourner le dos à cette vérité, et regarde ce qui s'est passé. Si je n'avais pas accepté l'accord, si j'avais continué à le traquer…

— Non.

Les yeux de Sara scintillent de chagrin.

— N'en parle même pas. Je te l'ai dit, ce n'est pas ta faute. Je sais à quel point ce marché était difficile. Quelle qu'en soit l'issue, je te serai toujours reconnaissante d'avoir essayé… d'avoir fait ce sacrifice pour moi.

— Alors, mange. S'il te plaît.

À nouveau, je lui tends le pain.

— Si tu ne le fais pas pour toi, fais-le pour moi et notre bébé.

Elle cligne des yeux, comme si elle prenait soudain conscience qu'elle n'avait toujours pas touché à son assiette. Elle prend un morceau de pain et le grignote avec obéissance, puis elle porte à sa bouche une fourchetée de pâtes.

Je repère une tache de sauce sur sa lèvre supérieure. Comme si elle lisait dans mes pensées, elle y passe la langue et mon corps tout entier se raidit.

Bon sang, j'ai envie de mordiller ces lèvres pulpeuses et souples… de les sentir contre mes bourses tandis qu'elle m'honore de sa langue.

La bouffée de désir est si puissante qu'elle me déstabilise. Mon rythme cardiaque s'emballe. En une seconde, je passe d'une excitation mesurée à une érection d'acier. La seule chose qui me retient de l'étendre sur la table, c'est qu'elle a enfin accepté de manger.

À contrecœur, sans grand appétit, elle mange.

Réfrénant mon désir, je vide ma propre assiette et je la regarde attentivement.

Elle engloutit la moitié de ses pâtes, puis elle déclare forfait, repue. Je l'encourage à prendre un dessert – un bol de fruits rouges avec crème fouettée à la noix de coco – avant de laisser enfin libre cours à ma propre faim.

Abandonnant les assiettes sur la table, je la soulève dans mes bras et je l'emmène dans notre chambre.

CHAPITRE 86

*P*eter est attentionné ce soir. Il se montre d'une tendresse inhabituelle. Pour une fois, c'est exactement ce que je veux. Depuis ce matin, quand il m'a dit qu'il partait pour Londres, je suis pétrifiée de peur, si terrorisée que j'ai du mal à respirer.

Il n'est pas encore entièrement guéri, même s'il se comporte comme si les blessures n'avaient aucune importance. Ces deux derniers jours, il a repris l'entraînement avec Anton et les jumeaux, réalisant des prouesses de force et d'endurance qui feraient pâlir d'envie bon nombre d'athlètes en pleine forme. Malgré tout, je suis parfaitement consciente qu'il n'est pas surhumain – qu'il est capable de saigner et de mourir par balles, comme tout le monde.

J'ai parlé à Nora après le déjeuner, tandis que Peter finalisait la logistique avec son mari et les autres. En apparence, elle était calme, mais je voyais bien qu'elle était tout aussi inquiète, son angoisse tout aussi vive. Elle m'a donné quelques détails sur leur projet – Kent et Esguerra vont diriger les équipes de renforts, six douzaines de leurs meilleurs gardes seront impliquées dans toute l'opération. Apparemment, les hommes ont envisagé cinquante simulations différentes, se préparant à chaque éventualité possible et imaginable.

Cela devrait me rassurer, mais le gouffre sans fond que creuse la peur dans mon estomac n'a fait qu'empirer. Au contraire, cette conversation n'a servi qu'à me confirmer à quel point cette initiative est périlleuse – notamment pour Peter et ses coéquipiers.

En tant que fugitifs recherchés, ils vont se jeter directement dans la gueule du loup.

Les yeux fermés, je m'efforce de ne pas y penser, de me concentrer uniquement sur les lèvres de Peter qui m'effleurent sensuellement le dos. Je suis à plat ventre et il embrasse chaque vertèbre de ma colonne. Ses paumes délicieusement rugueuses glissent sur ma peau, me caressant et me massant sur leur passage. Chaque fois que ses lèvres sculpturales frôlent ma peau, chaque fois que ses grandes mains me touchent, relaxantes et excitantes à la fois, une chaleur frémissante se propage dans tout mon corps.

— Tu es tellement douce, murmure-t-il avec vénération, faisant pleuvoir des baisers au creux de ma taille, sur la courbe de mes fesses, la partie sensible de mes cuisses. Tout ton corps est tellement beau.

Sa voix grave à l'accent léger est aussi caressante que du velours à mes oreilles. Elle accentue la chaleur qui bouillonne déjà dans mes veines et la tension qui palpite entre mes jambes.

Ses doigts s'y glissent, trouvant mon sexe humide. Je gémis lorsqu'il me pénètre à deux doigts, m'étirant et me remplissant jusqu'à me faire frémir de désir. Je suis déjà si excitée que l'orgasme n'est pas loin. Lorsqu'il recourbe ses doigts en moi, exerçant une pression sur mon point G, un spasme me traverse le corps et l'extase m'envahit avec la force d'un tsunami.

Je suis encore portée par la vague quand il me fait rouler sur le dos, me recouvrant de son corps à la musculature impressionnante.

— Je t'aime, murmure-t-il.

Hissé sur un coude, il baisse les yeux sur moi. Sa main libre souligne ma mâchoire et son pouce me caresse délicatement la joue. La tendresse dans ses yeux de couleur métallique me fait fondre jusqu'à l'os.

— Je t'aime aussi, dis-je à mi-voix, le cœur lourd. Et je t'aimerai toujours, mon chéri… quoi que le destin nous réserve.

Ses pupilles se dilatent, ses yeux s'assombrissent. Quand il se penche en avant pour prendre possession de ma bouche, une ferveur nouvelle embrase son baiser, une avidité plus ardente et plus terrible encore. Sa main quitte mon visage pour s'aventurer entre nos corps. Je sens sa queue insister entre mes cuisses lorsqu'il les écarte avec ses genoux.

Relevant la tête, il rencontre mon regard, puis il entre en moi d'un coup de reins, me pénétrant tout entière en un mouvement fluide. J'étouffe un cri, presque surprise par la sensation de chaleur, par la pression de son corps qui me comble tout à coup.

— Répète-le, m'ordonne-t-il sans ménagement. Je veux que tu le dises pendant que je te baise.

Ses coups de boutoir redoublent.

— Je t'aime, dis-je d'une voix étranglée alors qu'il se retire pour mieux revenir en force. Je t'aime tant.

Il me laboure avec passion et je répète :

— Je t'aimerai toujours.

Ses mouvements accélèrent. Bientôt, je suis à bout de souffle :

— Je t'aime à jamais, pour l'éternité, aussi longtemps que nous vivrons.

CHAPITRE 87

PETER

Tous mes sens sont en alerte maximale lorsque j'approche du café où je suis censé rencontrer Bonnie Henderson. Étant donné que les jumeaux n'ont pas encore tué la tireuse d'élite, j'ai décidé de mettre à contribution ses talents de dissimulation et je suis bluffé par le résultat. J'ai une bedaine proéminente, et non seulement suis-je roux avec des taches de rousseur, mais j'arbore aussi un début de calvitie et un double menton.

Si j'avais une mère, même elle ne me reconnaîtrait pas.

Trente-six hommes d'Esguerra sont postés tout autour du restaurant, le sécurisant contre d'éventuels tireurs embusqués et représentants des forces de l'ordre un périmètre qui s'étend jusqu'à dix rues. Pour le moment, rien ne semble indiquer une activité inhabituelle, mais cela ne signifie rien – c'est pour ça que Kent et Esguerra sont campés non loin de là, chacun avec une équipe en renfort au cas où Henderson ferait une tentative brutale.

Je m'attends précisément à cela.

Ce qui complique la situation, c'est qu'une femme correspondant au signalement de Bonnie Henderson a été aperçue dans le restaurant quinze minutes plus tôt. Je doute fortement que ce soit elle – impossible que Henderson se serve ainsi de sa propre épouse –, mais je dois absolument me rapprocher du sosie de Bonnie pour écarter l'infime possibilité que le message disait la vérité.

Une fois sur le trottoir en face du café, je m'arrête afin de m'assurer que mes armes dissimulées sont bien à portée de main. Dans mon oreillette, mes coéquipiers m'informent qu'ils ne remarquent toujours rien de louche. Prenant une inspiration, je traverse la rue.

Je la repère tout de suite dans le café. Elle se trouve à une petite table en fond de salle, orientée vers la porte. Mon déguisement fonctionne, car son regard glisse sur moi tandis que j'annonce ma réservation à l'hôtesse avec un accent anglais nasillard. Ma table est prête – Yan s'en est assuré – et je suis l'hôtesse à une table, à quelques mètres de ma cible.

Je m'assieds de sorte à être en face d'elle. Ouvrant le menu du petit-déjeuner, je l'observe à la dérobée, à la recherche d'indices sur sa véritable identité. Le problème, c'est qu'elle est en tout point conforme à la femme de Henderson, d'après les photos et les vidéos que j'ai étudiées pendant des années. Tout coïncide jusqu'aux moindres détails – même le fait qu'elle paraisse plus âgée que sur les photos, son visage las et émacié. Elle n'en reste pas moins belle – je comprends pourquoi Henderson l'a épousée il y a des années –, mais de toute évidence, la vie en cavale ne l'a pas laissée indemne.

À moins que ce soit exactement ce que Henderson cherche à me faire croire en envoyant un agent de la CIA – ou n'importe qui d'autre – jouer le rôle de sa femme.

Le serveur s'approche de ma table et je commande des pancakes et une omelette sans quitter ma cible des yeux. Je laisse encore passer dix minutes après l'heure de notre rendez-vous. La femme devient nerveuse. Elle jette des coups d'œil constants vers la porte, puis autour d'elle, dans la salle du restaurant.

Son regard se pose sur moi sans exprimer de soupçons particuliers.

Le serveur m'apporte d'abord les pancakes et je fais mine de les dévorer avec délectation, même si en réalité j'y goûte à peine. J'ignore si c'est Bonnie ou une autre personne que Henderson a envoyée dans le restaurant, mais elle guette un comportement suspect et ce n'est pas à ma table qu'elle le trouvera.

Il est neuf heures cinq quand elle commence à montrer des signes de nervosité extrême. Elle se lève, comme pour partir, puis se rassied.

Pas très pro pour un agent de la CIA.

Mon omelette arrive. J'en suis à la première bouchée quand elle se lève à nouveau, son corps frêle vibrant d'angoisse. En se mordillant la lèvre, elle regarde une dernière fois autour d'elle et se dirige vers la sortie.

Voilà qui est intéressant.

Instinctivement, je lui agrippe le poignet lorsqu'elle passe à côté de ma table.

— Bonnie Henderson ? dis-je en conservant mon accent britannique.

Elle se raidit, le visage déformé par la peur.

— Lâchez-moi, s'exclame-t-elle à voix basse, terrorisée. Je ne retournerai pas avec lui. Lâchez-moi sinon je hurle.

Encore plus intéressant.

— Je suis Peter Sokolov, dis-je avec mon accent habituel, libérant son poignet fin comme une feuille de papier. Vous vouliez me rencontrer ?

Une fois de plus, elle se raidit et me regarde, bouche bée.

— Mais vous…

— C'est un déguisement, dis-je d'un ton serein. S'il vous plaît, assoyez-vous.

Elle tire maladroitement la chaise en face de moi, les mains tremblantes. Si j'étais un gentleman, je me lèverais pour l'aider, mais je ne suis pas ici pour ça.

S'il s'agit vraiment de la femme de Henderson – et je commence à le croire –, elle me conduira jusqu'à son mari d'une manière ou d'une autre.

Le serveur revient, intrigué par ma nouvelle convive. Je commande deux tasses de café histoire de me débarrasser de lui. Il semble se passer quelque chose d'étrange avec Bonnie – ou je ne sais qui. Maintenant qu'elle est assise en face de moi, elle semble plus calme et plus posée, à l'exception du léger tremblement de ses mains.

— Vous m'avez envoyé un email, dis-je dès que le serveur s'en va. Pourquoi ?

Elle prend une grande inspiration.

— Parce qu'il le fallait. Cette folie doit cesser.

— Je suis d'accord, dis-je avec un sourire froid. Comme c'est gentil de vous rendre spontanément.

— Vous m'avez mal comprise.

Elle serre les poings sur la table, dissimulant ses tremblements.

— Je ne me rends pas. Je vous donne ce que vous voulez : mon mari.

Je penche la tête.

— En échange de quoi ?

Elle lève le menton.

— Vous me laissez tranquille, moi et mes enfants.

Ah. Je commençais à soupçonner une proposition de ce genre. Et pourtant, ça ne me satisfait pas pleinement. Pourquoi trahir son mari et s'exposer à un tel danger ?

— Pourquoi accepterais-je ce marché alors que je vous tiens ? À moins que vous vous pensiez à l'abri parce que nous nous rencontrons dans un lieu public ?

Sa gorge tressaute lorsqu'elle déglutit.

— Je ne suis pas idiote. Je sais ce dont vous êtes capable.

— Et pourtant, vous êtes ici. Intéressant.

Le serveur revient au même moment et nous gardons le silence en attendant qu'il reparte après nous avoir servi du café.

Dès qu'il s'est éloigné, Bonnie agrippe sa tasse et boit une gorgée de liquide brûlant.

— Il ne se rendra pas en échange de ma liberté.

Sa voix chevrote légèrement quand elle repose sa tasse.

— Alors, vous pouvez oublier l'idée de vous servir de moi comme outil de marchandage. Ça ne fonctionnera pas plus qu'avec les otages.

Ainsi, elle est au courant. Décidément, cette histoire devient de plus en plus intrigante à chaque instant.

— Pourquoi me proposez-vous ça ? Si je vous promets de ne pas vous tuer, ni vous ni vos enfants, vous me conduirez jusqu'à la cachette de votre mari ?

— Oui. Enfin, pas exactement, dit-elle en inspirant. Je ne peux pas vous conduire directement à lui, parce que je ne sais pas où il est. Il a dû quitter notre dernière planque dès qu'il a appris que je m'étais enfuie avec les enfants – au cas où vous nous trouveriez, vous voyez.

— Alors, que proposez-vous ? Et pourquoi vous êtes-vous enfuie ?

Elle hésite, puis demande d'un ton calme :

— Savez-vous comment nous nous sommes rencontrés, Wally et moi ?

J'essaie de me rappeler si j'ai trouvé cette information dans l'énorme dossier dont je dispose au sujet de Henderson.

— Non, dis-je au bout d'un moment. Je l'ignore.

Elle pince les lèvres.

— C'est bien ce que je pensais. Personne ne le sait jamais. Wally aime dire aux gens que nous nous sommes rencontrés dans un bar, mais ce n'est pas le cas. Enfin, c'est dans un bar que nous sommes sortis ensemble, mais nous nous sommes rencontrés avant – quand j'étais une nouvelle recrue à l'agence et qu'il était son agent vedette... et mon professeur.

Je cache ma surprise. Je l'avais peut-être prise pour un agent jouant le rôle de la femme de Henderson, mais je ne m'attendais pas à ce que sa véritable épouse fasse partie de la CIA.

Elle est bien trop convaincante en tant que mondaine aux abois.

— Ne vous inquiétez pas, je ne suis pas un agent, s'empresse-t-elle d'ajouter comme si elle craignait que je l'abatte à cause de cette révélation. J'ai abandonné le programme quand je suis tombée enceinte. J'ai fait une fausse couche, mais je n'ai jamais réintégré la formation. Voyez-vous, Wally et moi nous sommes mariés et il a quitté l'agence peu de temps après afin de mener une carrière dans l'armée et d'avoir une vie de famille stable – ce qui m'imposait de rester à la maison avec les enfants.

Je prends ma tasse de café.

— Pourquoi me racontez-vous cela ?

— Parce que je veux que vous compreniez pourquoi je suis ici.

Ses yeux me transpercent tandis que je sirote le liquide chaud et amer.

— J'ai intégré l'agence parce que je suis une patriote, Monsieur Sokolov. Parce que je voulais protéger notre pays contre les menaces étrangères et intérieures… contre les terroristes capables de faire sauter tout un bâtiment sans sourciller.

Les pièces du puzzle commencent à se mettre en place.

Bien sûr.

C'est ce qui a tout déclenché.

— Quand l'avez-vous découvert ? je demande en reposant le café.

— Que Wally était derrière l'attentat contre le FBI à Chicago ? Il y a quelques jours… En même temps que j'ai appris qu'il avait laissé mourir tous nos amis et tous nos proches au lieu de céder à votre demande.

Elle paraît presque sereine en disant cela, mais je vois bien que les mots lui viennent difficilement.

Quelle que soit la manière dont elle a appris cette information, le choc a dû être douloureux.

— Alors, pourquoi vous tournez-vous vers moi ? je demande en la dévisageant attentivement. Vous devriez me haïr pour ce que je vous ai fait, à vous et à votre famille. Pourquoi ne pas livrer votre mari aux autorités ? Je suppose que vous disposez de preuves accablantes.

Elle hoche la tête.

— En effet, et voilà autre chose que je peux vous offrir. Si vous respectez votre part du marché, je ferai de mon mieux pour laver votre nom – du moins pour ce crime. Quant à la raison de ma présence ici, c'est très simple.

Elle prend une inspiration.

— Je suis fatiguée, Monsieur Sokolov. Je suis lasse de vous craindre et de vous détester, et mes enfants aussi. Livrer Wally à la police ne signerait pas la fin du cauchemar pour nous. Le procès durerait des années, et pendant tout ce temps, vous essaieriez toujours de nous atteindre. C'est le meilleur moyen – le seul – de mettre un terme à tout cela. Je ne vous pardonnerai jamais pour ce que vous avez fait à ma famille, mais je désire passer cet accord avec vous.

Sa voix se brise et elle ajoute :

— Tout ce que je veux, c'est que cela se termine… que mes enfants retrouvent une vie normale.

Je lui accorde une chose, elle est convaincante. Tellement convaincante que je suis tenté de la croire. Mais il y a autre chose qu'il me faut savoir.

— Quand je vous ai abordée tout à l'heure, vous m'avez pris pour quelqu'un envoyé par votre mari. Je suppose donc qu'il est à votre recherche. Comment se fait-il qu'il ne vous ait pas encore retrouvée, avec tous ses contacts ?

À nouveau, elle fait la grimace.

— J'ai mes propres contacts, moi aussi, Monsieur Sokolov. Mon mari ne l'a jamais compris. Il croit qu'il doit uniquement son succès à sa propre excellence, mais je suis à ses côtés depuis le début. Je lui ouvre la voie, je sympathise avec les bonnes personnes, je fais du relationnel avec leurs épouses et…

Elle se tait, comme si elle se rendait compte que ses souvenirs amers étaient bien futiles.

— Bref, poursuit-elle, je me prépare depuis deux ans, au cas où je me retrouverais veuve avec un assassin tel que vous à mes trousses. J'ai fait fabriquer de faux papiers pour les enfants et moi, et je me suis organisée afin d'avoir de l'argent et tout ce qu'exigerait une vie sous couverture. Mais ensuite, voilà ce qui est arrivé.

— Et vous avez utilisé votre fonds d'urgence pour fuir votre mari.

Elle pince les lèvres.

— Exactement. Alors, dites-moi, Monsieur Sokolov, avons-nous un accord ? Si je vous livre mon mari, nous laisserez-vous en paix ?

Je reprends ma tasse de café.

— Vous m'avez dit que vous ne savez pas où il est.

— C'est vrai, mais j'ai ce qui lui est cher plus que tout au monde.

— De quoi s'agit-il ?

Elle m'adresse un regard terne.

— Notre fille. Amber. C'est la seule personne qu'il aime vraiment à part lui-même.

Une fois de plus, je dois masquer ma stupeur. Cette femme envisage-t-elle sérieusement de me donner sa fille adolescente en otage ?

Putain, mais c'est une cinglée !

— D'accord, dis-je en reposant ma tasse.

Même si c'est de la folie, je ne vais pas faire la fine bouche.

— C'est un bon plan, il me semble. Oui, si nous réussissons à l'attirer avec votre fille, je vous laisserai tranquilles, vos enfants et vous.

Je suis sincère. Bien sûr, j'aurais aimé faire souffrir Henderson en tuant sa famille, mais ce ne sont pas sa femme et ses enfants qui m'intéressent.

C'est *sa* tête sur une pique que je veux.

— Dans ce cas, tenez.

Elle sort un téléphone et le fait glisser vers moi sur la table.

— Pour l'instant, c'est tout ce dont vous avez besoin, mais j'ai autre chose – tant que vous me laissez repartir aujourd'hui.

J'appuie sur « lecture » pour visionner la vidéo à l'écran. Une minute plus tard, je comprends que la femme de

Henderson n'est pas folle – et que, même si elle a quitté l'agence, l'agence ne l'a jamais quittée.

CHAPITRE 88
SARA

Je fais les cent pas dans la salle à manger d'Esguerra. L'angoisse me perfore la poitrine. Nora et Yulia sont avec moi, ainsi que le jeune garde, Diego. Dans son oreillette, il reçoit des informations en temps réel sur l'opération en cours. Je sais donc que Peter vient d'entrer dans le restaurant au mépris du risque.

— Il est en train de lui parler, dit Diego en levant les yeux de son ordinateur portable, vingt longues minutes plus tard.

Je m'approche pour découvrir l'image floue d'un homme qui n'a rien de commun avec Peter, assis en face d'une femme de petit gabarit.

— C'est une caméra à longue portée, m'explique Diego. Nous ne voulons pas les effrayer en nous approchant.

— Tout est toujours tranquille ? demande Yulia en se penchant sur son épaule.

Il acquiesce.

— Soit les espions de Henderson ont un talent surnaturel, soit il n'y a personne.

Je me tourne vers Nora. Contrairement à Yulia et moi, elle reste assise en silence, sans poser de questions. Sans sa poigne de fer sur la poussette de Lizzie, je pourrais croire qu'elle accepte la situation.

Reportant mon attention vers l'écran, je constate que la femme discute toujours avec Peter incognito.

— Ne t'inquiète pas, me dit Yulia à voix basse. Si quelqu'un dans le restaurant éternue de travers, nos tireurs l'abattront.

— Oui, je sais.

J'esquisse un sourire sans joie.

— C'est épatant comme la présence de tireurs peut être rassurante.

Elle me rend mon sourire et nous partageons un moment de complicité. Mais quand je me tourne à nouveau vers Nora, elle ne nous regarde pas.

Évidemment. Avec tout ça, j'avais oublié qu'elle était en froid avec Yulia.

Je me demande si elle m'en veut de ne pas la détester.

— Il sort du restaurant, annonce soudain Diego.

Mon regard revient immédiatement sur l'écran.

Peter est déjà dans la rue.

Diego se tait pour écouter attentivement les informations relayées par l'équipe de Londres. Je vois un grand sourire illuminer son visage et, de soulagement, mes genoux flageolent.

L'email provenait bel et bien de la femme de Henderson.

Peter et les autres ne craignent rien.

CHAPITRE 89
HENDERSON

Je passe en revue les questions logistiques pour notre opération de samedi lorsqu'une notification apparaît sur mon écran. C'est un message de mon contact à la CIA.

En objet, un seul mot : *Désolé*.

En moi, tout se change en glace quand je découvre le texte et la vidéo jointe qu'il m'envoie.

J'ai envie de vomir en appuyant sur « lecture ».

Le visage de ma fille, sale et brouillé de larmes, apparaît à l'écran.

— Papa, sanglote-t-elle alors que la caméra dézoome.

Elle est attachée sur une chaise, dans une pièce banale aux murs blancs.

— Papa, s'il te plaît, aide-moi. Ils ont dit qu'ils allaient nous tuer. S'il te plaît, papa, aide-nous !

La vidéo s'interrompt. J'ai du mal à respirer.

Sokolov la tient. Il les détient tous.

Maintenant, c'est un fait.

Je me secoue et prends connaissance du texte qui l'accompagne.

Tu sais ce que je veux, peut-on lire. *Plaza de Bolivar, Bogotá, 15 h, Jeudi. Soyez là ou vous la verrez mourir.*

Je m'y attendais, je savais que cela arriverait, et pourtant la nouvelle me frappe comme un coup de poing dans le ventre.

Amber. Ma fille, douce et loyale.

Ce monstre la tuera. Il ne l'épargnera pas, même si je fais ce qu'il demande.

Je n'ai plus de temps à perdre en logistique. Ce n'est plus le moment de revoir tous les détails.

L'opération largage ne peut pas attendre jusqu'à samedi.

Il faut le faire ce soir.

CHAPITRE 90
SARA

— Sommes-nous certains que ce n'est pas un piège ? je demande à Nora une heure plus tard, alors que nous nageons dans sa piscine aux dimensions olympiques.

La crise immédiate est passée, mais Yulia est retournée dans sa chambre. Elle a le tact d'épargner à Nora sa présence. Nous sommes donc seules toutes les deux devant l'immense véranda de la maison.

Rosa aussi est ici avec Lizzie, mais elles somnolent à l'ombre.

— Tout est possible, mais ce n'est pas l'avis de Julian, répond Nora en se retournant pour flotter sur le dos.

Son corps en bikini est si tonique et ferme que j'ai du mal à croire qu'elle a accouché seulement quelques mois auparavant.

Moi aussi, je porte un bikini – emprunté à Yulia, car nous avons presque les mêmes mensurations malgré notre différence de taille. Les shorts et les tee-shirts que je portais appartenaient bien à Yulia. Elle les avait oubliés chez Kent quand ils sont partis à Chypre, et elle est plus que ravie de me laisser les utiliser.

— Dis-moi si tu as besoin de quoi que ce soit, m'a-t-elle dit lorsque nous avons évoqué le sujet ce matin. Lucas laisse toujours une valise avec mes affaires dans notre avion, au cas où, alors je suis bien équipée.

Reportant mon attention sur Nora, je demande :

— Et demain ? Julian croit-il vraiment que Henderson se rendra à Bogotá ?

— Il l'espère, dit-elle en se retournant pour se lancer dans une nage libre musclée.

Je nage bien, mais je dois redoubler d'efforts afin de rester à sa hauteur. Elle fend la surface de l'eau et rejoint l'autre côté du bassin en un temps record.

Il est évident qu'elle ne veut pas en parler, mais je ne peux me résoudre à abandonner.

— Et s'il ne vient pas ? je demande lorsqu'elle ralentit enfin. Il ne s'est pas montré pour les autres otages.

Elle s'arrête et se redresse, ramenant à deux mains ses cheveux mouillés en arrière.

— Ce n'était pas sa fille, dit-elle en plissant les yeux dans le soleil. Quoi qu'il en soit, même si tout ne se passe pas comme prévu, Julian, Lucas et Peter improviseront. C'est leur truc et ils sont doués pour ça.

Même si Nora ne sait pas plus que moi ce qu'il adviendra, la crispation dans ma poitrine se dissipe lorsque je songe aux nombreux talents de Peter.

C'est vrai que mon mari est doué pour ça.

Terriblement doué.

Nous nageons encore pendant une heure, bavardant de choses et d'autres, par exemple de la prochaine exposition de Nora à Berlin – apparemment, c'est une artiste peintre renommée. Quand Lizzie se réveille, exigeant son repas, nous retournons dans la maison.

Avec un peu de chance, tout sera terminé demain.

CHAPITRE 91
HENDERSON

— Nous allons nous poser ici, dis-je en haussant la voix pour me faire entendre par-dessus le rugissement des moteurs, tout en désignant un bosquet sur la photo satellite. Ensuite, nous nous rendrons jusque-là.

Je pointe du doigt le bâtiment blanc au milieu.

— Compris.

Danser rejette en arrière ses cheveux blond cendré. De profil, son visage présente une ressemblance troublante avec celui de Sokolov.

— As-tu des images des cibles ?

— Tiens.

Je lui tends la photo de la femme d'Esguerra.

— Nous voulons capturer cette femme ou son bébé – de préférence les deux. Grâce à elles, nous pourrons ressortir du complexe.

Barrett détaille la photo par-dessus l'épaule de Danser.

— Elle a l'air plutôt fluette. Ça ne devrait pas être difficile.

— Celle-ci aussi ferait l'affaire, mais je ne sais pas si elle sera dans la maison principale.

Je sors une photo de Sara Sokolov et je la remets à Danser et ses coéquipiers.

— Quant à celle-ci, dis-je en leur montrant une photo en pied de la femme de Kent, elle ferait un formidable bonus, mais elle n'est peut-être même pas sur le complexe.

— Oh, putain. Visez-moi ces cheveux blonds et ces jambes.

Kilton m'arrache la photo des mains.

— Je me la taperais bien.

— Moi, je me les taperais toutes, sauf le bébé, renchérit Russ en caressant sa barbe dans un geste lubrique. Peut-être toutes les trois en même temps.

Je dois déployer mon meilleur jeu d'acteur pour retenir le grognement qui me vient instinctivement. Je ne peux pas me permettre de fâcher ces quatre enfoirés ni aucun membre de leur équipe. Et s'ils sont assez bêtes pour réfléchir avec leurs queues, je m'en fiche ! Ils ont fait du bon boulot avec l'attentat au FBI et ils ont de l'expérience en chute opérationnelle.

C'est ce que j'attends de leur part.

C'est ma seule chance de sauver Amber.

Tout en massant les muscles noués de mon cou, je jette un œil vers les six autres hommes dans notre avion militaire.

— Tout le monde est au clair sur son rôle dans l'opération ?

— Oui, répond Danser à leur place. L'équipe alpha se chargera des gardes à la limite nord, à 00:58, et l'équipe bêta t'attendra avec l'hélicoptère au point d'extraction, à la limite sud.

— Et si Esguerra ne quitte pas la maison pour aller voir ce qui se passe au nord ? s'enquiert Barrett. Doit-on tuer ce connard ?

— Non, blessez-le, lui dis-je. Il doit rester en vie pour forcer Sokolov à accepter l'échange avec ma famille. Sinon, si le trafiquant d'armes est mort, personne ne se souciera que nous détenions sa femme et son enfant. Bien sûr, si nous avons la chance de tomber sur la femme de Sokolov, ce sera encore mieux.

— Pour résumer, dit Kilton. Nous voulons la femme et/ou le bébé d'Esguerra en otage, pour sortir vivants du complexe et les échanger ensuite contre ta famille. Mais si on tombe sur la femme de Sokolov ou la blonde canon, on les embarque aussi.

— C'est ça, dis-je. La femme de Sokolov passe en priorité. Si nous la détenons, peu importe qu'Esguerra se fasse tuer. Sokolov procédera quand même à l'échange.

— Et Kent ? demande Russ. Que doit-on faire s'il est là ?

— Si nous ne détenons pas sa femme, alors tuez-le, dis-je. Mais si vous la prenez en otage, laissez-le.

Plus j'aurai d'influence sur mes ennemis, mieux ça vaudra. Quand j'ai commencé à élaborer cette mission, l'objectif était d'utiliser les otages que nous aurions capturés pour attirer Sokolov et les autres dans un piège et les tuer, mais l'enlèvement de ma famille a changé la donne.

Maintenant, ma priorité est de sauver Amber.

— Tu ne penses pas que Kent sera à Bogotá avec Sokolov ? demande Danser en me rendant les photos.

— Je ne sais même pas si Sokolov y est en personne, dis-je en les rangeant dans ma veste. Ce n'est pas parce qu'il m'a demandé d'être à la plaza demain qu'il sera là. Quoi qu'il en soit, vous devez vous tenir prêts à tout. Les limites du complexe sont impénétrables, alors en toute logique la maison ne sera pas spécialement surveillée – mais bien sûr, il n'y a aucune garantie.

— Oh, merde, fait Russ en souriant. On va bien s'amuser. Tu es sûr de vouloir le faire avec nous, vieille branche ?

Sans prêter attention à sa remarque idiote, je m'empare de ma bouteille à oxygène et je m'équipe pour le saut en parachute. Avant que cette vidéo n'arrive dans ma boîte de réception, je ne comptais pas me joindre à eux dans cette mission follement dangereuse, mais maintenant, je n'ai plus le choix.

Non seulement cette opération est ma seule chance de trouver un moyen de pression sur mes ennemis, mais Amber elle-même se trouve peut-être dans le complexe. Je n'en ai pas la certitude, naturellement. Ils la détiennent peut-être à Bogotá ou ailleurs dans le monde. Étant donné que le lieu de rendez-vous est fixé en Colombie, sur le terrain d'Esguerra, il est possible qu'elle soit prisonnière sur le domaine du trafiquant d'armes.

Si nous avons de la chance, nous ne repartirons pas uniquement avec les otages.

Nous pourrions aussi sauver ma fille.

CHAPITRE 92
SARA

Après avoir allaité Lizzie, Nora me fait visiter la maison. Elle est aussi grande qu'elle le paraît et compte une dizaine de chambres, une bibliothèque, un cinéma avec écran géant, une salle de sport dotée de toutes sortes d'équipements, ainsi que son atelier d'artiste sous une verrière baignée de lumière.

Les tableaux inachevés qui s'y trouvent offrent un mélange saisissant de surréalisme et d'expressionnisme moderne, avec des formes familières et des objets déformés – des arbres, par exemple –, silhouettes sinistres et intrigantes. La palette de couleurs penche lourdement vers les rouges et les noirs, comme si tout était consumé par le feu.

— Tu as un talent incroyable, lui dis-je en toute sincérité.

Nora me remercie en souriant. Nous poursuivons le tour du propriétaire et elle m'explique qu'elle a commencé la peinture pour ne pas devenir folle sur l'île privée où Julian l'avait bouclée après son enlèvement.

J'ai envie de lui poser un million de questions à ce sujet, mais nous sommes déjà arrivés dans la chambre où je séjourne en l'absence de Peter. C'est une pièce joliment décorée, adjacente à la chambre de Yulia, à quelques portes de la suite principale. Nora me laisse pour aller vaquer à ses occupations. Fatiguée, je décide de faire une petite sieste.

J'ai l'impression que le rythme d'une femme enceinte ressemble beaucoup à celui d'un jeune enfant.

Quand je me réveille, c'est l'heure du dîner. Je rejoins Nora dans la salle à manger. Yulia brille par son absence. Lorsque j'interroge Nora, elle m'informe que la femme de Kent a déjà mangé.

— Elle est toujours à l'heure de Chypre, m'explique-t-elle avec un petit sourire alors qu'Ana nous apporte les plats.

Je décide de ne pas insister. Ce doit être bizarre d'héberger sous votre propre toit la femme qui a failli faire tuer votre mari. Au lieu de quoi, pendant le repas, j'interroge Nora sur sa famille et leur avis quant à son mariage avec Julian.

— Oh, ils espèrent toujours que je reviendrai à la raison et que je divorcerai, dit-elle en entamant son saumon.

Quand elle me raconte ensuite les échanges tendus entre son père et son mari, je me rappelle à quel point Peter s'est montré gentil envers mes parents – il faisait de son mieux pour dissiper leurs appréhensions.

Il avait tout mis en œuvre pour s'assurer qu'ils fassent partie de ma vie.

Une fois de plus, mon cœur se serre. Les larmes me piquent les yeux, mais cette fois, je ne me dérobe pas devant la douleur. Le chagrin insoutenable est encore vivace, la blessure encore à vif et douloureuse, mais à présent je suis capable d'y penser, de souffrir sans me perdre dans l'horreur de leur mort.

Je ne me rends pas compte que mes larmes se sont échappées jusqu'à ce que Nora me tende une serviette avec prévenance.

— Je suis désolée, Sara, dit-elle tristement. Ce n'était pas délicat de ma part.

— Non, je…

Je tente un sourire larmoyant.

— Je vais bien, vraiment. Disons que…

— Tu les as perdus, je sais.

Dans ses yeux noirs moroses, je décèle une certaine compréhension. A-t-elle perdu des proches, elle aussi ?

Avant que je puisse lui poser cette question, Rosa entre dans la salle à manger avec Lizzie et je me détourne, essuyant discrètement mes joues humides. Je ne veux pas que l'amie et nounou de Nora me voie dans cet état.

Nora a assisté au déluge. C'est amplement suffisant.

Elle s'excuse pour aller nourrir le bébé – Lizzie va bientôt se changer en monstre braillard si on ne l'allaite pas immédiatement, comme elle me l'explique d'un air désolé – et je termine mon repas avant de monter dans ma chambre.

En passant devant la porte de Yulia, je l'entends parler en russe au téléphone. Sa voix est chaude et pleine de tendresse, comme si elle parlait à un enfant ou un amoureux. Pendant une seconde, ce détail me prend au dépourvu, puis je me souviens ensuite des photos que j'ai vues chez elle. C'était un jeune adolescent – j'avais pensé qu'il s'agissait de son frère parce qu'il lui ressemblait beaucoup.

Parle-t-elle avec ce garçon ?

Je suis très curieuse de son histoire, avec son rôle d'espionne et le reste, mais je n'ai pas envie de la déranger alors qu'elle est au téléphone. J'entre dans ma chambre, je referme la porte et je m'approche de la fenêtre pour contempler le soleil couchant au-dessus des arbres.

Peter me manque.

Bon sang, il me manque tellement.

En ce moment, il doit être dans les airs avec les autres, en route vers leur rendez-vous à Bogotá. Si tout se passe bien, à la même heure demain soir, il sera avec moi.

Sa quête de vengeance sera enfin terminée.

Je m'approche d'une bibliothèque et je prends un roman à suspense avant de me blottir sur un fauteuil pour le lire. Bien que je me sois réveillée de ma sieste il y a quelques heures à peine, je suis à nouveau fatiguée. Avant de m'absorber dans ma lecture, je dodeline déjà de la tête.

Je bâille, et après une douche rapide, je me mets au lit. Comme je pouvais m'y attendre, je ne trouve pas le sommeil.

Je me relève, lis encore quelques pages, puis je griffonne les mots d'une mélodie qui m'a trotté dans la tête toute la journée. Ce sont des paroles noires, agressives, loin de mes compositions habituelles, mais elles sont vraies – spontanées, honnêtes, presque thérapeutiques.

À nouveau fatiguée, je retourne me coucher. Cette fois, je dérive dans une somnolence agitée.

CHAPITRE 93
HENDERSON

L'air glacial siffle à mes oreilles, noyant le terrible rugissement de mon cœur tandis que nous tombons en chute libre dans le ciel d'un noir d'encre, à neuf mille mètres de hauteur. La nuit joue en notre faveur. Même les nuages cachent le clair de lune.

Mes lunettes de vision nocturne sont vissées à mon masque à oxygène. Je distingue les quatre autres silhouettes à côté de moi. Nous tombons comme des pierres pendant une éternité avant que je ressente une violente secousse au moment où les parachutes se déploient au-dessus de nos corps.

— Là, dit Danser dans l'écouteur lorsque les contours des arbres nous apparaissent en contrebas. C'est notre lieu d'atterrissage.

Il s'agit d'un bosquet dans le complexe d'Esguerra, loin des tours de guet autour du périmètre. Le principal danger ici, ce sont les drones qui patrouillent dans le ciel, mais grâce au tout dernier gadget de la CIA, j'ai une solution à ce problème.

Lorsque nous arrivons au-dessus de la cime des arbres, mon dispositif détecte les drones en approche et s'y connecte automatiquement, permettant à mon contact de la CIA de contrôler les caméras tant que nous sommes à portée de radar. Les responsables des drones ne verront rien d'autre que le paysage habituel alors que nos parachutes descendront sous leurs objectifs.

Comme je n'ai pas fait de saut en haute altitude depuis deux décennies, je vole en tandem avec Danser. Ses pieds touchent le sol en premier, encaissant le plus fort de l'impact. Pourtant, mes genoux manquent se dérober à l'atterrissage. Nous avons évité de peu de nous empaler sur une branche. Lorsque je me penche pour reprendre mon souffle, Danser décroche le matériel de parachutage et fourre le tout sous un buisson.

Le reste de l'équipe en fait de même. Le temps qu'ils terminent, je me suis remis du choc.

— Prêt ? demande Danser dans l'écouteur.

Je hoche la tête sans m'attarder sur la faiblesse de mes membres.

Jusqu'à présent, tout s'est déroulé conformément au plan. Si nous échouons, ce ne sera pas à cause de moi.

En silence, nous nous faufilons dans la nuit, profitant du couvert des bois. La partie la plus délicate sera le vaste espace dégagé autour de la maison, mais c'est précisément à cela que sert la diversion prévue aux abords du complexe.

Nous marquons une pause à la lisière du bosquet et nous attendons le signal de l'équipe alpha. Les minutes s'égrènent avec une lenteur insupportable. Je sens la sueur ruisseler dans mon dos tandis que je regarde l'édifice blanc droit devant.

Putain d'humidité tropicale.

C'est encore pire que la chaleur sèche de l'Irak.

Comme on s'en doutait, la résidence d'Esguerra ne semble pas lourdement surveillée. Pourquoi le serait-elle ? Entre les drones et toute la sécurité autour du périmètre, la demeure se dresse au sein d'une forteresse quasiment impénétrable.

Il n'y a que deux gardes qui patrouillent autour de la maison. Lorsqu'ils passent près de nous, Russ et Kilton tirent avec leurs silencieux, les atteignant en plein front.

Premier obstacle éliminé.

— On y va, annonce le chef de l'équipe alpha dans l'écouteur.

Au même moment, j'entends des coups de feu au loin.

— Attendons quinze minutes pour voir si quelqu'un sort, dit Danser.

Nous attendons, les yeux tournés vers la maison.

Il n'y a aucun mouvement à l'intérieur, aucune lumière soudaine.

Soit les gardes d'Esguerra n'ont pas informé leur patron de ce qui se passe, soit il n'estime pas que ce désagrément exige sa présence.

Si nous avons de la chance, il n'est même pas chez lui.

Pour plus de sûreté, nous patientons encore vingt minutes, puis Danser nous donne le feu vert.

Penchés en avant, nous courons en droite ligne sur la pelouse, nous dissimulant derrière les fourrés sur les côtés à intervalle régulier tout en approchant de la piscine à l'arrière.

Là aussi, tout est calme.

— Allez, murmure Danser quand nous arrivons enfin à la porte de derrière. Fais ton putain de tour de magie.

En hochant la tête, je sors à nouveau le gadget de la CIA. Connecté au Wi-Fi de la maison, il se synchronise avec les caméras et le système d'alarme, donnant accès à mon contact pour tout désactiver.

Pendant ce temps, je déclenche un brouilleur de signal cellulaire au cas où quelqu'un tenterait d'appeler des renforts.

— C'est bon, dis-je à voix basse lorsque je reçois la confirmation de mon contact. Que le spectacle commence.

CHAPITRE 94
SARA

*M*on sommeil est agité. Je me réveille toutes les demi-heures. Chaque fois que je m'assoupis, des cauchemars troublants au sujet de Peter se mêlent au souvenir de la mort de mes parents pour me tirer des rêves en sursaut. La cinquième fois, je me lève et rejoins la salle de bain en titubant, les yeux gonflés. Je vais lire un peu pour occuper mon cerveau en surchauffe.

Enfilant une robe de chambre en soie empruntée à Nora, j'allume la lampe de chevet, je prends un livre et je me pelotonne en bâillant sur le fauteuil.

Avec un peu de chance, ça ne durera pas longtemps.

Je suis au milieu d'un nouveau chapitre quand je l'entends.

Un craquement, juste devant ma porte.

Stupéfaite, je lève les yeux et je vois la porte pivoter sur ses gonds.

Une grande silhouette vêtue de noir se dresse sur le seuil – un homme barbu que je n'ai encore jamais vu. Il écarquille les yeux en me voyant et le fusil d'assaut entre ses mains se dresse dans ma direction.

Je réagis par pur instinct.

Avec un hurlement perçant, je me jette au pied du fauteuil.

Un grand corps atterrit sur moi, expulsant l'air de mes poumons avant que je puisse rouler sur le sol.

— Boucle-la, sale garce ! gronde l'homme à mon oreille.

Il plaque une main gantée sur ma bouche. Une odeur âcre de transpiration d'homme et de tabac froid me saisit aux narines. Sans ménagement, il me tire par les cheveux. Sa main sur ma bouche étouffe mon cri de douleur.

Terrifiée, je griffe son gant. Je me débats de toutes mes forces, mais comme avec Peter dans ma cuisine, je ne peux rien faire. Il m'entraîne hors de la chambre. Ses doigts sont cramponnés si violemment à mes cheveux que j'ai l'impression que les racines vont s'arracher. Des larmes de douleur ruissellent sur mon visage tandis qu'il me tire et me pousse dans le couloir. Mes hurlements paniqués sont assourdis par sa paume sur mes lèvres.

Avec horreur, je prends conscience qu'il se dirige vers la suite principale où se trouvent Nora et le bébé.

Défonçant la porte à un pied, il me bouscule à l'intérieur.

— J'ai la pute de Sokolov, annonce-t-il sur un ton triomphant.

Je découvre deux hommes armés à l'intérieur.

L'un d'eux tient un couteau sur la gorge de Nora et l'autre se penche sur le berceau pour prendre le bébé endormi.

CHAPITRE 95
PETER

Nous amorçons notre descente sur Bogotá lorsque Julian reçoit la nouvelle.

— C'est bizarre.

Les sourcils froncés, il regarde son téléphone.

— Diego vient de m'envoyer un email pour m'annoncer qu'il y avait eu une fusillade avec des intrus inconnus à la bordure nord du domaine. Personne n'a été blessé et les intrus ont disparu dans la jungle avant qu'on puisse les capturer. Il a envoyé une équipe à leurs trousses, mais jusqu'à présent, ça n'a rien donné.

Je me lève. Mon pouls s'emballe instinctivement, en alerte maximale.

— Qui chercherait à entrer de force sur ton complexe ? Et que font-ils dans la jungle en pleine nuit ?

— Bonnes questions.

Son visage s'assombrit. Il se lève à son tour et se dirige vers le cockpit, son téléphone à l'oreille.

— J'appelle Nora.

Je le suis tandis qu'il franchit la distance à longues enjambées, ignorant les regards interrogateurs que lui lancent mes coéquipiers.

— Son téléphone m'envoie directement sur la messagerie, déclare-t-il avec tension lorsque nous entrons dans la cabine du pilote.

Kent lève les yeux vers nous.

— Il y a eu une fusillade aux limites nord du domaine. Je n'arrive pas à joindre Nora, l'informe froidement Esguerra. Je vais visionner les vidéos surveillance de la maison. Peux-tu appeler Yulia ?

Kent hoche la tête, les dents serrées, et il prend son téléphone.

— Je le fais tout de suite.

Merde. J'ai donné à Sara un téléphone jetable avant de partir, mais je ne comptais pas l'appeler – il est minuit passé, je préfère la laisser dormir. Pourtant, mon mauvais pressentiment s'accentue de plus en plus chaque seconde.

Je tombe directement sur le répondeur de Sara, moi aussi. Quand je regarde Kent, je comprends à son expression qu'il n'a pas eu plus de chance avec Yulia.

— Les caméras sont coupées. J'envoie les gardes, déclare Esguerra avec urgence.

La peur tenace que j'éprouve se reflète dans ses yeux.

Quelque chose cloche sur le domaine.

Quelque chose de très grave.

— Je fais cap sur le complexe, déclare Kent d'un air sombre.

L'avion vire sur l'aile dans un rugissement de moteurs.

CHAPITRE 96
SARA

— J'ai trouvé celle-là, déclare un quatrième homme en traînant la pauvre Rosa qui se débat en chemise de nuit.

Il a plaqué une main sur sa bouche, étouffant ses cris de panique.

— Il faut croire qu'on a de la chance. Le reste de la maison est désert. Aucun signe d'Esguerra, Kent ou Sokolov.

Comme ses trois complices, il est lourdement armé, avec un fusil d'assaut sur l'épaule et deux armes de poing à sa ceinture.

Qui que soient ces hommes, ils ne sont pas là pour plaisanter. Dans une bouffée de terreur, je me rends compte que nous sommes absolument seules. Les gardes ne sont pas à la maison, et comme Peter et les autres sont absents, personne ne viendra à notre secours.

L'homme penché sur le berceau de Lizzie se redresse, le bébé encore endormi devant lui.

— Ce n'est pas la blonde ? fait-il avec une déception manifeste.

— Non, désolé, répond le ravisseur de Rosa en la retournant vers lui.

Elle ouvre la bouche pour hurler, mais avant qu'elle puisse émettre le moindre son, il écrase son poing contre son menton dans un terrible uppercut et elle s'effondre sur le sol, inconsciente.

Je me fige. Avec horreur, je vois un filet de sang couler au coin de sa bouche.

Il l'a frappée avec désinvolture, comme si elle n'était même pas un être humain.

Comme s'il se fichait éperdument qu'elle soit vivante ou morte.

— Nous allons devoir nous contenter de ces deux-là, poursuit-il en nous désignant.

Blanche comme un linge, Nora a le couteau de son ravisseur sous la gorge, sa main sur sa bouche. Comme moi, elle porte une légère robe de chambre en soie, mais contrairement au mien, son vêtement est ouvert au décolleté, révélant la courbe de sa poitrine.

L'agresseur de Rosa passe la langue sur ses lèvres. Il regarde fixement le triangle de peau dorée et mon estomac se noue avec effroi.

Ont-ils l'intention de nous violer ?

De nous tuer ?

— Où est le vieux ? demande le ravisseur de Nora alors que je reprends ma lutte paniquée.

Cet homme me dit vaguement quelque chose, comme si je l'avais déjà rencontré.

— Il est allé vérifier la petite maison à côté. Il a dit qu'il cherchait sa famille, répond mon ravisseur en resserrant sa poigne. Apporte-moi du chatterton. Elle n'arrête pas de gigoter, ajoute-t-il dans un grognement lorsque j'écrase mon coude dans sa cage thoracique.

— Assomme cette garce, lui conseille l'ordure qui a frappé Rosa tout en apportant un rouleau de ruban adhésif.

J'ai à peine le temps de pousser un cri bref avant qu'on me fourre un chiffon dans la bouche, le scellant par une feuille de chatterton.

— C'est mieux, grommelle mon agresseur en m'empoignant les bras. Maintenant, ses poignets aussi.

L'autre homme s'apprête à obéir quand Lizzie se réveille en pleurant.

— Merde. Fais taire le bébé, ordonne le ravisseur de Nora tandis que la petite fille, apeurée d'être portée par un homme qu'elle ne reconnaît pas, commence à hurler à pleins poumons.

Le visage de Nora devient livide. Ses yeux s'enflamment comme des charbons ardents lorsque l'homme qui a amené Rosa se penche pour appliquer du ruban adhésif sur la petite bouche du bébé, étouffant ses cris furieux.

Si un regard pouvait tuer, il aurait été éviscéré sur place.

— Va chercher Henderson, dit le ravisseur de Nora à celui de Rosa. On vous retrouve en bas.

L'homme obéit et sort de la pièce tandis que je hoquette, sous le choc de cette révélation.

Henderson ?

Évidemment. *Voilà* le fin mot de l'histoire.

Piégé comme un rat, l'ennemi de Peter a opté pour l'attaque.

Je digère encore tout ce que cela implique lorsqu'une chevelure blonde dans l'encadrement de la porte attire mon attention.

Mon cœur s'emballe.

J'avais complètement oublié Yulia.

Ils ne l'ont pas trouvée, mais elle était bel et bien dans la chambre voisine de la mienne.

Je n'ai qu'une milliseconde pour prendre conscience qu'elle est à moitié nue – et qu'elle tient un pistolet dans sa main. L'instant d'après, l'enfer se déchaîne.

Avec aisance, sans la moindre hésitation, Yulia tire sur le ravisseur de Nora, l'atteignant au visage.

Puis elle braque son arme sur le mien.

Le temps me semble ralentir, cet instant s'étire à l'infini. Je vois la concentration extrême dans ses yeux bleus, je sens la tension soudaine des mains qui me retiennent les bras par-derrière. Les quelques leçons d'autodéfense dispensées par Peter me reviennent.

Décollant les jambes du sol, je deviens brusquement un poids mort pour mon agresseur. En même temps, je baisse la tête. Quand l'arme de Yulia expulse sa balle, je sens un jet de sang chaud. La tête de l'homme a explosé au-dessus de la mienne.

Mes fesses heurtent le plancher et mon coccyx proteste sous l'impact. Le corps de mon ravisseur s'effondre derrière moi.

Yulia s'est déjà remise à bouger. À présent, elle vise l'homme qui tenait Lizzie, mais c'est inutile.

Il rampe déjà par terre, le couteau de l'agresseur de Nora enfoncé dans sa gorge. Le bébé a retrouvé la sécurité des bras de sa mère.

Nora a-t-elle récupéré le bébé en même temps qu'elle le tuait ?

Ça alors, elle est rapide !

Je me secoue de ma stupeur et je me relève, fébrile, arrachant le chatterton de ma bouche.

— Le quatrième homme, dis-je dans un souffle. Il est…

— Mort ou assommé, répond Yulia en baissant son arme. Je lui ai grillé la cervelle dans le couloir.

Sa sérénité est épatante. Évidemment, elle était espionne.

Je m'apprête à évoquer Henderson quand j'aperçois un mouvement dans le couloir.

— Yulia ! je m'écrie en me ruant en avant.

Mais il est trop tard. Un bras tout en noir s'enroule autour de sa gorge à la vitesse de l'éclair et un canon s'appuie sur sa tempe.

— Pas si vite, déclare à mi-voix l'homme d'un certain âge, utilisant Yulia comme un bouclier pour s'avancer dans la chambre. Si vous bougez un muscle, elle est morte.

CHAPITRE 97

PETER

— Pourquoi tes gardes mettent-ils aussi longtemps, putain ? j'aboie tandis qu'Esguerra tape furieusement sur le clavier de son ordinateur pour envoyer des ordres à ses hommes. Cela fait déjà deux minutes. Sais-tu ce qui peut se passer en deux minutes ? Elles sont dans cette maison, seules, sans défense…

— Je sais ! se récrie Esguerra.

Une veine palpite sur son front lorsqu'il referme brusquement son ordinateur portable et se lève d'un bond.

— Tu crois que je ne le sais pas ? Ils sont en route, aussi vite qu'ils le peuvent. Les deux gardes de patrouille à la maison ne répondent pas. Ceux qui ont brouillé les caméras de sécurité et le signal cellulaire les ont sans doute supprimés.

Putain. J'ai envie d'écraser mon poing dans le mur, mais c'est trop dangereux avec tous les boutons dans la cabine du pilote.

— Tu es certain qu'ils sont toujours dans la maison ?

— Je sais que Nora y est toujours, répond sèchement Esguerra. Elle a des implants GPS, tu te souviens ? Il y a deux secondes, elle était vivante, dans notre chambre.

Merde. Il a raison, j'avais oublié ce suivi GPS. Si Nora est en vie, espérons que Sara le soit aussi. Il est d'autant plus crucial que les gardes se dépêchent.

— C'est forcément Henderson, déclare Kent sur un ton sans appel, les jointures des doigts blanches sur les commandes de l'avion. Cette sale garce nous a attirés loin d'ici pour qu'il puisse attaquer.

— Nous n'en sommes pas certains, objecte Yan.

Je me rends compte qu'il nous a rejoints dans le cockpit. Son regard vert se pose sur Esguerra.

— Est-ce possible que ce soit l'un de vos ennemis ?

J'ai envie de frapper mon coéquipier.

— Putain, on s'en fout ! Sara est là-bas, tu comprends ? Elle est dans la maison avec eux, quels qu'ils soient.

Je ne peux même pas imaginer qu'elle soit aux mains de Henderson, un homme assez désespéré pour prendre ce genre de risque.

Un homme qui n'a pas hésité à attaquer le pays qu'il avait juré de protéger afin de me faire éliminer.

Que fera-t-il à Sara s'il parvient à mettre la main sur elle ? Vais-je devoir l'enterrer avec notre enfant dans son ventre… tout comme j'ai enterré Pasha et Tamila ?

Non. J'écarte cette pensée paralysante.

Je le refuse.

Pas encore.

— Vole plus vite, dis-je à Kent d'un air grave. Julian, si tes gardes n'arrivent pas à temps, je les éventrerai tous, chacun jusqu'au dernier.

CHAPITRE 98
SARA

Un million de pensées s'enchaînent dans mon esprit. En un éclair, je regarde les pistolets que le mort a laissé tomber au sol. Ils sont tous à portée de main, mais aucun n'est suffisamment proche pour que je puisse m'en emparer avant que Henderson grille la cervelle de Yulia.

Mon regard terrorisé croise celui de Nora et je vois le même calcul défaitiste dans ses yeux.

Même si nous étions assez habiles pour abattre l'agresseur de Yulia sans la tuer, nous n'aurions pas le temps de le faire.

Pas avec l'arme de Henderson collée sur sa tempe.

— Écartez ces pistolets avec vos pieds, ordonne-t-il.

J'hésite une seconde avant d'obéir à contrecœur tandis que Nora en fait de même.

Non seulement serions-nous trop lentes, mais Henderson n'est pas beaucoup plus grand que Yulia aux longues jambes. Il utilise son corps comme un bouclier. Même un tireur d'élite ne tenterait pas le coup.

Mon regard se pose sur le bébé que Nora serre contre son cœur. Lizzie a toujours le ruban adhésif sur sa bouche et je vois son petit visage virer au rouge, ses cris étouffés.

Nora la tient fermement, comme si elle ne devait plus jamais s'en séparer. À en juger par sa poigne de fer, je comprends que c'est le cas.

Je ne peux plus compter sur la femme d'Esguerra – pas avec le bébé qu'elle doit absolument protéger.

Une idée me vient à l'esprit et avant que je puisse changer d'avis, je regarde Henderson. Calmement, je déclare :

— Je sais où se trouve votre fille.

Il tressaille, comme si je l'avais touché en plein cœur. Aussitôt, il se ressaisit et demande :

— Où ça ?

— Je peux vous y conduire, dis-je sans prêter attention à ma gorge nouée. Nous pouvons y aller tout de suite, si vous laissez les autres tranquilles.

Je n'ai aucun plan ni de près ni de loin. Mais il doit absolument détourner son arme de la tête de Yulia – et le plus loin possible de Lizzie et de Nora. Même si j'ignorais les crimes qu'il a commis, quelque chose chez cet ancien général m'aurait donné la chair de poule. Ce n'est rien de visible – il est athlétique, en forme pour un homme de près de soixante ans, et sous ses cheveux poivre et sel, son visage est relativement agréable.

Malgré cela, il empeste une forme de pourrissement, un déclin sous la surface.

À ma proposition, il plisse les yeux.

— Tu me prends pour un idiot ? Vous allez me conduire jusqu'à ma fille toutes les trois – sinon je la tue.

Il appuie son arme sur la tempe de Yulia, qui grimace de douleur.

Merde.

— Vous n'avez pas besoin d'*elles*, dis-je timidement. Vous pouvez me prendre en otage. C'est avec mon mari que vous avez un problème, et il fera tout pour moi.

— Oh, comme c'est charmant, susurre-t-il. Une histoire d'amour comme on en fait peu. Je te tuerai plus tard et je le forcerai à regarder. Ça te plairait ?

Je le dévisage sans ciller, refoulant la nausée que je sens monter en moi.

Je ne montrerai pas ma peur devant ce monstre.

Il n'aura pas cette satisfaction.

Mon manque de réaction l'agace, ça se voit sur son visage.

— Très bien, s'exclame-t-il. Comme je viens de le dire, vous allez venir avec moi toutes les trois. Vous et elle, avec le bébé, ajoute-t-il en désignant Nora d'un mouvement du menton, passez devant. Et n'oubliez pas, au moindre faux mouvement, elle y aura droit, dit-il en braquant à nouveau son arme sur la tête de Yulia. C'est compris ? Maintenant, marchez devant.

Je déglutis et m'avance vers la porte. Nora me suit prudemment. Contre sa poitrine, Lizzie s'agite. Henderson recule dans le couloir, toujours protégé par le corps de Yulia. Bientôt, nous sommes hors de la pièce. Il nous ordonne de descendre.

— Tu vas me conduire à ma fille, c'est compris ? déclare-t-il froidement en nous conduisant vers l'escalier. Si vous tentez quoi que ce soit, sales garces, je vous tuerai toutes – et la progéniture démoniaque d'Esguerra aussi.

Les genoux tremblants, je m'approche du large escalier incurvé. Le sol est glacial sous mes pieds nus. J'ai l'impression que mon cœur va bondir dans ma gorge. Je ne sais pas quoi faire, comment nous tirer de ce mauvais pas. La fille de Henderson est en sécurité loin d'ici. Peter ne dispose que de la vidéo factice que Bonnie lui a donnée, mais Henderson ne me croirait pas si je le lui disais. De toute façon, s'il me croyait, il nous tuerait toutes.

Qu'il en soit conscient ou non, il n'est pas venu pour sauver sa famille.

Il est ici pour se venger.

Au fond, il sait qu'il a déjà perdu. Il est venu en mission suicide pour faire souffrir Peter et les autres avant de mourir.

Mes mains jouent négligemment avec les cordons de ma robe de chambre pour ne pas céder aux tremblements tandis que je descends le plus lentement possible, Henderson et Yulia juste derrière moi. Nora marche devant, le visage impassible, protégeant Lizzie dans ses bras.

Elle ferait tout pour sa fille, je le sais – comme je ferais tout pour la petite vie qui grandit en moi.

Une vie qui ne verra jamais la lumière du jour si l'homme dans mon dos arrive à ses fins.

Nous sommes au milieu de l'escalier quand j'aperçois des phares par une fenêtre du salon. J'entends la porte d'entrée voler en éclats, puis des bottes marteler le parquet.

Les battements de mon cœur redoublent, à mi-chemin entre le soulagement et la terreur.

Les gardes sont ici.

Ils ont dû apprendre que nous avions des problèmes. Maintenant, Henderson est acculé.

Seul, sans son équipe, il n'a plus aucune chance de s'échapper.

Je l'entends pousser un juron sur les marches au-dessus de moi et un vague plan se forme dans mon esprit.

Continuant avec la même lenteur, je dénoue le cordon de ma robe de chambre. L'air frais effleure ma peau nue lorsque je laisse tomber le vêtement de soie derrière moi. Il se pose dans l'escalier, sous les pieds de Yulia et de son ravisseur.

Quand les gardes font irruption dans le hall, je me rue sur Nora et la plaque contre la rampe.

Son attention rivée sur les gardes, Henderson dérape sur la robe de chambre. Déstabilisé, il tire en l'air tandis que Yulia dégringole sur les fesses dans l'escalier.

Sans hésiter, les gardes abattent Henderson. Blotties l'une contre l'autre, Nora et moi protégeons Lizzie en entendant notre ennemi tomber.

CHAPITRE 99
PETER

*U*ne journée s'est écoulée depuis notre retour et je suis toujours incapable de détacher mes mains de Sara. Je ne cesse de la toucher. Je dois constamment réprimer le besoin de l'inspecter de la tête aux pieds – même si Docteur Goldberg l'a déjà examinée, déclarant qu'elle et le bébé étaient en bonne santé.

Je la cajole sur mes genoux, caressant ses cheveux et humant son délicieux parfum. Mon corps tremble encore chaque fois que je pense que j'ai failli la perdre. Les gardes l'ont retrouvée, nue dans l'escalier, une heure avant que nous arrivions enfin.

Elle a déséquilibré Henderson avec sa robe de chambre en soie, sauvant ainsi Nora, Yulia et elle.

Ensemble, les trois femmes se sont battues contre des mercenaires armés et elles ont gagné.

— Tout va bien. Nous allons bien, murmure-t-elle en relevant la tête.

Je me rends compte que je viens de penser tout haut. Une douce lueur fait scintiller ses yeux noisette et elle pose sa paume sur mon menton.

— Je te le promets. À l'exception du coccyx de Yulia et de la mâchoire de cette pauvre Rosa, nous allons bien.

— Je sais, dis-je en marmonnant. C'est un putain de miracle.

Ma main sur la sienne, je ferme les yeux et je prends une grande inspiration pour tenter d'apaiser les battements effrénés de mon cœur.

Comme moi, Kent et Esguerra étaient fous d'inquiétude lorsque nous avons atterri, même si Diego nous avait informés que Henderson était mort et que nos épouses ne craignaient plus rien. C'était une chose de le savoir d'un point de vue intellectuel, mais la peur tenace ne m'a pas quitté avant que je pose enfin les yeux sur Sara.

Avant que je la tienne dans mes bras, que je la sente, vivante et en bonne santé.

— Tu as sauvé tout le monde, tu sais, dis-je avec émotion, ouvrant les yeux tandis qu'elle retire sa main. Pas uniquement dans l'escalier, avant aussi. Kent m'a dit que c'est ton hurlement qui a réveillé Yulia à temps pour lui permettre de se cacher sous le lit, puis de venir à votre secours. Sans cela…

— Nous aurions trouvé un autre moyen de les vaincre, m'interrompt Sara avec un sourire calme. Je suis certaine que nous aurions réussi.

La conviction dans sa voix est à la fois absurde et admirable. Pour une quelconque raison, au lieu de la plonger dans un nouveau traumatisme, l'attaque d'hier semble avoir rempli ma ptichka d'énergie. J'ai toujours su qu'elle était forte et habile, mais elle ne l'aurait pas cru elle-même – jusqu'à ce qu'elle combatte mon ennemi et en sorte vainqueur.

— Parfois, aussi étonnant que ce soit, un traumatisme répété peut être salutaire, m'a expliqué le docteur Wessex quand je me suis entretenu avec elle ce matin, après la première nuit de Sara sans cauchemar et son réveil en pleine forme. Contrairement à ce qui est arrivé à ses parents, cette fois, elle a pu faire quelque chose – et aucun de ses proches n'a été tué ni gravement blessé.

Je ne sais pas si je crois la psychologue – ça ne fait qu'une journée, Sara risque encore de subir un contrecoup –, mais je suis prudemment optimiste quant à la santé mentale de ma ptichka.

Ma santé mentale, en revanche, est plus fluctuante. Hier soir, j'ai à peine fermé l'œil, aux prises avec de mauvais rêves et des sueurs froides.

— Je ne te quitterai plus jamais des yeux, dis-je sans plaisanter. Finies les missions loin de toi, les expéditions qui nous séparent. J'ai déjà commandé mes propres implants GPS à Esguerra. Dès qu'ils arriveront, nous les ferons installer.

Sara n'est pas surprise, je lui ai déjà parlé de la puce de Nora.

— D'accord, dit-elle. Mais uniquement si toi aussi, tu en reçois un. Je veux savoir où tu es en permanence.

Je réponds en soutenant son regard :

— Marché conclu.

Je ferai tout ce que me demande ma ptichka – tant qu'elle est heureuse et en sécurité.

— Ça t'ennuie de ne pas avoir pu le tuer toi-même ? demande-t-elle quelques heures plus tard, alors que nous sommes allongés dans le lit.

Même si nous venons de faire l'amour, je la caresse encore. Je suis incapable de me lasser du plaisir sensuel de sa peau, de son corps chaud et soyeux sous mes paumes.

— Je sais que c'était important pour toi, ajoute-t-elle lorsque j'enfouis mon nez dans son cou, inhalant le parfum de ses cheveux.

Je n'ai pas envie de penser à Henderson maintenant, mais Sara semble décidée à aborder chaque aspect des événements. Quand je songe à quel point elle a eu du mal à évoquer la mort de ses parents, je ne peux pas le lui refuser.

Si cela peut l'aider à digérer les choses, je veux bien lui expliquer que je rêvais de démembrer Henderson lentement. La seule mention de son nom ravive chaque instant de terreur vécu dans cet avion.

Alors, je lui parle. Je lui raconte tout : que j'avais une peur panique d'arriver trop tard, de ne pas réussir à la protéger, comme j'ai échoué à protéger Pasha et Tamila. Je décris mes cauchemars de la nuit dernière. Je lui dis que je tremble encore, car je suis passé à deux doigts de la perdre.

Je lui dis que ça me tue de ne pas avoir été présent pour affronter mon ennemi, pour prendre sa défense, protéger notre futur enfant.

Elle m'écoute, la tête sur mon épaule. Ses doigts jouent avec mes cheveux. Lorsque je termine, elle me dit d'un ton calme :

— Tu nous as protégés. C'est le geste que tu m'as appris – soulever mes jambes pour devenir un poids mort si quelqu'un m'attrape par-derrière – qui nous a aidées, toutes les trois, à vaincre ces mercenaires. Et c'est toi, Kent et Esguerra qui avez envoyé les gardes qui ont abattu Henderson.

Je ferme les yeux et je resserre mon étreinte en songeant à tout ce qui s'est passé, avec la robe de chambre et le reste. Un frisson ébranle mon corps et elle referme les bras autour de moi, me rassurant par sa chaleur, sa vitalité, sa force.

Je dois prendre plusieurs inspirations avant de relâcher mon emprise étouffante. Pourtant, je laisse mes bras autour d'elle, la gardant contre moi. Il me faudra des années pour me remettre de cette journée – voire des décennies.

Si tant est que je m'en remette un jour.

— Et sa femme ? demande Sara, me tirant de mes pensées.

J'étais en train d'imaginer revenir dans le temps et étrangler Henderson avec ses propres intestins avant qu'il puisse s'approcher d'elle.

— Vas-tu respecter ton accord avec elle ?

Je serre le poing le long de mon corps.

— Nous délibérons encore pour savoir si elle nous a volontairement attirés dans un piège…

— Non, ce n'est pas ça, m'interrompt Sara en levant la tête de mon épaule. En tout cas, je ne pense pas. Henderson croyait vraiment que nous détenions sa fille. Si sa femme était derrière tout ça, il aurait su que c'était un leurre. Quand ces hommes nous ont capturées, ils ont dit que vous n'étiez pas là, comme s'ils s'attendaient à vous trouver, comme s'ils étaient étonnés par votre absence.

— Ah, dis-je en m'efforçant de me détendre. Ça change tout.

Si Bonnie Henderson est vraiment innocente, nous la laisserons en paix – surtout si elle livre au FBI les preuves que son mari est coupable, lavant ainsi notre réputation.

C'est ce que je souhaite pour Sara. Je veux qu'elle puisse retrouver une vie normale et paisible.

Glissant ma main dans ses cheveux, je contemple son visage en forme de cœur, émerveillé par sa beauté. Son regard reste rivé au mien, franc et direct. Elle murmure :

— Je t'aime.

Elle se penche en avant pour m'embrasser avec tendresse.

Ma poitrine se gonfle, envahie par une bouffée d'émotions si intenses qu'elles illuminent les dernières bribes de ténèbres.

— Je t'aime aussi, ptichka, dis-je d'une voix douce.

Nos lèvres s'unissent. Quoi que l'avenir nous réserve, je sais que nous le surmonterons ensemble.

Peu importe comment notre amour est né, aujourd'hui, il est suffisamment fort.

ÉPILOGUE
SARA

Six ans plus tard

—Papa ! Papa !

Je lève les yeux de mon ordinateur et regarde mon garçon de cinq ans faire irruption dans la pièce. Le froid lui colore les joues et ses bottes laissent des traces de neige derrière lui. Sans me voir sur le canapé, il court directement vers Peter, dans la cuisine, et jette son petit corps sur lui à toute vitesse.

En souriant, mon mari s'écarte du gâteau d'anniversaire pour le soulever dans ses bras puissants, le faisant tournoyer au-dessus de sa tête.

Le rire de Charlie retentit, mêlé aux aboiements excités de notre chien. Mon cœur se serre, comme chaque fois que je vois cette expression sur le visage à la beauté ténébreuse de Peter.

La joie. Une joie débridée.

Je ne me lasserai jamais de les voir ensemble.

Mon tourmenteur, devenu mon amoureux, et notre fils.

Si le bonheur pouvait être décrit en une seule image, ce serait celle-là.

— Maman ! Charlie a jeté une boule de neige sur Bella et sur moi ! s'écrie Maya en déboulant à l'intérieur, sa veste dégoulinant de neige fondue.

Son petit visage est outré, ses petits poings serrés.

— Et Lizzie lui a dit un gros mot.

J'éclate de rire et pose mon ordinateur pour prendre dans mes bras ma petite cafteuse de trois ans.

— Ce n'est pas grave, ma chérie, dis-je pour la calmer tout en caressant ses boucles noisette emmêlées.

Toby, notre golden-retriever, s'empresse de lécher la neige sur son manteau.

— Ton frère jouait, c'est tout. Il aime bien Bella, tu sais.

— C'est pas vrai ! s'écrie Charlie sur un ton aussi scandalisé que celui de sa sœur. Elle est trop blonde et bizarre. Et elle parle même pas russe.

— Eh, le réprimande Peter en le reposant au sol. Ce n'est pas gentil.

— Bella Kent parle aussi bien russe que toi, gros bêta, déclare pompeusement Maya.

Elle quitte mon étreinte, son petit menton levé. Puis elle repousse Toby et ajoute :

— De toute façon, elle n'a que quatre ans. Son vocabulaire va s'améliorer comme le tien. Tout le monde n'est pas aussi intelligent que moi.

Peter et moi échangeons un coup d'œil amusé. Incapables de nous retenir plus longtemps, nous éclatons de rire.

La reine du jour est en forme !

Charlie avait deux ans et demi quand Maya est née, mais cette année, elle a commencé à lui enseigner les mathématiques et la lecture – en anglais, russe, français et japonais. Son esprit est comme une éponge et son excellence n'a d'égal que son ego.

Malgré son QI hors du commun, la modestie est un concept que son petit cerveau de trois ans a du mal à appréhender.

— Je croyais que tu n'étais *pas* une enfant précoce. Ce n'est pas ce que tu m'as dit ? m'a demandé Peter, émerveillé, quand notre fille a commencé la composition musicale à l'âge de deux ans. Je croyais que tu étais devenue médecin très jeune grâce à tes parents et non parce que tu étais incroyablement intelligente ?

— C'est la vérité. Je ne sais pas d'où ça vient, lui ai-je répondu, tout aussi ébahie. Peut-être que ce gène du génie vient de ton côté.

Charlie, notre premier enfant, est loin d'être bête, lui aussi. Il est vif d'esprit, curieux et énergique – tout ce que nous avons toujours rêvé pour notre fils. Il s'épanouit dans son école privée, en Suisse où nous habitons. D'après ses professeurs, il est très intelligent.

Pourtant, Maya atteint un tout autre niveau.

Ce serait presque intimidant si elle n'était pas aussi adorable.

— Va appeler les autres, lui dis-je en tirant la capuche de sa veste. C'est l'heure du gâteau.

Son petit visage – une réplique miniature du mien – s'illumine et elle sort de la pièce avec enthousiasme, Charlie sur ses talons. Toby saute sur le canapé et se blottit à côté de moi. Je profite de cette minute d'accalmie pour relire la chanson que je suis en train de composer avant de refermer mon ordinateur.

Comme tout le monde est là pour l'anniversaire de Maya, je n'aurai pas le temps de terminer aujourd'hui.

Après que Bonnie Henderson eut aidé Peter à laver son honneur, nous aurions pu rentrer à Chicago et reprendre le cours de nos vies là-bas. Mais nous avons pris une autre décision. Nous ne voulions pas que les gens nous regardent constamment de travers. Après tout, après l'attentat, nos photos ont été diffusées partout. Sans mes parents, plus rien ne me rattachait vraiment à Homer Glen. Au lieu de quoi, nous avons choisi de fonder notre foyer dans les Alpes suisses, non loin de la clinique privée où l'on m'avait offert un poste lorsque nous étions en cavale.

J'ai commencé à y travailler à plein temps, mais au bout d'un mois, nous nous sommes rendu compte que la grossesse m'épuisait. Et comme nous ne voulions pas rester séparés plus de quelques heures par jour, ce n'était pas la meilleure solution. C'est ainsi que j'ai ouvert mon propre cabinet au rez-de-chaussée de notre maison. J'ai pu aménager mes propres horaires et voir Peter toute la journée. Bientôt, la clinique m'a envoyé ses patientes enceintes et je suis devenue la gynécologue-obstétricienne officielle de toutes les femmes en lien avec la pègre.

Tout fonctionne à merveille, d'autant plus que Peter a décidé de mettre ses compétences et son réseau à profit pour recruter et entraîner d'anciens soldats, les former à devenir mercenaires pour des organisations telles que celle d'Esguerra.

Ce n'est pas exactement la vie civile paisible que nous envisagions, mais c'est bien moins dangereux que les assassinats de haut vol – et infiniment plus intéressant pour Peter qu'enseigner l'autodéfense à des citoyens ordinaires. Quant à moi, avec mon emploi du temps flexible, j'ai non seulement du temps pour Peter et nos deux enfants, mais aussi pour la musique.

Je ne donne plus de concerts et je n'ai pas de chaîne YouTube – après tout ce qui s'est passé, Peter est devenu trop parano à propos de ma sécurité –, mais j'ai la satisfaction que mes chansons soient interprétées par de nouvelles stars très populaires qui me paient grassement afin que je les écrive. Ce sont mes paroles les plus sombres qui remportent les meilleurs succès. Deux de ces chansons se sont hissées en tête des ventes pendant plusieurs semaines d'affilée.

— Le gâteau ! Le gâteau ! Le gâteau !

Les enfants bondissent comme des tornades de neige. Âgé de cinq ans, Mateo Esguerra est en tête, poursuivi par Bella, Lizzie, Charlie et Maya. En criant, les enfants entourent Peter qui vient de planter cérémonieusement trois bougies sur le gâteau. Toby descend du canapé et les rejoint en trottinant, aboyant avec excitation.

Les adultes arrivent ensuite. Comme d'habitude, Julian a passé un bras sur les épaules de Nora. Il la tient contre lui comme s'il craignait qu'elle s'en aille. Luca semble faire preuve de retenue envers Yulia, mais à en juger par leurs manteaux mouillés, il est évident qu'ils viennent de se rouler dans la neige – j'espère que les enfants n'ont pas assisté à la scène.

Charlie, explorateur intrépide et curieux, les a déjà surpris en train de « jouer au docteur » dans leur salle de sport à Chypre.

Quoi qu'il en soit, je suis heureuse qu'ils soient tous là. Si Peter et moi rendons régulièrement visite aux Esguerra, Yulia est tellement occupée avec ses restaurants que je ne l'ai vue que deux fois cette année. Heureusement, la petite Bella Kent est amoureuse de notre Charlie – et franchement pas discrète. Il fait mine de la détester, mais il ne rate jamais une occasion d'attirer son attention. Lucas et Yulia n'avaient pas le choix. Ils devaient absolument venir à la fête d'anniversaire de Maya.

Leur bel ange blond a dû leur faire son regard de chien battu pour les persuader.

Je m'approche de mes invités et je salue Nora et Yulia en les serrant contre moi. Puis, ensemble, nous nous rassemblons autour du gâteau, à côté de nos enfants. Alors que Maya souffle ses bougies, je croise le regard de Peter et je fais mon propre vœu.

Je souhaite qu'il me tourmente ainsi pour l'éternité, qu'il m'aime avec toutes les ténèbres de son cœur.

EXTRAITS EN AVANT-PREMIÈRE

Merci pour votre lecture ! J'espère que vous avez aimé la conclusion de l'histoire de Peter et Sara et que vous posterez votre avis sur internet. Pour rester informés de toutes mes nouveautés, inscrivez-vous à ma newsletter sur www.annazaires.com/book-series/francais/.

Si vous aimez cette série, vous aimerez aussi les livres suivants :

- *Trilogie L'Enlèvement* – L'histoire de Julian et Nora, où Peter apparaît comme personnage secondaire pour obtenir sa liste
- *Trilogie Capture-Moi* – L'histoire de Lucas et Yulia
- *La trilogie Mia et Korum* – Une romance sombre de science-fiction
- *La captive des Krinars* – Une romance de science-fiction autonome

Collaborations avec mon mari, Dima Zales :
- *Série Les Dimensions de l'esprit* – Fantastique urbain
- *Trilogie Les Derniers Humains* – Science-fiction dystopique/postapocalyptique
- *Le Code arcane*– Fantastique épique

Et maintenant je vous invite à tourner la page pour un avant-goût de *Liaisons Intimes* (le début des aventures de Mia et de Korum).

EXTRAIT DE
LIAISONS INTIMES

Remarque : Liaisons Intimes est le premier volume de ma série de science-fiction érotique, les Chroniques Krinar. Sans être aussi sombre que *Mon Tourmenteur*, Liaisons Intimes contient des éléments qui plairont aux amateurs d'érotisme noir.

Un romance au charme sombre et audacieux qui séduira les amateurs de liaisons dangereusement érotiques…

Dans un futur proche, la Terre est désormais sous l'emprise des Krinars, une espèce sophistiquée venue d'une autre galaxie. Ils restent un mystère pour nous, et nous sommes totalement à leur merci.

Mia Stalis est une jeune étudiante New Yorkaise, plutôt innocente et timide. Elle mène une vie parfaitement normale. Comme la plupart des êtres humains elle n'a jamais eu de contact avec les envahisseurs, jusqu'au jour où une simple promenade dans Central Park va changer sa vie à jamais. Mia a été remarquée par Korum et elle doit maintenant se confronter à un puissant Krinar, doté de dangereux moyens de séduction, qui veut la posséder corps et âme — et qui ne reculera devant rien pour devenir son maître.

Jusqu'où peut-on aller pour retrouver sa liberté ? Quels sacrifices peut-on consentir pour aider ses semblables ? Quels choix nous reste-t-il quand on s'éprend de son ennemi ?

L'air était vif et pur tandis que Mia descendait d'un pas rapide un sentier sinueux de Central Park. Partout, on voyait l'approche du printemps, les arbres encore nus avaient de minuscules boutons et les nounous étaient sorties en masse pour profiter de cette première journée de beau temps avec les enfants turbulents qui leur étaient confiés.

Bizarrement, tout avait changé depuis quelques années et pourtant tout était identique. Si dix ans plus tôt on avait demandé à Mia à quoi ressemblerait la vie après une invasion d'extra-terrestres, ce n'est pas du tout ce qu'elle aurait imaginé. Les films 'Independance Day' ou 'La Guerre des Mondes' étaient à des lieux de montrer ce qui se passe réellement quand une civilisation plus sophistiquée prend le dessus. Il n'y avait eu ni combat ni résistance du gouvernement parce qu'ils les avaient rendus impossibles. Rétrospectivement, il sautait aux yeux que ces films étaient idiots. Les engins nucléaires, les satellites et les avions de combat étaient aussi primitifs que des pierres et des bouts de bois. Mia aperçut un banc vide près du lac et s'y dirigea avec plaisir, ses épaules se ressentaient du poids de son sac à dos où elle avait mis son volumineux ordinateur portable — elle l'avait depuis 12 ans — ainsi que ses livres, imprimés sur papier comme autrefois. Elle avait beau avoir 20 ans, parfois elle se sentait déjà vieille, et comme dépassée par un monde nouveau sans cesse en évolution, un monde de tablettes fines comme du papier à cigarette et de montres qui servaient de téléphones portables. Depuis le jour K, le rythme des progrès technologiques ne s'était pas ralenti ; en fait de nombreux nouveaux gadgets avaient été influencés par ceux des Krinars. Non pas que les Krinars partageaient allègrement leur précieux savoir technologique ; de leur point de vue, leur petite expérience devait se poursuivre sans la moindre interruption.

Mia ouvrit la fermeture éclair de son sac et en sortit son vieux Mac. Il était lourd et lent, mais il fonctionnait encore et Mia, comme tous les étudiants désargentés, ne pouvait rien s'offrir de mieux. Une fois en ligne elle ouvrit une page vierge sur Word et se prépara à rédiger sa dissertation de sociologie, une véritable torture.

Après 10 minutes sans avoir écrit un seul mot elle s'arrêta. De qui se moquait-elle ? Si elle voulait vraiment s'y mettre, il ne fallait pas venir au parc ; évidemment c'était tentant de se donner l'illusion de pouvoir profiter du grand air et travailler, mais elle n'avait jamais été capable de faire les deux en même temps. Pour ce genre d'effort intellectuel, une vieille bibliothèque poussiéreuse lui convenait bien mieux.

En son for intérieur Mia se reprocha d'être aussi paresseuse, soupira et commença à regarder autour d'elle au lieu d'essayer de travailler. Elle ne se lassait jamais de regarder les gens à New York.

La scène lui était familière, comme elle s'y attendait il y avait le clochard de service sur un banc voisin (Dieu merci ce n'était pas le banc le plus proche parce qu'il avait l'air de sentir le fauve) et deux nounous bavardaient en espagnol en promenant tranquillement leurs landaus. Un peu plus loin, une jeune fille faisait du jogging, ses reeboks roses offrant un joli contraste avec son survêtement bleu. Mia suivit la joggeuse des yeux avant qu'elle ne disparaisse. Elle admirait sa condition physique. Elle avait un emploi du temps tellement chargé qu'elle n'avait pas beaucoup de temps pour faire du sport et elle se disait qu'elle n'aurait pas pu suivre cette jeune fille à ce rythme pendant plus d'un kilomètre.

À sa droite, elle voyait le Pont Bow au-dessus du lac. Un homme était penché sur le parapet et regardait l'eau. Son visage était tourné de l'autre côté si bien qu'elle ne pouvait voir qu'une partie de son profil. Et pourtant il y avait quelque chose en lui qui attira l'attention de Mia.

Elle n'arrivait pas à savoir de quoi il s'agissait. Il était vraiment grand et semblait costaud sous l'imperméable élégant qu'il portait, mais ce n'était pas ce qui l'intriguait. Les hommes grands, beaux et bien habillés ne manquent pas à New York, la ville regorge de top-modèles. Non, il y avait autre chose. Peut-être son attitude, parfaitement immobile, ne faisant aucun geste inutile. Ses cheveux bruns brillaient dans la vive lumière ensoleillée de l'après-midi, sa frange se soulevait légèrement dans la brise douce du printemps.

Et puis il était seul.

— Eh bien ! voilà, pensa Mia. D'habitude, il y avait toujours du monde sur ce joli pont, mais là, il était seul ; pour une raison qui lui échappait, tous semblaient l'éviter. En fait, à part elle et le clochard qui sentait sans doute mauvais, tous les bancs au bord de l'eau, d'habitude si recherchés, étaient vides.

Comme s'il avait senti qu'elle le regardait, l'homme qui faisait l'objet de son attention tourna lentement la tête et la regarda droit dans les yeux. Avant d'avoir compris ce qui se passait elle sentit son sang se glacer, elle était pétrifiée et incapable de détourner son regard de ce prédateur qui semblait maintenant, lui aussi, la regarder avec intérêt.

Respire, Mia, respire !

Une voix enfouie en elle, une petite voix raisonnable n'arrêtait pas de le lui répéter. Et cette même part d'elle-même, bizarrement objective, remarquait la symétrie du visage de cet homme, sa peau bronzée tendue sur ses pommettes saillantes et sa mâchoire solide. Elle avait vu des Ks en photo et sur des vidéos, ni les unes ni les autres ne leur rendaient vraiment justice. La créature qui ne se tenait guère qu'à une dizaine de mètres d'elle était tout simplement extraordinaire.

Alors qu'elle continuait de le regarder fixement, toujours pétrifiée, il se redressa et fit quelques pas dans sa direction. Ou plutôt, il bondit vers elle, lui sembla-t-il, ressemblant à un félin qui s'approche légèrement d'une gazelle. Ce faisant, il ne la quittait pas des yeux. Quand il se rapprocha, elle distingua de petits éclats jaunes dans ses yeux d'or pâle ainsi que ses longs cils épais.

Elle s'aperçut avec un mélange d'horreur et d'incrédulité qu'il s'était assis sur le banc à quelques centimètres d'elle et qu'il lui souriait en montrant ses dents blanches. Pas de crocs, lui dit la part de son cerveau qui fonctionnait encore, rien qui puisse y ressembler. Encore un mythe à leur sujet, tout comme leur soi-disant horreur du soleil.

— Comment vous appelez-vous ? La question avait presque été posée comme un ronronnement. Cette créature avait la voix basse et douce, pratiquement sans le moindre accent. Ses narines se soulevaient légèrement comme s'il sentait son parfum.

— Heu… Mia avala sa salive avec nervosité. M-Mia.

— Mia, répéta-t-il lentement, semblant prendre plaisir à dire son nom. Mia comment ?

— Mia Stalis. Merde alors, pourquoi voulait-il savoir son nom ? Et pourquoi était-il là, en train de lui parler ? Et qui plus est, que faisait-il à Central Park, si loin de l'un des Centres K ? Respire, Mia, respire !

— Détendez-vous donc Mia Stalis !

Il sourit de toutes ses dents, et une fossette apparut sur sa joue gauche. Une fossette ? Les K avaient donc des fossettes ?

— Vous n'avez donc encore jamais rencontré l'un d'entre nous ?

— Non, jamais Mia poussa un grand soupir et s'aperçut qu'elle avait retenu son souffle. Malgré tout son trouble, sa voix ne tremblait pas trop et elle en fut fière. Devrait-elle l'interroger, souhaitait-elle savoir ? Elle prit son courage à deux mains.

— Et que... — une fois de plus elle avala sa salive — que voulez-vous de moi ?

— Juste parler, pour le moment. Il plissait légèrement ses yeux dorés, elle avait l'impression qu'il était sur le point de se moquer d'elle. Bizarrement, elle en fut assez agacée pour sentir sa peur s'atténuer. S'il y avait une chose à laquelle Mia était très sensible, c'était la moquerie. Mia était de petite taille, très mince, mal à l'aise avec les autres comme toutes les jeunes filles qui ont dû supporter le désagrément d'avoir eu un appareil dentaire, des cheveux frisés et des lunettes pendant leur adolescence. C'était un véritable cauchemar de faire sans cesse l'objet des moqueries des uns et des autres. Elle releva la tête avec agressivité.

— Alors d'accord, comment vous appelez-vous ?

— Moi, c'est Korum.

— Korum tout court ?

— Contrairement à vous, nous n'avons pas vraiment de nom de famille. Le mien est tellement long que vous n'arriveriez pas à le prononcer si je vous le disais.

Voilà qui était intéressant. En l'entendant, elle se souvenait avoir lu quelque chose à ce sujet dans le New York Times. Jusqu'ici, tout allait bien. Ses jambes ne tremblaient plus, sa respiration s'était calmée. Elle arriverait peut-être à s'en sortir saine et sauve ? Elle se sentait relativement en sécurité en parlant avec lui, bien qu'il ait continué de la dévisager fixement de ses yeux jaunâtres qui la mettaient mal à l'aise.

— Et que faites-vous ici, Korum ?

— Je viens de vous le dire, un brin de causette avec vous, Mia. Il y avait encore un soupçon de moquerie dans sa voix.

Mia se sentit frustrée, elle poussa un nouveau soupir.

— Ou plutôt que faites-vous ici à Central Park ? Et que faites-vous à New York ?

Il sourit une nouvelle fois en penchant la tête légèrement de côté.

— Disons que j'espérais rencontrer une jolie jeune fille aux cheveux bouclés.

Bon, ça suffisait maintenant. Il était clair qu'il se moquait d'elle. Maintenant qu'elle avait un peu repris ses esprits, elle s'aperçut qu'ils étaient là, au beau milieu de Central Park, et devant des millions de témoins. Elle jeta un coup d'œil discret autour d'elle pour en avoir le cœur net. Eh oui, elle avait raison, bien que les gens s'écartent du banc où elle se trouvait avec cet extra-terrestre, plus loin sur le chemin les plus courageux les regardaient fixement. Il y avait même un couple qui les filmait, sans prendre trop de risque, avec la caméra qu'ils avaient au poignet. Si le K devenait trop entreprenant avec elle, en un clin d'œil les images seraient sur YouTube, il le savait bien. Mais comment savoir s'il s'en moquait ou pas ?

Cependant étant donné qu'elle n'avait jamais vu de vidéos où des étudiantes se faisaient agresser par des Ks au beau milieu de Central Park, elle était relativement en sécurité ; Mia prit son ordinateur portable avec précaution et le remit dans son sac à dos.

— Laissez-moi vous aider, Mia.

Avant même qu'elle ne puisse réagir, elle le sentit s'emparer de tout le poids de l'ordinateur, il le prit des mains de Mia devenues inertes et elle sentit alors qu'il lui touchait le bout des doigts. Ce contact provoqua en elle comme une légère décharge électrique et un frémissement nerveux la suivit aussitôt.

Il attrapa son sac à dos et y mit l'ordinateur portable, chacun de ses gestes était précis, doux et d'une grande souplesse.

— Eh bien ! voilà, tout va bien mieux maintenant.

Mon Dieu, il venait de la toucher. Peut-être avait-elle tort de penser qu'on était en sécurité dans les lieux publics. De nouveau, elle sentit sa respiration s'accélérer et son cœur battre la chamade.

— Il faut que j'y aille maintenant, au revoir !

Elle se demanderait toujours comment elle avait réussi à parler sans s'étrangler de terreur. Elle saisit les sangles de son sac à dos qu'il venait de poser par terre et se leva d'un bond, en remarquant au passage qu'elle avait retrouvé l'usage de ses jambes.

— Au revoir, Mia. Et à bientôt !

En partant, elle entendit sa voix légèrement moqueuse qui portait loin — l'air du printemps était si pur —, elle avait tellement hâte d'être loin de lui qu'elle courait presque.

Si vous souhaitez en savoir plus, veuillez consulter le site internet d'Anna
www.annazaires.com/book-series/francais.

À PROPOS DE L'AUTEUR

Anna Zaires est une auteure à succès international du *New York Times* et du *USA Today* de romances de science-fiction et de romances érotiques sombres contemporaines. Elle a découvert son amour des livres à l'âge de cinq ans, quand sa grand-mère lui a appris à lire. Depuis elle a toujours vécu en partie dans un monde de fantaisie dont les seules limites sont celles de son imagination. Elle habite actuellement en Floride et vit heureuse avec son mari Dima Zales, qui écrit des romans de science-fiction et des romans fantastiques, et avec qui elle travaille en étroite collaboration pour chacune de leurs œuvres.

Pour en savoir plus, veuillez visiter
http://www.annazaires.com/book-series/francais/.